Mr.Bus

미스터버스

미스터 버스(Mr. Bus)

초판 1쇄 찍은 날 § 2008년 6월 27일
초판 1쇄 펴낸 날 § 2008년 7월 7일

지은이 § 홍윤정
펴낸이 § 서경석

편집장 § 문혜영
편집책임 § 이종민
편집 § 한지윤

펴낸곳 § 도서출판 청어람
등록번호 § 제1081-1-89호
등록일자 § 1999. 5. 31
어람번호 § 제5-0201호

주소 § 경기도 부천시 원미구 심곡1동 350-1 남성B/D 3F (우) 420-011
전화 § 032-656-4452 팩스 § 032-656-4453
http://www.chungeoram.com
E-mail § eoram99@chollian.net

ⓒ 홍윤정, 2008

ISBN 978-89-251-1378-4 03810

홍윤정 지음

Mr.Bus

미스터버스

도서출판
청어람

세상의 쓰레기들 중 가장 악질은 '바람피우는 남편'들이다. 남자들이란 원래 탐욕스럽고 이기적인 족속들이긴 하지만 그중에서도 아내의 믿음을 저버리고 바람을 피운 남편은 단연 최악이다. 자신의 만족을 위해 여자를 기만하고 이용했으니 비겁하고 치졸한 저질. 인간이라 부르기도 민망한 쓰레기다. 자기 자식을 희생시키는 '놈'은 더욱 그러하다. 그런 '놈'을 볼 때면 최근 기사화된 '한국의 사형제도, 사실상 폐지'라는 인권단체의 긍정적 발표에 난색을 표하고 싶어질 정도다. 정말이지 그런 놈들은 모조리 다 싹 쓸어 교수형에 처해야 마땅한데. 그런 남자를 남편으로 둔 여자들이 불쌍하다.

“지금 장난해?”

은예영은 날카로운 눈으로 한때 ‘바람피우는 남편’ 이었던 민우를 찔러보았다. 제발 만나달라고 사정사정하길래 없는 시간 겨우 쪼개 만나러 나왔더니, 뭐라? 다시 합치자고? 이런 개, 뭐 같은 놈을 봤나!

“장난이 아니니까 이런 말도 한다! 꼭 그렇게밖에 말 못하겠냐?”

“내가 뭐? 장난 같은 소릴 하니까 하는 말 아니야.”

시니컬한 얼굴로 썩은 미소를 날리는 예영은 전남편 민우를 죽일 듯이 노려보았다. 정말, 이혼하길 어쩜 그리 잘했는지. 서른 살 인생에서 그녀가 가장 잘한 짓이 바로 이 인간과 갈라선 것일 테다. 어떻게 저렇게 하나도 안 변했을까? 삼 년이 지났는데도 여전히 민우는 이기적이고, 비겁하고, 졸렬했다.

“쌈닭처럼 달려들지 말라고, 내 말은. 우리 진지하게 대화 좀 하자. 그렇게 눈에 쌍심지 켤 필요 뭐가 있어? 나원참.”

“미안한데. 버러지랑 대화 같은 거 나누고 싶은 생각, 나 없거든? 안 그래도 바쁜 사람이야. 쓸데없는 말로 사람 기운 빼지 말아줘.”

“뭐? 버러지? 너, 말 그렇게밖에 못해?”

“미안. 내가 원래 거짓말을 못하잖아.”

“아우! 이걸 그냥!”

꼴에 남자라고 욱하는 성미가 올라오는지 민우는 테이블에 올려놓은 두 주먹을 꽉 틀어쥐었다. 부르르 떨리는 걸 보니 버러지라는 단어가 무진장 싫은 모양이다. 하지만 민우가 버러지란 단어를 싫어하는 것 이상으로 예영은 민우가 싫었다. 예영은 팔짱을 끼고 민우를 살벌한 시선으로 쏘아봤다.

"왜? 또 때려보시게? 마누라 패고 밟아보시게? 내가 아직도 당신 봉으로 보여? 하라면 하라는 대로 하고 거짓말도 바보처럼 곧이곧대로 믿는, 그런 바보 멍청이로 보이냐고."

"예영아."

민우가 목소리에 힘을 주고 그녀를 불렀다. 하지만 예영은 그를 무시하고 계속 말을 이어나갔다.

"아니야. 예전에 당신이 알던 은예영은 이제 없어. 아직도 날 그렇게 본다면 오산이라고."

"은예영. 너, 내가 방금 무슨 말을 했는지 기억해? 알고나 하는 소리야?"

부드럽게 굴곡진 민우의 눈썹이 단박에 일그러졌다. 예영이 과거의 기억에 매여 여전히 아파하며 살고 있을 거란 건 이미 예상하고 있었던 바이지만, 이 정도로 심각할 줄은 꿈에도 몰랐다. 정말 어머니의 말씀대로 은예영이 그를 여전히 못 잊고 있는 건가? 그렇다면 어느 정도 예상되어지는 반응이긴 했다. 그에 대한 미련이 클수록 배신감도 클 테고, 재결합에 대한 반감도 적지 않을 것이니 말이다. 물론 저 강한 반감이 그에 대한 혐오와 증오 때문일 수도 있었다. 하지만 아는 지인으로부터,

그녀가 삼 년 내내 남자를 가까이 하지 않았다는 사실을 전해 들은 후인지라 민우의 판단은 '애증' 쪽으로 기울고 있었다.

"그래도 조강지처가 제일인 법이다."

민우는 한 달 전쯤 그를 붙들고 부탁이라며 하소연하던 어머니, 현미자 여사를 떠올렸다.

"삼 년 전에는 네가 하도 부탁을 하는 바람에 내, 네 편을 들어주긴 했다만. 솔직히 네가 잘한 게 뭐라니? 남이 하면 불륜이고, 내가 하면 사랑이란다고. 너도 사랑이라고 우겨댔지만 지금 어떻게 됐어? 잘됐으면 모를까, 그 계집애랑 헤어진 지금 바람 피웠던 것밖에 더 돼? 자고로 예부터 조강지처는 버리지 말라고 했다. 조강지처 버리고 잘사는 놈, 내 보질 못했어. 아닌 말로, 너 지금 잘되는 일이 뭐가 있니? 회사에 안 좋은 소문만 퍼져서 괜히 승진만 못하게 되고. 잔말 말고 내 말대로 이참에 다시 재결합해. 예영이도 아직 누굴 만나거나 하진 않은 것 같다고 하니, 얼마나 잘됐어? 걔가 다른 건 몰라도, 너 하나는 아주 끔찍이 위했잖니. 안 그래?"

현미자 여사의 말이 어쩌면 다 맞는 것일 수도 있다는 생각은 바로 십 분 전부터 시작되었다. 삼 년 만에 처음 만난 예영은 그동안 다이어트라도 한 듯 꽤나 날씬한 모습이었다. 초췌하기까지 한 얼굴을 보니 그녀가 여전히 자신 때문에 마음고생을 하고 있다는 생각이 들었고, 그래서 죄책감마저 들었다.

'그래. 남편한테도 시어머니한테도 헌신적인 아내였지, 예

영은.’

　스킨십을 그다지 좋아하지 않았다는 것만 빼면, 예영은 모든 면에서 십 점 만점에 십 점짜리 아내였다. 물론 민우는 그 ‘스킨십 싫어하는 병’ 때문에 바람까지 피웠다. 그는 아내와의 속궁합이 맞지 않았다고 지금도 떠벌리고 다니는 편이었다. 사실 결혼 생활에서 그것만큼 중요한 게 어디 있는가. 예영은 정말 중증이었다. 한 번 하기가 어찌나 힘이 들던지. 그녀는 함께 사는 시어른의 눈치를 살피게 되고 그래서 민망하여 스킨십도 자연히 피하게 되는 거라고 말했었지만, 그에겐 그녀의 말이 석녀의 변명으로밖에 들리지 않았다. 결국 뭐, 그는 참다못해 바깥으로 나돌게 되었고, 정열적이고 섹시한 여자 서영을 만나게 되었다. 그들의 결혼이 파경에 이르기 시작한 건 그때부터였다.

　“나, 너랑 다시 시작하고 싶다고 말했어.”

　민우는 신중하고 진지하게 말했다. 그러자 냉소적인 얼굴로 그녀가 대답했다.

　“난 장난치지 말라고 말했고.”

　“장난 아니야. 진심이라고.”

　“진심? 진심이라고?”

　핫! 예영은 휙 고개를 위로 들어, 흘러내린 머리카락을 쳐올렸다. 참고 눌러놓았던 분노가 서서히 끓어오르는 걸 느끼며 그녀는 깊은 한숨을 내쉬었다. 도대체가 삼 년이나 지났는데, 장민우는 왜 하나도 변한 게 없을까. 진실한 사죄의 말을 기대하고 이 자리까지 나온 스스로가 바보처럼 느껴졌다. 하긴, 자기 자식을 밴 아내를 버리고 딴 여자 품으로 달려든 놈이 변하면 얼마나 변하겠는가. 전처의 아이는 나중에라도 귀찮아질 수 있다는 애인의 말에 뽀르르 그녀에게 달려와, 애 지우라고 윽박질렀던 장민우다. 인간 말종이 그리 쉽게 변할 리 없지.

'쳐죽일 자식.'

바람은 둘째 치고 아이까지 지우라 했던 건, 도저히 용서가 안 되었다. 장민우가 빗길에 그녀를 질질 끌지만 않았어도, 아이 떼자며 병원으로 이끌지만 않았더라도 유산이 되는 일은 없었을 것이라 생각하면 피가 끓는 예영이었다. 하지만 그는 금수만도 못한 짓을 그렇게 저질렀고, 남편의 외도에 충격이 심한 상태에서 아이마저 잃게 될지도 모른다는 급박한 공포에 시달리던 그녀는 민우의 손길을 뿌리치며 빗길을 도망치다 골목길에서 갑작스레 튀어나온 배달 오토바이에 부딪치는 사고를 당했다.

그 후, 이혼은 신속하게 진행되었다. 아이마저 잃은 예영에게 남은 건 증오심뿐이었고, 그런 결혼 생활을 지속할 생각은 추호도 없었다. 그 후로 삼 년이 지났지만, 그 생각에는 여전히 단 1%의 후회도 없었다.

"당신, 지금 진심이라고 말했어? 당신한테 진심이란 것도 있었어?"

한껏 비아냥거리는 예영의 말에 민우가 다시금 눈살을 찌푸렸다.

"자꾸 삐딱하게 굴래? 왜 이래, 쿨하지 못하게?"

"쿨? 하! 쿨이라고? 전처한테 다시 합치자고 말하는 당신은 쿨하고?"

"나한테 악감정 있는 거 알아. 내가 용서받지 못할 짓을 저지른 것도 알고. 하지만 삼 년이나 지났어. 이젠 좀 더 이성적으로 생각해도 될 때 아니야?"

"당신은 이성적이 될지 모르겠지만, 난 아니야."

예영은 이를 악물고 참았다. 죽은 아이의 초음파 사진이 눈앞을 어른거렸다.

"나, 그동안 많이 생각해 봤어. 내가 잘못한 것도 인정하고, 너한테 상처 준 것도 미안하게 생각해. 우리 아이도 물론……."

"그 입 닥쳐! 어디서 우리래? 그 애, 당신 애 아니었어. '내' 아이였어. 알아? 당신 같은 사람은 아빠 자격도 없다고."

손발이 부들부들 떨며 예영은 거칠게 숨을 내쉬었다. 울지 않기 위해 그녀는 두 눈을 부릅떠야 했다. 장민우한테는, 다른 사람이 아닌 장민우한테만큼은 우는 꼴을 보이고 싶지 않았다. 특이나 아이 일로 그의 앞에서 추한 꼴을 보이고 싶지 않았다. 그는 아이를 향한 눈물조차 볼 자격이 없었다.

"알아, 나도 내가 이럴 자격 없다는 것쯤은 안다고. 하지만 이미 삼 년이나 지났어. 언제까지 그 문제로 날 욕할 거야?"

"정말 그걸 알고 싶어?"

예영은 싸늘하게 냉소했다.

"휴!"

민우는 한숨을 쉬며 머리카락을 쓸어 넘겼다. 눈가가 욱신거리는 것이 피로감이 극에 달했다. 대체 이 여자는 왜 이렇게 답답하게 생겨먹은 건지. 죽은 아이를 어쩌라는 것인가. 이제 와서 아이를 살릴 수도 없고 삼 년 전으로 되돌아갈 수도 없다. 그라고 속이 편한 줄 아는지, 원.

"그래, 말이나 들어보자. 언제면 되니? 얼마나 기다리면 날 받아줄래?"

세상에서 가장 귀찮은 일인 양 그가 물었다. 밥맛없는 놈. 예영은 이를 부드득 갈며 두 눈에 더욱 힘을 주었다. 절대, 울지 않을 거라고 다짐하고 또 다짐하며 그녀는 비릿하게 미소 지었다.

"지옥에나 떨어져."

"은예영!"

그의 조금은 화가 난 듯한 목소리를 들으며 예영은 자리에서 발딱 일어났다. 더 이상 그와 마주하며 시간을 죽이고 싶지 않았다. 이 자리에 나온 것부터가 정신 나간 짓이었다. 애초에 그를 받아줄 생각도 없었지만 그녀는 이제라도 그가 죽은 아들에게 진심 어린 사죄를 할지도 모른다고 생각했었다. 정말로 어리석은 생각 아닌가. 장민우는 아직도 자신이 뭘 잘못했는지 전혀 모르고 있었다. 그러면서 재결합을 하자니, 정말 헛웃음만 나왔다.

"어딜 가는 거야?"

그가 따라 일어나며 예영의 팔목을 붙들었다. 예영은 이를 악물며 고개를 휙 돌려 그를 마주 보았다. 민우는 여전히 근사한 모습으로 서서 예영을 내려다보고 있었다. 호텔 프런트 담당직원답게 세련되고 깔끔한 정장 차림의 그는 여전히 많은 여성들의 시선을 붙들었다. 카페 안의 손님들이 두 사람을 힐끗거렸다.

"놔."

"내 얘기 듣고 가."

"놓으라고 했어."

"앞으로 내가 잘할게. 우리 합치자. 엄마도 우리의 재결합을 굉장히 원하셔."

"안 놔?"

"엄마랑 사이좋았잖아, 너. 잊었어?"

그래 놓고 몰래 아들의 애인을 만나고 다녔지. 아무리 여자를 설득하려고 나갔다지만, 결국은 본인이 설득당하고 들어온 시어머니였다. 그녀에게 쓰디쓴 배신의 잔을 곱빼기로 건네준 장본인을 어떻게 잊을 수 있겠는가. 예영은 주먹을 쥐며 입술을 깨물었다.

"어차피 과거는 과거일 뿐이야. 먼 곳을 돌아왔지만 결국 이렇게 다시 만나게 됐고 우린 아직 젊어. 얼마든지 다시 시작할 수 있다고. 유감이지만 옛날 일은 모두 잊고 우리 다시 잘해보

자. 막말로, 아이는 또 낳으면 되는 거잖아.”

유감……? 겨우 한다는 소리가 유감이니? 아이는 또 낳으면 된다고? 어처구니가 없어서 예영은 말도 제대로 안 나왔다. 콧구멍이 둘이라 숨을 쉴 수 있다더니, 딱 그 짝이었다.

“할 말 다 했어?”

“나, 너한테 잘할게.”

그는 조심스럽게 덧붙였다.

“더 할 말 없지?”

공격적인 예영의 말투에 그가 미간을 더욱 찌푸렸다. 예영은 아드득 이를 갈며 그를 노려보았다. 그리곤 휙 있는 힘껏 팔을 뿌리쳐 그의 손을 떨쳐 냈다.

“잘 있어라. 앞으로 두 번 다시 보지 않길 바란다.”

싸늘한 그녀의 말에 민우는 믿을 수 없다는 듯 입을 벌렸다. 예영이 자신을 거부했다는 것이 도무지 믿어지지 않는 듯했다. 삼 년 전에는 민우가 최고의 남자라고 추켜세우곤 했던 그녀가, 어떻게 이렇게 변했다지?

“야, 은예영. 너도 여태 혼자라며.”

민우는 다급하게 그녀의 팔을 붙들었다.

“그거, 날 아직도 잊지 못하고 있는 거 아니야?”

결국 참지 못하고 예영은 손을 뻗었다. 탁자 위에 놓인 물컵을 손에 쥔 그녀는, 그의 얼굴에 휙, 물을 뿌려 버렸다. 덕분에 잘 정돈되어 있던 머리에서부터 멋지게 차려입은 스트라이프 재킷, 상큼하고 로맨틱한 분홍색 넥타이까지 엉망으로 얼룩졌다. 물론 곱상하게 생겨먹어 여자가 자석처럼 달라붙는 바람둥이 이혼남, 장민우의 얼굴은 태평양이 되어 있었다. 반사적으로 감았던 민우의 눈이 서서히 떠지고, 그는 곧 헐크처럼 씩씩거리기 시작했다.

"너…… 이게 무슨 짓이……!"

너무나 놀라고 분해 말을 잇지 못하는 그의 코앞에 예영은 얼굴을 디밀었다. 힐끗, 한쪽 눈썹을 치뜨고 비릿한 웃음을 지으며 그녀는 천천히 다음 말을 내뱉었다.

"꿈 깨."

예영은 거칠게 그의 손을 뿌리쳤다. 삼 년 동안 내내 그녀의 머릿속 한구석을 맴돌며 그녀를 괴롭히던 '그래도 아이의 아빠인데……' 라는 문장은 이미 잔인하게 파헤쳐 씹어 삼켜 버린 후였다. 그나마 남아 있던 일말의 미련도 모두 버릴 수 있어서 얼마나 다행인지.

'이게 네 전남편의 실체야, 은예영.'

장민우는 서른 살 은예영의 인생 최대의 오점이었다. 사탕발림 같은 밀어에 속아 그가 사랑이라 착각한 바보짓 때문에, 세상이 온통 분홍빛인 줄 알고 철없이 선택했던 장민우와의 결혼 때문에, 그녀는 아직까지 어둡고 긴 터널 속을 헤매고 있었다. 예영은 분한 눈물을 흘리지 않으려고 기를 쓰며 카페 입구를 향해 걸었다.

“야!”

민우가 뒤에서 소리쳤다. 이제부터 그는 수많은 사람들의 시선을 혼자 다 감당해야 할 터다. 예전 같았으면 그가 걱정되어 뒤를 돌아보았을 테고, 안쓰러워 결국엔 그에게 달려가 그의 옷을 닦아주고 물기를 털어주었을 그녀였다. 그러나 지금은 어림 반 푼어치도 없는 말씀이다. 예영은 걸음을 멈추지 않았다. 대신 웃었다.

집으로 돌아오는 길은 꽤 찼다. 요 며칠 포근한 날씨가 계속되더니 갑자기 기온이 뚝 떨어져 두터운 모직 재킷을 걸쳤는데도 으슬으슬 찬기가 온몸을 옭아맸다. 버스 창밖으로 을씨년스럽게 휘감아 도는 바람의 동향에 예영은 부르르 몸을 떨며 자리에서 일어섰다. 백에서 지갑을 빼, 출구 쪽에 붙은 박스에 버스카드를 한 번 삐— 찍는데 훌쩍 버스 자동문이 열렸다.

휘이이잉~ 차가운 바람이 안면을 치고 버스 안으로 들이닥쳤다. 예영은 어깨를 잔뜩 움츠리고 통통, 버스 계단을 내려갔다.

어둠이 살포시 내려앉은 버스정류장은 그녀의 마음처럼 썰렁

했다. 누군가 읽다 만 신문 쪼가리만이 플라스틱 좌석 위를 뒹굴며 다음 버스를 기다리고 있었다. 괜히 센티해지는 것 같아, 휙휙 고개를 내저으며 예영은 어깨를 으쓱했다. 이혼녀로 하루 이틀 살아온 것도 아니고, 햇수로 벌써 사 년인데 이만한 일로 울적해진다는 건 말도 안 되었다. 게다가 그 빌어먹을 장민우 때문이라면 더더욱 안 된다. 그건 스스로 절대 용납이 안 되는 일이었다.

"어림없지, 장민우."

옹골차게 중얼거리고 예영은 걷기 시작했다. 그녀는 버스정류장에서 100m도 안 되는 거리에 위치해 있는 25평 아파트에서 동생인 예소와 단둘이 살고 있었다. 지방에 있던 예소가 올라와 예영과 함께 기거하게 된 것은 불과 일 년 남짓. 이혼 후 예소와 함께 살기 전까지 근 이 년 동안 예영은 혼자 살았었다. 그 쓸쓸함과 비참함에 눈물짓기도 여러 날이었다. 푼수데기 예소가 아니었다면, 아마 극심한 우울증에 시달렸을지도 모를 예영이었다. 그래서 백수로 띵가띵가 놀고먹는 동생을 미워할 수 없는 것인지도 모르겠다.

예영은 아파트 입구에 멈춰 섰다. 인공센서가 달린 입구로 불이 확 들어오자, 그녀는 출입구 근처에 붙은 커다란 비밀번호 입력기로 손을 뻗었다. 입력기란 자동문 형식의 출입문을 여는 장치로, 아파트 건물 안으로 들어가기 위해선 세 달마다 새로 세팅되는 비밀번호를 눌러야만 했다. 지정된 비밀번호 네 자리는 다달이 날아오는 관리비 내역서에 공지가 되는데, 지난주에도 번호가 바뀌어 새로 바뀐 번호를 입력해야 했다. 예영은 호오~ 차가운 손을 입으로 불며 번호가 새겨진 버튼을 눌렀다.

띠띠띠띠. 번호를 누르자 제법 큰 소리로 울렸다. 문이 열리기를 기다리는 일이 초의 간격을 두고 예영은 버릇처럼 중얼거리던 말을 되뇌었다.

"열려라, 참깨."

자동문을 열 때마다 늘 씩씩하게 외치는 말이지만 오늘은 기분상 목소리에 기운이 축 빠져 있다. 휴, 한숨을 쉬며 예영은 자동문을 노려보았다. '문이 열렸습니다' 라는 안내 멘트와 함께 드르륵, 자동문이 열렸다. 그녀가 인기척을 느낀 건 바로 그때였다.

출입구 오른쪽에 위치한 커다란 기둥 뒤에서 누군가가 슥, 걸어나와 그녀의 등 뒤에 서는 것이 느껴졌다. 마치 기다렸다는 듯이 즉각적이고 자연스러운 움직임이었다. 길고 어두운 그림자가 그녀의 앞쪽으로 드리워지자 예영은 본능적으로 긴장하기 시작했다.

'뭐지, 이 이상한 기분은?'

예영은 아파트 안으로 걸어 들어가며 눈알을 굴렸다. 저벅저벅, 무게감이 느껴지는 발걸음이 그녀의 뒤를 따랐다. 예영은 일순 꿀꺽 침을 삼키며 어깨에 메고 있던 핸드백을 생명줄인 양 꽉 쥐었다. 단 한순간에 모든 생각들이 죄다 헝클어져 버린 머릿속에는 수많은 문장들이 새로이 떠올라 맴을 돌았다. 저 사람, 문이 열리길 기다렸던 걸까? 비밀번호를 몰랐던 걸까? 왜 몰랐던 걸까? 주민이 아닌 걸까? 주민이 아니면 누굴까? 잡상인인가? 아니면…….

'강도인가?'

얼마 전 언론을 강타한 초등학생 성폭행 미수 사건이 파팟 머릿속으로 떠올랐다. 일순 그녀의 몸이 더욱 오싹해지면서 소름이 쫙 돋았다. 정말 이게 웬 재수없는 시추에이션인지. 이게 다 장민우 때문이었다. 그놈을 괜히 만나 오늘 일진이 이리 사나운 거다.

'정말 강도면 어쩐다지? 만약 그러면 소리를 질러야 되나? 살려달라고 고함을 지르고 냅다 도망을 쳐야 하나? 상대가 칼이나 다른 흉기를 들고 있으면 어쩌지?'

아파트 입구에서 엘리베이터까지, 그 짧은 거리를 지나오는 사이 예영의 머리로는 수많은 생각들이 스쳐 지나갔다. 엘리베이터에 도달하자 예영은 이를 악물고 두 눈을 부릅떴다. 이제 뭐든 액션을 취해야 할 때였다. 한순간 '튀어!' 라고 소리치는 노파심과 '진정해' 라고 다독이는 긍정적 마인드가 그녀의 뇌 속에서 치열하게 혈투를 벌였다. 문을 여는 그녀의 뒤를 기다렸다는 듯 나타나 따라오는 건 수상한데, 그녀와 단둘이 복도에 있음에도 아무 짓(?)도 안 하는 건 강도답지 않았다. 게다가 엘리베이터 안엔 CCTV가 설치되어 있을 가능성이 있으니 강도짓을 저

지르려면 지금이 적절한 타이밍이었다. 그런데도 가만히 있다는 건 강도가 아닐 수도 있다는 뜻이지 않을까? 하지만 TV에서 나오는 강도 사건들을 보라고. 죄다 엘리베이터 안에서 일어난 일이잖아.

'아! 미치겠네, 정말.'

예영은 더욱 꽉 이를 악물며 울상을 지었다. 인생의 쓴맛단맛 다 맛본 아줌마, 은예영. 이제 더 이상은 두려울 것이 없다고 생각해 왔던 은예영. 이 순간 은예영은 등 뒤의 남자가 제발 강도가 아니길 기도하고 있었다.

"플리즈?"

그때다. 엘리베이터 앞에 가만히 서 있는 예영의 등 뒤로 버터 잔뜩 바른 목소리가 들려왔다. 흠칫 놀라 떨며 예영은 반사적으로 고개를 돌렸다. 그리고 흐읍! 숨을 크게 들이쉬었다.

'멋지다. 예쁘장하다. 잘생겼다~!'

남자는 군고구마 장수를 연상케 하는 천모자를 깊숙이 뒤집어쓰고 있었고, 모자 밖으로는 노란 머리카락이 삐죽삐죽 빠져나와 눈 위로 살짝 드리워져 있었다. 높은 콧날과 흰 피부, 붉은 입술, 머리카락 사이로 보이는 갈색 눈동자. 그는 외국인이었다. 그것도 잘생긴. 그의 '플리즈' 발음이 영 한국인스럽지 않고 버터틱한 이유가 있었던 것이다.

'정말 잘생겼네.'

좌우대칭 정확하고 반듯반듯하니 어디 비뚤어진 곳 하나 없는 완벽미남이었다. 요놈 엄만 뭘 먹고 앨 낳았길래, 이렇게 잘난 아들을 낳았을꼬.

방금 전까지 강도냐 아니냐의 문제로 치열하게 고민하고 머리를 굴리던 예영은 어느덧 넋을 놓고 외국인을 빤히 바라보고 있었다. 전혀 강도처럼 뵈지 않는 면상에 순간 그녀의 뇌가 정지되어 버렸다고나 할까. 과연 이런 사람도 강도라고 의심해야 하나? 일순 헷갈렸다.

「잠깐 비켜주시겠습니까?」

그가 섹시하기 이를 데 없는 입술을 움직여 물었다. 물론 영어로. 예영은 저도 모르게 되물었다.

"예?"

대답을 바라고 물은 건 절대 아니었다. 예영은 영어회화에 정말 젬병이어서 그가 무슨 말을 하는지도 못 알아들었다. 그도 그걸 눈치 챈 듯 피식 웃더니 예영의 옆쪽을 턱으로 가리켰다. 그가 가리킨 곳으로 뚝 고개를 떨어뜨려 보니, 거기엔 엘리베이터 버튼이 있었다. 침 그만 흘리고 얼른 누르기나 하란 소리인가 보다.

"아, 예, 예……."

예영은 즉시 위쪽 화살표를 꾹 눌렀다. 보통 한국인이 다 그렇듯, 외국인 앞에서는 방실방실 웃으면서 말이다. 예영은 흥미진진하게 빛나는 외국인의 눈초리를 느끼지 못한 채 쑥 열린 엘리베이터 안으로 터벅터벅, 발걸음도 터프하게 들어갔다.

밝게 빛나던 그녀의 미소가 사그라지기 시작한 건, 바로 그때부터였다. 외국인은 예영의 등 뒤쪽에 섰다. 옆도 있고 앞도 있는데 하필 뒤쪽에 말이다. 예영의 사고력은 급속도로 냉각되어 갔다. 그가 아까 입구에서 불쑥 나타났다는 점이 여전히 찜찜하게 작용했다. 얼마 전 뉴스를 강타했던 '외국인 학원강사 성추행 사건'이라든지, 외국인 불법 체류자들의 범죄 행각을 다루었던 프로그램, [그것을 알았으면]까지 떠오르고. 마음이 자꾸만 불안해져 가고 있었다.

'에이, 설마. 아닐 거야. 생긴 게 범죄형도 아니잖아.'

예영은 불길한 마음을 꾹 누르고 '5' 층 버튼을 콕 찍었다. 남자의 시선이 등 쪽으로 또릿또릿 느껴졌다. 예영은 아랫입술을 축이며 팔을 가슴 밑으로 크로스해 팔짱을 꼈다. 그리고 남자가 목적하고 있는 층수를 누르길 조용히 기다렸다. 몇 초 후, 엘리베이터 문이 스스륵 움직이며 닫혔고 두 사람은 오층을 향해 올라가기 시작했다.

'이 사람도 오층?'

남자는 아무 버튼도 누르지 않았다. 그렇다면 그 역시 오층에서 내린다는 뜻이었다. 통로식 아파트라, 오층에는 그녀의 집과 앞집 달랑 두 집뿐이었다. 그럼 앞집에 찾아온 손님이란 말인가? 하지만 앞집은 몇 달 전부터 비어 있는 상태인데. 순간, 남자의 시선이 자신의 뒤태를 훑고 있음을 예영은 느꼈다.

분명했다. 그는 예영의 머리에서부터 발끝까지 샅샅이 훑고 있었다. 찌르르 온몸에 소름이 돋았다. 청바지에 터틀넥 스웨터, 두터운 감색 재킷 차림인 예영은 절대 예쁘지도 섹시하지도 않았다. 화장도 아침에 한 그대로라 얼굴이 엉망이었다. 이런 그녀가 매력적이어서 바라보는 건 아닐 것이다. 그럼 대체 왜 뒤태는 훑고 난리야? 정말로 강도야, 뭐야?

설마가 사람 잡는다고 했다. 열 길 물속은 알아도 한 길 사람 속은 모르는 게 세상 이치가 아니던가? 장민우, 그 인간만 해도 보라. 얼마나 멀끔한가. 그놈이 그렇게 바람피울 줄 알았다면 결혼은 절대 하지 않았을 예영이 아니었나. 게다가 외국 연쇄 살인범들은 죄다 백인에 멀쩡하게 잘생긴 사람들이라는 말도 어디선가 들은 것 같았다. 정말 이 사람, 범죄자일까?

뜨악한 얼굴로 예영은 두 눈을 휘둥그레 떴다. 감히 남자의 얼굴을 바라볼 생각은 하지도 못하고 바닥만 뚫어져라 바라보고 있었다. 어쩐다, 이제? 차라리 엘리베이터를 타지 않았더라면 좋으련만 이미 타버렸고……! 울상이 된 얼굴로 예영은 어깨에 멘 가방을 꽉 움켜잡았다. 여차하면 이걸로 확!

몸싸움을 할 생각을 하니 가슴이 쿵쾅쿵쾅 널을 뛰었다. 남자가 당장이라도 엘리베이터를 세우고 자신을 덮치는 게 아닌지. 천하의 은예영도 손발이 덜덜덜 떨려왔다. 남자의 시선이 여전히 자신을 향해 있다는 걸 감지하니 더욱 그랬다. 하지만 아무리 무섭다고 가만히 당하고만 있을 수는 없었다. 이젠 더 이상 남자한테 당하면서 살진 않을 거란 굳은 각오로 삼 년을 악착같이 살아온 그녀다. 무슨 짓을 해서든지 남자를 제압할 것이다. 덩치에서 밀리고 힘에서 밀려도, 오기 하나만큼은 남들한테 밀리지 않는 은예영이었다. 그녀는 마음의 각오를 단단히 하고 두 눈에 힘을 실었다. 그리고 그때 엘리베이터가 멈추었다.

문이 열리자마자, 예영은 두 눈을 동그랗게 뜨고 콧구멍을 벌렁거리며 재빨리 엘리베이터 밖으로 나갔다. 그리고 현관 벨을 누르기 위해 손을 뻗었다. 제발 여차하는 상황이 일어나지 않길, 수천 번도 더 기도하고 있었다. 그만큼 불안하고 놀란 상태였다. 그런 그녀에게 남자의 팔이 쑥 다가왔다.

"헤이, 익스큐즈 미."

"꺄아아악!"

남자의 긴 손가락이 어깨에 닿자마자 예영은 반사적으로 비명을 내지르기 시작했다. 거세게 몸을 돌려 휘잉, 핸드백을 휘두르자 커다란 각도로 솟구쳤다 떨어진 핸드백이 남자의 얼굴을 정통으로 가격했다. 정말 순식간에 일어난 일이었다.

"Shit!"

그녀의 공격을 전혀 예상치 못했던 듯 남자는 거친 욕설을 내뱉으며 넓은 상체를 뒤로 젖혔다. 예영은 계속해서 비명을 지르며 남자를 공격했다. 그는 인상을 찌푸리며 한 팔로 예영의 공격을 막았다. 예영의 육중한 백은 또다시 커다란 포물선을 그리며 떨어졌고, 남자는 알 수 없는 말을 영어로 지껄이더니 그녀의 한쪽 팔을 붙들었다. 남자의 팔 힘은 생각보다 어마어마해 그녀는 날카로운 비명을 내질렀다.

"아악!"

그에게 붙들렸다는 생각에 극심한 공포심이 엄습해 왔다. 예영은 몸을 뒤흔들며 소리를 쳤다.

"놔, 인마! 이거 놓으라고! 이 강도 자식아."

순간 졸지에 강도가 되어버린 이 남자, 리버스 페리는 어처구니없는 얼굴로 여자를 내려다보았다. 대체 가방에 뭘 넣고 다니는 건지, 여자의 백에 얻어맞은 이마가 모자 안에서 점점 부풀고 있었다. 어디 그뿐인가. 다음 가격이 이루어진 팔목은 여자의 핸드백 장식에 걸려 생채기가 난 데다가 부딪친 충격으로 시큰거리기 시작했다.

이게 대체 무슨 일이람. 리버스 페리 인생에 혹이 웬 말이야? 그것도 여자에게 맞아서라니? 여자에게 늘 인기가 많았던 자신에게 무슨 일이 벌어지고 있는 건지, 리버스는 어처구니가 없을 따름이었다. 너무 황당하고 어이가 없으니 나오는 건 웃음뿐이었다.

「이봐, 여자. 진정하라고. 비밀번호를 물어보려는 것뿐이었어.」

리버스는 영어로 중얼거리며 여자의 나머지 팔까지 붙들어 맸다. 여자는 여기저기 뻗혀 산발이 된 곱슬머리를 흔들며 고래고래 소리를 지르고 있었다.

"야, 이 나쁜 새끼! 저리 비켜. 너 내가 가만 안 둬. 죽었어! 이

빌어먹을 새끼!"

bastard. 그녀의 말을 영어로 해석하며 리버스는 속으로 웃었다. 지금까지 그에게 이렇듯 단도직입적으로 '나쁘다'고 말한 여자는 단 한 명도 없었다. 이 여자, 정말 웃기네. 자동문 앞에 서서 '열려라, 참깨'라고 속삭이던 때는 귀엽기 짝이 없더니. 리버스는 피식 웃었다. 정말 희안한 방법으로 그를 웃게 만드는 여자였다. 이 여자에 대한 호기심이 아주 가파른 속도로 상승하기 시작했다.

"Hey, hey. Calm down."

"이 손 안 놔? 놔! 놓으란 말이야!"

"Calm down, please. Listen to me."

"이 자식, 놓으란 말이야! 양키 코쟁이 주제에. 어디 남의 나라 와서 까불어? 저리 비켜. 이 손 안 놔? 놔! 놔아―!"

이 여자는 리버스가 한국어를 영어만큼이나 아주 잘 구사하고 있다는 걸 모르는 모양이다. 뭐, 물론 그가 계속해서 습관적으로든 의도적으로든 영어를 구사하고 있으니 당연히 그렇게 생각할 수밖에 없을 것이다. 리버스의 입가가 더욱 위로 휘어 올라갔다. 재미있네.

"이거 놔. 저리 가란 말이야, 이 자식아! 예소야! 예소야!!"

예영은 동생의 이름을 발작적으로 힘껏 불렀다. 그녀는 너무 당황하고 겁이 나 있어서 자신의 팔을 붙들고 있는 이 외국인의 태도가 전혀 공격적이지 않다는 사실을 전혀 인지하지 못하고 있었다. 주위를 조금만 더 기울인다면, 엄청난 키 차이에도 불구하고 그가 예영을 제압하지 못하고 있다는 사실을 알 수 있을 것이다. 그가 거구에 남자라는 사실을 감안하면 '못' 하고 있는 게 아니라 '안' 하고 있다는 말이 더 옳은 표현이 되겠다.

"언니!"

벌컥 아파트 문이 열리더니 예소의 머리가 불쑥 튀어나왔다. 며칠이나 안 감았는지, 기름기가 줄줄 흐르는 머리카락을 헐렁하게 묶고 있는 예소는 그와 예영을 보자마자 기겁을 했다.

"너 뭐 하는 거야, 지금?"

"와우! 원더풀! 언빌리~버블!"

예소는 쾅, 문을 닫고 집 안으로 들어서며 손뼉을 짝짝 쳐댔다. 그녀는 방금 도망치듯 집으로 들어와 버린 언니를 대신해 앞집 남자에게 사과를 하고 들어오는 중이었다.

남자의 이름은 리버스 페리, 얼마 전 앞집의 주인인 양씨 할아버지에게서 전해 들은 바로 그 외손자였다. 양씨 할아버지의 딸이 미국인 남자와 결혼을 해서 낳은 아들로, 양씨는 얼마 전부터 빈 앞집에 가구를 채워 넣느라 정신이 없었다. 그는 외손자가 한국에 대해 배우기 위해 방문한다는 소식에 아주 흥에 겨워 허리 아픈 줄도 모르는 듯했다. 오가다 만나 인사까지 주고받은 사이가 된 예소에게는 '우리 손자 잘 부탁한다' 면서 새로 담근 김치까지 한 통 건네주기도 했었다. 노친네가 얼마나 좋으면 이럴꼬 싶어, 마음이 짠했었던 기억이 있었던 차라 예소는 그를 보자마자 딱 삘이 왔었다. 그 노친네의 손자라는.

"크~ 어떻게 그 얼굴을 강도라고 생각하냐? 엄청 잘생겼더구만. 정말 언니 뇌구조는 특이하다, 특이해."

"시끄러워."

얼굴이 시뻘게진 채 갓 냉장고에서 꺼낸 생수를 벌컥벌컥 마시던 예영은 찌릿 예소를 노려보았다.

"내가 말했잖아, 그런 사람을 발견하면 확 안기라고. 때리긴 왜 때려?"

"입 다물어, 기집애야."

플라스틱 생수통을 탁 소리 나게 내려놓고 예영은 거친 동작으로 입술을 닦았다. 기분 나쁜 듯 인상을 잔뜩 쓰고 있었지만 이건 기분이 나빠서 짓는 표정이 아니었다. 원래 예영은 민망하고 할 말 없으면 화를 낸다. 지금처럼 쥐구멍이라도 찾고 싶은 심정일 때도 물론. 언니의 그런 특성을 아는지라 예소는 예영이 화를 내도 희희낙락이었다.

"나 같았으면 확 안겼다. 이런 일이 자주 오는 것도 아니고 완전 천금 같은 기회잖아. 넓고 단단한 가슴팍에 안겨……."

"넌 그런 일이 있었으면 말을 했어야지! 왜 말을 안 했어? 난 전혀 모르고 있었잖아."

양씨 할아버지 얘길 하는 모양이다. 그렇다면 예영도 예소와 리버스가 나누는 대화를 대충 들었다는 뜻이었다. 아, 뭐 대화라고 말하기 좀 뭣하긴 하다. 예소 혼자 일방적으로 떠들어댔을 뿐이었으니까. 리버스는 그녀의 속사포 같은 한국어를 대충 알아들었다는 듯 고개를 끄덕이기만 했었다. 어머니가 한국인이라더니, 한국어 교육을 잘 받았나 보다고 예소는 생각했었다.

"그 할아버지가 김치 갖다줬다고 말했잖아. 언니 너도 맛있게 먹어놓고."

'평생 언니에게 존댓말 한마디 하지 않은' 반말의 달인 은예소, 자연스럽게 예소에게 '너' 라고 하며 손가락으로 삿대질까지 한다. 남들이 들으면 '동생이 언니한테?' 하며 눈살 찌푸렸을 상황이었지만 어릴 때부터 그러려니 하며 자라왔던 예영도 별반 기분 나빠하지 않는 얼굴로 양씨 할아버지 일에만 열을 올렸다.

"너 김치 얘기만 했어. 손자 얘긴 안 했다고."

"그래? 뭐, 할 필요 없다고 느꼈나 보지. 그 손자가 앞집으로 오든 말든, 별 상관 없다고 생각했으니까. 솔직히 말하면 양씨 할아버지 손자가 저렇게 큰 사람인 줄 몰랐다고. 손자라고 하니까 한 열댓 살 먹은 줄 알았지."

킥킥거리며 예소가 소파에 풀썩 앉았다. 위생관념 제로인 애답게 비듬이 어깨 위로 우수수 떨어졌다. 인상을 더욱 찌푸리며 예영은 얼굴을 문질렀다.

"언니 넌 정말 그 남자가 언니를 덮칠 거라고 생각했어? 너 같은 아줌마를?"

"아, 몰라! 너 때문에 나만 광년 됐어. 쪽팔려서 죽을 것 같다고."

벅벅 얼굴을 문지르며 예영은 눈을 감았다. 절망적인 신음이 절로 나왔다. 정말이지 지금 생각하면 말도 안 되는 일인데 왜 그땐 그가 그럴 거라고 생각했던 걸까? 진짜 그녀의 뒤태를 훑어보던 남자의 눈빛은 뜨끔뜨끔, 흑심이 잔뜩 고여 있었다. 아니, 고여 있다고 착각했던 거였나? 아— 몰라, 몰라, 몰라! 이게 다 장민우 그 자식 때문이야. 그 자식 때문에 열만 받지 않았어도 좀 더 차분하게 대처할 수 있었다고.

"그게 왜 나 때문이야? 네가 괜한 도끼병 근성 발휘해서 그렇지."

예소가 자신은 죄가 없다는 듯 두 손을 내밀며 어깨를 으쓱했다.

"네가 손자 얘기만 해줬어도 이런 일은 없었을 거 아니야."

"해줬어도 그랬을 거면서 무슨. 그 정신에 양씨 할아버지가 떠올랐겠냐?"

그건 그렇다. 상황이 상황인만큼 이것저것 생각해 볼 시간도 없었고 설사 기적적으로 양씨 할아버지까지 떠올렸다 하더라도 그녀는 남자를 때렸을 것이다. 양씨 할아버지의 손자라 할지라도 자신을 은밀히 훔쳐보는 남자 따위는 믿지 않았을 테니까. 그나저나 그 남자는 정말 그녀를 훔쳐보았던 걸까? 왜? 촌스러워서? 너무 아줌마 같아서?

생각이 거기까지 미치자 눈살이 저절로 찌푸려졌다. 아무리 산전수전, 공중전까지 다 마친 아줌마지만 멋지고 잘생긴 남자 앞에서 잘 보이고 싶은 건 당연한 이치 아니겠는가. 남편이 바람나서 이혼당한, 그래서 여자로서는 한때 바닥을 쳤던 예영의 현재 나이 겨우 서른 살이었다. 잘만 꾸미고 나가면 아직도 처녀 소리 듣는 팔팔한 나이란 말이다. 하지만 거친 피부며 주름진 목, 제멋대로 헝클어뜨린 머리 스타일을 떠올리면 한숨이 나오지 않을 수 없었다. 아이 잃은 슬픔과 이혼 당한 분기, 서러움에 빠져 스스로를 돌보지 않았던 게 오늘은 후회가 되었다.

"그나저나 어쩌냐, 그 잘난 얼굴에 혹이 나서?"

뭐시라? 혹이라고?

"혹이라니?"

"그래! 네가 신나게 두들겨 패줬던 곳 말이야. 이따만하게 부풀었던데?"

예소가 자신의 주먹을 이마 근처에 갖다 대며 히죽거렸다. 그녀는 뭐가 그리 즐거운지 시종일관 헤헤거리고 있었다. 원래 스트레스라곤 절대로 안 받는 예소이긴 하지만, 그래도 그렇지. 누구 약 올리는 것도 아니고. 왜 저렇게 웃고 난리람.

"정말 혹이 났어?"

"그럼. 내가 누구야? 직접 두 눈으로 확인까지 했어. 혹시 그 남자가 진단서라도 끊어가지고 들이밀 때를 대비해야 하잖아."

"뭐라고? 진단서? 그, 그 남자가 진단서를 끊겠대?"

예영은 침이 튈 정도로 거칠게 소리를 높였다. 전혀 예상치 못했던 일이라 많이 놀란 모습이었다. 이웃끼리 아주 사소한 오해로 벌어진 단순 해프닝을 가지고 속 좁게 진단서라니? 겨우 혹 하나로 진단서를 끊어서 법적대응 어쩌고 하시겠다니. 눈이 뒤집어지려고 했다. 이런 썩을!

"아니, 꼭 그렇다는 게 아니고. 그럴지도 모른다는 거지."

"뭐?"

당장 쫓아가 사달을 내버릴까 보다, 발끈하고 있던 예영은 일순 멈칫했다.

"생긴 걸 보면 전혀 그럴 것 같진 않지만 그래도 사람 일이란 게 어찌 될지 모르는 거니까. 대비를 해놔야지."

"너, 지금 나랑 장난하냐?"

삐릿, 예영은 험상궂은 인상을 쓰고 동생을 째려봤다. 스물일곱 살에 미래에 대한 대책도, 수입도 전혀 없는 상태에서 언니인 예영의 집에 빌붙어 지내는 신세치고 예소는 굉장히 밝고 낙천적인 성격의 소유자였다. 스스로도 뇌에 쿠션이 있다고 늘상 말하고 다니는 예소의 긍정적 사고방식은 예영도 닮고 싶은 그녀만의 장점이었다. 하지만 이럴 땐 정말 화가 난다. 웃길 때, 안 웃길 때 구분은 해야 할 것 아닌가. 정말 속에서 천불이 인다.

"에이, 또 왜 그러실까? 사람 긴장되게. 걱정하지 마. 내가 잘 수습해 놓을 테니까."

“뭘 수습하겠다는 거야?”

“앞집 남자. 내가 잘 구워삶아서 뒤탈 없게 마무리 지어놓을 테니까 언니 너는 아무 걱정하지 마. 그냥 돈만 열심히 벌어.”

“내가 돈 버는 기계냐?”

돈만 열심히 벌라는 말은 예소가 입만 열었다 하면 내뱉는 신소리 중 하나다. 예영에게 빌붙어 살면서 돈 한 푼 안 보태는 주제에 돈 타령이라니. 예영은 들을 때마다 기가 찼다. 어쩌면 저렇게 뻔뻔스러울 수가 있는지 동생이지만 이해불가인 애였다. 그놈의 소설인지 뭔지가 애를 다 버려놓았지. 헛바람만 잔뜩 들어가지고.

“에휴!”

예영은 동생을 바라보며 혀를 쯧쯧 찼다. 삼 년 전 우연히 끼적거리던 소설이 책으로 출간이 되어 생각지도 못한 성공을 거둔 바람에 소설이 뭔지도 모르는 상태에서 일약 스타작가로 우뚝 선 작가, ‘은설’이 바로 예소였다. 무협판타지 러브로망 [현검비기]가 바로 예소의 데뷔작이자 최대 히트작이며 유일무이한 작품이기도 했다. 한마디로 삼 년 전 이후로 끝을 낸 글이 없다는 소리다. 작가가 글을 쓰지 못하면 그게 작가인가?

작가 타이틀을 갖고도 글을 못 쓰는 예소의 비극은 로맨스를 쓰겠다고 발버둥을 치면서부터 시작되었다. 연애 한 번 제대로 못해본 주제에 로맨스는 왜 그리 쓰겠다고 박박 우기는지. 차라리 무협판타지로 글쓰기에 다시 도전해 볼 것이지, 예소는 몇 년째 죽기 살기로 로맨스를 쓰겠다고 우겨대고 있었다. 그런 동생을 볼 때면 아무리 마음 좋은 예영이라도 짜증이 안 생길 수가 없다. 돈도 없는 주제에 되는 것부터 써보는 게 뭐가 나빠서. 안 써지는 로맨스만 주야장천 쓰겠다고 앉아 있는 건지, 원. 그래서 느는 건 카드 값이요, 예영의 주름이요, 예소의 다크서클 두께란 걸 왜 모르나?

"왜 이래? 그런 뜻이 아니잖아. 사업 번창하라고 하는 소린데 그렇게 왜곡해서 들으면 안 되지."

"왜곡 좋아하네. 내가 네 속을 모를 줄 알아?"

"아니라니까 그러네. 네 가게가 잘돼야 내 용돈도 팍팍 올라갈 거 아니야. 뜻이 있는 자에게 길이 있다고, 자꾸 입으로 말하고 기를 불어넣어야 대박도 나는 거야. 자꾸 대박나라, 돈 많이 벌어라, 해야 진짜로 그렇게 되는 거거든."

"입만 살아가지고. 참 비루하다, 비루해."

예영은 고개를 가로저으며 혀를 찼다. 도저히 예소랑은 대화라는 걸 할 수가 없었다. 어찌나 말발이 센지. 예영의 화살을 요리조리 잘도 피해간다. 저 기술로 줄줄 소설을 써냈으면 일 년에 열 권도 넘게 썼을 것이다. 예영은 한숨을 내쉬며 무거운 몸을 움직였다.

아까 너무 많이 긴장을 했던 탓인지 몸이 물 먹은 솜마냥 무거웠다. 덩치 큰 남자를 상대로 몸싸움을 한답시고 너무 많은 힘을 쏟아 부었던 이유도 무시 못했다. 하루 일진 정말 더럽구나, 생각하며 예영은 한숨을 길게 내쉬었다.

"근데 아까 나갔던 일은 어떻게 됐어? 장민우, 그 인간 만났어?"

예영이 재킷을 벗으며 방으로 들어가자 소파에 앉아 있던 예소가 뽀르르 따라왔다. 아무리 생각 없고 철없이 행동하는 그녀라 할지라도 민우 문제만큼은 쉽게 치부할 수 없는 모양이었다. 하긴, 예영의 소식을 듣고 가족 중 제일 많이 흥분했던 이가 예소였다. 그런 인간을 형부라고 불렀다니, 제 입이 다 더러워진 느낌이라면서 당장 이혼해야 한다고 강력하게 주장했었던 인물도 또한 예소였다. 아마도 예소랑 결혼할 남자는 딴 여자한테 눈길 한 번 주기도 힘들 것이다.

"어."

심드렁하게 대답하며 예영은 장롱을 열었다.

"뭐래? 그 자식이 뭣 때문에 너를 만나자고 해? 이제 와서 잘 못했다고 빌기라도 하겠대?"

"그랬으면 그 인간, 사람 됐게?"

"아니야? 그럼? 그럼 왜 널 보자고 해?"

옷걸이를 꺼내 재킷을 걸며 예영은 냉소했다.

"합치잔다."

"합쳐? 뭘 합쳐?"

순간 예소는 무슨 소리인지 못 알아듣고 눈살을 찌푸렸다. 자신이 지금 제대로 알아들은 건지 귀가 의심스러워지는 모양이었다.

"재결합 말이야."

"재결합?! 그, 그 인간 미친 거 아니야?"

예소의 눈이 눈동자가 튀어나올 것처럼 크게 벌어졌다.

"그러게 말이다. 아직도 정신을 덜 차렸더라. 내가 뭐, 자기를 못 잊어서 아직까지 남자 하나 못 사귀고 있는 줄 착각하고 있더라고."

"뭐어? 아니, 이런 볍씨 같은 자식이 다 있나."

예소는 인상을 잔뜩 쓰고 장민우를 향해 악담을 퍼부었다. 예영을 그토록 힘들게 해놓고, 예영의 이십대를 몽땅 악몽으로 바꿔놓고. 그래 놓고도 모자라 아무런 사죄의 말도 없이 다시 기어들어 오겠다고? 이런 신발 놈!

"정말 그 자식이 그런 소릴 했단 말이야?"

"그랬다니까."

"그랬다니까? 언니, 너는 화도 안 나냐?"

심드렁하게 대꾸하는 예영에게 예소가 짜증을 부렸다. 하여간 예영은 너무 순해 터져서 문제였다. 예소 같았다면 그 자식 가만 안 놔둔다. 싸대기를 날려 버리든지, 이리저리 씨앗을 뿌리고 다니는 급소를 걷어차 사람들 앞에서 개망신을 시켜주고 말았을 테다.

"화내면 뭐 해? 나만 손해지. 물 한 잔 부어주고 왔으니까 정신 차렸을 거다."

"복이 터졌구나, 장민우. 그 인간이 다른 건 몰라도 여자 복은 있나 봐."

"무슨 소릴 하려고, 또?"

"언니 같은 전처 만난 것도 복이란 말이야, 내 말은. 그런 몹쓸 짓을 한 남편인데 감방에 처넣지도 않고. 둘이 잘 먹고 잘살라고 곱게 물러나, 위자료도 한 푼 없이 달랑 집 한 채로 이혼해 줘, 쳐죽일 망발을 해도 정신 차리라고 물만 한 잔 고이 부어주고 와. 대단하다, 대단해. 죽으면 사리 나오겠어."

"너 지금 비꼬는 거냐?"

"알긴 아네."

"뭐?"

"절대 안 돼. 안 돼!"

손가락까지 들어 올리며 예소가 단호하게 말한다. 혹여 마음약한 예영이 민우의 꾐에 홀랑 넘어가 다시 합치는 미친 짓을 벌이지나 않을까 그녀는 걱정이 되었다. 장민우는 지금까지 항상 예영을 속이고 이용만 해왔다. 입만 열면 거짓말에 허풍만 쳐대는 건 그의 특기이자 버릇이었다. 결혼할 때도, 모 재벌그룹의 먼 친척이라는 둥, 서울대 법대를 나왔다는 둥, 있는 구라 없는 구라를 다 쳐가며 예영의 환심을 사서 만난 지 석 달 만에 결혼에 골인했었다. 나중에 죄다 거짓말이라는 게 밝혀져 예영의 가족들 모두가 주변 사람들로부터 왕창피를 당해야 했다.

그땐 그가 왜 그런 거짓말을 했는지 예소는 이해할 수가 없었더랬다. 그 당시 예영은 민우의 집안이 빵빵해서, 그가 서울대 출신이라 좋아했던 게 아니었다. 그가 평범한 집안 출신에 평범한 학벌의 남자였다는 걸 알았어도 예영은 개의치 않았을 것이다. 예영이 민우를 좋아했던 건 늘 그녀에게 웃어주는 따뜻한 마음 때문이었다. 그 마음이 아무 여자한테나 다 우러나온다는 걸 알게 된 것이 이미 결혼 삼 주년이 지나고 나서였지만, 하여튼 그 당시에는 민우를 진심으로 좋아했고 믿었던 예영이었다. 그런데 민우는 예영의 믿음을 단숨에 부숴 버렸다. 거짓말했다는 걸 알고 왜 그랬냐고 묻는 예영과 가족들에게 그는 태연하게 웃으며 말했다.

"뭐 그런 걸 가지고 그러세요. 그럴 수도 있지."

예소가 화나는 부분이 바로 여기다. 민우는 애초부터 믿음이란 게 없는 사람이었다. 예영이 믿을 수 있는 사람도, 예영을 믿을 수 있는 사람도 아니었다. 그는 원래부터 그렇게 생겨먹은 것처럼 쉽게 거짓을 말하고 거짓을 행했다. 나중에 바람을 피운 그 모델 출신 스타일리스튼가 코디네이턴가 하는 여자에게까지도 서울대 출신에 재벌 친척이 있다고 뻥쳤다는데, 할 말 다 했지 뭐. 이런 한심한 장민우와 삼 년을 산 예영이 남자를, 사랑을 믿지 못하는 건 당연한 것일지도 몰랐다. 그래서 섣불리 남자를 만나지 못한 것이고.

"넌 내가 장민우랑 합칠까 봐 겁나니?"

예영이 물었다.

“당연하지. 네가 좀 마음이 약하냐?”

“걱정 마. 목에 칼이 들어와도 재결합 안 해.”

“그렇게 당하고도 장민우랑 다시 살 마음이 생긴다면 노망난 거야. 갈 때가 된 거지.”

“안 산다고, 글쎄. 걱정하지 말라고.”

다시금 예영이 단호하게 확언한다. 하지만 예소는 여전히 화가 풀리지 않았다. 아니, 언감생심 어딜 기어들어 오겠다는 거야? 지가 예영에게 어떻게 했는데? 인간 같지도 않은 인간. 예소는 새로이 솟구치는 분노에 버럭 소리를 질러 버렸다.

“단단히 못을 박고 오지 그랬어! 그딴 소리 절대 못 씨부렁거리도록. 감히 어따 대고 합치자야? 지가 그런 소릴 할 자격이나 있어? 나쁜 놈.”

“신경 쓰지 마. 그렇게 화내줄 가치도 없는 사람이야.”

청바지를 벗고 트레이닝 바지를 입은 예영은 집에서 입는 셔츠 하나를 꺼내 들며 중얼거렸다. 목 근처가 늘어져 가슴 근처가 훤히 들여다보였지만 이 셔츠를 입으면 마음이 편해졌다. 천이 주는 감촉이 까슬까슬하니 마음이 정제되는 기분이랄까. 집에서는 격식 같은 거 안 따지고 아무거나 편안한 걸로 입는 걸 보면, 예영도 아줌마는 아줌마인 모양이다. 편안하면 장땡이니. 그렇다고 생김새마저 아줌마처럼 노티나는 건 아니었다. 서른 살밖에 안 된 나이인데다가 앳되고 귀염성 있는 이목구비 때문에 이혼녀라곤 전혀 느껴지지 않았다. 이십대 때의 건강하고 프레쉬한 미(美)는 좀 떨어지지만 대신 젖살이 빠져 더 날씬해진 체형 때문에 살짝 섹시한 면도 풍겨 나왔다. 물론 그 미모는 자신을 가꾸지 않는 무심함에 스스로 척박해지고 있는 중이지만.

"뭘 믿고 그렇게 당당하대? 그 자식은. 허풍선이에 개념은 물 말아 먹은 지 오래인 주제에. 돈이나 많이 벌어? 겨우 B급 호텔 카운터나 보면서. 뭐가 그리 잘났어? 얼굴이나 잘생겼다면 내가 말을 안 해. 앞집 남자만큼만 생겨보라 그래!"

"앞집 남자만큼 생겼으면 바람피워도 된다는 거냐?"

예영은 평소 손목에 감고 다니는 머리끈을 빼 산발을 한 머리를 위로 올려 질끈 묶었다.

"뭐 꼭 그렇다는 건 아니지. 왜 언니, 넌 얘길 그렇게 극단적으로 끌고 가냐?"

"너도 나처럼 극단적인 삶을 살아봐라."

메이크업 베이스에 파우더만 덧바른 거라 딱히 화장이랄 것도 없는 수준이지만 그래도 화장은 화장. 예영은 밥하기 전에 화장을 먼저 지울 참으로 욕실을 향해 걸어갔다. 예소는 그녀의 뒤를 따르며 종알거렸다.

"근데 말이 나왔으니 말인데. 그 사람, 진짜 괜찮지 않냐?"

"그 사람이 누군데?"

"앞집 남자지 누구긴 누구야?"

"지가 그래 봤자 남자지."

예영은 욕실로 들어가 흰 밴드로 앞머리를 끌어올리곤 시니

컬하게 중얼거렸다.

"남자도 남자 나름이지. 일단 생긴 것부터가 급이 다르잖아. 완전 영화배우 아니야? 데니스가 울고 가겠어~"

"데니스가 누구야?"

"데니스 몰라? 나의 연인, 데니스 오닐!"

"설마, 그 데니스?"

예영은 텔레비전 드라마에서 본 적이 있는 혼혈배우를 떠올리며 인상을 찌푸렸다.

"왜 아니야? 진짜 딱 그 이미지지!"

"그 병 또 도지셨네. 외국인 남자만 보면 데니스 찾는 병."

"내가 실제로 본 외국인 중 최고였어. 엑설런트! 베스트 오브 베스트! 언빌리버블!"

"눈이 삐었다."

못생긴 건 아니지만, 솔직히 예영도 처음 그를 보고 잘생겼다며 감탄해 마지않았지만, 그래도 앞집 남자가 배우를 웃도는 미남자라는 건 좀 오버였다. 예영은 클렌징크림으로 얼굴을 문지르며 고개를 살래살래 흔들었다.

"눈이 삔 건 언니 너다. 앞머리가 내려와서 잘 드러나지 않았을 뿐이지, 얼굴이 얼마나 조각 같았는데! 언니 넌 핸드백 들고 때리느라 정신이 없어서 자세히 못 본 거야."

그런가? 틀린 말은 아니다. 엘리베이터를 타기 전 아주 짧은 순간 보았을 뿐이라 남자의 자세한 이목구비를 구경하진 못했었다. 그냥 전체적으로 느껴지는 이미지가 화사하고 반듯반듯하니 규격 잘 맞은 상품을 보는 것 같다고 느꼈을 뿐이었다.

"시끄러. 잘생기면 어떻고, 못생기면 어때? 내 남자도 아닌 걸."

"하긴, 애인도 있을 거야. 응? 그런 남자를 여자들이 가만 놔둘 리가 없지."

"그런 남자가 나 같은 아줌마를 거들떠나 보겠니?"

"무슨 소리야? 네가 어때서? 아직 서른밖에 안 됐으면 앞날이 창창한 거지."

"서른이고 마흔이고, 아줌마는 아줌마지."

예영은 씁쓸한 입맛을 다시며 곽티슈에서 화장지를 한 장 뽑아 들었다. 크림으로 번들거리는 얼굴을 티슈로 닦아내며 그녀는 조용히 한숨을 내쉬었다. 한 남자의 아내로 겨우 삼 년을 보냈을 뿐인데, 그 삼 년 사이 여자로서는 이제 재기불능이 아닌가 싶을 정도로 자신감이 없어졌다. 삼십 년은 더 산 듯 마음이 늙고 지쳐 있는 것이었다. 그래서 사랑이고 뭐고, 다 귀찮고 싫었다.

"언니, 넌 가끔씩 확 깰 때가 있더라? 아줌마가 어때서? 아줌마는 사랑하면 안 돼? 장민우가 천생배필이 아니라면 진짜 짝이 따로 있을 거 아니야. 찾아야지! 적극적으로 자신의 짝을 찾는 건 솔로들의 영원한 의무라고."

"너나 시집가. 노처녀로 늙어 죽을 게 아니라면."

쏴아— 수도꼭지를 들어 올리자 세면대로 시원스레 물이 쏟아졌다.

"내 나이가 몇인데 노처녀 타령이야? 그리고 내가 지금 시집갈 처지냐? 밥값도 못하는데. 언니 네가 진짜로 좋은 사람 만나서 재혼해야지."

"왜? 재혼하면 또 달라붙으려고?"

"어떻게 알았냐? 귀신이네."

"으이구. 네가 그럼 그렇지."

예영은 동생을 한번 찌릿 노려보고는 손으로 물을 떠올렸다. 푸하, 소리를 내며 요란스럽게 세수를 하는데 예소가 옆에서 중얼거렸다.

"딱 그 총각같이 완벽한 외모여야 하는데. 그래야 장민우, 그 자식 코를 납작하게 눌러주는 건데 말이야. 그 자식, 네가 저보다 돈 많고 잘생긴 남자를 만나는 걸 보면 분해서 팔짝팔짝 뛸걸? 꼴에 자존심은 있어가지고. 아, 참! 밥은 있지?"

"밥?"

세안용 폼클렌징을 손 위에 눌러 짜며 예영은 물었다. 동생의 말을 얼굴에 물을 뿌리는 중간중간 조금씩 들었던지라 예영은 영문을 모른 채 동생을 돌아봤다.

"밥은 왜 찾아?"

"조금 있다가 밥 먹으러 오라고 했거든. 이제 곧 올 것 같아서."

“오라고 해? 누구를?”

“리버스 페리. 아까 그 남자.”

“뭐?”

예영은 무슨 미친 소린가 싶어 눈살을 찌푸렸다. 이마에서 물기가 흘러내려 와 눈 속으로 들어가자 예영은 두 눈을 찔끔거리며 손으로 물기를 닦아냈다.

“아까 그 남자? 앞집 남자 말이야?”

“응. 언니가 들입다 패서 머리에 혹 난 남자.”

“너, 너…… 미쳤니? 밥은 왜에~!”

언성이 절로 높아졌다. 말도 안 통하는 외국인을, 그것도 그녀가 죽도록 패주었던 남자를 쪽팔리게 뭐 하러 집에까지 초대했단 말인가.

“그럼 그렇게 두들겨 패고 그냥 놔두냐? 밥이라도 먹여서 입을 막아줘야지. 그래야 진짜 고소 같은 걸 안 할 거 아니야.”

이게 예소가 말했던 소위 ‘뒤처리’ 라는 것이었던가? 예영은 험상궂게 인상 쓴 얼굴로 버럭거렸다.

“초대를 했으면 빨리 말을 하든지!”

그랬으면 화장도 안 지웠고, 옷도 안 갈아입었고, 음식도 빨리 장만했을 거 아니냐고!

“걱정 마. 우리 집 반찬 별거없다고 이미 말했으니까. 녹색혁명 일어나서 밥상이 완전 풀밭이라고 했더니 막 웃더라. 알아듣고 웃는 건지 어쩐지는 모르지만 하여튼 내 말이 조크라는 건 알아챈 거지. 그것참, 생각하면 생각할수록 괜찮은 사람이라니까. 뉘 집 자식인지 교육 한번 잘 받았다는 생각이 들어."

"뉘 집 자식이긴 뉘 집 자식이야? 양씨 할아버지 손자라며!"

거의 울 것 같은 얼굴로 예영은 소리쳤다.

"안 잊어먹었네?"

예소가 눈썹을 씰룩거리며 장난스레 말한다. 으이구, 저 웬수 같은 계집애. 대체 저 화상은 시집도 안 가고 왜 내 옆에 들러붙어 떨어지질 않는 건지. 지겨워 죽겠다, 아주. 어떻게 하루걸러 일을 만드냐? 예영은 이를 갈며 중얼거렸다.

피숑~ 100메가급 빠른 스피드로 대충 세수를 마치고 로션바를 새도 없이 주방으로 달려간 예영은 냉큼 냉장고를 열어보았다.

"아이고! 내가 진짜."

장민우 때문에 기운이 없어서 장도 안 보고 집에 들어왔더니만 역시나 냉장고가 텅 비어 있었다. 이런 지경으로 손님을 치러야 하다니. 예영은 눈앞이 캄캄해지는 것만 같았다. 예영은 텅 빈 냉장고를 멍하게 바라보다가 다시 휙, 고개를 돌려 동생을 째려보았다. 예소는 빈손을 펴 보이며 죄 없다는 듯 실실 웃고 있었다. 거의 체념한 상태로 예영은 푹 한숨을 내쉬었다.

"별수없지. 녹색혁명 또 한 번 일으키는 수밖에."

"열려라, 참깨!"

동화 속 주문을 외는 그녀의 목소리는 새콤했다. 열 살 때쯤, 휴가를 맞이해 한국으로 여행을 왔을 당시 처음 먹어보았던 그 파인애플 맛 음료처럼 시큼하고 달콤한 느낌이었다. 우유곽처럼 작게 포장되어 나온 주스를 냉동실에 넣어두었다가 아이스크림을 만들어 숟가락으로 떠먹으면 그 맛이 최고였다. 미국에서는 맛볼 수 없었던 특이한 맛에 그는 푹 빠져 버렸었다. 부모님의 우려에도 불구하고 휴가 내내 그는 그 인공감미료가 듬뿍 든 한국산 주스를 입에 달고 살았었다. 그런데 아까 전 여자의 혼잣말을 듣는 순간, 리버스는 십팔 년 전 맛보았던 그 새콤한 맛이 떠올랐다.

왜 그랬을까? 왜 그녀의 목소리가 그렇게 새콤달콤 먹음직스 럽게 들렸을까? 왜 단정치 못하게 사방으로 뻗친 머리 모양이 귀엽다고 느꼈던 걸까? 왜 자신을 두들겨 패며 미친 여자처럼 괴성을 질러대는 여자를 보고도 그는 웃음을 머금었던 걸까?

샤워를 마치고 나온 리버스 페리는 타월로 머리카락을 문질 러 닦으며 미간을 찡그리고 있었다. 입가에는 희미한 미소를 달 고 그는 샤워 내내 깊이 몰입해 생각해 왔던 문제들을 다시 되 짚어보았다.

열려라, 참깨. 밝은 미소. 이 강도 자식아!

"푸훗!"

역시다. 또 웃음이 나왔다. 여자의 막무가내 행동에 불쾌해야 함에도 리버스는 웃고 있었다. 그는 자신의 이런 기분을 이해할 수 없었다. 멀쩡한 모범청년을 강도로 여겼던 것도 불쾌해야 했 고, 다짜고짜 가방을 휘둘러 부상을 입힌 것도 무례하다 따졌어 야 했다. 평소의 그였다면 아마 그리했을 것이다. 상대가 아무 리 여자라 할지라도 그는 그리한다. 하지만 그는 그럴 수가 없 었다.

'뭘까, 그녀에게 이토록 관대해지는 이유는?'

메말라 보였던 입술, 푸석푸석한 얼굴과 그 얼굴에 드리워진 그늘만 빼면 그녀는 예뻤다. 조금 치켜 올라간 눈매와 얇은 입 술에서 동양인 특유의 매력이 흘렀고, 새하얀 피부와 단아한 아미는 색정적이라 할 만큼 섹시하게 느껴졌다. 놀랐을 때 휙 치켜뜬 두 눈과 새콤달콤한 목소리는 입 안에 넣고 굴리고 싶은 사탕처럼 앙증맞고 귀여웠다. 하지만 그런 미모는 평소 리버스가 만났던 여자들에 비하면 초라한 수준이었다. 분명 그의 마음이 제어할 수 없을 정도로 세차게 움직이는 건 그녀의 외모 때문이 아니었다.

리버스는 젖은 알몸 위에 샤워가운을 걸치며 거실 탁자 쪽으로 걸어갔다. 이 알 수 없는 마음의 파장이 과연 '첫눈에 반한 것'과 일맥상통한 것인지 깊이 생각해 볼 필요가 있었다. 그는 스물여덟 평생 동안 첫눈에 반하는 운명 같은 사랑을 기다려 왔으니 말이다. 보이는 것과는 다르게 굉장히 감성적인 남자였다, 리버스는. 이 세상에서 가장 섹시한 로맨티스트이지 않을까?

바람둥이 타이틀이 어울릴 외모의 리버스가 이런 감성을 갖게 된 이유에는 부모님의 영향이 상당 부분 차지한다. 부모님은 오십을 바라보는 나이임에도 불구하고 소년소녀처럼 여린 감성을 가진 분들이었다. 기념일 챙기기는 기본이요, 러브 다이어리라는 걸 만들어 상대방에 대한 마음을 하루하루 꼬박꼬박 챙겨 기입하여 한 달에 한 번 돌려보고, 그 나이에도 일주일에 세 번 이상은 외식과 데이트를 즐기는 열혈 부부인 것이다. 온리 유, 아이 러브 유, 사랑해란 말을 입에 달고 사시는 부모님 밑에서 보고 자란 게 그것뿐이라 그 역시 그만의 '온리 그녀'를 눈이 빠져라 기다려 온 참이었다. 올해로 한국 나이 스물여덟이 된 그에게 아직까지 여자 경험이 없다고 한다면, 아무도 안 믿을 것이다.

[리버스? 엄마다. 잘 도착했는지 궁금해서 전화했어. 긴 여행에 많이 지쳤을 텐데 오늘은 푹 쉬고 나중에 연락 다오. 엄마 전화번호 알지?]

리버스가 거실 탁자 위에 놓인 유선 전화기의 버튼을 누르자, 제일 먼저 어머니, 그레이스의 목소리가 흘러나왔다. 여느 때와 다름없이 그녀는 교과서적인 정확한 한국어 발음을 구사하고 계셨다. 전직 방송국 아나운서 출신인 그레이스는 한국어에 대한 남다른 애정과 철학을 가지고 있었는데, 그 때문에 리버스는 어릴 때부터 한국어를 모국어인 영어보다도 더 많이 쓰고 익혀야 했다.

솔직히 어릴 때는 리버스조차 어머니의 남다른 한국어 사랑을 이해할 수 없었다. 집착이라 생각했고, 지겹고 짜증났다. 거의 반강제적으로 의무감에 어쩔 수 없이 써야 했던 한국어였다. 사춘기 시절엔 태생에 대한 회의로까지 이어질 정도였으니 한국어에 대한 압박감이 얼마나 심했는지 대략 짐작이 될 정도였다.

그런데 그게 어느 순간 체념으로 바뀌더니 나중엔 호기심과 오기가 생겨났다. 한국어뿐 아니라 한국이라는 나라 자체에 대해 진심으로 알고 싶어졌고, 마침 그런 와중에 만난 대학 친구는 그의 호기심에 불을 지폈다. 단박에 그는 한국이란 나라를 피부로 접해보고 싶어졌고, 결국 이렇게 한국에 장기체류할 계획까지 세우게 되었다. 공부를 끝내고 세계 여러 대기업으로부터—그중 한국의 스포츠기업인 (주)필러스도 포함되어 있음—스카우트 제의가 쏟아져 오는 이때, 진로를 결정하기 전에 꼭 한번 와보고 싶었던 한국에 들르게 된 것은 한국인 친구, 리나의 역할이 컸다.

[아직도 한국 안 왔니? 혹시 몰라서 전화해 봤더니만. 알았어! 미국으로 전화하마.]

다음 메시지는 봉리나가 남긴 것이다. 양반은 못 되지. 리나는 그의 학교 친구로 같은 서클의 일원이기도 했다. 최근 그녀는 공부를 마치고 한국으로 귀국한 상태였는데 그는 그녀의 연애 상담을 해주고 있었다.

[야! 버스! 전화 왜 안 받아? 한국 들어오고 있는 거야? 아이씨! 할 말 있었는데.]

다음 메시지도 리나였다. 그가 비행기를 타고 있을 때 전화를 걸어왔던 모양이다. 리버스는 피식 웃으며 타월로 머리카락을 탈탈 털었다. 리나는 그를 버스(Bus)라고 부르는데 리버스(Rivers)의 철자를 떠올려 보면 그 별명은 지극히 한국적인 발상이라 할 수 있었다. 그런데도 은근히 그는 버스라는 별명을 즐긴다. 누군가에게 굉장히 은밀하고 사랑스러운 존재가 되는 것 같다고나 할까. 운명적으로 느껴지는 단어라고 그는 생각했다.

그나저나 무슨 급한 일이 있는 걸까? 리버스는 성격 급해 별명인 '냄비' 인 리나를 떠올리며 수화기를 들었다.

리나와의 통화를 마친 리버스는 옷가지를 챙겨 입고 아파트 현관문을 밀고 나왔다. 평범한 디자인의 스웨터와 낡은 데님 바지, 스웨이드 재킷을 대충 맞춰 입은 그는 아직도 덜 마른 금빛 머리카락을 쓸어 넘기며 맞은편 이웃집 앞에 우뚝 멈추어 섰다. 불과 한 시간 전, 그 귀엽게 생긴 여자가 리버스를 두들겨 패면서 광분했던 바로 그 자리였다.

"풋!"

다시 웃음이 나왔다. 그녀의 놀란 눈동자가 떠오르고, '나쁜 자식!' 이라 소리치는 그녀의 옹골찬 입술이 떠오르고, 그의 손 안에 사로잡힌 손목의 감촉이 떠올랐다. 그의 커다란 손아귀에 붙잡힌 그녀의 맥박은 빠르고 세찼다. 꺾어 넘길 수도 있을 만큼 가느다란 손목에서 느껴지던 활기차게 물결치는 그 맥박은 순간 리버스의 심장을 거세게 노크했다.

딩동. 벨을 누르자 '누구세요?' 하는 일상적인 멘트가 인터폰을 통해 날아왔다. 언뜻 들어도 그 여자의 목소리는 아니었다. 은예소라는 그녀의 동생인 듯했다. 속사포처럼 빠르고 친화력 강한 말솜씨를 가진 그녀는 사회성이 무척 강한 듯 그를 만나자마자 '하이. 나이스 투 미트 유' 등의 현란한 교과서 영어를 구사하더니 그의 손을 잡아 악수를 하고 양봉구까지 언급하며 그의 주의를 흩뜨렸다. 그녀의 거침없는 대화법에 속절없이 빠져든 리버스는 결국 오늘 처음 만난―그것도 자신을 강도라 의심했던—여자의 집으로 식사를 하러 오는 이례적인 '짓'을 저지르고 말았다.

「앞집에 사는 리버스 페립니다. 아까…….」

습관적으로 영어가 튀어나왔다. 물론 아까 앞집 여자에게 당할 때는 다분히 의도적으로 영어를 씨부렁거렸지만 지금은 영어로 말하려는 의도가 전혀 없는 상황인데도 꼬부랑말이 튀어나온 거였다. 리버스는 급하게 입을 다물었다. 그때 꽤 육중한 현관문이 급하게 열렸다. 불쑥 열리는 문에 리버스는 뒷걸음질을 치며 눈살을 찌푸렸다.

"오, 오셨어요?"

고개를 숙여 인사를 하는 여자는 다름 아닌 '열려라, 참깨!', 바로 그녀였다. 심하게 깨는 복장에, 심하게 깨는 머리 스타일을 하고 있었지만 확실히 그녀가 맞았다. 이 재미있는 패션은 또 뭐지? 리버스는 또 풋, 웃고 말았다.

앞집 여자는 패션과 거리가 아주 먼 희고 커다란 밴드를 이마 위로 두르고 있었다. 밴드는 앞머리를 뒤로 죄다 끌어올리고 있었고 덕분에 머리카락이 정수리 쪽에서 삐죽삐죽 올라서 있었다. 거기다가 아까까지 어깨 위로 풀어헤쳐 놓았던 머리를 죄다 위로 끌어올려 뒤통수에 질끈 매달아 묶고 있으니 리버스로선 그게 대체 무슨 패션인지 알 길이 없었다. 한국에선 어쩔지 모르지만, 미국에선 제정신인 여자가 저런 머리 모양을 하고 손님을 맞이하지 않는다. 설마 씻다가 나온 건가?

「예. 반갑습니다. 우리 구면이죠?」

그는 흥미로운 얼굴로 물었다. 손을 내밀려는데 앞집 여자는 얼른 꽁무니를 빼며 뒷걸음질을 쳤다.

"어서 오세요. 드, 들어와요."

여전히 그가 두려운 듯 그녀는 두 손을 뒤로 빼고 있었다. 리버스는 약간 황당한 기분으로 잠시, 아주 잠시 얼어붙었다. 그를 보고 이런 반응을 보인 여자는 이 여자가 처음이었다. 여자들은 언제나 그를 좋아했다. 잘생긴 외모와 유쾌한 성격, '쩐' 까지 골고루 갖춘 그는 언제나 선망과 유혹의 대상이었다. 그런 그에게 강도라며 욕을 한바가지 씌워주는 것도 모자라 이젠 그를 피하기까지. 리버스 페리, 이젠 별일을 다 겪는다. 그는 찜찜한 기분을 밀어내며 웃으려고 애를 썼다.

"땡큐."

"어서 오세요, 리버스!"

막 한 발 들이미니 예소의 톤 높은 인사가 날아왔다. 곧이어 콧속으로 스멀스멀 고소한 냄새가 스며들어 왔다. 아주 익숙한 냄새에 즉시 구미가 당겼다. 저게 무슨 냄새였더라? 된장국이었던가? 그의 어머니인 그레이스의 장기이자 즐겨 끓여먹는 한국식 수프였다. 리버스는 신발을 벗으며 집 안 내부를 둘러보았다.

집 안은 전체적으로 깔끔하고 잘 정돈되어 있었다. 일반 가정집에 서민 아파트라는 걸 감안해서 본다면 인테리어도 썩 봐줄 만했다. 감각이 많이 떨어지는 것 같지도 않았고 가구들도 잘 배치되어 있었다. 다만 뭔가 굉장히 어수선한 느낌이었다. 디자이너로서의 감각이 본능적으로 에러 메시지를 내는 그 무언가가 뭔지는 모르지만 확실히 자연스럽진 않았다. 급조된 티가 역력하다고 해야 되나. 급하게 대충 정리한 티가 나는 것도 같고…….

"슬리퍼가 없어서…… 어떡하나?"

이미 그가 '열려라, 참깨' 라 이름 붙여놓은 여자가 머뭇머뭇 말했다. 그를 완전한 외국인으로 인식했는지 신발을 벗는 그를 민망하다는 듯 내려다보았다. 집에 슬리퍼를 비치해 놓지 않았다는 게 부끄럽거나 미안한 듯했다. 그는 괜찮다는 뜻으로 빙긋 웃어주었다. 그때 인터폰 수화기를 내려놓고 이쪽을 바라보고 있던 예소가 소리를 쳤다.

"어서 오세요~ 환영합니다. 우리는 은방울 자매예요!"

푼수기 다분한 예소가 모 아이돌그룹의 트레이드 마크처럼 통용되는 액션을 과장된 외침과 함께 취했다. 예영은 기괴하게 얼굴을 일그러뜨리며 동생을 째려보았다. 어찌나 창피한지 두 볼이 새빨갛게 달아올랐다. 사실 말이 손님이지 생판 남인 사람이 아닌가. 게다가 외국인이고, 방금 전 강도로 오인하여 실례를 범했던 당사자였다. 미안하고 민망하고 어색한데, 예소가 저런 푼수까지 떨어대니 예영은 미치기 일보 직전이었다.

"저, 사실은 아직 식사 준비가 덜 끝났거든요? 조금만 기다려

주시면 안 될까요? 자, 잡지도 있고 TV도 있는데."

예영은 밴드 때문에 훤히 드러난 이마를 엄지손가락으로 문지르며 어색하게 웃었다. 아직 그녀는 자신의 몰골이 어떤 상태인지 전혀 인식하지 못한 상태였다. 세수하고 로션을 안 발라 피부가 사군데서 당겨오는데도 그녀는 전혀 모르고 있었다. 그저 안 나오는 웃음을 억지로 짜내려니 얼굴 근육이 당겨오는가 보다, 생각하고 있을 뿐이었다.

「괜찮습니다. 기다리죠.」

영어로 그가 뭐라 간단히 중얼거렸지만 예영은 하나도 알아들을 수가 없었다. 진정하고 자세히 들으면 알아들을 수도 있는 단순한 기초 영어이건만 워낙 당황하고 떨려 정신이 하나도 없어서 이해하기 어려웠다. 실제로 그녀는 이렇게 외국인을 가까이서 만나 얘기를 나누는 게 처음이었다. 예영은 머리를 긁적거리며 입술을 잘근잘근 깨물었다.

"여기 소파에 잠깐 앉아 계실래요?"

예영은 점잖은 안주인답게 손님을 향해 정중히 말하며 웃었다. 하지만 곧 그녀의 미소는 얼어붙었다. 예소가 뒤에서 소리를 쳤던 거다.

"언니, 국 끓는다!"

"응?"

예영은 저도 모르게 쫑긋 귀를 세우고 예소를 돌아봤다.

"국! 국 끓는다고."

"커헉!"

놀란 예영은 리버스에게 양해의 말도 건네지 않고 후다닥 자리를 떠버렸다. 리버스는 또다시 웃지 않을 수 없었다. 그의 눈엔 예영이 어떻게든 이 자리를 피하고 싶어 안달이 난 것으로밖에 보이지 않았기 때문이다. 확실히 그녀는 그를 피하고 있었다. 아니, 왜? 그가 무슨 사스 환자라도 되는 줄 아나? 기분이 썩 좋은 건 아니지만 한편으론 재미있다는 생각이 들었다.

원래 사람이란, 그렇다. 쉽게 낚인 물고기엔 관심을 보이지 않듯, 쉽게 넘어오는 여자에 대해서는 호기심이 생기지 않는 법 아닌가? 물론 이 여자의 경우가 물고기나 호기심 차원과 같다는 말은 아니다. 분명히 그것과는 다른 경우다. 리버스가 먼저 호기심이 동했고 낚시질은 아직 시작도 안 했으니까. 그러나 이 여자의 반응은 그로 하여금 그녀를 낚으라고 충동질하고 있었다. 그녀를 조금 더 깊이 알고 싶다는 생각을 떨치지 못한 채 리버스는 그녀가 사라진 주방 쪽을 향해 고개를 기울였다.

언니를 주방으로 성공적으로 쫓아낸 예소는 소파로 가서 자리에 앉는 잘생긴 외국인을 빤히 바라보며 열심히 머리를 굴렸다. 어떻게 하면 저 외국인과 친분을 쌓을 수 있을까. 어떻게 하면 저 외국인의 사생활과 성격을 파악할 수 있을까.

사실, 외국인 남자가 앞집으로 이사 온다는 얘기를 들을 때만 해도 예소는 아무 생각이 없었다. 한데 예영과 대판 싸움을 한—일방적으로 리버스가 당한 싸움이지만—리버스를 본 직후 예소의 생각은 확 바뀌었다. '이거다!' 하는 감이 팍 왔다. 제대로 로맨틱한 로맨스 소설을 써보고 싶다는 의욕에 불씨가 당겼다고나 할까.

외국인 남자 주인공과 상처 많은 악바리 아줌마, 은예영.

캬~ 이 얼마나 로맨틱하고 가슴 설레는 소재인가 말이다. 뭔가 굉장히 흥미진진해질 것 같은 필이 들었다. 작가만이 가지는 이 극적인 필이 자꾸만 '이건 되는 시놉시스야!'를 외치고 있었다. 솔직히 절반은 먹고 들어가는 거 아닌가. 실재하는 사람을 모델로 쓰는 것이니 캐릭터 완벽, 현실성도 왔다, 이건 어떻게 봐도 '되는' 소재였다. 크흐흐, 생각만 해도 웃음이 나와 예소는 두 손을 마구 비볐다. 빨리 글을 쓰고 싶어 손이 근질근질했다.

"냄새 죽이죠?"

예소는 상냥한, 그러나 가식이 잔뜩 묻은 얼굴로 그에게 다가갔다. 손에는 하얀 약상자가 들려 있었다. 이마에 반창고라도 붙여주면서 자연스럽게 말을 섞는 게 좋겠다고 생각한 것이었다.

「좋네요.」

영어네. 예소는 이마를 긁적거리며 웃었다. 당황하지 않은 척 벙글거리며 그녀는 그의 앞으로 의자를 끌어다가 앉곤 한국말로 물었다.

"한국말 잘 못하세요? 듣기는 되는데 말하기는 잘 안 되나?"

오케이, 이거야. 이렇게 말을 붙이는 거야. 자, 자, 가자고! 가는 거야!

"조금 합니다."

리버스는 그의 특기 중에 하나인 한국어 회화를 능숙하게 선보이며 피식 웃었다. 원래 그는 이런 실력 발휘를 잘 하지 않는 편이다. 불특정 다수를 향한 인위적인 '설정'이라고나 할까. 단순히 기인 취급 받기 싫다는 이유 하나만으로 그는 낯선 사람들 앞에선 영어를 사용하길 고집했었다. 하지만 지금은 굳이 그럴 필요 없을 것 같다. 이 은방울 자매는 그가 한국인 피가 섞인 혼혈이란 걸 알고 있었다.

"와~! 발음이 좋은데요? 한국말 잘하시네요. 전화로 들으면 외국인인 줄 모르겠어요."

하드트레이닝의 결과죠. 한국 태생에 아나운서 출신, 거기다 애국심에 남다른 외골수 인생 어머니를 두면 충분히 가능한 일입니다. 속으로 대답하며 리버스는 미소를 지었다.

"칭찬이라면 감사합니다."

"물론 칭찬이죠. '잘'이란 말이 붙으면 한국말은 죄다 칭찬이에요. 이리 잠깐 대보실래요? 이마에 연고 발라 드릴게요."

"네?"

"메디신이요, 메디신."

되지도 않는 영어를 투박하게 발음하며 예소는 리버스의 앞머리로 손을 뻗었다. 이마 전부를 덮고 있는 앞머리를 들추기 위함이었는데, 딴에는 직접 약을 발라주겠다고 호의를 베푸는 것이었지만 리버스는 그녀의 손을 거의 반사적으로 거부했다.

"아, 그냥 혼자 할게요."

"예?"

예소는 웃는 얼굴로 두 눈을 깜빡거리며 물었다. 머릿속으론, 혹시 일주일 동안 사워하지 않은 게 들통난 건가? 그것도 아니면 머리를 오 일 동안이나 감지 않은 게 티났나? 하는 것을 미친 듯이 생각하는 중이었다.

"혼자 할 수 있습니다. 그냥 내가 할게요."

"그럼 밴드는 제가 붙여 드릴게요."

"그것도 내가 할게요. 욕실이 어디 있는지 말해주시면."

"아, 예……. 그럼 그러세요 뭐."

예소는 웃기 위해 노력하며 약상자를 건네주었다. 속으론 땅을 치며 아깝다 외치고 있었다. 아~ 생각보다 이 남자, 소심하신걸. 이마에 밴드 붙여준다고 했지 잡아먹는다고는 안 했는데 말이야. 너무 내외하시네. 외국인치곤 좀 보수적인 거 아니야?

'이젠 어떻게 접근한다?'

예소는 머리를 싸매고 다시 고민하기 시작했다. 정말 저 외국인을 소재로 글을 쓰면 완전 줄줄 잘 써질 것 같단 말씀이지. 저렇게 잘나빠진 외국인 남자와 우리의 주인공 은예영을 딱 나란히 배치하니, 정말 글 쓰고 싶은 욕망이 부글부글 끓어오른단 말씀이다. 삼 년째 탈고의 맛을 못 본 예소에게 리버스 페리는 정말 하늘이 주신 기회였다. 이제 어떻게 엮는다? 밥 먹으라고 초대하는 것까진 그럭저럭 됐는데, 그 다음엔 어떻게 해서 만남을 이어가지? 일단 저 포리너를 주인공으로 소설을 쓰려면 좀 더 긴밀한 관찰과 섬세한 인터뷰가 필요한데 말이지.

'아~ 어렵다.'

예소는 미간을 찌푸리고 발가락을 까딱거리며 깊은 생각에 빠졌다. 그때, 시름에 잠긴 그녀의 앞으로 예영이 후다닥 지나갔다. 예소의 코앞을 지나 그녀는 욕실로 향하고 있었다. 리버스가 그 안에 있는 줄 모르는 듯 그녀는 리버스가 들어가 있는 욕실 불을 툭, 껐다. 저게 뭐 하는 짓이야? 예소는 멍하게 예영이 하는 짓을 바라봤다. 멀쩡한 불을 꺼놓고, 반대로 불을 켰다고 여긴 예영은 욕실 문을 거침없이 후딱 열어젖혔다. 이런…… 그 안에 포리너 한 분이 계실 텐데?

"꺅!"

아니나 다를까, 예영이 겁에 질린 비명 소리를 짧게 질렀다. 어두컴컴한 곳에 멀대같은 검은 그림자가 우뚝 서 있는 걸 보니 심장 약한 예영이 펄쩍 뛴 거였다.

"괜찮아요?"

리버스가 욕실 안에서 걸어나오며 그녀의 팔을 붙들어 부축했다. 구슬처럼 반들반들 윤이 나는 그의 갈색 눈동자에는 걱정과 우려가 맺혀 있었다. 정말 예영이 걱정되는 모양이다. 은예영은 원래 잘 놀라고 잘 소리 지르는 타입이건만.

"예?"

예영은 귀신에 홀린 듯 멍한 얼굴로 리버스를 빤히 바라봤다. 가까이에서 보니 예소의 말대로 정말 굉장한 미남자라는 생각이 들었던 거다. 눈을 절반쯤 가리고 있는 금발머리는 기름칠을 한 듯 윤기가 자르르 흐르고, 분칠한 듯 새하얀 피부는 여자인 예영도 군침이 돌 만큼 욕심나는 피부였다. 정말 넋이 저절로 놓아지누나.

"괜찮냐고요. 놀랐어요?"

그가 재차 물어왔다. 예영은 정신을 퍼뜩 차리곤 어색하게 웃었다.

"아, 예. 괜찮아요. 하, 한국어를 잘하시네요?"

"아, 조금."

망설이듯 그가 대답했다. 그는 여전히 예영의 팔을 붙들고 있었다. 예영은 후다닥 그의 팔을 떨구며 자세를 바로 했다.

"몰랐어요, 전. 한국어 전혀 못하시는 줄 알았는데."

"대화할 정도는 돼요."

웁스. 대화할 정도라니, 그럼 완전 수준급이잖아. 강도라고 우격다짐으로 고래고래 소리 질렀던 자신의 추태가 휙휙, 영사기 돌아가듯 그녀의 눈앞으로 빠르게 지나갔다. 아니, 한국어를 이렇게 잘하면서 왜 못하는 척했던 거래? 피가 점점 얼굴로 몰리는 기분에 예영은 얼버무렸다.

"그, 그렇군요."

"그나저나 어떻게 하죠? 불이 나간 것 같은데."

"예?"

"전등이 나갔어요. 욕실."

뚝. 딱. 뚝. 딱. 리버스가 욕실 전등 스위치를 왼쪽 오른쪽 번 갈아가며 눌러보고 있었다. 사실 욕실은 전부터 말썽이었다. 배선이 잘못되었는지 접촉이 불량한 건지, 아무 이유 없이 불이 안 켜지다가 다시 언제 그랬냐는 듯 잘 켜지는 일이 다반사였다. 예소는 욕실에 귀신이 사는 거 아니냐며 귀신이 출몰하는 지점이라는 뜻의 '고스트 스팟(ghost spot)'이란 별명을 붙여주기도 했다.

"저게 또 나갔네."

예영은 중얼거리며 한숨을 내쉬었다. 안에서 새는 바가지, 밖에서도 샌다고 했던가. 하필 어색한 손님 불러놓은 이때에 불이 똑 나갈 게 뭐람. 참 가지가지 창피하다. 예영은 민망한 얼굴을 한 손으로 문지르며 대수롭지 않은 척 어깨를 으쓱거리면서 웃었다.

"그건 전부터 그랬었어요. 너무 신경 쓰지 마세요. 원래 그러다가 다시 불 들어오기도 하고 그래요."

"전부터 그랬는데 그냥 뒀다는 말씀이세요?"

그가 물었다. 어떻게 그럴 수 있냐는 말투다. 할 말이 없어졌지만 그렇다고 아무 말도 안 할 수는 없었다. 예영은 더욱 고개를 내젓고 샐샐 웃으며 아무렇지도 않은 척을 해댔다.

"여자 둘이 사는 집이 다 그렇죠 뭐. 화장실이 둘이라 사용하기 많이 불편한 것도 아니고 그래서 그냥 뒀어요. 언제고 시간이 나면 고치긴 해야죠. 사람 부르면 금방 고쳐질 거예요……."

"……."

"걱정 마세요. 꺼놓았다가 한참 후에 다시 켜면 또 들어와요."

리버스는 예영을 빤히 바라보다가 고개를 돌려 무심한 얼굴로 욕실 안을 훑었다. 어둠에 휩싸여 있는 욕실은 그의 마음을 알 수 없는 혼돈으로 몰아넣고 있었다. 여자 둘이 사는 집. 그녀는 솔로였다. 이렇게 집에 고장난 스위치가 있는데도 아무런 조치도 취할 수 없는. 그는 한참 동안 욕실 안을 바라보다 물었다.

"이름이 뭐예요?"

"네?"

예영은 멍하게 되물었다. 이 사람, 지금 이름을 물어본 건가? 제대로 들은 거 맞나? 예영은 여전히 욕실 안을 살피고 있는 앞집 남자의 뒤통수를 빤히 바라봤다.

"아직 당신 이름도 모르는데, 난."

그가 고개를 슬쩍 꺾어 그녀를 내려다봤다. 외국인의 피가 섞인 사람답게 그의 움푹 팬 눈매 아래로는 맑은 갈색 눈동자가 반짝이고 있었다. 너무나 맑아서 그 안에 들어 있는 자신의 모습이 죄다 보이기까지 했다. 예영은 멍하게 입을 벌린 채 두 눈을 퍼득퍼득 깜빡였다.

"제 이름이요?"

멍청한 질문을 해버린 예영은 혀를 질끈 깨물었다. 그럼 네 이름이지 누구 이름이겠니? 이 맹추야!

"내 이름은 리버스 페리예요. 당신 이름은?"

전형적인 외국인의 모습에서 한국말이 스스럼없이 흘러나오는 광경을 대하자니 마치 만화 속 한 장면에 빨려 들어와 있는 기분이 들었다. 낯설고도 독특한 경험에 머리가 띵해졌다. 예영은 손을 들어 이마를 긁적이며 어색하게 웃었다.

"내 이름은……."

그때 예영의 손에 걸리는 것이 있었으니. 그것은 바로 흘러내리는 긴 머리를 정리하기 위해 세수할 때마다 쓰는 헤어밴드였다. 이게 왜 여기에 걸려 있는 거야?

'잠깐! 앞머리! 내 앞머리!'

생각해 보니 이마 위로 드리워져 있어야 할 앞머리가 없었다. 그렇다. 아까 세수하느라 머리띠를 이용해 앞머리를 몽땅 뒤로 넘겼던 거다. 동생이 난데없는 '초대' 얘길 꺼내서 너무나 당황해 허둥지둥 세수를 하고 나와 곧바로 음식 장만에 들어갔고, 그 바람에 이놈의 앞머리 생각은 홀딱 까먹어 버린 것이다. 까마귀 고기를 삶아먹었나, 왜 이렇게 깜빡깜빡하는 거야! 어쩐지 시야가 훤하더라니.

"엄마야."

예영은 얼굴을 엉망으로 일그러뜨리고 부리나케 안방으로 달려 들어갔다.

"미쳤어. 미쳤어……. 이걸 왜 하고 있냐고!"

안방에 딸린 욕실 안에서 예영은 혼잣말을 중얼거리고 있었다. 거울 앞에 서 있는 그녀는 헤어밴드에 눌려 올올이 하늘을 향해 뻗친 앞머리를 물로 적셔 내리는 중이었다. 그녀의 앞머리는 물을 묻혔는데도 전혀 숨이 가라앉지 않는 기염을 토하고 있었다. 예영은 심란한 자신의 몰골을 보며 으, 좌절의 신음을 흘렸다. 이런 쪼다 같은 모습으로 손님을 맞았다고 생각하니 죽고만 싶었다. 그 세련미 뚝뚝 떨어지는 매력남이 뭐라고 생각했을까? 아! 정말 살고 싶은 마음이 뚝 떨어졌다.

"죽어야지. 살아서 뭐 해. 으휴!"

대체 왜 깜빡한 걸까? 이건 완전 치매 수준이었다. 냉장고 안에 전화기를 넣어놓았다는 사람 얘기 들으면서 한참을 비웃었던 게 엊그젠데 나이 삼십에 이 무슨 노망기인지. 예영은 제 머리통을 쥐어박고 또 쥐어박았다.

"뭐 하냐? 대충하고 나오지. 국 닳았다."

그때 불쑥 낯익은 목소리가 끼어들었다. 이 모든 쪽팔림의 원흉, 은예소였다. 예영은 휙 고개를 돌려 예소를 노려보았다. 빠직! 저절로 이마 위로 힘줄이 솟구쳤다.

"너 이……!"

울컥 화가 치솟았다. 저 계집애가 미리 언질만 줬었어도. 아니, 앞집 남자를 초대하지만 않았어도! 이런 개망신은 당하지 않았을 거 아니냐고.

"왜 이름을 말 안 해주고 그러냐? 네 이름 내가 말해줬다."

뭐가 흐뭇한지 히죽거리며 예소가 말했다. 예영은 이를 부득부득 갈며 윽박질렀다.

"시끄러워. 지금 이름이 문제야? 내 머리가 이렇게 됐으면 말을 해줘야 할 거 아니야. 이게 무슨 국제적 창피냐?"

"뭐가 창피해? 내추럴하기만 하구만."

"내추럴 좋아하시네. 내가 진짜 너 때문에 못 산다. 아우, 정말. 이건 왜 이렇게 안 내려가? 짜증나게."

예영은 가는 가르마용 빗으로 앞머리를 연신 내리며 투덜거렸다.

"나보다는 나으니까 걱정 붙들어 매셔."

"그걸 지금 말이라고 해? 위로랍시고 말하는 거냐고."

"그나저나 앞집 남자 지금 세면대 고치고 있다."

"뭐?"

뭘 고치고 있다고? 열심히 빗질하던 손길을 멈추고 예영은 동생을 멀뚱하니 바라보았다. 예소는 문제의식을 전혀 느끼지 못하는 얼굴로 말했다.

"세면대 물이 잘 안 내려간다고 했더니 자기가 손을 좀 보겠다고 해서."

"세면대, 아직도 물이 안 내려가? 내가 그거 오늘 아침에 세

제 사다가 부으랬잖아."

"귀찮아서 아직 안 사 왔지."

"그런다고 손님한테 그걸 시켜?"

황당한 얼굴로 예영은 물었다. 추궁을 한답시고 날카롭게 묻는 거였지만 예소는 아무 죄책감도 없는 모습으로 어깨를 으쓱할 뿐이었다.

"시킨 게 아니고 그 남자가 해주겠다고 자진해서 나선 거야."

"해주겠단다고 진짜 해달라고 해? 너 미쳤니?"

"그런 것쯤 해주면 어때서?"

"어떻긴! 오늘 처음 본 사람이잖아. 그딴 걸 왜 부탁하니?"

"뭐 어때? 이웃사촌인데."

예영의 얼굴은 금세 시뻘게졌다. 그 멀끔하고 잘생긴 청년이 더러운 세면대를 만지고 있다고 생각하니, 마치 자신의 치부를 들킨 듯 창피하고 수치스러워 말도 제대로 안 나왔다. 욱, 올라오는 성미를 참으며 예영은 손바닥으로 이마를 툭 쳤다. 아이구, 두야.

"내가 너 때문에 못 산다, 정말."

"왜? 내가 뭘 잘못했는데 그래?"

그래. 뭐가 잘못된 건지 모르니까 이런 일을 벌인 거겠지. 암, 그렇고말고. 예영은 거듭 숨을 고르며 예소를 밀어 제쳤다. 물에 젖어서도 여전히 하늘을 향해 앞으로나란히를 하고 있는 앞머리는 이미 그녀의 안중에서 삭제조치 된 후다. 예영은 뒤쫓아오는 예소를 지나쳐 거실 욕실을 향해 빠르게 걸어갔다.

"왜 그래? 어딜 가?"

몰라서 묻나. 예영은 귀찮게 말을 걸어오는 예소를 향해 분노의 시선을 쏘아주며 대꾸 없이 욕실로 향했다.

훤히 열린 욕실은 여전히 불이 들어오지 않아 캄캄했다. 앞집 남자는 거실에서부터 흘러들어 오는 희미한 빛과 예소가 가져다준 손전등에 의지한 채 세면기 아래 파이프를 만지고 있었다. 재킷도 벗고 스웨터 소매를 팔꿈치 위까지 둘둘 걷어 올린 남자의 뒷모습은 뭔지 모를 묘한 감동을 주었다. 누군가로부터 도움을 받을 땐 늘 이런 기분이 되는 걸까? 순간이지만, 자신에게도 저렇게 믿고 의지할 만한 누군가가 옆에 있었으면 좋겠다는 생각이 들었다.

'매운맛을 아직도 덜 봤구나, 은예영. 남자에 대해서 아직도 모르니?'

예영은 잠시 흔들릴 뻔한 마음을 얼른 다잡고는 두 눈에 힘을 실었다. 이 남자는 단지 사회봉사 정신이 투철하고 이웃사랑 실천정신이 탁월한 모범청년, 그 이상도 그 이하도 아니라고 반복적으로 되뇌며 그녀는 아랫입술을 혀로 핥아 살짝 축였다. 그리고는 잘생기고 자상하기까지 한 저 모범청년에게 살짝 쏠리는 감정에 크고 단단한 바리케이드를 둘러친 후 그를 불렀다.

"저기요. 고맙긴 한데요, 그냥 나오세요."

무덤덤하게 가장한 목소리로 말하고 예영은 그의 대답을 기다렸다. 그러나 한참 동안 그의 대답은 돌아오지 않았다. 예영은 옆에 선 예소를 찌릿 째려보았으나 그녀는 어깨를 으쓱하며 자신은 아무것도 모른다는 듯한 표정을 지을 뿐이었다. 예영은 재차 소리쳤다.

"나와요, 그냥. 그거 세제로 하면 금방 내려가요."

이번엔 그가 예영을 돌아보았다. 피곤한 듯한 표정이 그의 얼굴 위로 슥 지나가는 것 같았다. 하기 싫은 걸 억지로 하고 있는 것 같은 인상이었다. 그럼 그렇지. 남의 세면대를 괜히 고쳐 주겠다고 나섰겠냐. 예의상 꺼낸 말을 예소가 오버해서 받아들인 게 분명하다. 휴— 한숨이 터져 나왔다. 이런 일을 당할 때면 늘 그렇지만 어설픈 동정과 참견, 사회적 약자를 바라보는 듯한 편협한 시선에 분노가 솟구쳤다.

'혼자 사는 여자는 동정의 대상이 아니라고!'

예영은 이를 악물고는 욕실 안으로 저벅저벅 걸어 들어갔다. 그리곤 그의 두껍고 단단한 팔뚝을 붙들고 끌어당겼다.

"나오시라고요, 글쎄. 이런 거 댁이 하실 이유 없잖아요."

"어두워서 그렇지 할 수 있어요. 금방 되니까 걱정 말고 나가 있어요."

어두운 세면기 아래쪽으로 더욱 고개를 기울이며 그가 말했다. 물론 예영이 잡아당기고 있는 그의 팔은 꿈쩍도 하지 않고 있었다.

"못할까 봐 걱정하는 게 아니에요. 할 수 있어도 하지 마세요."

고집이 담긴 목소리로 그녀가 말하자 리버스가 고개를 돌려 그녀를 보았다. 한쪽 눈썹을 치뜬 그는 그녀가 한 말의 의미를 제대로 인식한 듯 조용했다. 유난히 말간 갈색 눈동자를 바라보며 예영은 고집스럽게 같은 말을 반복했다.

"나오세요, 그냥. 빨리 안 나오면 화냅니다."

순간, 리버스는 미간을 찌푸리며 거친 숨소리를 목구멍으로 집어삼켰다. 그의 팔을 잡아당기기 위해 벌어진 겨드랑이 사이로 끼워 넣은 예영의 두 손이 갑자기 더욱 힘을 주며 그를 끌어내리려고 했기 때문이다. 잔뜩 짓눌려 긴장해 있던 그의 몸 한 부위가 욱신거리기 시작했다. '빨리 안 나오면 화냅니다' 라니. 갑자기 그는 그녀의 화내는 모습이 보고 싶어졌다. 왠지 화내는 모습도 귀여울 것 같지 않나?

"거의 다 됐으니까 나가 있으세요."

그는 타이르듯 부드럽게 명령했다. 그러자 그녀의 손아귀에 더욱 힘이 실리기 시작했다. 오, 이런. 꽉 쥐어오는 그녀의 손길에 그는 숨이 턱 막히는 것 같았다. 여자의 손길 한 번에 부르르 흥분했던 때가 언제였더라?

"안 해줘도 된다니까요. 왜 이걸 댁이 해준다는 거예요?"

예영이 조금은 신경질적으로 대응해 왔다. 슬슬 귀여워지는데? 리버스는 싱긋 웃으며 대꾸해 주었다.

"남자잖아요."

"뭐요?"

“원래 이런 건 남자들이 하는 거예요. 몰랐어요?”

예영은 예상치 못한 답변에 어안이 벙벙해 입을 벌렸다. 어둠 속에서 반짝이는 그의 입을 보니 불현듯 그가 웃고 있다는 생각이 들었다. 이게 지금 웃을 일인가? 알 수 없는 화가 치밀어 오르자 예영은 리버스의 손에 들린 손전등을 휙 빼앗아 버렸다.

“알아서 하세요. 당신 눈이 육백만 불 사나이 눈이라면 가능할 거예요.”

예영은 어설픈 육백만 불 사나이를 컴컴한 욕실 안에 남겨두고 나와 문을 닫아버렸다. 남들 보기에 너무 예민한 반응이라 할지 모르지만 예영은 다른 누군가가 자신을 도와주는 게 싫었다. 동정하는 게 싫었고, 혼자 사는 이혼녀라고 쉽게 보이는 것도 싫었다. 사회봉사의 대상이 되는 것도 질색이었다. 그녀는 지금껏 누구의 도움 없이도 홀로 잘살아왔고, 앞으로도 그럴 것이다.

‘그런데 왜 이렇게 진정이 안 되지? 아, 짜증나.’

예영은 신경질적으로 앞머리를 훑어 올렸다. 이런 건 원래 남자들이 하는 거라는 말에 순간적으로 할 말을 잃어버린 자신이 저주스러웠다. 속상하고 화나고 미칠 것 같았다. 집안일과 담을 쌓고 사는 남편과 삼 년을 살고, 그 남편에게 배신당해 이혼까지 당한 자신을 조롱하는 말처럼 들렸다. 슬프게도, 그 말에 반박할 논리가 그녀에겐 없었다.

“손전등을 왜 언니 네가 들고 나와?”

주방 식탁 의자에 앉아 있던 예소가 예영을 보며 묻는다. 예영은 전쟁터 같은 속내를 감추며 드르륵, 식탁 의자를 꺼내 앉았다. 식탁 위에 손전등을 던지듯 내려놓고 예영은 예소를 찔러보며 물었다.

"이딴 걸 넌 왜 찾아줬어?"

"왜? 캄캄하니까 갖다준 건데. 그 포리너는? 왜 안 나와?"

불이 들어오지 않은 욕실에, 문까지 닫았는데도 그는 나오지 않고 있었다. 어두운 데서 대체 뭘 하겠다는 건지. 그 무모함과 주제넘음에 또다시 짜증이 솟구쳤다. 그 짜증은 원흉인 예소에게 쏟아졌다.

"넌 애가 왜 그러니? 왜 시키지도 않은 짓을 해서 사람을 이상하게 만들어?"

신소리 해대는 동생을 향해 찌릿 째려봐 주며 예영은 날카롭게 다그쳤다. 예소는 여전히 책임 회피 입장을 고수하며 뻔뻔한 얼굴을 내돌렸다.

"내가 뭘? 언니가 왜? 언니더러 이상하대?"

"꼭 말을 해야 아니?"

"아니 왜? 이웃사촌인데 그냥 좀 편하게 도움 받으면 안 돼? 뭘 그렇게 유난을 떠나?"

"넌 정말 저 사람이 우릴 도와주고 싶어서 저러는 것 같아?"

"왜에? 엄청 착해 보이는구만. 바람직하지 않아?"

"넌 어쩜 그렇게 순진하니? 저 사람은……!"

우릴 동정하는 거라고. 차마 속내를 꺼내어 말 못하고 예영은 꿀꺽 가슴으로 삭였다. 정말 오늘 일진 왜 이러니. 장민우 만난 일부터 시작해서 강도 사건에, 저 남자까지. 예영은 할 수만 있으면 오늘 아침으로 되돌아가고 싶었다. 그렇다면 장민우를 만나러 나가는 대신 가게 일이나 늦게까지 보고 있었을 것이고 그랬으면 리버스 페리와 마주치는 일은 없었을 텐데.

"휴! 말을 말자."

속에서 열불이 터져 혀를 쯧 차고 있는데 벌컥, 문이 열렸다. 욕실 문이었다.

"다 끝났습니다."

어둠 속에서 그가 나왔다. 땀이 난 이마에 머리카락이 들러붙은 그의 모습은 그럼에도 멋져 보였다.

"어우, 정말요? 정말 고마워요! 물이 늦게 내려가는 통에 그동안 내내 답답했거든요."

예소가 호들갑을 떨며 고맙다고 난리를 쳤다. 예영은 뚱한 표정으로 그를 바라봤다. 리버스는 꽤나 힘들어 보였다. 그가 손등으로 이마를 쓸자, 사선으로 붙은 일회용 밴드가 보였다. 그녀가 삼단우산이 든 핸드백으로 힘껏 내려친 바로 그곳. 생각이 아까 전의 일로까지 미치자 짜증이 더욱 치밀어 올랐다. 사람 미안하게 만들려고 작정을 했나. 왜 하지 말라는 짓을 해가지고 속상하게 만드는 거야, 대체. 예영은 한숨을 푹 내쉬었다.

"여기 불은 그럼, 계속 안 들어오는 겁니까?"

리버스는 욕실을 흘낏 곁눈질하며 예소에게 물었다.

"고스트 스팟이라 제 마음 내키는 대로 들어와요."

"여기도 손봐야겠는데요?"

"손볼 데가 한두 군데겠어요? 여자 둘만 사는 집이라 고칠 데가 많아요."

예소는 아예 이참에 온갖 수리란 수리는 다 해달라고 달려들 기세로 종알거렸다. 아무 상관도 없는 자신에게 일을 떠맡기려는 예소의 심사가 얄미울 법도 하건만, 앞집 남자는 표정 하나 찡그리지 않았다. 성격이 좋은 건지, 바보 같은 건지.

"할 수만 있다면 고쳐 드리고 싶은데 여기 이건 장비 없이는 못할 것 같은데요? 어차피 전문가를 불러야 할 것 같아요."

부드럽게 말하는 리버스는 욕실 전등 스위치를 톡톡 손바닥으로 두드리며 예영을 보았다. 그녀는 리버스 쪽으로 등을 돌리고 앉아 있었다. 목뒤가 빳빳한 걸 보니 여전히 화가 나 있는 듯했다. 리버스는 궁금했다. 예영이 화를 내는 이유가 뭔지. 누군가의 도움을 받고 있는 자신의 처지에 화를 내는 건지, 아니면 도와준 사람이 리버스이기 때문인지.

"그 불은 제 알아서 들어올 거예요. 걱정 마시고 이리 오셔서 식사하세요. 국이 다 끓었어요. 우리 언니표 된장국, 되게 맛있어요. 깜짝 놀라실걸요?"

예소가 발랄하게 말했다. 그는 선선히 응수해 주었다. 예영의 뒷모습을 빤히 바라보면서.

"기대되네요."

"손 씻으셨죠?"

"물론이죠."

리버스는 식탁으로 다가가며 무심코 손을 내밀었다. 세면대를 손본 후 물이 잘 내려가는지 확인하기 위해 손을 씻어보았었기 때문에 손에는 물기가 여전히 흥건했다. 주방 안을 진동하는 된장국 냄새가 리버스의 위장을 사정없이 유혹하고 있었다. 비행기에서 내려 집까지 오는 동안 아무것도 못 먹었더니 배가 많이 고팠다.

"여기 앉으세요. 어? 근데 그 손이……?"

예소가 그의 손을 보고 놀란다. 손이 왜? 리버스는 자신의 손을 내려다보았다. 예소는 물기 어린 리버스의 양쪽 손바닥을 바라보며 중얼거렸다.

"다쳤네요."

다음 순간 예영의 고개가 돌려졌다.

"아……!"

소파에 앉아 자신의 손바닥을 예영에게 맡기고 있던 리버스는 갑작스런 통증에 인상을 찌푸렸다. 예영이 그의 손바닥을 소독약으로 적신 솜으로 벅벅 문질렀기 때문이다. 그녀는 거실 바닥에 무릎을 꿇고 앉아 껍질이 벗겨지고 시퍼렇게 멍이 든 리버스의 손바닥을 들여다보고 있었다. 캄캄한 곳에서 파이프를 끼우다가 파이프와 파이프 사이에 손바닥을 심하게 집힌 모양이었다.

"좀 살살 해라. 껍질 더 벗겨지겠다."

예소가 옆에서 깐죽대자 예영은 그녀를 휙 노려보았다. 그녀의 살벌한 눈에는 '이게 다 너 때문이야' 라는 의미가 담뿍 담겨 있었다. 식겁한 예소는 두 눈을 휘둥그레 뜨고 눈동자를 이리저리 굴리며 머리를 긁적거렸다. 그나저나 이 포리너, 어떻게 구워삶는다? 친절하고 샤방한 캐릭터임은 대강 알 것 같은데 신상명세는 아직 전혀 모른단 말이지. 예소는 당장이라도 노트북에 앉아 타이핑하고 싶은 욕구를 애써 눌러 참으며 씩 미소를 지었다.

"근데 리버스 씨."

조심스럽고 의뭉스러운 어조로 넌지시 물으며 예소는 리버스에게로 몸을 기울였다. 예영의 눈이 휙 치떠졌다. 또 무슨 짓을 하려고?

"네?"

자신의 상처 부위를 문지르는 예영의 손놀림에 시선을 집중하고 있던 리버스가 고개를 들었다. 예소는 입을 하— 벌리며 눈웃음을 쳤다. 그리곤 처음 만난 사람에게 물어보기엔 참 적절치 못한 질문을 퍼부어대기 시작했다.

"결혼, 혹시 하셨어요?"

"아니요."

재미있다는 듯 그가 선선히 대답했다. 역시 성격 하나는 죽여주게 좋구나. 하지만 예영은 '너 뭐니?' 의 뜨악한 시선으로 예소를 돌아봤다. 느리게 째려보는 동작이 보는 사람으로 하여금 섬뜩함을 느끼게 했다. 그러나 이쯤에서 굴할 은예소가 아니다. 예소는 더욱 환하게 웃으며 질문을 했다.

“나이가 어떻게 되시는데요? 이거 실례가 안 되나 모르겠네. 이런 거 물어봐도 되나요?”

이미 물어봐 놓고 민망한 척하기는. 도대체 뭔 짓을 꾸미고 있는 건지 예영은 그것이 두려울 따름이었다. 제발 이 이상은 일 저지르지 마라. 제발!

“스물…… 여덟이에요, 한국 나이로는.”

스물여덟. 생각보단 나이가 많네. 이십대 초반쯤 되는 줄 알았더니. 예영은 고개를 들어 리버스의 얼굴을 확인해 보고 싶은 충동을 꾹 눌러 참고는 그의 손바닥에 집중했다. 육체노동이라곤 전혀 해본 적 없는 듯 보들보들하기만 한 손바닥 한쪽이 정말 처절할 정도로 퍼런 멍이 들어 있었다. 얼마나 아팠을까. 피부가 벗겨진 곳을 보고 있자니 소름이 오소소 돋았다. 이게 다 캄캄한 곳에 혼자 놔두고 나왔던 자기 때문이라 생각하니 미안해지고 속도 상해지는 예영이었다.

‘그러게 누가 끝까지 남아서 하래? 자기가 무슨 육봉달이냐? 맨손으로 그걸 왜 만지냐고.’

한숨이 폐가 터질 것처럼 푸욱— 나왔다. 어쩌다 이런 지경에 처하게 된 건지. 급속도로 피곤해지는 걸 느끼며 그녀는 멍이 든 곳에 바르는 연고를 꺼냈다.

“아! 80년대 생이구나. 아깝다. 어리시네요.”

예소가 미간을 찡그리며 손바닥을 짝, 소리 나게 마주치고는 고개를 살래살래 흔들었다. 뭐가 아깝다는 건지 몰라 리버스는

‘네?’ 하고 반문했다.

“우리 언닌 70년대 생인데. 서른이에요. 좀 많죠?”

묻지도 않았는데 예소가 먼저 예영의 나이를 분다. 리버스는 눈썹을 치떴다. 예영의 나이가 예상 외로 많아서이기도 했지만, 예소의 말에 남다른 의미가 담긴 것 같다는 직감이 들었기 때문이다. 이건 뭐지? 아니나 다를까, 예영도 그런 느낌이 들었는지 예소를 거의 죽일 듯이 노려보았다. 장난기가 발동한 리버스는 슬쩍 한마디 거들었다.

“나보다 어려 보이는데요.”

예영의 시선이 리버스에게로 돌려졌다. 딱딱하게 굳은 표정으로 예영은 싸늘하게 말했다.

“고마워요.”

“뭘요.”

전혀 고마운 말투가 아닌데 고맙다고 말하는 예영은 심통맞아 보였다. 미간을 가운데로 모으고 입술을 오므리니 두 볼이 볼록 튀어나오는 것처럼 보였다. 나이가 서른이라는데, 도무지 서른처럼 보이지 않는 얼굴이었다. 그의 눈에 그녀는 그저 ‘girl’처럼 보였다. 뭐, 여자의 나이를 가늠하는 그의 시각이 워낙 웨스턴식이라 동양인인 예영이 상대적으로 어려 보이는 걸 수도 있겠지만 오밀조밀 귀여운 이목구비에 화장기 전혀 없는 생얼 예영의 지금 모습은 아무리 넉넉잡아도 스물다섯 이상은 안 되어 보였다. 그래서 더 귀여운 것이고.

"전 스물여섯 살이에요. 트웨니 식스~"

예소가 말했다. 아까부터 약간은 부담스러운 눈으로 그를 바라보며 방실거리는 예소는 모종의 꿍꿍이가 있는 듯 유난히 친한 척 말을 걸었다.

"제가 그쪽보다는 동생이네요. 그럼 저한테는 편하게 말 놓으세요. 앞으로 자주 뵐 것 같은데."

"그럴까요?"

"한국에는 왜 오셨어요? 휴가? 방학?"

그가 긍정적인 대답을 내놓자마자 예소는 더욱 찰싹 다가가 본격적으로 그의 사생활을 캐내기 시작했다. 머릿속 영상에선 벌써 잘생긴 모범총각과 성격 못돼먹은 이혼녀가 '키스하기' 포즈를 로맨틱하게 취하고 있었다. 으흣~ 생각만 해도 짜릿한 기분에 몸서리를 치며 그녀는 두 눈을 빛냈다.

"휴가쯤 되겠네요. 학생은 아니니까."

예소를 신기한 듯 바라보면서도 그는 선선히 대답해 주었다.

"아휴~ 말 놓으시라니까. 편하게 대해요. 동생이라고 생각하고. 저도 오빠라고 부를게요. 네?"

예소의 넉살에 리버스도 어쩔 수 없는지 그는 피식 웃었다.

"좋아. 그러지 뭐."

그의 대답에 상처 부위에 후, 입김을 불어넣고 있던 예영이 순간 동작을 멈추었다. 어라? 이게 대체 뭐 하는 짓들이야? 좋아, 그러지 뭐?

'얘가 미쳤나?'

예영은 예소를 다시금 노려봤다. 지금 은예소, 이 앞집 남자한테 작업 거는 거야? 그런 거야?

"무슨 일을 하세요? 학생이 아니라면 직장 다녀요?"

예영의 묻는 듯한 시선에 화답하듯 예소는 계속해서 리버스에게 사적인 질문을 퍼부어댔다.

"얼마 전까지 대학원에서 디자인 공부를 하다가 최근에 그만뒀어. 일을 하고 싶어서."

"아! 드좌~인~"

리버스의 멋스러운 외모가 이해된다는 듯 예소는 고개를 끄덕이며 느끼한 버터 발음을 구사했다. 어디서 들은 건 있어가지고. 개뿔도 모르는 주제에 아는 척하는 예소가 예영은 창피하기 짝이 없었다. 가만히 입 다물고 있으면 중간이라도 갈 텐데, 애가 대체 왜 이렇게 나대는 거야?

"우리 언니도 학원에서 디자인 쪼끔 공부했었는데. 삼 개월짜리 속성반이 있어서 잠깐 배웠다가 돈이 없어서 중도 포기했거든요? 아마 그게 오 년 전인가, 육 년 전인가……."

"은예소!"

약을 바르다 말고 예영은 버럭 고함을 질러 버렸다. 도저히 참을 수가 없었다. 아니, 왜 말끝마다 예영을 들이대면서 쪽팔리는 소리만 골라서 해대냐고요. 안 그래도 괜한 자격지심 생겨 자존심 상하고, 자격지심에 괴로워하는 스스로가 너무나 초라

하고 비참해 속이 말이 아닌데. 아주 불난 집에 화염병 던져라, 은예소야.

"왜? 언니도 디자인 공부하고 싶다고 했잖아. 기억 안 나? 그 왜, 좀생이 장민우 속이고 돈 모아서 학원에 등록했던 거……."

"그만 못하니?"

한 달 생활비만 빠듯하게 던져 주고, 부족해서 더 달라고 말하면 낭비벽이 심하다고 그녀를 닦아세우던 전남편 얘기까지 불거져 나오자 예영은 잔뜩 날이 선 어조로 예소를 막아 세웠다. 예소도 순간, 자신이 너무 앞서 갔다는 걸 깨달았는지 입을 다물고 말았다. 싸한 정적이 세 사람 사이에 감돌자 리버스는 입을 열지 않을 수 없었다. 정확한 사정은 모르겠지만 이 분위기를 바꿀 수 있는 사람은 자신밖에 없다는 생각이 들었다.

"다 하셨어요?"

예영의 손에 잡혀 있던 손바닥을 들썩이며 그는 말했다. 예소를 돌아보고 있던 예영이 흠칫 놀라 리버스를 돌아보았다. 그는 잘생긴 면상에 달콤한 미소까지 띠고 그녀를 빤히 바라보고 있었다. 왠지 모르지만 예영의 얼굴이 후끈 달아올랐다. 아줌마가 주책없이 웬 수줍음? 예영은 큼큼, 목청을 가다듬고 그의 손을 냉큼 놓아주었다.

"아, 예……."

"그럼 이제 식사해야 될까요?"

그의 손을 놓아주고 후다닥 자리에서 일어나려는데, 그가 예영에게 웃으며 묻는다. 하얀 이가 정갈하게 드러나고 눈가에 얇은 주름이 잡히도록 환히 웃는 그의 모습에 예영은 할 말을 잃어버렸다. 심장이 쿵쾅거리기 시작했다. 나이도 세 살이나 어린 총각한테 얼이 뺑 나가 버린 것이다. 예영은 저절로 벌어지는 입을 서둘러 닫으며 얼굴을 붉적거렸다.

"주, 준비는 다 됐어요. 드, 들어가서 식사하세요."

"언니 너, 왜 그래? 왜 말을 더듬어?"

눈치 없는 예소가 묻는다.

"바, 반찬이 시원찮아서 그렇지."

너 두고 보자, 속으로 단단히 벼르며 예영은 대충 얼버무렸다. 그리곤 휙 몸을 돌려 식탁으로 나는 듯 빠르게 다가가 앉은 예영의 뒷모습을 보며 예소는 헛웃음을 흘렸다.

"오늘 왜 저래? 유난히 까칠하시네, 우리 은 여사."

떡 진 머리를 붉적거리며 중얼거리고는 예소는 리버스를 끌고 식탁으로 다가가 앉았다. 예영의 옆자리에 리버스를 앉히고 그 앞에 앉은 예소는 두 손을 두 볼에 대고는 '캬~' 하는 감탄사를 날리며 침을 삼켜댔다.

"맛있게 잘 먹겠습니다~"

예소의 장난기 어린 말을 들으며 리버스는 숟가락을 들었다. 된장국을 먹어본 지가 언제인지 기억도 잘 안 났다. 고등학교 시절 이후 계속해서 객지를 떠돌며 생활을 했던지라 한국 음식 시식은 거의 연중행사였다. 물론 어머니가 집에서 해준 음식이

아닌 식당 음식이나 패스트푸드는 간혹 먹은 적 있지만. 향수를
불러일으키는 냄새를 맡으며 리버스는 씩 미소를 지었다. 그리
고 숟가락으로 국을 떠서 막 입에 넣으려고 하려던 순간이었다.
무심히 굴린 눈동자, 그 시야 안으로 은예영의 동그란 눈동자가
쏙 들어왔다. 호기심과 호기심 그 이상의 무엇이 담겨 있는, 빤
한 시선이었다.

순간, 그는 알게 되었다. 그녀 역시 그에게 끌리고 있다는 걸.
막연히, 이 여자가 내 여자구나, 하는 깨달음 같은 것이 그를 사
로잡았다. 결국 첫눈에 반하고 만 건가, 이 여자에게? 리버스는
그녀의 눈동자에 빨려들 것 같은, 기묘한 착각에 빠져 끊임없이
그녀를 들여다보고 있었다.

"뭘 그렇게 봐?"

예소의 장난기 어린 목소리에 두 사람은 퍼뜩 정신을 차렸다.
예영은 기침을 하는 척하며 입을 막고는 시선을 다른 곳으로 돌
렸고, 리버스는 그런 그녀를 빤히 바라보며 피식 웃었다. 여자
가 남자를 빤히 바라보다 들켰을 때, 시선을 어디다 둬야 할지
모른다면? 그건 호감이 있다는 증거였다. 남녀 관계에 대해서
알 만큼 아는 리버스가 그걸 모를 리 없었다.

"근데 언니 너도 이 오빠한테 말을 놔야 하는 거 아니야? 나
이가 더 많잖아."

"엉?"

예영은 뜬금없는 예소의 지적에 멍하게 되물었다.

"나한테 이 오빠가 동생이라고 하잖아. 그러니까 언니한텐 누나라고 해야지. 두 살 차이면 누나라고 할 만하지 않아?"

편하긴 개뿔. 나이 먹은 게 죄니? 나이 먹은 것도 서러운데, 뭐? 누나? 저런 걸 동생이라고……. 예소 머리통을 한 대 콱 쥐어박고 싶은 마음을 삭이며 예영은 어색하게 웃었다.

"어? 어……. 그래, 그렇지 뭐. 누나라고 하세요. 편하게……."

누나라고 하겠다는 건지, 말겠다는 건지. 그는 아무 대답도 하지 않고 그저 빙긋 웃으며 식사를 계속할 뿐이었다. 하긴, 예영을 뭐라고 부를 것인가의 문제가 무에 그리 중요하겠는가. 어차피 따로 볼 일도 없는 사이인 것을. 예영은 떨떠름한 얼굴로 푹, 밥그릇에 숟가락을 꽂았다.

—뛰뛰, 뛰뛰, 뛰뛰빵빵~ 뛰뛰, 뛰뛰, 뛰뛰빵빵~

즐거운 노랫소리가 들려온 건 그때다. 예소의 특이한 쌍팔년도 히트곡 전화 벨소리였다.

"어? 전화 왔다. 나 잠깐 전화 좀 받고 올게."

예소는 자리에서 일어나 휴대폰이 울리고 있는 방 안으로 내달렸다. 평소에는 캔디라는 애칭이 붙을 정도로 '외로워도 슬퍼도' 절대 울지 않는 예소의 전화벨이 갑자기 왜 하필 지금 울린다지? 참으로 타이밍 죽인다. 덕분에 예영은 덩치 큰 포리너 동생과 단둘이 남게 되어버렸다. 어색하기도 해라.

"……."

재앙과도 같은 무거운 침묵이 식탁 위에 내려앉았다. 예영은 그를 외면하기 위해 식탁에 코를 박고 밥숟가락을 푹 퍼서 입 안 가득 밀어 넣기 시작했다. 그가 말을 시켜도, 입 안에 밥이 가득 있단 핑계로 아무 말 않고 버틸 생각이었기 때문에 꾸역꾸역 묵묵히 입 안을 채워 넣었다.

"한국 사람들은 참 이상해요."

그가 입을 연 건, 수 분이 지난 후였다.

"오빠, 누나……. 남에게도 그렇게 부르는 거."

입 안 가득 밥이 가득 들어찬 채인 예영은 빵빵한 두 볼로 그를 돌아봤다. 저 인간이 무슨 의도로 저런 말을? 동그랗게 치뜬 그녀의 눈을 빤히 바라보며 리버스는 씩 웃었다.

"정이 많은 건 좋은데, 가끔 불편하고 거추장스럽게 느껴지더군요."

거추장스럽게? 이 외국인이 지금 뭐라고 씨부리는 거야? 이 사람 외국인 맞아?

"특히 남녀 관계에 있어선, 그렇게 따지면 이뤄질 수 있는 사랑이 없어요. 안 그래요?"

"……."

남녀 관계? 입술을 오므리고 음식물을 조금씩 씹으며 예영은 그를 빤히 바라봤다. 이 사람이 무슨 소릴 하려고 이런 말을 꺼내는지, 그 의도가 심히 궁금해졌다.

"당신하고 나, 아무런 혈연관계도 아니잖아요. 그렇죠?"

그가 눈을 크게 뜨고 물었다. 저도 모르게 예영은 투투(만화 개구리 왕눈이에 나왔던 그 심술꾸러기 깡패 개구리)의 볼처럼 **빵빵**해진 얼굴을 끄덕끄덕 움직여 그의 물음에 긍정적으로 답했다.

"내가 꼭 당신한테 누나라고 해야 합니까?"

그건 아니죠. 예영은 고개를 가로저었다. 그는 픽 소리 내어 웃었다.

"그럼 우린 남녀 관계인 거네."

뭔 소리야? 예영의 얼굴이 잔뜩 찌푸려졌다. 입 안에 들어찬 음식물이 흘러나오지 않도록 입술 단속을 단단히 하며 예영은 두 눈을 깜빡였다. 무슨 말인지 알아듣게 얘기해요.

"당신한테 첫눈에 반했어요."

예영의 눈이 더욱 휘둥그레졌다. 곧 튀어나올 것처럼 커다래진 눈을 깜빡이며 그녀는 자신의 청력을 의심하고 있었다. 이게 무, 무, 무슨……?

"사랑하게 될 것 같아요. 나랑 사귀어줄래요?"

"푸흡!"

충격이 극에 달한 예영은 입 안에 가득 머금고 있던 음식물을 그만 공중으로 토해내고 말았다. 예영의 아밀라아제에 녹아 말랑말랑 죽이 된 밥풀들이 리버스를 향해 전속력으로 날아갔다.

*

다음날, 아침 운동을 마치고 들어오던 리버스는 미국으로부터 걸려온 전화를 받고 있었다. 집 근처 코너를 돌면서 그는 가쁜 숨을 헐떡였다. 한참을 뛰다 걸으니 자연스레 숨이 찼다.

"저 역시 잠 못 자서 피곤해요. 시차 적응이 잘 안 되어서."

전화를 건 사람은 샌프란시스코에서 사는 어머니 그레이스였다. 낮잠을 자다가 놀라서 깼다는 그녀는 그가 걱정이 되는 듯했다. 무슨 꿈을 꿨길래 전화까지 했을까.

[바깥인 것 같네? 지금 어디니?]

그레이스가 평소의 편안하고 조용한 말투로 물어왔다. 리버스는 주위를 돌아보며 말끝을 늘였다. 물론 어제 막 한국에 도착한 주제이니 주변 지명을 제대로 알 리 없었다.

"글쎄요. 여기가…… 대연동이니까, 대연공원?"

[거기가 어디인지 내가 알 거라고 생각하는 건 아니겠지, 물론?]

잠을 설친 사람답지 않게 그녀는 편안하고 느긋한 말투로 조용히 대꾸했다.

"여기서 사셨잖아요? 이십사 년 동안."

[이십 년도 더 된 일이야. 기억하고 있다면 그게 더 기적이지.]

"기억 못하면 안 되죠. 아버지와 데이트하던 곳이잖아요."

[대연동은 우리에겐 추억의 장소지. 그 아파트가 생기기 전에는 네 외갓집이 거기 있었잖니. 항상 네 아버지가 날 바래다주

면서 거기 근처에 차를 세워놓고 키스를 하곤 했었지. 지금은 그 이후에 생긴 아파트가 다시 한 번 재건축되기도 했다고 하더라만.]

생각만 해도 흐뭇한지 그녀의 목소리는 낮낮했다.

"그만큼 세월이 많이 흐른 거겠죠. 그러지 말고 어머니도 아버지랑 한번 들어오시죠? 추억도 되새길 겸."

[그것도 좋은 생각이구나.]

"여기 꽤 좋아요. 큰 도로가 인접해 있지만 근처에 공원도 조성되어 있고, 공기도 이 정도면 나쁜 편 아니고요. 무엇보다……."

[무엇보다?]

부드럽게 응수하는 그레이스의 목소리를 들으며 리버스는 앞집 여자를 떠올렸다. 아파트 앞에서 '열려라, 참깨'를 외칠 수 있는 엉뚱함과 강도(라고 의심한 남자)를 들입다 두들겨 팰 수 있는 든든한 심장, 그처럼 완벽한 남자를 거절할 수 있는 발칙함까지 골고루 갖춘 은예영. 겨우 어제 만났을 뿐인데 마치 수십 년을 알아온 것처럼 친숙하고 편안한 느낌이었다.

"농담이시죠? 아이구, 총각이 농담도 잘한다. 하하……."

어제저녁, 펄쩍 뛰며 그의 프러포즈를 거절하던 그녀가 떠오르자 리버스는 눈살을 찌푸렸다. 총각이라니. 젊은 여자에게 그런 단어로 지칭되어 본 적은 맹세코 처음인 리버스였다. 마치 할머니가 어린애 다루듯 과하게 예스러웠다. 겨우 두 살 차이 난 걸로 어른 행세를 하겠다는, 일종의 암시로밖에 느껴지지 않았다. 누나라고 부르지 않아도 된다고 할 땐 언제고.

은예영 때문에 리버스는 어젯밤, 잠도 제대로 못 이뤘다. 생각하면 할수록 열이 받고, 자존심이 상한다고나 할까. 그의 진지한 프러포즈를 농담이라고 치부해 버리는 그녀의 잔인함에 그는 상처를 받았다. 차라리 '내 타입 아니다' 거나, '이미 만나는 사람이 있다' 거나, 하는 뚜렷한 이유를 제시하고 정중히 거절했더라면 이렇게까지 화가 나진 않았을 것이다. 그런 거라면 그도 조금은 달리 생각했을 수도 있었다. 하지만 이건 뭐, 그를 사춘기 소년 취급을 하시니……. 무슨 이십 년 차이라도 나나? 나이 차이가 무슨 상관인데? 고리타분하기는.

[리버스?]

아들이 대답할 생각을 않자 그레이스는 조용히 답을 재촉했다. 그녀는 어젯밤 꿈속에서 턱시도를 입고 꽃밭을 가로지르는 아들의 모습을 보았던지라 기분이 남달랐다. 꿈은 분명히 결혼식 같은 파티 분위기였고, 흰색 드레스를 입은 여자의 모습도 아련히 보였었다. 얼굴을 자세히 볼 수는 없었지만 분명히 그녀는 웨딩드레스를 입고 있었다.

아들이 한국에 막 들어간 시점에 꾼 꿈이라 그런지 그레이스는 이 꿈이 대충 여겨지지가 않았다. 꿈이 앞날을 예지하고 있는 거라면 리버스는 한국에서 제 짝을 만날 가능성이 높아지는 거 아닌가. 그거라면 그레이스도, 남편인 잭도 고대하고 있는 일이었다.

"네, 어머니."

[다 끝난 거니? 하던 말을 중단했던 것 같다만.]

"별것 아니에요."

긴 숨을 내쉬며 리버스는 진짜 대수롭지 않은 듯 대답했다. 뭐, 사실 진짜로 별것 아니긴 했다. 여자에게 차였다는 기록적인 일이 생기긴 했지만 그게 뭐 어떻다고. 그건 누구든 흔하게 겪는 일이었다. 문제라면 그를 찬 은예영이 리버스가 대시한 첫 번째 여자라는 점이겠지만.

지금까지 그는 많은 여자들과 교제를 해왔다. 그는 쾌활한 성격을 가지고 있었고, 서양의 골격과 동양인 특유의 신비로운 분위기를 동시에 지닌 일명 '경탄의 미남자' 였다. 때문에 인기가 많은 편이었고 그래서 늘 여자들에게 선택되어지는 삶을 살아왔다. '너, 내가 찍었어' 하며 다가오는 여자들을 거절하지 않는 게, 그가 여자를 만나는 방식이었다고나 할까. 하여튼 은예영은 그가 처음으로 손을 내민 여자였고, 그는 보기 좋게 딱지를 맞았다. 그것도 애 취급까지 당하면서. 와우~

[무슨 일이 있는 것 같은데. 나한테 말해줄 수 없어?]

그레이스가 걱정스레 물어왔다. 리버스는 피식 웃으며 팔로 이마를 훔쳤다. 트레이닝복 소매로 땀이 뜨뜻하게 배어들었다.

그는 아파트 출입문 앞에 서서 비밀번호를 입력했다.

"별로 그러고 싶지 않아요. 자랑할 만한 일이 아니라서요."

[무슨 일인데? 여자 문제니?]

—**문이 열렸습니다.**

안내멘트와 함께 봉쇄되었던 출입문이 훌쩍 자동으로 열리자 리버스는 푸훗 웃으며 안으로 들어갔다. 어제 참깨의 귀여운 행각이 떠올라 웃지 않을 수가 없었다.

[맞구나? 여자 생겼니?]

리버스의 웃음소리를 오인한 그레이스가 호기심 어린 목소리로 물었다.

"Oh, Gosh~ 정말 못 말리신다니까. 아니에요, 어머니. 절대 아니에요."

[정말이니? 정말 아니야? 사실 내가 방금 꿈을 꿨거든. 네가 글쎄 웬 여자랑…….]

"잘못 짚으셨어요, 어머니."

리버스는 어머니의 말을 가로막으며 단호하게 말했다. 실망한 그레이스가 마지막 희망을 갖고 호소하듯 물었다.

[그 비슷한 낌새도 없는 거야?]

"Absolutely."

리버스는 아주 힘주어, 강한 어조로 말했다. 절대 그런 일은 없었다고. 어머니에겐 미안하지만 이렇게 없다고 못을 박아줘야 더 이상 귀찮게 하는 일이 없을 것이다.

평소에도 늘 이렇게 리버스에게 전화를 해 여자 친구 사귀지 않느냐고 추궁하던 부모님이 아닌가. 부모님의 간섭에 이미 질릴 대로 질려 있는 그로서는 만난 지 하루밖에 안 된 여자에 대해 이런저런 얘기를 흘려줄 생각은 꿈에도 없었다. 만약 지금 조금이라도 예영에 대해 털어놓는다면 그의 사생활 영위는 오늘부로 끝장이었다. 아마 부모님은 한 시간에 한 번 꼴로 전화를 해대며 진도를 체크할 게 분명했다.

[그래도 한국이잖니. 노력이라도 해줄 수 없어?]

"저 여기 연애하려고 온 거 아니에요, 어머니. 아시잖아요."

[알지, 그럼.]

"아시는 분이 여자 애길 꺼내세요? 어머니 보기엔 놀러 온 것 같겠지만 전 지금 심각해요. 팝스콜라로 가느냐, 나이션스포츠로 가느냐, 필러스코리아로 가느냐. 그것도 아니면 그냥 지금처럼 이미지 마케팅이나 하면서 엔터테이너로 남느냐. 기로에 서 있다고요, 지금."

이 년 전, 그는 우연히 참가한 한 공모전에서 대상의 영예를 안았다. 이름만 대면 '아!' 할 거대 음료기업에서 주최한 브랜드 로고 공모전이었다. 그가 디자인한 로고가 음료회사의 주력 상품에 붙게 되고 더불어 그의 능력을 높이 산 회사가 몇 개의 아이디어를 더 사가면서 그는 단박에 업계의 이슈가 되었다. 타임즈지와 CNN에 얼굴이 공개가 되고 그의 이름이 세인의 입에까지 오르내리게 되면서 그는 단번에 '천재 디자이너'로의 명성을

거머쥐게 되었다. 스물다섯의 나이에 불과한 대학생 디자이너
가 그런 일을 해냈다는 사실이 곧 전 미국인들에게 알려졌고 미
국사회에 신선한 충격과 파장을 몰고 왔다. 얼마 지나지 않아
사람들은 그를 하나의 아이콘으로 인식하게 되었고, 급기야 그
는 스타가 되었다.

수 년 전, 아무 생각 없이 저작권 등록을 해놓았던 아이디어
와 패션디자인들이 리버스의 이름으로 팔려가기 시작했다. 수
많은 기업들이 그와 함께 일을 하고자 러브콜을 보내왔고, 그중
미국에서 가장 큰 은행과 전화회사의 새로운 로고와 메인 이미
지를 그가 맡아 만들었다. 최근에는 그가 디자인한 로고와 문구
가 새겨진 티셔츠를 세계적인 축구스타가 입고 있는 모습이 파
파라치에게 찍혀 엄청난 화제를 불러일으킨 바도 있었다.

그런 일련의 해프닝들이, 솔직히 처음엔 그저 즐겁기만 했었
다. 어린 마음에, 사람들로부터 자신의 재능을 인정받는 것 자
체에 우쭐했었고, 약간은 거만해지기까지 한 게 사실이었다. 업
된 자신감으로 그는 미친 듯이 일에 전념했다. 낮에는 공부를
하고 밤에는 프리랜서로 맡은 일을 하면서도 지치는 줄 몰랐다.
자신의 디자인을 필요로 하는 사람이라면 그 누구에게라도 그
는 제 디자인을 팔았다.

그렇게 이 년을 보내고 나니, 그에게 남은 건 '고갈'이었다.
지친 것이다. 급기야 리버스 페리라는 이름만 보고도 셔츠며,
인형이며, 학용품을 사는 수많은 사람들을 보면서 자신의 정체

성에 대해 심각한 고민을 하게 이르렀다.

　의미없이 왔다 갔다만 하던 학교를 그만두고 진로에 대해 좀 더 진지하게 고민해 보기로 한 건, 최근이었다. 미국 유학 중인 한국인 친구, 리나가 그에게 한국행을 권유한 것을 계기로 그는 자신을 좀 더 돌아보기로 했다. 진정 그가 추구하고자 하는 예술이 뭐고, 진짜로 하고 싶은 일이 뭔지 진지하게 생각해 볼 예정이었다. 은예영을 만나기 전까지는.

　[안다니까. 누가 그걸 모르니? 나도 요즘 네가 뭘 고민하는지 정도는 알고 있어. 네 아버지도 나도 네가 최선을 선택할 거라고 믿는다.]

　늘 그렇듯 그녀는 그에게 지지의 말을 보냈다. 자신이 이토록 믿는 아들이 그 누군가에겐 철없는 소년쯤으로 취급되고 있다는 걸 안다면, 그레이스 페리 여사는 어떤 반응을 보이실까? 문득 어머니와 은예영이 만나는 장면이 떠올라 그는 피식 웃고 말았다.

　"아시면서 저더러 여자를 만나라고 말씀하시는 거예요?"

　[진로는 진로고 결혼은 결혼이지. 평생 결혼 안 하고 살 거니?]

　"Oh, god! 어머니……."

　눈알을 굴리며 리버스는 고개를 가로저었다. 정말 못 말리신다니까.

　[거긴 네 아버지와 내가 데이트를 했던 곳이야. 너도 거기서

네 짝을 만나면……]

"꿈같고 낭만적인 우연은 소설이나 영화 속에서나 일어나는 일이에요. 그런 기대는 절대로 하지 마세요."

[내가 분명히 꿈을 꿨단 말이야. 네가 결혼을 하더라니까. 너도 잘 알잖니. 내가 가끔 예지몽 같은 걸 꾼다는 거.]

"꿈은 억압당한 욕망의 충족이다, 프로이트."

[리버스!]

"어머니의 꿈은 어머니의 욕망에서 나온 거지, 제 욕망에서 나온 게 아니라는 말씀입니다. 아시겠어요?"

어머니의 여자 타령, 며느리 타령을 완벽 차단하며 리버스는 엘리베이터의 화살표를 눌렀다. 실망하는 어머니의 음성이 귓전을 때렸지만 어쩔 수 없었다. 이게 부모님을 위해서도, 리버스 자신을 위해서도 최선이었다. 실망한 어머니가 전화를 끊는 소리를 들으며 리버스는 한숨을 내쉬었다. 아들이 첫눈에 반한 여자에게 단 한 방에 차였다는 걸 알면, 부모님의 반응이 어떨까?

'파안대소하시겠지.'

리버스는 고개를 가로저으며 심드렁한 표정으로 엘리베이터의 숫자판을 바라보았다. 구층에 머물러 있던 엘리베이터가 내려오고 있었다. 그는 머릿속으로 오늘 오전 중에 할 일들을 체크했다. 몸을 씻고 아침식사를 한 후 메일을 체크한 다음 그동안 귀찮아서 미뤄두었던 고용계약서 검토 작업을 마칠 생각이었다. 그런 후 오후에는……

리버스가 엘리베이터를 기다리며 하루의 스케줄을 정리하고 있는 시각, 예영은 해가 중천에 떴는데도 일어날 생각도 하지 않는 동생을 향해 괴성을 지르고 있었다.

"은예소! 언니 출근해. 좀 일어나 봐."

"아아……. 그냥 네가 잠그고 가. 귀찮게……."

이불을 돌돌 말고 대자로 뻗어 자고 있던 예소가 꿈틀거리며 중얼거렸다.

"밤에 뭘 했길래 못 일어나? 또 드라마 봤냐?"

"어, 세 시까지 봤어."

이불을 감은 채로 예소는 철퍼덕 몸을 뒤집었다. 그녀의 목소리만 들어도 예소가 얼마나 잠에 절어 있는지 감이 왔다. 원래도 아침잠이 많은 편인 애가 새벽 세 시까지 딴 짓을 하다 잤으니 아침에 못 일어나는 게 당연했다. 그놈의 케이블을 끊든지 해야지, 원. 한숨이 절로 나왔다. 스물여섯 한창 나이에 저런 한심한 짓이라니 속이 터지고 또 터졌다.

"어휴!"

예영은 고개를 절레절레 흔들며 집을 나섰다. 밖에서 문을 잠가 문단속을 하고 뒤를 막 도는데 엘리베이터가 막 오층을 지나치고 있었다. 그 즉시 팔을 쭉 뻗어 내림 버튼을 눌렀지만 야속한 엘리베이터는 이미 사층을 향해 내려가고 있는 후였다.

"아! 진짜."

조금만 일찍 나올걸. 아쉬워하며 엘리베이터가 다시 올라오길 기다리고 있는데, 문득 앞집 501호 현관문에 시선이 갔다. 예영은 그녀의 집과 전혀 다를 것 없는 회색 문짝을 빤히 바라보았다. 그러고 있노라니, 멀끔하니 잘생긴 앞집 남자 얼굴이 퐁~ 떠올랐다 사라졌다. 예영은 피식 실없이 웃어버렸다.

그 총각, 겉은 참 멀쩡한데 안됐어. 아무래도 정신이 반쯤 나간 것 같았다. 예영 같은 아줌마한테 첫눈에 반했다는 게 어디 말짱한 정신으로 가당키나 한가. 그녀가 탁월하게 눈에 뜨이는 미인이라면, 또 모르겠다.

"눈이 삐었지. 머리가 어떻게 됐든지."

그래, 아무래도 그녀에게 맞은 머리에 이상이 생긴 게 분명했다. 그러지 않고서야 어디 사귈 사람이 없어서 자기보다 나이도 더 많은 아줌마한테 뿅 가니? 아, 물론 더 이상 대꾸할 가치를 못 느껴, 이혼한 아줌마라고 스스로 밝히지 못하긴 했다. 하지만 척 보면 모르나? 파마머리 산발하고 턱 퍼진 트레이닝복 입은 그녀가 어딜 봐서 아가씨냐, 아줌마지. 예영은 자기 몸을 위아래로 훑어보며 씁쓸하게 입맛을 다셨다.

"그래. 인정할 건 인정해야지."

출근하겠다고 나선 그녀의 옷차림은 어제와 비슷한 패턴이었다. 낡아빠진 나팔 모양 청바지, 유행이 이미 고릿적에 지나간 검은색 통굽 슈즈, 그리고 재작년에 산 검은색 클래식 재킷. 검은색 스판티까지 받쳐 입으니 청바지만 빼면 딱 상갓집 문상 모드였다.

“그 자식은 뭘 보고 나한테 첫눈에 반했다는 거야?”

그때다. 스르륵, 엘리베이터 문이 열렸다. 고개를 숙이고 자신의 옷차림을 살피고 있던 예영은 무심결에 안으로 들어가며 중얼거렸다.

“장난하는 것도 아니고 참나.”

혼잣말을 중얼거리는 예영은 딴생각에 빠져 있느라 엘리베이터 안에 사람이 있는 줄을 전혀 눈치 채지 못하고 있었다. 막 운동을 마치고 집으로 들어가던 참인 리버스는 예영의 모습에 두 눈을 크게 떴다. 그의 ‘열려라, 참깨’ 는 혼잣말을 중얼거리는 게 취미인 모양이다. 웃으면 안 되는 상황인데, 웃음이 절로 나왔다. 실없는 놈처럼. 어제 이 여자에게 딱지 맞은 상황을 열심히 떠올리며 리버스는 저절로 넘쳐흐르는 미소를 재빨리 수습했다. 그리고 그를 못 알아보고 지나치려는 예영에게 불쑥 물었다.

“장난을 누가 친다는 겁니까?”

“엄마야!”

깜짝 놀란 듯 예영이 가슴에 손을 얹고 몸을 움찔한다. 리버스는 엘리베이터 버튼을 눌러 문이 닫히는 걸 막고는 심드렁한 말투로 물었다.

“뭘 그렇게 놀라요?”

양반은 못 되는 남자다. 어째 이렇게 타이밍도 죽이게 짠 나타난다지? 예영은 놀란 눈으로 리버스를 올려다봤다. 천 모자를 깊게 눌러쓰고 가벼운 면 운동복을 입고 있는 그는 땀을 흘리고 있었다. 아침 운동을 하고 막 들어오는 참이라는 걸 충분히 알 수 있었다. 기막히네. 땀 냄새 풀풀 풍기는 주제에 왜 이렇게 멋진 거야? 밸없이 쿵쾅 심장이 두근거리자 예영은 주책없는 자신을 속으로 욕했다. 인정하긴 싫지만 확실히 그는 '므흣'하게 생긴 놈이었다.

"아, 안녕하세요? 운동 다녀오시나 봐요."

어설프게 웃으며 예영은 슬쩍 고개를 숙였다. 당황했으면서도 당황하지 않은 척하자니 웃기도 힘들었다. 왜 하필 여기서 이 사람과 딱 마주치게 된 건지, 솔직히 그녀는 그가 한국에 체류하는 동안은 절대로 마주치지 않았으면 싶었다. 언제까지 있을지는 모르겠지만. 마주쳐 봐야 어색하기만 할 테고, 마음만 심란해질 게 뻔했으니까. 그런데 심란한 기분이 드는 건 왜일까?

"네. 출근하세요?"

"아, 예."

"출근 시간이 좀 늦네요."

리버스가 손목을 들어 시간을 확인하며 묻는다. 아침 여덟 시 오십 분이면 확실히 정상적인 출근 시간이라고는 할 수 없었다. 그녀가 일반 회사원이 아닌 자영업자이기 때문에 가능한 시간이었다. 이혼한 이후, 할 일을 찾다가 조그맣게 시작한 팬시 및 액세서리 가게는 시작한 지 이 년 만인 작년에 옆 가게까지 인수해 매장을 늘리고 최근엔 정식직원까지 한 명 둘 정도로 성업 중이었다. 남자 복 없는 그녀에게 그나마 장사 복이라도 있는 게 어디인지. 예영은 어깨를 으쓱하며 가볍게 대꾸했다.

"그쪽도…… 운동 시간치곤 좀 늦은 것 같네요."

"시차적응에 실패해서 고전 중이죠."

"아! 시차……."

과장되게 고개를 끄덕이며 예영은 눈동자를 이리저리 굴려댔다. 순간 엘리베이터 안은 싸한 정적이 휘돌았다. 딱히 할 말도 없는데 그가 엘리베이터를 붙잡고 나가지 않고 있으니 더 그런 거였다. 그는 그녀가 무슨 말이든 할 거라고 생각한 모양이다. 그렇게 그의 눈치를 보는 사이 달팽이처럼 느린 몇 초가 지났다.

"그럼 출근하세요. 난 이만."

긴(?) 침묵을 깨고 그가 고개를 까딱하며 말했다. 그가 엘리베이터를 막 나서는 순간, 예영은 저도 모르게 그를 붙잡았다.

"잠깐만요."

말로만 붙잡으면 될 것을. 마음이 다급한 그녀는 그의 옷자락을 붙잡았다. 이대로 보내기 싫은 그녀의 무의식이 리버스의 회색 트레이닝복을 죽~ 늘어놓았다. 그도 놀라고 그녀도 놀라고. 일순 둘은 그 자리에서 얼어붙어 버렸다. 천천히 고개를 드니 그가 고개를 꺾어 예영을 내려다보고 있었다. '뭡니까?' 하고 묻는 듯 그의 맑은 갈색 눈동자는 그녀를 빤히 바라보고 있는 것이다. 그 눈빛이 어찌나 강렬한지 예영은 자신이 점점 쪼그라지는 듯한 착각에 빠져들었다. 웃고 싶은데 웃어지지 않는 탓에 얼굴 근육이 기묘하게 일그러졌다. 예영은 슬그머니 손을 놓으며 꽉 막힌 목구멍 위로 말 한마디를 간신히 밀어냈다.

"미안하다는 말을 안 한 것 같아서요, 어제."

"뭐가요?"

그가 물었다. 말투는 부드럽지만 뭔지 모르는 낯섦과 서먹함이 있었다. 이 사람이 어제 그녀에게 첫눈에 반했다고 말한 사람이었다. 첫눈에 반한 거 맞아?

"때, 때린 거요."

"……."

"꼭 사과하고 싶었어요. 정말 죄송해요. 진짜로 강도인 줄 알고……."

리버스는 웃음이 터져 나오려는 걸 꾹 참았다. 이 상황을 좋아해야 하는 건지, 나빠해야 하는 건지 알 수가 없었다. 정말 이 여자는 어제 한 그의 프러포즈가 장난이라고 생각한 건가? 진짜 장난이나 농담이라고 여긴다면 그건 큰 오산이다. 그는 여자를 장난으로 사귀지 않는다. 특히 은예영의 경우는.

예영은 특별하다. 그의 마음을 사로잡는, 뭔가를 그녀는 가지고 있었다. 기계 문명의 산물인 자동 출입문 앞에서 '열려라, 참깨'를 속삭이는 그녀의 모습은 그의 심장 한가운데에 콕 박혀 지워지지 않았다. 그를 강도라 오인하고 두려움에 떠는 와중에도 소리치고 대항하는 그녀를 보면서, 비이성적이고 무식하다는 생각이 들기보다 가상한 용기에 박수를 쳐주고 싶어졌다. 기특하다, 뿌듯하다, 예쁘다, 칭찬해 주고 싶은 기이한 충동에 저도 모르게 헛웃음이 나왔었다. 그는 자신에게도 보호본능이란 게 있다는 걸 어제 처음 알았다.

"알고 그런 거 아니잖아요. 괜찮습니다."

"머리랑 손은 괜찮으세요? 어제 손도 다쳤잖아요."

"그 정도론 죽지 않아요. 멀쩡하니까 걱정할 것 없어요."

리버스는 대수롭지 않은 듯 대답해 줬다. 예영은 망설이다 겨우 다음 말을 꺼냈다.

"세면대 고쳐 준 건 고맙게 생각해요. 화낸 건 진심이 아니었어요. 정말…… 미안합니다."

똑바로 고개도 들지 못하고 예영은 잘못을 사죄하고 고맙다는 말까지 전했다. 무슨 죽을죄를 지은 것처럼. 리버스는 피식 웃으며 몸을 돌려 그녀 앞에 똑바로 섰다. 느긋하게 팔짱까지 끼고 그녀를 내려다보고 있자니 묘한 흥분이 일었다. 정말 이 여자, 너무 귀여운 거 아니야?

'사람 미치게 하는 재주도 갖가지로군.'

어제였다면, 상황이 딱 어제와 같기만 했더라도, 그는 예영에게 키스를 했을 것이다. 그녀가 그래 주길 바란다고 생각했을 테니까. 그냥 지나치려는 그를 붙잡아두고 이렇게 귀여운 짓을 하는 의도가 뭔지, 그는 심히 궁금했다. 그의 건강을 걱정해 주고, 그의 호의에 고맙다고 말하고, 이건 딱 남자 미치게 하는 상황이었다. 그의 마음은 젤리보다도 더 흐물흐물해졌고 당장 그녀에게 괜찮으니 개의치 말라고 말하고, 사랑의 키스를 퍼부어주었고 싶어졌다.

하지만 오늘은 어제가 아니다.

"어제 제가 퍼부었던 말은 그냥 잊어주세요."

"진심이 아닌 말도 종종 하나 보죠?"

"네?"

그녀가 고개를 불쑥 들었다. 리버스는 여전히 그를 빤히 바라보고 있었다. 예영은 긴장하지 않은 척 애써 웃으며 바보처럼 속삭였다.

"제가 좀 그래요. 그래서 동생이랑도 잘 싸우고."

"그럴 거라고 생각했어요."

"에?"

이건 또 무슨 소리람? 그럴 거라고 생각했다니. 예영은 외국인 얼굴을 멍하게 쳐다봤다. 키 차이가 꽤 있어서 시선의 각도가 꽤나 컸다. 그는 한쪽 입가에 알 듯 모를 듯 야릇한 느낌의 미소를 띠고 있었다. 예영이 미간을 찌푸리니 그가 하는 말.

"원래 연약한 사람일수록 자기 방어가 심한 법이죠."

자기 방어? 무슨 헛소리를 하는 거야, 이 남자? 그때, 엘리베이터 문이 스르르 닫히기 시작했다. 찜찜하긴 하지만 이젠 그를 상대하지 않아도 된다는 안도감에 예영은 마음을 놓고 한숨을 내쉬었다. 그러나 막 엘리베이터가 그의 모습을 완전히 삼키기 직전, 리버스의 손이 쑥 나와 엘리베이터 문이 닫히는 걸 가로막았다.

"잠깐만."

"예?"

예영은 순간, 깜짝 놀랐다. 거의 닫혔던 엘리베이터가 활짝 열리면서 리버스의 훤칠한 모습이 완전히 드러났다. 속내를 파악하기 힘든, 야릇한 표정을 달고 그는 엘리베이터의 센서를 손

으로 막았다. 한쪽 팔을 아파트 벽면에 기댄 채 그는 얼이 반쯤
나간 예영을 향해 눈을 빛냈다.

"이건 진짜 궁금해서 묻는 건데요. 어제 내가 한 말이 진담이
라면, 어쩔 거예요?"

"네?"

이 사람이 또 무슨 소릴 하는 거야?

"농담이 아니라면? 정말 내가 당신 사랑하게 된 거라면?"

"사, 사, 사……!"

"그래도 거절할 거예요?"

예영은 완전히 얼이 나간 표정으로 그를 바라보고 있었다. 입
을 벌린 채 석고상처럼 굳어버린 그녀를 향해 그는 입술을 삐죽
거리며 대수롭지 않은 듯 흘려 말했다.

"뭐, 그냥 가정이에요."

"아, 예……."

"거절?"

"아마도…… 그러지 않을까 싶은데…… 요?"

조심스럽게, 최대한 조심스럽게 그녀는 말했다. 혹시라도 그
의 기분을 상하게 하면 어쩌나 걱정하는 모습이 역력했다. 이
런, 한 여자한테 두 번이나 차이다니. 어처구니없는 상황인데도
리버스는 낄낄 웃음이 터질 것 같았다. 드디어 미친 건가? 그는
은예영이 무슨 말을 해도 다 사랑스럽게만 보였다.

"그 이유를 물어봐도 될까요?"

리버스는 태연하게 남의 일인 양 물었다.

“어…… 저…….”

단도직입적인 질문에 예영은 머리를 긁적거리며 말하기를 주저했다. 뭐라고 말해야 할지. 완전히 말문이 딱 막혔다. 그의 프러포즈를 전혀 현실성 있게 받아들여 본 적이 없어놔서, 딱히 그를 왜 거절할 건지도 생각해 보지 않았었다. 그냥 만난 지 얼마 안 된 낯선 사람이고, 게다가 얼마간만 잠시 머물다가 고국으로 돌아갈 일시 체류자이고, 결혼도 하지 않은 나이 어린 총각이기 때문에 자연스럽게 자신의 상대가 아니라고 여겼을 뿐이었다. 사실, 그게 일반적인 상식 아닌가?

“내가 외국인이라서?”

그가 먼저 물어왔다. 예영은 꺼내기 곤란한 말을 먼저 꺼내준 그가 반가워 고개를 열심히 끄덕여 줄 심사였다. 하지만 그는 잽싸게 혼잣말을 덧붙였다.

“말이라면 잘 통하는데. 한국말 잘하잖아요, 나.”

“그, 그렇죠…….”

아주 잘하죠.

“그럼 나이가 어려서? 요즘은 나이, 그거 별로 따지지 않던데. 미국도 그렇고 한국도 그렇고.”

“아, 예. 그렇긴 하죠…….”

그래, 아줌마라 매우 시대에 뒤떨어진 사고방식으로 살고 있다. 됐냐? 예영은 썩소를 머금고 속으로 잘생긴 금발청년을 향

해 종알거렸다. 뭘 어쩌자고. 왜 출근하는 사람 붙잡고 잔소리
야? 왜?

"이유, 말 안 해줄 거예요?"

그가 눈썹을 치뜨며 부드럽게 물었다. 마음 같아선 그를 확
밀어버리고 냉큼 아래층으로 내려가 버리고 싶지만 애국자 은
예영은 꾹 참고 미소를 지어주었다.

"사실은 제가……."

이혼녀거든요. 한 번 결혼했다가 실패했던 사람이에요. 남편
이 바람났거든요. 여자로서 전혀 매력이 없는 여자와는 못 산다
고, 깨끗이 갈라서자고 하더군요. 사실상, 이렇게 말해야 했다.
또 이렇게 말하려고 생각도 했다. 하지만 막상 말을 하려니 입
이 안 떨어졌다. 차마, 도저히 그렇게까지 해서 자신의 가치를
떨어뜨릴 자신이 없었다. 그래, 솔직히 이혼했다는 게 무슨 자
랑거리도 아니고. 꼭 굳이 이 남자에게 그 사실을 밝힐 필요는
없지 않나? 앞으로 사귈 사이도 아니요, 그럴 마음도 없는데.

"사귀는 사람이 있어요."

욱신, 거짓말을 하니 양심이 찔렸다. 쿵쿵 심장도 빨라지고
얼굴도 조금씩 발그레해지는 것이, 마치 거짓말 탐지기 앞에 서
있는 기분이었다. 리버스는 표정 없는 얼굴로 그녀를 쭉 관찰하
듯 지켜보고 있었다.

"그렇군요."

"예……."

예영은 말끝을 흐리며 고개를 점점 아래로 숙였다. 진짜 그가 사랑한다고 매달린 것도 아니고, 그런 그를 그녀가 잔인하게 거절한 것도 아닌데, 왜 이렇게 미안한 거냐. 그냥 가정이라잖아. 가정!

"연락하세요."

그녀의 고개가 완전히 아래로 꺾어질 찰나였다. 리버스가 뚜벅 한마디 건넸다. 무슨 소린가 싶어 두 눈을 몇 번 깜빡거리던 예영은 조심스레 고개를 들어 그를 올려다봤다.

"욕실 전기 말이에요. 애인은 그럴 때 부려먹는 거예요."

영문 모르고 멀뚱해 있는 그녀에게 그가 한 말이었다. 그는 자신의 말만 마치고는 센서에 대고 있던 손을 떼어버렸다. 문은 즉시 닫히기 시작했고, 점점 좁아지는 문틈 사이로 그녀는 그의 어두운 표정을 목격해야 했다.

왜 저런 표정이지? 설마, 진짜로 그녀에게 마음이 있었던 걸까? 에이, 설마. 말도 안 된다. 뭐 부족한 게 있어서. 생긴 것도 멀쩡하고, 제 입으로 능력도 있다고 하고, 나이도 아직 젊은데.

'그러는 넌?'

마음 한구석에서 전혀 예상치 못한 질문이 울려왔다. 예영은 헛~ 웃어버리고 말았다. 하도 기막힌 질문이라서. 은예영도 어쩔 수 없는 건가. 젊고 파릇파릇한 애가 나타나 사랑 어쩌고 하니, 마음이 동했던 거야? 에구~ 예영은 제 머리를 손바닥으로 툭 치고는 앞집의 잘생긴 총각 생각은 저 멀리로 날려 버렸다.

다음날 아침, 예영은 출근하기 위해 현관 앞 붙박이 신발장에 붙은 전신거울 앞에 섰다. 벽시계를 보니 정확히 여덟 시 오십 분이었다. 그녀는 긴장된 눈으로 거울에 비친 자신의 모습을 훑어보았다. 평소에 잘 하지 않던 분단장을 해서인지 피부가 뽀얗다. 얼마 전 큰맘먹고 장만한 외제 화장품이 실력 발휘를 제대로 하고 있었다. 이 정도면, 얼굴이 새하얀 누구와 서 있어도 괜찮아 보이려나?

'새하얀 누구?'

예영은 단박에 얼굴을 찡그렸다. 순간, 자신의 이 뽀얀 분단장이 앞집 남자를 의식하고 했던 거란 걸 깨달았다. 생각지도 않은 깨달음에 예영은 당황했다. 그 남자에겐 전혀, 딴마음 따위 품지 않았는데 이게 웬 생쇼라니. 너무 놀라 예영은 거울 안의 자신을 뚫어져라 바라본 채로 얼이 나가 버렸다.

"아직 안 갔어?"

예소가 방문을 박차고 나오며 묻자, 예영은 깜짝 놀랐다. 예소는 잠에서 덜 깬 듯 두 눈을 비비적거리고 있었다. 떡이 된 머리카락이 산발이 된 그녀는 늘어지게 하품을 하며 어기적어기적, 방에서 걸어나왔다. 이제 일어난 모양이었다.

"어, 어쩐 일이냐? 네가 이 시간에 다 일어나고."

놀란 티를 내지 않으려 예영은 일부러 큰 목소리로 말을 건넸다. 다행히 예소는 별다른 의심 없이 슥슥, 발바닥을 끌었다.

"오줌 마려워서 일어났어. 새벽에 카프리선을 두 봉지나 마시고 잤더니 방광이 터질 것 같아."

"참 가지가지 한다. 너 또 어제 대든지 미든지 봤어?"

"왜 이래. 이게 다 좋은 로맨스 소설을 쓰기 위한 일종의 공부라고. 요즘 인기 있는 아이템은 뭔가, 애정의 시류는 어떻게 흘러가고 있는가, 뭐 이딴 거에 대한 작가적 고민이라 이 말이지."

비몽사몽의 예소는 툭, 전기 스위치를 눌러 불을 켜고 화장실로 들어갔다. 고스트 스팟답게 화장실은 언제 그랬냐는 듯 불이 훤히 켜졌다. 앞집 노란머리가 보면 기절을 하겠군.

"핑계는 좋다."

"언니 너는 다 좋은데, 예술을 몰라서 탈이야. 몰라도 너무 몰라."

트레이닝복 바지를 내리고 변기에 앉는 예소는 두 눈이 거의 감겨 있었다. 음냐음냐, 입맛까지 다시며 목 앞쪽을 벅벅 긁는 폼이 제정신을 차리긴 아직 먼 듯해 보였다. 예영은 고개를 가로저으며 한숨을 내쉬었다. 참으로 진상이다.

"일어난 김에 문단속이나 해. 나 나가니까."

못마땅한 시선으로 예영이 말하자 예소는 무성의하게 대답했다.

"으응."

예영은 땅이 꺼져라 한숨을 내쉬며 집을 나왔다. 도대체가 나이도 어린 것이 취직할 생각은 안 하고, 허구한 날 저게 뭔 짓인지 원. 저렇게 날이면 날마다 쓸데없는 짓 하느라 밤을 지새우면서 글을 쓸 수 있기를 바라는 건 대체 무슨 심보? 예영은 머리를 신경질적으로 긁적거리며 엘리베이터 버튼을 눌렀다.

아주 잠깐 앞집 501호 쪽으로 시선이 갔지만 곧, 그녀는 흰 얼굴의 외국인 따위 까마득하게 잊어버리고 있었다. 아파트를 빠져나와 버스정류장을 향해 걸음을 재촉할 때까지만 해도 그녀는 가게 일 외엔 아무 생각도 하지 않고 있었다.

다달이 이백만 원씩 넣는 적금이 이달 말에 끝이 나고, 그러면 다음 달엔 부모님께 무이자로 빌린 오천만 원을 갚을 수 있게 되어 있었다. 사업자금이랍시고 빌려온 주제에 이자도 못 드려 늘 죄송한 마음이었는데, 그 빚을 이제 모두 갚을 수 있게 되었다고 생각하니 마음은 벌써 천국이었다. 사업의 '사' 자도 모르는 주제에 덜컥 일을 벌이기 시작했을 때만 해도 이렇게 장사가 잘될 줄 꿈에도 몰랐던 그녀였다. 여고 앞이니까 팬시점을 열면 잘될 것 같다는 생각에 가판대 하나 들어갈 만큼이나 작은 공간에서 시작한 가게인데 사업 시작한 지 겨우 삼 년 만에 한 달 매출이 장민우 월급의 두 배였다. 딸들을 위해서라면 밤낮없이 기도하는 부모님의 덕이라 그녀는 생각했다.

"은예영!"

도로변과 이어져 있는 아파트 후문을 막 통과할 때였다. 총총 가벼운 걸음을 옮기는 예영의 귀로 낯익은 목소리가 들려왔다. 이 목소리는? 설마……? 제 귀를 의심하면서도 예영은 휙, 소리나는 쪽으로 고개를 돌렸다.

"너, 너!"

50m 전방에서부터 장민우가 있었다. 예영은 자신의 눈을 믿을 수가 없었다. 그는 여전히 단정하고 멀끔한 정장 차림으로 긴 코트에 두 손을 찔러 넣은 채 예영 쪽으로 다가오고 있었다. 어떻게 그녀의 앞에 다시 나타날 수 있는지. 정말 대단한 강심장이란 생각이 들었다. 예영은 두 번 생각하지 않고 몸을 돌려서 가던 걸음을 재촉했다. 그와는 말도 섞고 싶지 않을뿐더러 시선조차 마주치고 싶지 않았다. 하지만 정말 경이적으로, 분노는 벌써 턱밑까지 끓어오르고 있었다.

"은예영!"

최대한 빨리 걸었지만 그녀는 금세 따라잡히고 말았다. 민우는 거의 달리다시피 쫓아와 그녀의 팔을 거머쥐고 세차게 돌아세웠다. 몸이 심하게 흔들린 예영은 찢어질 듯 비명을 지르며 소리쳤다.

"뭐 하는 짓이야!"

"뭐 하는 짓이냐고? 그건 내가 할 소리야. 왜 날 피해?"

"놔."

도전적으로 말했으나 민우의 손아귀는 그녀의 팔뚝을 더욱 옥죄었다. 아픔이 몰려와 예영은 험악하게 얼굴을 일그러뜨렸다. 민우는 심기가 불편한 듯 잔뜩 찌푸린 얼굴로 거의 윽박지르는 투로 말했다.

“너 원래 사람 무시하는 경향 있다는 거, 내가 좀 알긴 아는
데. 그래도 이러면 안 되지. 내가 널 만나려고 오늘 몇 시에 일
어난 줄 알아? 이 자리에서 한 시간이나 널 기다렸어. 오전에 출
근 못한다고 회사에 전화까지 넣었다고. 알아?”

“아이고~ 황공해라. 소인을 기다리시느라 그 아까운 시간을
소비하셨어요? 송구스러워서 어쩐대요.”

그녀가 잔뜩 비비 꼬며 말하자 그는 화가 난 듯 그녀에게 쏘
아붙였다.

“나 지금 장난할 기분 아니야.”

“내가 할 소리거든? 뭐니? 이렇게 무턱대고 찾아와서. 이게
네 방식이라는 건 내가 익히 알고 있는 거지만, 미안한데 지금
은 안 먹히거든? 나 바빠. 너랑 노닥거리고 있을 시간 없어.”

“그럼 어떡해? 어쩔 수 없잖아, 네가 이렇게 감정적으로 나오
는데. 내가 좋은 말로 나오라고 하면 네가 나왔을 것 같아?”

“감정적으로 만든 게 누군데 이래? 놔!”

예영은 거칠게 팔을 뿌리쳤다. 하지만 그의 손은 쉽게 떨어지
지 않았다. 그는 목소리 톤을 낮추며 그녀를 달래듯 얼렀다.

“은예영, 우리 어른답게 이성적으로 생각하자. 이런다고 일이
해결되는 것도 아니잖아.”

“이혼하고 다 끝난 사이에 무슨 해결할 일이 남아 있다고 이
러셔?”

“재결합하자고 내가 말했잖아. 나 너랑 다시 시작하고 싶다

니까."

"신소리 그만 하시지."

예영은 이를 악물고 놈을 쏘아보았다. 정신이상자도 아니고, 그가 대체 왜 이렇게 구질구질하게 구는 건지 알 수가 없었다. 아니, 재결합은 혼자서 하는 건가? 마음이 맞아야 하는 거 아니야?

"네가 나 때문에 상처 받은 거 알아. 내가 밉겠지."

"그래도 저능아는 아니네."

"은예영!"

저능아라는 말에 기분이 엄청 상한 듯 민우의 얼굴이 험악해졌다. 여차하면 손이 올라갈 것 같은 험악함에 움찔하면서도 예영은 두 눈에 힘을 주었다.

"알면서 왜 이래? 나 당신 싫어. 이렇게 얼굴 맞대는 것도 끔찍해. 옛날 일 생각나고, 옛날 아픈 상처 떠올라. 왜 내가 이런 고통을 맛봐야 하는데? 다 끝난 사이에 왜 내가 당신 때문에 아직도 아파해야 하느냐고."

"몰라서 묻니? 너도 아직 나한테 감정이 있는 거야."

민우의 뻔뻔스러운 말에 예영은 일순 동작을 멈추었다. 너무나 놀라고 기가 차서 그녀는 숨 쉬는 것마저 잊어버렸다. 이 미친 자식이 지금 무슨 개소리를 지껄이는 거야? 뭐? 감정이 남아 있어? 정말 이 자식, 미친 거 아니야? 이 변형프리온 같은 놈!

"미쳤어? 무슨 근거로 그런 말도 안 되는 소리를 하는 거야?"

예영은 사납게 소리쳤다. 민우는 마치 학생 훈계하는 선생님처럼 이성적이고 엄격한 어조로 말했다.

"인정 못한다는 거 알아. 쉽지 않다는 거 안다고. 그래도 인정할 건 인정해야지."

"돌았구나? 삼 년 사이에 몹쓸 병에 걸려 버렸어."

"아니라고 부인해 봤자야. 그렇다고 진실이 변하진 않아."

"기껏 그런 미친 소리 지껄이려고 나타난 거니?"

"합쳐. 재결합하자. 그게 최선이야."

"누구 마음대로!"

예영은 민우를 밀어내기 위해 안간힘을 쓰며 소리를 질렀다. 그러나 작정을 하고 그녀의 두 팔을 틀어쥔 남자의 힘을 이겨내기엔 역부족이었다. 눈 깜짝할 사이에 민우는 예영의 팔을 더욱 세게 거머쥐어 품 안으로 끌어들였고 예영은 속수무책으로 그에게 안겨 있어야 했다. 한 번의 거센 저항에 예영도 민우도 거친 숨을 몰아쉬었다.

"너 나 좋아하잖아. 아직도 사랑하고 있잖아. 왜 부인하니? 멍청하게. 네가 이런다고 죽은 애가 살아 돌아올 것 같니?"

"……!"

그 순간이었다. 눈앞으로 아이의 초음파 사진이 스쳐 지나갔다. '죄송합니다' 라고 고개를 숙이는 담당 의사의 무덤덤한 표정이 떠올랐고 오열하는 어머니의 모습이 떠올랐다. 장민우, 죽일 놈이라며 주먹으로 벽을 내려치는 예소의 모습도, 말없이 고개를 떨구며 터지는 눈물을 삼키던 백발의 아버지도, 그리고 유난히 밝은 햇살이 들이치던 희고 깨끗한 병실까지. 단 일 초 만에 모든 것이 선명하게 떠올랐다가 사라졌다. 마취에 막 깨 몽롱한 정신으로 하염없이 쏟아지는 눈물을 넋 놓고 흘렸던 그 순간의 그 찢어지는 심정이 떠올랐다 사라졌다.

칼에 찔린 듯 엄청난 고통이 가슴을 파고들었다. 숨도 쉴 수 없을 만큼, 죽을 만큼 아픈 감각으로 인해 예영은 숨을 헐떡였다. 눈앞이 심하게 흐려지면서 순식간에 눈물이 차올랐다. 예영은 민우를 죽일 듯이 살벌하게 노려보며 이를 갈았다.

"나쁜 놈! 넌 인간도 아니야."

"휴~ 진정해."

그녀가 한심해 죽겠다는 듯 그가 한숨을 토했다.

"왜 이렇게 말이 안 통하니, 넌? 삼 년 전이나 지금이나 정말 꽉 막혔다. 지금 애가 죽은 게 잘됐다, 뭐 이런 말이 아니잖아. 내 말은! 과거 따위는 잊고⋯⋯!"

"입 닥쳐. 그 더러운 입 닥치라고!"

"예영아."

"너 같은 놈을 두고 뭐라는 줄 알아?"

"은예영⋯⋯."

말대꾸하는 것도 피곤하다는 듯 그는 두 눈을 감으며 그녀를 불렀다. 하지만 예영은 이미 눈에 뵈는 게 없었다. 이 나쁜 놈이, 이 쓰레기 같은 인간이, 삼 년 전에 그녀의 자궁 안에서 싸

늘히 죽어간 그 애달픈 아기에 대해 감히 뭐라고 지껄이는 건
가. 예영은 가슴 저 밑바닥에서부터 끓어오르는 처절한 울분으
로 외쳤다.

"벌레만도 못한 놈이라고 하는 거야. 벼락 맞아 뒈질 놈이라
고 하는 거야. 천벌을 받아 마땅한 놈이라고 하는 거라고!"

"진정하고 내 말 좀 들어! 이렇게 악다구니 쓴다고 될 일이 뭐
가 있어? 앞뒤 꽉 막힌 노인네처럼 이런다고 뭐가 되니? 현실을
봐. 과거는 과거일 뿐이야."

"과거는 과거일 뿐? 사람 죽여놓고 과거일 뿐이라고 하면 다
니!"

"솔직히 말해서, 아기를 내가 죽인 것도 아니잖아!"

그가 똑같이 되돌리듯 소리쳤다.

"뭐?"

이 버러지가 도대체 무슨 말을 하려는 거야? 예영은 숨을 헐
떡이며 놈을 노려보았다. 핏발마저 선 눈동자 아래로 커다랗게
맺힌 눈물방울이 뚝 떨어졌다.

"애를 지우자고 했던 건 사실이지만, 솔직히 직접적인 원인은
네가 길거리로 뛰쳐나가서 그리된 거잖아. 오토바이에 치여서
잘못된 거 아니야? 그걸 가지고 날 살인자로 모는 너, 예전부터
좀 그랬어."

"지금 그걸 말이라고 해? 내가 왜 길거리를 뛰쳐나갔는데! 그
빗길에 우산도 없이 왜?!"

"그러니까 누가 뛰쳐나가랬냐고. 네가 뛰쳐나간 거잖아."

"이 개새끼……!"

예영은 욕설을 씹어뱉으며 민우에게 덤볐다. 눈에 눈물을 가득 담고 입술을 찢을 듯 씹으며 덤비는 그녀는 광분해 있었다. 평소의 순둥이로 명성 자자한 은예영이라곤 상상도 못할 만큼. 미친 거 아닌가, 잠시 당황했지만 민우는 얼른 예영의 두 팔을 꽉 쥐며 제지했다.

예영은 힘없이 단번에 그에게 사로잡혔다. 젖살이 빠진 건지, 마음고생해서 살이 빠진 건지, 예영은 삼 년 전보다 훨씬 살집이 없었다. 결혼 전엔 오동통하고 귀여운 맛이 있었는데……. 뭐, 그때는 그때대로 귀엽고 예뻤고 지금은 지금대로 그럭저럭 괜찮았다. 거칠한 피부와 심란한 머리 모양이 안습이긴 했지만 원래 이목구비가 또렷하니 밉상은 아니어서 그런대로 봐줄 만은 했다. 피부나 헤어 따위야 뭐, 마사지 몇 번, 헤어숍 몇 번이면 금세 달라지게 되어 있고, 별로 중요한 게 아니었다. 정말 중요한 건 예영이 돈을 벌고 있다는 것이었다.

며칠 전, 어머니 현미자에게 전해 들은 바에 의하면 예영은 삼 년 전부터 운영하고 있는 팬시점 가게가 장난 아니게 잘된다는 거다. 조만간 근처에 있던 유치원이 헐리고 대신 그곳에 기숙학원으로 유명한 입시학원이 생긴다는 말이 있는데, 그 때문인 건지 땅값도 오름세고 오피스텔이며 상가도 생길 조짐에 상점 입점이 활발히 이루어지고 있다고 했다. 예영이 그 학원 자리 바로 앞에서 팬시점을 하고 있다는 건 정말 귀가 번쩍할 얘기였다. 넉넉한 집에서 온실의 화초처럼 자란 예영이 장사를 한다는 말을 들었을 땐 콧방귀만 나왔는데, 그런 운도 있다니. 할 줄 아는 건 집에서 시간 죽이며, 그가 벌어다 주는 돈만 축내던 예전의 은예영의 처지와는 차원이 달랐다.

적어도 그가 느끼는 지금의 은예영은 삼 년 전과는 천양지차의 가치가 있는 듯했다. 그런저런 이유로 그는 시간이 갈수록 점점 더 확신하게 되었다. 꼭 재혼을 해야 한다면, 어머니의 말대로 은예영을 잡는 게 현명하다는. 솔직히 살림 솜씨나 어른들 모시는 마음 씀씀이로 따지면 은예영만한 아내감이 없지 않나. 모든 집안일도 그녀 혼자 다 처리했었고. 솔직히 예영이 없는 삼 년 동안 꾸준히, 민우는 엄청난 생활의 불편함을 맛보아야 했다. 곁에 있던 시종이 어느 날 갑자기 없어진 그런 기분이랄까.

"잊자. 다 잊자고. 나도 이젠 가정에 충실할게. 네게 잘 못해 준 거 다 보상해 줄게. 약속해."

민우는 최대한 성질을 죽이고 예영을 다독였다. 원체 마음이 약하고 순한 여자라 이렇게 몇 번 달래놓으면 금세 재결합에 응할 게 분명했다.

"이 더러운 손 치우기나 해."

"인정하지 못하겠지만, 넌 날 아직도 못 잊고 있어."

"헛소리 집어치워. 집어치우고 이 손 놔."

예영이 또 몸부림을 쳤다. 민우는 예영의 몸을 옴짝달싹못하게 더욱 옥죄며 미친 소리를 지껄였다.

"이 집을 봐. 이 집, 우리가 신혼살림 차리고 삼 년이나 살았던 곳이야. 너 여기서 살고 있어, 지금. 그게 무슨 뜻이라고 생각하니?"

"그게 널 못 잊어서라고?"

미친놈이니 미친 뇌를 가지고 있는 건 당연지사인가 보다. 그녀가 그를 잊지 못하고 있다는 뻘소릴 지껄이는 것도 모자라, 그렇게 생각하는 이유로 이 집을 꼽는 걸 보니. 웃기는 소리였다. 민우에 대해 남은 감정은 그저 끝없는 분노와 증오뿐, 미련도 애증도 아니었다. 그를 잊지 못하고 있다는 말은 개소리였고, 아직까지 이 집에서 살고 있는 것 역시 그에 대한 미련 때문이 아니었다. 그저 그녀는 오기로 버티고 있었던 것뿐이었다. 민우에게 그녀가 이혼당했다고 생각하는 사람들에게 똑똑히 보여주고 싶었다. 이 집에서 쫓겨난 사람은 그녀가 아니라 민우임을.

"쿨하게 인정해. 솔직하다고 욕하는 사람 아무도 없어. 아기는 또 가지면 되고……."

"닥치라고 했지!"

그녀가 소리쳤다.

"너 도대체 왜 이러니? 유산 너 혼자 했어? 애 잃어버리고도 다들 잘사는데 왜 유독 너만 이렇게 유세야? 유세는. 너 진짜 이해 안 간다. 아무리……."

퉤! 예영은 더러운 장민우의 낯짝에 침을 뱉었다. 뺨이라도 갈기고 싶었지만 양팔을 민우에게 붙들린 터라 꼼짝도 할 수가 없었다. 분노가 절절이 녹아든 침은 민우의 콧잔등으로 날아가 붙었다. 민우는 하던 말을 멈추고 두 눈을 감았다.

"입 닥치라고 했잖아."

예영은 분노에 떨며 이를 악물었다. 험악하게 구겨진 얼굴로 민우는 차마 주워섬길 수 없는 욕설을 내뱉더니 예영의 팔을 거칠게 뿌리쳤다. 수갑처럼 그녀를 옥죄고 있던 그의 손이 풀리면서 그녀는 바닥으로 쓰러졌다. 민우는 손수건을 꺼내 얼굴을 닦으며 또다시 욕설을 내뱉었다. 예영은 이를 갈며 그를 노려보았다.

"꼴도 보기 싫어. 내 앞에 나타나지 마. 나도 무슨 짓을 할지 모르는 사람이야. 악만 남았다고."

"에이 씨……!"

얼굴을 닦은 민우는 생각하면 할수록 화가 나는지 휙 고개를 돌려 예영을 노려보았다. 바닥에 쓰러진 예영은 표독스러운 눈으로 그를 쏘아보고 있었다. 민우는 예영을 위아래로 훑어보며 입술을 비틀었다. 이걸 확 때려, 말아? 저보다 더 예쁘고 섹시한 애들이 얼마나 많은데. 다시 합치자고 하면 좋아해야 하는 거 아니야? 어디서 까불어? 돈 좀 있다고 유세 떠는 거야?

"인간 말종."

그녀가 악담을 퍼부었다. 예영이 더럽다는 듯 그를 향해 욕하자 민우는 도저히 참지 못하고 성큼 그녀에게 다가갔다.

"너 진짜!"

화가 머리끝까지 치민 민우는 예영의 멱살을 잡고 그녀를 일으켜 세웠다. 우두둑 옷자락이 뜯어지는 소리와 함께 꺄악, 비명 소리가 아파트 단지에 낭자했다. 그 비명 소리를 뚫고 누군가의 외침이 들려왔다.

「뭐 하는 거야! 멈춰! 빌어먹을.」

영어다. 호텔 프런트에서 근무하는지라 영어에 능통한 민우는 반사적으로 행동을 멈추고 고개를 돌렸다. 뒤를 돌아보니 운동복 차림의 웬 외국인이 이쪽으로 달려오고 있었다. 저건 또 뭐야?

「이게 무슨 짓이지?」

민우가 영문 모르고 멀뚱거리고 있는 사이 리버스는 순식간에 달려들어 예영에게서 미친 남자를 떼어냈다. 예영은 두려운 듯 덜덜 떨고 있었다. 눈물을 가득 머금은 두 눈이 너무나 충격적이어서 믿어지지가 않았다. 대체 예영에게 무슨 일이 벌어진 걸까? 이 남자는 도대체 누구지?

「괜찮아요, 예영 씨?」

영어로 묻는 리버스의 말을 알아들은 듯 예영이 고개를 끄덕였다. 눈물이 하염없이 흘러 리버스의 가슴을 적셨지만 그녀는 고개를 들 수 없었다. 그의 품은 너무나 따뜻했다. 지금까지 한 번도 이렇게 편안한 가슴에 기대본 적이 없었다는 생각이 드니 눈물이 더욱 쏟아졌다. 아이를 잃었을 때조차 그녀는 병원 침대에 얼굴을 묻었었다. 그때는 누군가에게 약한 모습을 보이기 싫었던 마음이 컸었다. 한 번 무너지면 영원히 회복하기 힘들어질까 봐, 약해지지 않으려고 스스로를 다잡고 또 다잡았었다.

「여자한테 이게 무슨 행패지? 뭐 하는 짓이야!」

리버스는 예영을 한 팔로 감싸 가슴으로 품으며 민우를 노려보았다. 리버스가 예영을 낚아채 간 통에 균형을 잃은 그는 서너 걸음 뒤로 물러선 채 리버스를 마주 보았다. 그는 웬 놈이냐는 눈으로 리버스를 보고 있었다.

「당신 뭐야? 뭔데 남의 일에 상관해?」

민우가 영어로 물었다.

「나?」

리버스는 코웃음을 쳤다. 그의 목울대와 가슴이 흔들리는 걸 느끼며 예영은 고개를 들었다. 그는 여전히 예영을 꽉 껴안고 있었다. 그는 얼음이 뚝뚝 떨어질 듯 차가운 미소를 비틀어 웃더니 나긋나긋한 목소리로 말해주었다.

「이 여자 남자 친구.」

"**괜**찮다니까."

옷을 갈아입고 방에서 나온 예영은 여전히 불안한 얼굴이었다.

"무슨 소리 하는 거야? 그 자식이 다시 나타나면 어쩌려고."

팔짱을 끼고 리버스와 얘기 중이던 예소가 예영의 말에 반박했다. 그녀의 눈엔 걱정근심이 그득 들어 있었다.

"괜찮아, 이제. 내가 애니? 출근도 혼자 못하게."

"언니야!"

"혼자 갈 수 있어요. 걱정 마시고 돌아가서 일 보세요. 아까는…… 고마웠어요."

예영이 예소의 말을 막으며 리버스에게 예의를 차렸다. 희미하게 웃어보려고, 자기는 이제 멀쩡해졌다는 걸 보이기 위해 웃으려고 노력했지만 쉽지 않은 듯 그녀의 표정은 어색했다. 말은 괜찮다고 하지만, 내심 그놈을 다시 만날까 봐 두려워하고 있는 게 틀림없었다. 그녀의 표정에 희미하게 남아 있는 충격의 잔해를 바라보며 리버스는 다시금 분노가 끓어오르는 걸 느꼈다.

"남자 친구? 야! 너 남자 있었어? 없었잖아! 언제부터 사귀었어?"

예영을 향해 두 눈을 부릅뜨던 남자를 떠올리며 리버스는 눈살을 찌푸렸다. 예소의 말에 의하면, 예영의 이전 남자 친구란다. 이미 헤어진. 헤어진 남자가 대체 왜 아침부터 나타나 예영을 괴롭히고 있었는지는 알 수 없지만, 분명한 건 예영은 그를 증오하고 있다는 것이다. 리버스에게 그 사실만큼 중요한 건 없었다. 그럼, 어제 예영이 말하던 그 '사귀는 사람'은 그 사람이었던 걸까?

"언니 너 미쳤어? 그놈이 언제 다시 나타나서 무슨 짓을 할지 모르는데. 간덩이가 부었냐?"

"예소야."

"그래! 당연히 할 수 있지. 나이 서른에 혼자 출근도 못할까. 근데, 그 자식이 다시 나타나지 않는다는 보장 있어? 언니 너 괴롭히지 않는다는 보장 있어? 나타나면 또 당할 게 빤하잖아."

예소는 짜증나는 얼굴로 언니를 닦달했다. 정말 마른하늘에 날벼락도 유분수지. 아침에 출근 잘한 예영이 다 죽어가는 얼굴로 리버스의 품에 안겨 되돌아올 줄 누가 알았겠는가. 뜯어진 옷하며 눈물로 범벅이 된 얼굴이 삼 년 전 그날을 떠올리게 해, 예소의 가슴도 철렁 내려앉았더랬다. 예영이 화장을 고치고 옷도 다시 갈아입으면서 마음을 가라앉히는 동안 리버스에게 정황을 전해 들은 예소는 대략의 정황을 파악할 수 있었다. 그제 만났던 장민우가 집까지 찾아온 게 틀림없었다.

"집은 그렇다 쳐도 가게는 어디 있는지 모를 거야."

예영은 소리소리 내지르는 동생에게 기가 죽은 듯 조용히 반박했다.

"그딴 거 알아내는 건 일도 아니지. 그리고 설령 모른다 해도 퇴근하는 길목 지켰다가 또 덮칠 수도 있는 거 아니야. 그러면 어쩔 건데? 또 맞고 들어올래?"

"내가 언제 맞고 들어왔다고 그래."

"이 오빠가 그때 없었으면, 또 딱 맞지."

"퇴근하는 길목까지 지키고 있을 리 있니? 그렇게까지 나올 리가 없잖아."

조용히 반박했지만 예영의 목소리는 이미 확신을 잃은 상태였다. 그가 길목을 지키고 서 있을 거란 상상을 하기만 해도 무서웠다. 장민우가 어떤 인간인지 알기 때문에 더욱 섬뜩해지는 건지도 몰랐다. 그는 좋아하는 여자를 위해 자신의 아기까지 버리려 했던 사람이었다. 무엇이든 자신의 위주로 생각하는 경향이 있었고, 그 생각에 방해가 된다 싶으면 가차없이 버리는 인간이었다.

"그러고도 남지. 안 그럴 인간이 아침부터 남의 집 앞에 진을 치고 기다리냐? 솔직히 난 지금도 밖에서 기다리고 있을 것 같아서 무섭다."

"그건 스토커잖아."

"언니 너 바보냐? 아까 했던 짓도 스토커 짓이야."

"스토커는 아니지……."

"잔말 말고 이 오빠랑 같이 가. 오빠가 같이 가준다잖아. 마음 같아선 나도 같이 가주고 싶지만 난 별로 도움 안 될 것 같아서 참는 거야."

그 인간 얼굴 보면 살인충동 일어날 거고, 그럼 분명 싸움이든 뭐든 저질러 버릴 게 분명했다. 아이 잃어버린 아내의 병실까지 찾아와 '이제 핑계거리도 사라졌으니 깨끗이 이혼하자' 고 했던 빌어먹을 놈이 아닌가. 그때 손에 칼이 있었다면 확 찔러 버렸을지도 모를 일이었다. 예소의 마음이 이럴진대 예영의 마음은 오죽할까.

"걱정 마. 예영이 싫다고 해도 따라갈 거니까."

리버스가 예소와 예영의 입씨름에 끼어들어 깔끔하게 상황을 정리해 준다. 예소는 땅 꺼지게 커다란 한숨을 내쉬며 그를 향해 웃었다.

"정말 그때 오빠가 나타나서 얼마나 다행인지 몰라요. 큰일

날 뻔했지 뭐예요. 진짜 고마워요. 이 은혜는 제가 두고두고 갚을게요."

"은예소……."

은혜를 왜 네가 갚아? 예영은 조금 과하다 싶은 예소의 행동에 눈살을 찌푸렸다. 민우가 어떤 사람인지 잘 모르는 리버스에게 저렇게까지 해야 되나 싶기도 해서 기분이 썩 좋지 않았다. 별로 리버스에겐 장민우가 전남편이었다는 사실을 말하고 싶지 않았다. 다행인지 불행인지, 리버스는 예소의 과장된 태도를 의심하는 것 같지 않았다. 그는 부드럽게 웃고는 예소의 어깨에 턱, 손을 올려놓았다.

"예영이 못 가게 감시하고 있어. 금방 씻고 올게."

"예, 그럴게요."

방긋 웃으며 예소는 리버스를 배웅했다. 하지만 텅, 문을 닫고 그가 사라지는 걸 확인한 그녀는 헐크처럼 변하더니 예영을 향해 눈곱도 떨어지지 않은 초췌한 눈을 부라렸다.

"장민우 그 자식, 맞지?"

"응."

간단하게 예영은 대답했다.

"왜 또 나타났대? 무슨 할 말이 남아 있어서?"

"똑같은 말이지 뭐."

"다시 합치자는 그 미친 소리?"

"그래. 내가 아직도 자길 못 잊고 있는 줄 아나 보더라."

"그제 만났을 때 좀 더 확실하게 싫다고 말하지 그랬어!"

"둘까지 끼얹었어. 얼마나 더 확실하게 말해?"

"어우, 그 미친놈."

예소는 기름기 줄줄 흐르는 제 머리카락을 쥐어뜯으며 괴물처럼 으르렁거렸다. 예영은 한숨을 내쉬며 앞머리를 쓸어 넘겼다. 하지만 아까부터 팔딱팔딱 쉴 새 없이 뛰고 있는 맥박이 좀체 진정될 기미가 없었다. 그에게 거칠게 멱살을 잡히자마자 머릿속으로 과거의 지워 버리고 싶었던 기억들이 새록새록 떠올라 숨을 쉴 수 없을 만큼 고통스러웠었다. 그때 그 순간 리버스가 나타나지 않았다면 어떻게 됐을지, 생각만 해도 끔찍했다.

"이젠 안 나타날 거야. 걱정하지 마."

예영은 제발 그러길 바라는 마음으로 조용히 중얼거렸다.

"그걸 네가 어떻게 알아?"

"남자 친구 있다고 했거든."

어깨를 으쓱하며 예영은 아무렇지도 않게 대답했다. 예소는 쥐어뜯던 머리카락을 놓고 예영을 돌아봤다.

"뭐?"

"내가 자길 못 잊어서 지금껏 싱글로 지내고 있는 줄 알았던 모양이야. 그래서 남자 친구 있다고 말해줬지."

"그게 누군데? 언니 너, 누구 사귀어?"

"앞집 남자."

"리버스 오빠?"

예소가 미간을 찡그리며 되물었다. 이건 또 무슨 희소식이래?

"그렇게 됐어. 진짜로 사귀는 건 아니고."

"장민우 그 인간을 납작하게 만들어줬구나? 우리 리버스 오빠가?"

광대 버금가는 활짝표 웃음을 헤벌레 지으며 예소가 소리쳤다. 뭘 저렇게 좋아한담. 예영은 조금은 뚱한 얼굴로 예소의 하는 양을 바라보았다. 리버스 때문에 장민우가 퇴치된 건 기쁘지만 솔직히 예영은 적지 않은 부담감을 느끼고 있었다. 빤히 보이는 거짓말로 며칠이나 버틸 수 있을지. 거짓말이었다는 게 들통 나면 민우가 어떻게 나올지. 걱정되는 게 한두 가지가 아니었다. 물론 민우가 이 일을 모르고 그냥 지나가 준다면 더할 나위 없이 고맙겠지만, 사람 일이란 게 언제나 자기 뜻대로 이루어지지만은 않으니까.

"우리 리버스는 또 뭐니?"

예영은 찌뿌듯한 얼굴로 예소를 빤히 바라봤다. 예소는 두 손을 맞잡고 부들부들 떨고 있었다.

"그럼 우리 리버스지, 나의 리버스냐? 아흐! 통쾌해. 장민우 그 자식이 얼마나 놀랐을지 생각만 해도 짜릿하네."

환희에 들뜬 표정이 예사롭지 않다는 생각에 예영은 의심스러운 눈으로 동생을 찔러보았다.

"너 그 사람 좋아해?"

“좋아하지, 그럼! 멋지잖아. 잘생기고 성격 좋고. 그만하면 거의 완벽에 가까운 남자 아니야?”

“야, 이 맹추야. 그 사람은……!”

“스톱!”

언니의 잔소리가 이어질 성싶자 예소는 한쪽 손바닥을 쫙 펴며 예영의 말을 멈추게 했다. 이마의 내천(川) 자를 죽죽 그은 예영이 반사적으로 하던 말을 멈추고 예소를 바라보았다. 예소는 감았던 눈을 뜨고 씩 스마일 마크를 입가에 그렸다.

“우리 리버스 오빠가 내 이상형에 가까운 사람이긴 해.”

“우리라는 말 뺐렸지. 너 이 기집애, 그 사람은……!”

“하지만!”

예영의 말을 또다시 막고 예소는 눈썹을 씰룩거렸다. 여전히 웃는 얼굴이었다.

“언니한테 양보하려고.”

“뭐?”

“리버스 오빠 말이야. 내가 양보한다고. 언니한테.”

“너 미쳤니?”

예영의 얼굴이 일그러졌다.

“왜? 내 보기엔 너랑 딱 어울리더구만.”

“그 사람은 외국인이야. 난 이혼녀고.”

“그게 뭐 어때서? 불륜도 아니고 근친도 아닌데 뭐가 어때?”

“너 돌았구나. 드디어 돌았어. 로맨스 쓴다고 난리칠 때부터 알아봤어야 하는데."

넋을 잃은 듯 망연자실한 얼굴로 예영이 중얼거렸다.

"잘해봐. 이건 기회야, 하늘이 주신."

"그만 해라. 응?"

"언니 걱정된다고 나서는 걸 보면 리버스 오빠도 언니가 싫지는 않은 거야. 잘만 하면 둘이 이어질 수도 있다니까."

"용쓴다, 용써. 소설이 안 써지니까 이젠 아무거나 다 소설 거리로 보이지? 미안한데, 제~발 난 빼줘라. 응? 제발~"

"이건 되는 게임이라니까 그러네. 전문가 입장으로 봤을 때 승산있어."

"시끄러."

예영은 얼굴을 잔뜩 구기며 아무렇게나 내뱉고는 소파에 내팽개쳐 두었던 가방을 집어 들었다. 시각이 너무 많이 지체되어 있었다. 지금쯤 직원인 주영이 혼자 출근해 청소를 마치고 가게 문을 열어놓았을 테다. 아직은 손님이 많은 시간이 아니라 괜찮지만 조금 있으면 혼자서는 감당할 수 없을 만큼 혼잡해질 테다. 한 번도 이렇게 주영에게 가게를 맡겨본 적이 없어서 예영은 많이 불안했다.

"어디 가? 여기 있으란 말 못 들었어?"

예소가 예영의 팔을 붙들며 말했다. 예영은 미간을 모으고 딱딱한 어조로 말했다.

"네 미친 소릴 듣느니 장민우한테 테러 당하고 만다."

"미쳤어? 리버스 오빠가 데려다 준다고 했잖아. 기다려!"

"혼자 갈 수 있어."

"장민우 그 자식이 또 나타나면 어쩌려고?"

"그딴 자식 하나도 안 무서워."

"아까 그건 그럼 뭐야? 다 죽을 것처럼 하고 들어왔었잖아."

"그건……!"

아이 때문이었다. 십이 주 동안이나 그녀의 뱃속에서 살다가 숨진, 얼굴도 모르는 그 아이 때문에 그토록 아팠던 것이다. 아이의 죽음에 대해서 아무런 죄책감도 갖지 않고 있는 민우의 잔인한 태도에 숨통이 조여들 만큼 많이 아팠던 것뿐이다. 단지 그것뿐, 민우가 무서웠던 건 아니었다. 물론 리버스가 나타나지 않았더라면 민우의 숨겨져 있던 폭력성이 드러났을 가능성도 있었다. 하지만 그건 하나도 무섭지 않았다. 삼 년 전 그녀가 그의 폭력에 떨었던 것도 뱃속에 든 아이 때문이었다.

"언니야……."

예영의 얼굴에 떠오른 표정을 바라보며 예소는 말끝을 흐렸다. 삭막하기 그지없는 예영의 표정은 아이를 잃었던 삼 년 전 그때를 연상시켰다. 그때의 일을 떠올리고 있는 게 분명했다. 장민우, 그 개샴푸가 무슨 말을 했는지 대강 짐작이 가기도 했다. 대체 그 미친놈은 왜 갑자기 예영의 앞에 나타나서 이 지랄을 떠는 거야? 예소는 아랫입술을 씹었다.

"괜찮아. 다 잘될 거야."

애써 웃음 지으며 예영이 말했다. 동생의 얼굴이 근심이 드리워짐을 알고 괜찮은 척하고 있는 거였다. 착해 빠져서는. 예소는 한숨을 쉬었다.

"그래도 오늘은 조심하자. 그 오빠가 같이 가준다니까, 이번 한 번만 그렇게 해. 응?"

"그 사람이 무슨 죄니? 미리 계획했던 일도 있을 거고 하고 싶은 일도 있을 텐데."

"언니 옆에 있고 싶다잖아. 그 오빠가 하고 싶은 일이 그거라잖아."

"그거야 그냥 배려 차원이지. 정말로 나랑 있는 게 좋아서 그러겠다고 한 게 아니라."

"그게 어때서?"

"어떻긴. 난 남의 동정 싫어."

"동정은 뭐 아무한테나 생기는 건 줄 알아? 다 마음이 있으니까 동정하는 거지."

"그건 도대체 무슨 논리니?"

"은예소식 논리다. 어쩔래?"

"뭐야?"

"잔말 말고 여기 앉아 있기나 해. 우리의 리버스 오빠가 곧 올 테니까."

예소는 예영을 억지로 소파에 앉히며 중얼거렸다. 힘으로 밀어붙이는 동생 때문에 소파에 거의 내동댕이쳐진 예영은 어이가 없는 얼굴로 예소를 돌아보았다. 대체 얘가 무슨 생각으로 이러는 건지 알다가도 모를 일이었다. 물론 리버스가 그녀의 곁에 있어준다면 더할 나위 없이 고맙고 안심되는 일이지만 누군가에게 그런 큰 폐를 끼친다는 건 정말 불편한 일이었다. 대체 왜 그 남잔 따라가겠다고 나서서 이렇게 그녀를 난처하게 하는 걸까? 왜 이렇게 그에게 고마워해야 하는 일만 생기는 거지? 누군가에게 빚지고 신세지는 거, 죽기보다 싫은데 왜 유독 그에게만은 자꾸 도움을 받게 되는 거냐고. 소파에 몸을 기대는 예영은 머릿속이 복잡했다. 그 복잡한 머릿속으로 불청객처럼 불쑥 끼어드는 불순분자.

"정말 내가 당신 사랑하게 된 거라면? 그래도 거절할 거예요?"

그가 어제 한 말이었다. 예영은 머리를 좌우로 마구 흔들며 으~ 괴로운 신음을 흘렸다.

그 시각. 샤워를 마친 리버스는 옷장에서 옷들을 꺼내며 휴대전화 버튼을 열심히 누르고 있었다. 오늘 약속되어 있던 미팅을 내일로 미룰 생각이었다. 그에게 영입 제안을 해온 필러스코리아 사장과의 미팅이라 다음으로 미루기가 쉽지 않은 약속이었지만 그건 결코 리버스의 고민거리가 못 되었다.

[여보세요.]

두 번의 신호에 이어 굵고 박력있는 목소리가 그의 전화를 받았다. 필러스코리아의 임석인 사장이었다. 두어 번의 메일과 한

번의 전화 통화로 인해 리버스는 그가 단도직입적이고 망설임
없이 저돌적인 성향을 가지고 있음을 잘 알고 있었다. 음성이나
어투 역시 직선적이고 확신에 차 있었다. 리버스는 빠르게 영어
로 말했다.

「시간이 없으니 용건만 말할게요. 오늘 약속, 내일로 미루
죠.」

[미스터 페리?]

「네. 갑자기 일이 생겼어요. 중요하고 시급한 일이라 뒤로 미
룰 수가 없고요.」

[…….]

임석인은 잠시 말을 아꼈다. 느닷없이 전화해서 전후사정 딱
자르고, 약속을 펑크 내겠다고 하니 임석인으로서도 이걸 어떻
게 받아들여야 하나 고민하는 중일 테다. 의도적인 약속 펑크는
스카우트 제안을 에둘러 거절하는 뜻일 수도 있고, 은근히 상대
를 무시하거나 압박하는 수단으로 사용할 수도 있으니까. 리버
스는 짧은 침묵의 의미를 재빨리 간파하고 오해를 풀어주었다.

「사장님과의 약속이 덜 중요해서 이러는 거 아닙니다. 급한
일이라 어쩔 수가 없어요. 오해하지 마시길 바라요.」

[그렇다면 좋습니다.]

다행히 임석인 사장은 선선히 양해를 해주었다. 리버스는 다
시 약속을 잡기로 하고 전화를 끊었다. 서둘러 옷을 갈아입고
아파트를 빠져나온 시각은 열 시 반. 그는 지체하지 않고 예영

의 집 안으로 들어갔다. 소파에 앉아 있던 예영이 깜짝 놀라며 뒤를 돌아보았다. 그를 기다리고 있었던 듯 그녀는 그를 보자마자 자리에서 일어났다. 잔뜩 얼어붙은 그녀의 얼굴을 보며 리버스는 일부러 장난스럽게 물었다.

"너무 늦은 거 아니죠?"

"포기해요."

붙잡을 새도 없이 택시에서 내리며 그가 대뜸 말한다. 그를 이 택시에 태워 집으로 돌려보내 버리려고 했던 예영은 눈살을 찌푸리며 입을 벌렸다. 눈치도 빠르서. 어째 바깥쪽에 앉겠다고 우기더니만. 예영은 입술을 꾹 다물고는 택시기사님에게 손을 내밀며 말했다.

"잔돈은 저한테 그냥 주세요."

만 원짜리 한 장 던져 주고 잔돈은 필요없다며 내려 버린 리버스를 대신해 예영은 일단 거스름돈을 받아 챙겼다. 잔돈 삼천 이백 원을 챙겨 택시에서 내리니 근처 상점들을 흥미로운 눈으로 훑어보고 있던 그가 뒤를 돌아봤다. 붕 소리를 내며 차가 떠나는 도로 위로 무심한 시선을 두며 그는 물었다.

"어느 거예요?"

그녀가 운영하는 가게가 어디냐고 묻는 거였다. 예영이 순순히 말해줄 거라고 여겼다면 리버스 페리 씨, 당신의 큰 오산이에요. 예영은 손에 쥐고 있던 잔돈을 내밀며 심술궂게 중얼거렸다.

"말해주기 싫은데요."

"아직도? 여기까지 왔는데?"

그의 시선이 예영에게 돌아왔다. 그는 비웃는 듯 살짝 삐딱한 미소를 달고 있었다.

"택시는 다시 잡으면 돼요."

"그건 나도 싫은데."

싫으면 시집가든지. 속으로 구시렁거리며 예영은 입술을 비틀었다.

"그럼 걸어가시든지."

"눈이나 제대로 뜨고 말해요."

"내 눈이 어때서요?"

저절로 발끈되어지는 말이었다. 콧대 없어, 입술 얇아, 별로 마음에 드는 구석이 없는 얼굴이지만 그래도 눈은 괜찮은 편이었다. 크고 예쁜 눈은 아니지만 그렇다고 작은 눈도 아니었고, 눈꼬리도 부드럽게 휘어 올라가 나름 고혹적인 눈이라 자부하고 있는 판국에, 뭐라? 눈이나 제대로 뜨라고? 인상을 팍 쓰고 있는데, 그런 그녀에게 그는 피식 웃으며 말했다.

"퉁퉁 부었습니다, 은예영 씨."

헉! 아까 내내 울어서 부었나 보다. 어쩐지 눈두덩이 무겁더라니. 훅, 화기가 순식간에 안면을 덮치자 예영은 리버스에게서 등을 돌리며 두 눈을 손으로 마구 비볐다. 정말 창피해 죽겠네.

왜 저 인간한테만 자꾸 이런 추한 모습을 보이게 되는 거야? 왜?

그때다. 그가 그녀의 손목을 쥐더니 휙 잡아당겨 그녀의 몸을 돌려 세웠다. 그러면서 하는 말.

"만지지 마요. 그러다 핏대 터지면 어쩌려고."

"……."

꿀 먹은 벙어리처럼 예영은 할 말을 잃어버리고 말았다. 그녀의 손목을 쥔 그의 손이 눈물 나도록 강하고 따뜻하게 느껴졌다. 마음이 먹먹해지면서, 몇 시간 전 그녀를 꽉 안아준 그의 품이 떠올랐다. 왜 하필 그게 지금 떠오르는 건지. 당황한 예영은 리버스의 팔을 휙 뿌리치며 쌀쌀하게 쏘아붙이고 말았다. 마음과는 정반대로.

"잔돈이나 받아요."

"팁이에요."

그녀에게 팁을 주겠다는 듯 말하며 그가 히죽 웃었다. 돈은 절대 다시 받지 않으려는 것처럼 두 손을 바지 주머니에 넣은 채였다. 장난으로 한 말이라는 걸 알면서도 예영은 날이 선 목소리로 쏴주었다.

"팁을 왜 나한테 줘요?"

"기사한테 준 건데 당신이 받아왔잖아요."

"그러니까 다시 가져가라고요."

"내 손을 이미 떠난 돈이에요. 받아온 사람이 처리하세요."

"허! 내 돈도 아닌데 내가 왜 가져요? 내가 기사님이에요?"

"그러게 왜 받아왔어요? 가질 것도 아니면서."

"그거야 팁으로 준 건 줄 모르고 받아왔죠."

일행이 먼저 내리면 나중에 내리는 사람이 잔돈을 챙기는 건 당연한 거 아닌가? 게다가 잔돈이 몇 백 원도 아니고. 단돈 육천 팔백 원 지불하면서 팁을 삼천이백 원이나 주는 사람이 어디 있냐고, 글쎄. 여기가 미국이야?

"알아서 해요. 난 이미 지불한 돈이니까."

"어머머?"

예영은 '뭐 이런 사람이 다 있어?'의 눈으로 리버스를 보았다. 그는 태연하게 상점을 둘러보며 그녀의 가게가 어디일까 가늠해 보고 있었다. 뚫어져라 그를 바라보았지만 그는 계속 그녀의 시선을 모른 척하고, 참다못한 예영은 다짜고짜 리버스의 팔을 잡아당겼다. 그리곤 그의 커다란 손바닥에 삼천이백 원을 꽉 쥐어주었다.

"난 불로소득은 딱 질색이에요."

"이거 받으면, 가게가 어디인지 말해줄 거예요?"

"뭐요?"

"난 왠지 저 란제리 가게가 당신이랑 잘 어울리는 것 같은데?"

갑자기 리버스가 턱, 그녀의 어깨 위로 팔을 올려놓았다. 자연스럽고 우정이 넘치는 행위였지만 무거운 팔이 어깨 위로 내려앉자 그녀의 가슴도 함께 철렁 내려앉았다. 그가 입고 있는

브라운 계열의 코듀로이 재킷 천이 목덜미를 간질이는 것 같아 저절로 입이 벌어졌다. 자동으로 긴장이 되면서 꿀꺽, 침이 큰 소리를 내며 넘어갔다.

"무슨 소리예요? 내가 무슨 란제리 가게랑 어울린다고."

놀란 티를 내지 않기 위해 예영은 언성을 높여 항의했다. 리버스는 그녀를 힐끗 보더니 씩 웃으며 장난스럽게 대꾸했다.

"아! 아니구나. 그럼 거긴 패스. 그렇다면, 저기 베이커리 집인가? 빵집도 어울리네. 빵빵한 게……."

"내가 어디가 빵빵해요? 요새 살 빠져서 죽겠구만."

밥맛이 떨어지면서 살도 내려, 사실 예영은 요새 고민이 되었다. 남들이 들으면 욕을 바가지로 할 소리라는 건 그녀도 알았지만 어쩔 수 없었다. 나이가 서른이 되니 얼굴에 없던 주름도 생기고 살은 탄력이 없어져 물렁거렸다. 덩달아 뱃살도 늘어지고 출렁거리기 시작하니, 그야말로 온몸의 살이 온통 흐느적흐느적 비곗덩어리가 된 기분이었다. 거기에 살이 내리니 사람이 팍 가버린 느낌이랄까. 최근 일 년 사이에 십 년은 더 늙어버린 것 같았다. 참~ 희한도 하지. 살이 빠지면 빠지라는 곳은 안 빠지고 꼭~ 가슴이나 볼살만 빠진다는 거. 뱃살, 허벅지살, 팔뚝살은 그냥 늘어지기만 한다는 거. 만고의 진리다.

"거기도 그럼 패스. 그렇다면 저기 호프집?"

리버스가 히죽 웃으며 베이커리 가게 옆에 있는 호프집을 가리켰다. 아니, 이 사람이?

"뭐 하는 거예요, 지금?"

"뭐 하긴, 장난치는 거지."

대놓고 장난을 친다니, 이거야 원. 황당한 예영은 입만 벌리고 리버스를 노려보았다. 그는 여전히 예영의 어깨에 팔을 올려놓은 채 씩 웃으며 그녀의 머리카락을 쓸었다.

"나더러 집으로 돌아가라는 소리 하지 말라고요, 그러니까. 나도 기분 상하면 당신 약 올릴 수 있어요."

"기분이 상해서 이러는 거라고요?"

"당연한 거 아닌가? 남의 성의를 싹 무시하고 있잖아, 당신."

리버스의 손이 이마를 덮고 있던 그녀의 앞머리를 머리 뒤로 쓸어 넘겼다. 마치 아버지가 착한 딸의 머리를 쓰다듬듯 전혀 흑심 섞인 손길이 아님에도 예영은 당황했다. 보호받고 있다는 느낌이 들어서일까. 순간, 정말 순간적으로, 그의 도움을 받아들이고 그의 품에 다시 안기고 싶다는 미친 충동이 들어 그녀는 소스라치게 놀랐다. 놀란 예영은 그의 손을 쌀쌀맞게 툭 쳐서 걷어냈다.

"그 성의를 왜 내게 보이는 건지 모르겠네요."

"왜냐하면 난……."

그의 고개가 천천히 내려왔다. 그녀의 눈에 시선을 맞추고, 흔들림 없는 단호한 눈동자로 천천히 그녀에게 다가왔다. 그를 빤히 올려다보며 예영은 꿀꺽 침을 삼켰다. 이, 이건 대체 뭐 하는 제스처야? 고개까지 기울이고!

“……!”

예영의 눈이 곧 튀어나올 것처럼 휘둥그레졌다. 그의 입술이 거의 키스할 것처럼 가까이 다가오고 있었다. 놀라고 또 놀라고, 또 놀라 예영은 숨조차 제대로 쉴 수가 없었다. 당장 그를 밀어내야 한다는 걸 알면서도 그럴 수도, 도망치지도 못하고 그녀는 꼼짝없이 그 자리에 서 있었다. 예영은 코앞까지 다가오는 그의 입술을 경악 어린 눈으로 지켜보다 결국, 찔끔 두 눈을 감아버리고 말았다.

‘어떻게 해!’

정확히 이 초 후, 두 눈을 감은 예영의 귀로 그의 나직하고 부드러운 목소리가 날아왔다.

“이웃사촌이니까.”

엥? 예영은 두 눈을 번쩍 떴다. 그가 그녀의 코앞에서 씩 웃고 있었다. 두 눈을 반짝거리며. 유난히 맑고 연한 빛이 감도는 투명한 눈동자가 그녀의 시선을 꽉 붙들고 놓아주지 않았다. 예영은 저도 모르게 가쁜 숨을 내쉬며 두 눈을 크게 떴다. 환영하듯 활짝 열린 그녀의 눈동자 속으로 그의 시선이 빨아버릴 듯 강렬하게 날아와 박혔다.

“스토킹은 위험한 범죄예요. 스토커가 당신을 노리고 있을지도 모르는데 그냥 두고 보는 거 못하겠어.”

“스, 스토커라니요?”

“당신 남자 친구 말이야.”

그는 장민우를 그녀의 남자 친구라고 생각하는 걸까? 말도 안 돼. 흐르는 물에 귀를 씻어버리고 싶었다. 예영은 강한 어조로 부인했다.

"그 사람은 내 남자 친구가 아니에요."

"아! 미안. 헤어진 남자 친구지? 예소한테 들었어."

그가 가벼운 어조로 정정한다. 헤어진 남자 친구라니. 예소, 이것이 또 뻘소릴 한 모양이다. 왜 거짓말을 한 거야? 짜증이 솟구쳐 예영은 신경질적으로 대구했다.

"그 남자, 다시는 내 앞에 안 나타날 거예요."

"오늘 그런 일을 당하고도 그 사람을 두둔하는 겁니까?"

"두둔하는 게 아니라……!"

"여자를 위협하고 때리는 남자, 위험해요. 기분 나쁘면 무슨 짓이든 할 사람이라고요."

"……."

예영은 아무 말도 하지 못한 채 그를 빤히 바라보았다. 그의 말에 전적으로 동감하는 바이니 반발할 수가 없는 거였다. 그는 예영이 어느 정도 자신의 뜻을 받아들인 걸로 생각하고 나직하게 달래듯 속삭였다.

"걱정돼서 그래요. 다행히 오늘은 할 일도 없고. 사람 구경이나 하죠 뭐. 손님처럼 조용히 있을 게요."

"……."

예영은 뻐금뻐금 입만 벌리고 있었다. 이 상황에 무슨 할 말이 있겠는가. 미약하나마 그의 도움을 거절해야 한다고 주장하던 마음 한 조각이 힘없이 녹아내려 버렸다. 그녀의 눈빛에서 항복을 읽은 리버스는 그녀의 몸을 쑥 끌어당겼다. 넓은 가슴에 앙증맞은 그녀의 몸집은 쏙 안겨들었다. 길고 건장한 팔이 그녀의 등을 감싸고 그는 그녀의 정수리에 입술을 맞추었다.

"걱정하지 말아요. 다 잘될 거예요."

그가 다 책임지겠다는 듯 장담한다. 무슨 일이 일어나면, 나서서 해결해 주겠다는 듯. 예영은 저도 모르게 빙그레 미소를 지었다. 리버스는 그저 위로 차원에서 대수롭지 않게 하는 말이겠지만 예영에게는 안정제 같은 말이었다. 편안하면서도 나른하고, 기분 좋은. 학교를 졸업하고 곧바로 결혼한 그녀는 결혼한 직후부터 지금까지 단 한 번도 편안해 본 적이 없었다. 누군가에게 기대지도 못하고, 의지하지도 못한 채 많은 일들을 겪어냈고, 심리적인 고통들을 모두 감내해야 했다. 그런 그녀에게 '나만 믿고 따라와' 라고 말하는 남자, 과연 밀어내야 할까?

"사장님!"

그때였다. 낯익은 목소리가 그녀의 노글노글 녹아내리고 있는 정신을 가차없이 후려쳤다. 퍼뜩 정신을 차린 예영은 후다닥 리버스의 품에서 빠져나왔다. 이 주책없는 아줌마! 이게 무슨 낯 뜨거운 짓이야? 네가 무슨 댄서야? '처음 본(은 아니지만) 남자 품에 얼싸안겨' 있게?

"사장님?"

리버스가 핏 웃으며 소리 난 쪽을 흘낏 돌아봤다. 얼마 떨어지지 않은 곳, 팬시점 가게에서 웬 여자가 나오고 있었다. 가슴에 앞치마를 두르고 있는 걸 보니 가게에서 일하는 종업원인 듯했다. 가게 이름은 '아트와 팬시'였다. 귀여운 은예영과 아주 딱맞는 가게가 아닌가. 리버스는 눈썹을 치뜨고 예영을 돌아봤다.

"주, 주영아."

부리는 종업원 앞에서 못 보일 꼴을 보이고 말았다고 생각한 예영은 말까지 심하게 더듬어주셨다. 시뻘겋게 달아오른 얼굴이 안쓰러울 지경이었다. 스물이 갓 넘은 듯 어려 보이는 종업원은 거의 달리듯 걸어 다가오더니 예영과 리버스를 호기심 가득한 얼굴로 번갈아 바라보며 물었다.

"뭐 하시는 거예요? 오셨으면 얼른 들어오지."

"어? 어……."

"일행이세요?"

"어?"

예영의 호주머니에서 전화가 울린 건 그때였다.

—그녀를 뺏겠습니다~ 정말 죽겠습니다~

"풋!"

그의 마음을 딱 꼬집어 얘기하고 있는 노래 가사에, 리버스는 웃음을 터뜨리고 말았다. 이 여자의 귀여움은 그 끝이 어디인지 모를 지경이다. 얘길 하다 보면 스무 살짜리 어린아이를 상대하고 있는 기분이 든다. 키스하고 싶은 걸 꾹 참고 있는 것도, 저돌적으로 그의 마음을 밝히지 못하는 것도 모두 그래서였다. 이 여자, 적응하기 힘들까 봐. 그래서 단박에 그를 걷어차 버리는 실수를 저지를까 봐. 방금도 보라. 그냥 안기만 했는데도 놀라고 수줍어 얼굴 빨개지는 것.

"전화 왔다. 나 잠깐만."

예영은 주영의 추궁처럼 들리는 질문에 대답도 하지 않고 호주머니에서 핸드폰을 꺼내 들었다. 일행이라 말하기도 뭣하고 그렇다고 아니라고 말하긴 더 뭣한 상황에서 걸려온 전화인지라 그녀는 마치 구세주라도 영접한 듯 환희에 찬 얼굴이 되었다. 그리곤 굳이 가게 안으로 들어가서 전화를 받겠다면서 리버스와 주영을 내팽개치고 후다닥 가게 안으로 들어가 버렸다. 원더우먼도 울고 갈 재빠른 속도에 리버스는 어처구니없기도 하고 귀엽기도 해 킥킥 웃고 말았다.

"하, 하…… 이!"

외국인과 덩그러니 남게 된 주영이 얼어붙은 채로 손을 흔들었다. 비록 눈동자는 짙은 갈색이었으나 햇살에 반사되어 유난히 황금빛으로 반짝거리는 머리색과 심히 조각 같은 각도 좋은 골격으로 보건대 상대는 의심할 건더기 하나 없는 외국인이었다. 영어회화에 도통 자신이 없는 주영은 어색하게 웃으며 이 자리를 어떻게 모면할 것인지에 대해서 열심히 생각하고 있었다.

"리버스 페리입니다."

리버스는 익숙한 한국어로 말하며 손을 내밀었다. 평소 같았으면 영어로 말을 건네 여자를 내쫓았을 테지만, 오늘은 그럴 이유가 전혀 없었다. 어차피 하루 종일 함께 있어야 할 사람이니. 어쩌면 하루가 아닐지도 모르는 일이기도 하고.

"어머? 한국말 잘하시구나."

주영이 반색하며 리버스의 손을 맞잡았다.

"반은 한국인이니까요."

"아, 그러세요? 너어~무 반가워요. 김주영이라고 합니다. 우리 사장님이랑 잘 아시는 모양이에요?"

"잘 알죠."

"어떤 사이인데요?"

호기심이 가득 묻은 얼굴로 주영이 물었다. 그녀는 여전히 리버스의 손을 꼭 붙들고 있었다.

"사장님한테 물어보세요."

"어머, 왜요?"

"내가 생각하는 거랑 다를 게 분명하니까요."

"아~"

주영은 호기심을 잔뜩 담은 눈으로 외국인을 훑어보았다. 영화배우보다도 잘생긴 얼굴에 큰 키, 떡 벌어진 어깨. 군침이 절로 나오는 킹카였다. 비단 같은 머릿결이 눈 근처까지 드리워져 신비로움을 더했고, 투명함이 빛나는 눈동자는 바라만 봐도 쏙 빨려들어 갈 만큼 서정적이었다. 게다가 입술의 윤곽은 정말이지 여자 애간장 여럿 녹일, 위험한 매력이 서려 있었다. 척 보기

만 해도 와아~ 감탄사가 절로 나올 만큼, 그는 대단한 미모의
소유자였다. 캬~ 이런 남자를 사장은 어떻게 만난 거지?

"좋아하시는 거예요?"

"뭐, 난."

오홋! 이런 경이로운 일이! 이 잘생긴 외국인이 서른 살 아줌
마, 은예영을 좋아한단다!

"그럼 사장님의 남자 친구세요?"

"당분간은 그래야 할 것 같아요."

"당분간이라고요? 왜요?"

"음, 사실은 오늘……."

리버스는 오늘 있었던 일에 대해 말하고 주영에게도 도움을
청할 생각이었다. 그럴 리는 없겠지만 혹시라도 아침의 그놈이
가게에도 나타나 행패를 부리고 예영에게 못된 짓을 할 수도 있
는 일이었다. 시간이 되는 대로 그가 그녀의 옆을 지켜주겠지만
사정상 자리를 비울 날도 있을 텐데 그럴 땐 주영의 역할이 아
주 중요했다. 하지만 예영의 우렁찬 목소리에 리버스는 하던 말
을 멈추어야 했다.

"김주영!"

"예?"

고개를 돌리고 주영이 대답했다. 여전히 그의 손을 꽉 붙들고
있는 채였다. 예영은 단호하게 입술을 꽉 다물고 한 손을 허공
에 띄웠다. 그리곤 파딱파딱, 이리 오라고 수신호를 보냈다.

“왜요?”

어라? 안 오네. 예영은 주영의 손을 뚫어져라 째려보며 큰 소리로 외쳤다.

“얼른 못 튀어오니?”

“알았어요.”

어쩔 수 없이 대답하고는 주영은 아쉬운 듯 리버스의 손을 한 번 내려다보았다. 그와 떨어지기가 너무나 싫은 듯 그의 손을 꽉 한 번 더 쥐어보더니 히죽 웃으며 뭐라 뭐라, 리버스에게 말을 건넸다. 멀리서 바라보고 있던 예영은 속이 부글부글 끓는 것 같은 기분에 미간을 가운데로 모았다. 이거 뭣들 하는 거야? 여기가 제들 연애장이야?

“왜요?”

후다닥 달려온 주영이 방실거리며 예영에게 묻는다. 예영은 짜증이 꽉 들어찬 얼굴로 험악하게 다그쳤다.

“너 뭐 하고 있었어?”

“오빠랑 얘기 중이었죠.”

“오빠?”

너도 벌써 오빠냐? 참 여자 친화적인 남자다, 포리너 주제에. 어쩜 여자들이 이리도 잘 꼬여? 예영은 배배 꼬인 속으로 빈정거렸다.

“저런 분을 사장님은 어떻게 만나셨어요?”

“저런 분? 저런 분이 어떤 분인데?”

"완전 영화배우잖아요! 꽃미남 영화배우."

영화배우 좋아한다. 지난겨울에 영화배우들이 다 얼어 죽었나. 왜 보는 여자들마다 영화배우 같다고 난리인 거야?

"넌 금발은 무조건 꽃미남이지?"

"에이, 무슨 그런 말도 안 되는 소리를 하세요. 제 눈이 얼마나 높은데요."

좋단다, 좋단다. 높은 눈 충족해 주는 남자 만나서 좋단다.

"근데 사장님, 정말 저분이랑 사귀세요?"

"누가 그래?"

"저분이 그러던데요? 사장님이랑 사귄다고. 당분간은 그래야 한대요."

장민우한테 했던 말이 있어서인가 보다. 혹시 장민우가 가게까지 찾아올 걸 대비해, 확실히 입을 맞춰놓아야 할 필요성은 있었다. 거기까지 신경 써주고, 참 고마운 사람이긴 한데…….

예영은 힐끗 리버스가 서 있는 쪽을 바라보았다. 그는 두 손을 바지 주머니에 넣은 채 이쪽을 바라보고 있었다. 멀리서 봐도 각이 딱 나오는 게, 참 번듯하니 잘생기긴 했다. 이혼녀고 뭐고, 저 사람이 외국인만 아니었어도 욕심내 볼 만도 한데. 쩝, 씁쓸한 입맛을 다시며 예영은 주영을 향해 어깨를 으쓱했다.

"진짜로 사귀는 건 아니야. 사귀는 척만 하는 거지."

"왜요?"

"그래야 하니까."

두 눈에 힘을 주고 예영은 주영을 윽박질렀다. 종업원에게까지 사생활을 까발릴 생각, 그녀는 추호도 없었다. 제발 이제 그만 입 다물어주렴, 김주영아.

"오늘 하루는 가게에 계속 있을 거야. 앉아 있을 자리 좀 마련해 줘."

"저분이요? 하루 종일?"

"그래."

"어머어머! 웬일이야."

좋아 죽는구나, 아주. 떫은 얼굴로 예영은 주영을 바라보았다. 주영은 팔짝팔짝 뛰면서 멀리 서 있는 리버스에게 손짓을 해댔다. 얼른 오라고 소리를 지르는 그녀의 행태는 정말 눈 뜨고는 볼 수 없는 추태 중의 추태였다. 옆에 서 있는 예영이 다 창피해 죽을 지경이었다. 새빨개지는 얼굴로 그녀는 주영과 리버스를 번갈아 바라봤다. 그는 뜻 모를 애매한 미소를 담고 이쪽으로 걸어오는 중이었다. 예영은 괜히 짜증나는 얼굴로 혀를 쯧, 차고는 가게 안으로 들어가기 위해 몸을 돌렸……

"……!"

몸을 돌리려다 힐끗 그를 돌아본 게 화근이었다. 덕분에 그녀는 봐버렸다. 리버스의 섹시한 입술을. 그녀를 향해 가운데로 모아 슬쩍 내미는 그 입술을!

'으엑!'

리버스 페리는 여자 친화적일뿐 아니라 소녀 친화적이기도 하다. 일주일간 그를 가까운 곳에서 지켜본 바, 예영이 내린 결론이었다. 일명 Girl—Friendly.

팬시점이다 보니 가게는 당연히 여중, 여고생들로 바글거리는데 리버스의 인기는 그야말로 하늘을 찔렀다. 그의 소녀 팬(?)들은 그를 보기 위해 일부러 가게를 찾는가 하면 심지어 그의 사진을 찍고 사인을 해달라고 조르기까지 했다. 어처구니없게도 그는 사인을 정말 해주었고, 만 원 이상 물건을 구입한 아이들에겐 함께 어깨동무, 김치치즈스마일을 해가며 사진도 찍어주었다. 덕분에 며칠 사이에 매출이 두 배 이상이나 오르고 좀 아터진 가게는 인산인해를 이루게 되었다. 하지만 그렇게 닷새쯤 보내고 나니 예영은 도저히 참을 수가 없게 되어버렸다. 엿새째 되는 날, 그녀는 당장 그와 그의 소녀 팬들을 모조리 다 쫓아내 버리는 특단의 조치를 취했다.

"그래도 그렇지. 어떻게 코빼기도 안 내비치냐? 의리없게."

그렇다. 오후에 일이 있으면 그녀의 퇴근 시간에 맞춰 가게로 찾아왔고, 일이 없으면 근처에서 시간을 때우거나 가게에서 물건들을 구경하며 그녀를 기다려 주었던 리버스가 오늘은 하루 종일 나타나지 않았다. 물론 아침 출근 시간에 잠깐 보긴 했지만 바쁜 일이 있는지 그는 금세 자리를 떴었다. 친구의 작업을 도와주어야 한다고 이유를 댔지만 어쩐지 믿어지지가 않았다. 외국인 주제에 한국에 친구가 있다는 것도 이상하고, 친구의 작업을 아침부터 도와주는 것도 이상하고. 다 이상했다.

"좀생이. 밴댕이."

예영은 혼잣말을 중얼거리며 아파트 입구에서 비밀번호를 입력했다. 자동문이 열리자 아파트 건물로 들어서며 예영은 휴대전화를 꺼내 액정을 확인했다. 혹시나 모르는 사이에 전화가 오지는 않았나 들여다본 거였지만 유감스럽게도 액정화면에는 아무것도 표시되어 있지 않았다.

'멍청하긴. 전화번호도 서로 모르는데 전화가 왔는지는 왜 보는 거니?'

맞다. 그녀는 그의 전화번호도 모른다. 그 역시 그녀의 번호를 모르고. 뭐, 앞집에 살고 있으니 알 필요성도 느끼지 못했던 거지만. 그동안은 그와 개인적으로 연락하며 지내고 싶은 마음이 전혀 없었었다. 하지만 오늘은…….

새삼 그가 오늘 하루 종일 무슨 일을 하며 보냈는지 궁금해졌다. 그녀의 가게에서 빈둥거릴 땐 꼼꼼하게 상품들을 둘러보고 상품의 반응이 어떤지도 곧잘 묻곤 했었는데…….

사실 그의 일과 따위, 그녀는 궁금해하면 안 되는 거다. 전화번호도 묻지 않고 궁금해하지 않았던 지금까지처럼, 앞으로도 계속 그에 대해서는 궁금해하면 절대 안 된다. 왜냐고? 그야, 그녀는 그와 얽히고 싶은 마음이 전혀 없고 고로 그에게는 신경을 꺼야 하니까. 어차피 호의는 호의로 끝나게 되어 있었다. 절대 확대해석하면 안 되는 거고, 마음 단속 하나 제대로 못해서 나중에 괴로워하는 꼴은 절대 당할 수 없었다. 그가 남자다운 호의를 베풀어 잠시잠깐 그녀의 곁에 지켜주고 있다 해서 그에게 흔들리면 절대 안 된다는 것이다.

그냥 고마워하기만 하면 된다. 관심을 보일 게 아니라.

"휴! 진짜 신경 엄청 쓰이는 남자네."

엘리베이터가 오층에 당도하자 예영은 인상을 확 찌푸리며 걸음을 내디뎠다. 머릿속이 복잡해 터져 버릴 것 같았다. 오늘은 저녁식사고 뭐고 그냥 일찍 씻고 잠이나 자버려야겠다는 생각을 하며 예영은 벨을 누르기 위해 손을 뻗었다. 웬 여자의 벼락처럼 큰 고함 소리가 들린 건 바로 그때였다.

"내가 얼마나 사랑했는데!"

멈칫 움직임을 멈춘 예영은 고개를 돌려 주위를 둘러봤다. 이게 무슨 소리야? 귀신인가?

"자그마치 십오 년이야, 십오 년!"

501호 안에서 들려온 소리였다. 분명 여자 목소리인데? 리버스의 집에 여자가 있는 거야? 예영은 저도 모르게 긴장이 되는 걸 느꼈다.

"어어어엉~ 내가 그 십오 년을 어떻게 버텼는데. 오빠 좋아하는 마음으로 이를 악물고 버텼다고. 미국 생활 힘든 것도 다 참아내고 재능 빵빵한 동기들한테 안 뒤지려고 미치기 일보 직전까지 노력했다고. 그랬는데, 그랬는데~!"

오빠? 또 오빠야? 즉시 예영은 인상을 구겼다. 대략 스토리가 나오는 상황이 아닌가. 저 한국인 여자가 리버스를 십오 년간이나 짝사랑했다는 소리인 게 틀림없었다. 그녀는 리버스를 사랑하는 마음으로 미국 생활 힘든 것도 참고 노력도 미치기 일보 직전까지 했다고 말하는 거다. 그랬는데 어쨌다는 걸까? 한국까지 쫓아와 이렇게 울고불고 하소연하는 이유가 대체 뭐지? 스멀스멀 궁금증이 예영의 뇌를 갉아먹기 시작했다.

"어떻게 이렇게…… 어떻게 이럴 수가 있어. 나한테 어떻게 이런 일이 생기냐고."

무슨 일이 있었던 걸까? 예영은 침을 꿀꺽 삼키며 501호 현관문 앞으로 슬그머니 다가갔다. 두런두런 남자의 목소리가 들려왔다. 뭔가 타이르는 듯 자분거리는 어조였으나, 워낙 조용하고 낮은 톤이어서 현관문 밖에서는 들을 수가 없었다. 예영은 현관문으로 귀를 들이대며 뭔가 손톱만한 단서라도 잡아보려 노력했다. 하지만 여자는 이후 수 분 동안 계속 목 놓아 울기만 했다.

"뭐야? 왜 말을 안 해?"

혼잣말을 중얼거리며 예영은 계속 촉각을 곤두세웠다. 방금 전까지 리버스에 대해서는 아무것도 궁금해하지 말자 다짐했었다는 사실까지 까맣게 잊고 있었다. 한참 후 여자가 다시 소리를 질렀지만 그건 활활 타오르는 예영의 궁금증에 부채질만 하는 꼴이 되어버렸다.

"내가 진짜 더러워서. 사랑 그딴 거 안 하고 만다, 진짜!"

뭐가 어떻게 더러운데? 응? 예영은 도저히 참지 못하고 손을 들었다. 초인종을 누르기 위함이었으나 리버스의 얼굴이 순간 파딱 떠올랐다. 그의 장난기 섞인 미소가 '웬 관심이야?' 라고 하듯 눈앞에 펼쳐지자 일시적인 충동은 순식간에 사라졌다.

"뭘 더 기다려? 결혼하라는데. 결혼하라잖아, 너랑! 그거면 된 거 아니야? 더 이상 무슨 증거가 필요해. 어어엉~"

"결혼……?"

예영은 멍하게 중얼거렸다. 리버스에게 결혼할 여자가 있었던 걸까? 그럼 예영한테 했던 말은? 정말…… 농담이었던 건가? 원인 모를 허탈감이 싸하게 그녀의 내장을 모조리 갈아엎고 지나갔다. 진공상태가 되어버린 듯 머리가 몽롱해지고 눈앞은 샛노래졌다. 예영은 작은 콧방귀를 뀌며 천천히 뒤를 돌았다. 이건 정말 웃기는 일이야.

"버스야, 이제 난 어떡하냐? 선욱이 오빠만 바라보고 몇 십년을 살았는데. 이제 난 어떡해?"

선욱이 오빠? 예영이 가던 걸음을 멈추었다. 귀가 번쩍 뜨이는 이 소리는? 저 여자의 오빠는 리버스가 아니란 말이잖아. 갑자기, 정말 갑자기 아드레날린이 분출되기 시작했다. 이거야 말로 기막힌 반전이 아니고 뭔가. 예영은 두 눈을 반짝이며 다시 몸을 돌렸다. 가슴이 두근두근 뛰기 시작하면서 뭔지 모를 기대감이 마음속에서 부풀어 올랐다.

그러니까 저 여자는 다른 남자를 좋아하고 있다는 소리지? 리버스가 아니라. 그렇다면 결혼 얘긴 뭐지? 리버스는 이 여자와 어떤 사이인 거지? 새로운 궁금증이 다시 불처럼 일어났다.

"말 좀 해줘봐!"

으흐흑 우는 여자의 목소리를 들으며 예영은 서서히 문 앞으로 다가갔다. 이 미치도록 들끓는 궁금증을 해결해야만 했다. 안 그러면 밤새 잠을 못 이룰지도 모를 일. 마음 같아선 당장 벨을 눌러 그를 만나고 싶었다. 하지만 그가 어떻게 반응할까 조심스레 점을 쳐보면 쉽게 용기가 안 생겼다.

그녀가 그렇게 한참 망설이고 있는 사이, 갑자기 조용해졌다. 흐느껴 울던 여자의 울음소리가 점점 작아지더니 아무 소리도

나지 않았다. 울음을 그친 건가. 아니면 장소를 옮긴 건가. 장소를 옮겼다면 어디로? 혹시 침실?

'윽! 설마!'

띵동. 그때 그의 집 안에서 벨소리가 울렸다. 예영의 방정맞은 손이 주인의 의지와 전혀 상관없이 벨을 눌러 버린 것이었다. 헉, 놀라 버린 예영은 두 눈을 휘둥그레 뜨고는 제 손을 내려다보았다. 미친 손 같으니라고. 왜 이런 짓을! 예영은 서둘러 자신의 집 앞으로 다가가 벨을 정신없이 눌렀다. 제발 리버스가 그 짧았던 벨소리를 못 들었길 바라며 열심히.

"뭘 이렇게 꾸물거리는 거야, 은예소."

또 잠을 자고 있는 겐가. 일 초에 두 번 꼴로 벨을 눌러댔지만 안에서는 인기척이 없었다. 초조해진 예영은 가방을 뒤져 열쇠를 찾기 시작했다. 뒤적뒤적, 한참을 찾고 있는데 철컥, 자물쇠 돌아가는 소리가 뒤에서 들려왔다. 중요한 건 그거였다, 뒤에서.

"뭐야? 애들 장난처럼."

빈정거리는 목소리가 그녀의 등줄기를 찔러왔다. 윽! 결국 들켰구나.

"벨 누르고 도망가려는 거였어?"

"아, 아니 그게 아니라……."

그대로 얼어붙은 채 그녀는 말을 더듬었다. 등 뒤로 그의 시선이 따갑게 느껴졌다.

"잘못 눌렀다고 변명할 셈?"

재미있다는 듯 그가 놀려댔다. 마치 그녀의 마음을 다 안다는 듯. 예영은 순식간에 얼굴이 시뻘겋게 달아오르는 기현상을 몸소 체험하며 가빠오는 숨을 골랐다. 이러다가 놀림감 되기 딱 십상이었다. 어쩌지? 어떻게 하지? 순간 열쇠가 손에 들어왔다.

"그냥……."

안도감이 짜하게 온몸으로 흘러들어 오자 예영은 태연하게 뒤를 돌아 그를 마주 보았다. 손에는 짤랑거리는 열쇠 꾸러미를 들고 있었다.

"걱정됐을 뿐이에요."

"걱정?"

리버스는 한쪽 눈썹을 휙 치떴다. 그녀를 뚫어지게 바라보는 그는 머리카락이 약간 헝클어져 있었고, 흰 와이셔츠에 청바지의 옷차림도 어딘지 모르게 헐렁해 보였다. 디자인을 전공한 사람답게 자신의 스타일 역시 늘 깔끔하고 멋스럽게 디자인하는 사람인데 오늘은 상당히 느슨하달까. 긴장감도 위엄도 섹시함도 훨씬 덜했다. 집에 있을 때는 원래 이런 건가? 아니면 그 여자와 함께 있어서? 질문이 머릿속으로 봇물 터지듯 쏟아졌다.

"아까까지 어떤 여자 분이 계속 울고 있었잖아요. 밖에까지 다 들렸어요."

"그래서 궁금했구나?"

리버스의 눈에 흥미로움이 둥실 떠올랐다. 예영은 입술을 잘

근거리며 쏘아붙였다.

"걱정됐다니까요."

"내가?"

그의 눈썹이 또 휙 휘어 올라간다. 허허~ 자뻑도 유분수지. 예영은 유난히 밉살스러운 리버스를 째려보았다.

"그 여자 분이 걱정됐다고요, 내 말은."

"쟤가? 왜?"

"여자가 우는데, 우는 여자가 걱정되는 건 당연한 거 아니에요?"

"설마 내가 울렸다고 생각하는 거야?"

"설마 아니라고 말할 작정은 아니죠?"

"설마 내가 그런 파렴치한이라고?"

"설마 아무 관계도 없는 남자 집에 와서 울겠어요?"

"쟤랑 난 아무 관계도 아니야."

리버스는 기가 막힌 얼굴로 그녀를 내려다보았다. 두 볼이 발그레한 것이 잘 익은 복숭아 같은 얼굴을 하고 어쩌면 이렇게 기찬 소릴 해대고 있는지. 은예영은 정말 그를 여러모로 미치게 하고 있었다.

"그걸 믿으라는 거예요?"

"친구라고."

"친구요? 아아— 친구요?"

예영이 과장되게 눈을 동그랗게 뜨고 고개를 끄덕였다. 리나와 리버스가 친구 사이일 뿐이라는 말을 안 믿는다는 뜻이었다. 리나가 어떤 애라는 걸 알면 이런 소리는 안 할 텐데. 봉리나는 남자들 사이에서 남자로 통한다. 어찌나 터프한지, 또 다른 친구인 마이클은 그녀를 두고 '여자인지 확인해 봐야 믿겠다'고 말할 정도였다. 한 남자를 십오 년이나 마음속에 간직한 로맨티스트라는 걸 몰랐다면 그 역시 마이클의 말에 동의했을지도 몰랐다.

"안 믿는다는 뜻?"

"아휴, 내가 왜 안 믿어요. 믿죠. 믿어요."

예영이 걱정마라는 듯 웃으며 말한다. 역시 믿지 않는 표정이었다. 리버스는 입술을 삐죽거리며 팔짱을 꼈다.

"못 믿겠으면 들어와 확인해 보든지."

"미쳤어요? 내가 거길 왜 들어가요?"

"들어오고 싶어서 벨 눌렀던 거 아니야?"

"아니거든요."

"지금 기회를 놓치면 계속 궁금해질 텐데."

"아휴, 내가 왜 궁금해해요? 절대 아니에요. 두 사람이 연애를 하든 쇼를 하든, 나하고 무슨 상관이 있겠어요? 관심없어요, 난."

"연애를 해도 상관없다고?"

"당연하죠."

"상관있을 텐데, 조금은."

“아니라니까요.”

“뭐, 아님 말고.”

그가 피식 웃으며 그녀를 나른한 눈으로 내려다보았다. 마치 이 세상에 그녀와 단둘만 남은 듯 온 관심을 그녀에게만 쏟는 그의 시선에 예영은 눈동자를 이리저리 굴렸다. 몸 둘 바를 모르겠고 시선 둘 곳도 마땅찮고 마땅히 할 말도 떠오르지 않으니 저절로 그리 된 거였다. 예영은 대충 어버버, 얼버무리고는 ‘그럼 들어갈게요’ 란 인사말만 남기고 서둘러 뒤로 돌았다.

“은예영.”

막 뒤를 도는데 그가 그녀를 불렀다. 예영은 다시 긴장했다.

“당신, 정말 귀여운 거 알아?”

이건 또 무슨 망발!

“질투도 당신처럼 사랑스럽게 하면 받아볼 만하겠네.”

헉! 지, 질투?

“잘 자. 내 꿈 꾸고.”

또 하나의 닭살멘트 테러. 그가 문을 닫고 사라졌지만 예영은 그 자리에서 꼼짝도 할 수 없었다. 정말 자신이 그의 말대로 질투하고 있는 건가 싶으니 온몸이 결박당한 듯 움직여지질 않았다. 이게 어떻게 된 거야? 정말 저 자뻑족, 거만 덩어리, 바람둥이에 웃음까지 헤픈 남자 리버스 페리를 상대로 질투를 하고 있는 거란 말이야?

“그럴 리가…….”

만난 지 며칠이나 됐다고. 바람기 있는 남자한테 그렇게 데이고 또다시 바람기 다분한 남자한테 마음을 빼앗겼다는 게 말이 돼? 저렇게 여자들을 자석처럼 끄는 남자보다 대머리여도 좋으니 순결한 남자가 좋다고 늘 생각했었잖아. 가정적이고 성격 좋은 사십대의 남자와 안정적인 가정을 꾸리는 것, 그것이 다음 결혼 목표였잖아!

'아닐 거야. 절대 아닐 거야.'

그래, 아닐 거다. 그냥 좀 잘 대해주니까 고마워서. 편안한 마음에 잠깐 이런 마음이 된 것이다. 질투는 무슨. 여자들한테 눈웃음 실실 파는 놈은 절대 그녀의 이상형이 아니었다. 리버스의 면상을 봐라. 딱 바람둥이이지 않나.

솔직히 저 여자도 친구라고 말하지만, 그 말을 어떻게 믿겠는가. 친구도 친구 나름이다. 친구라는 단어가 애매하게 통용되고 있는 게 현실이란 말이다. 내연의 관계도 친구, 애인한테도 친구. 어디든 붙일 수 있는 게 바로 친구라는 단어이다. 분명 저 두 사람도 그냥 친구 사이는 아닐 거다. 혼자 사는 남자의 집에 들락날락하는 사이인데, 그냥 친구라는 게 말이 되나? 남녀 간에 친구란 없는 법이다.

'근데 왜 이렇게 기분이 나쁜 거야?'

예영은 서둘러 열쇠로 현관문을 따며 고개를 세차게 가로저었다.

아니야, 그럴 리 없어.

"누구냐?"

목이 잔뜩 쉰 목소리로 리나가 물어왔다. 현관문을 닫고 들어오며 리버스는 낄낄거렸다. 상황이 결코 웃을 상황이 아님에도 웃음이 나왔다. 예영이 두 눈을 동그랗게 뜨고 '아니거든요' 할 때의 표정을 떠올리면 정말 웃지 않을 수가 없었다. 한 시간 가까이 엉엉 울다가 이제 막 그치기 시작한 봉리나에겐 미안한 일이지만.

"왜 웃어?"

리나가 실없이 키득거리고 있는 친구를 쏘아보며 퉁명스럽게 물었다. 팅팅 부은 리나의 얼굴을 보며 리버스는 농을 걸었다.

"너 때문에 파렴치한 될 뻔했다, 인마."

"누가 너더러 파렴치한이래?"

"여자."

"여자?"

"앞집 사는 여자."

"혹시 아까 말했던 그 첫눈에 반했다는 여자야?"

온통 부어오른 얼굴을 문지르며 리나가 까칠하게 물었다. 저 부은 거 다 가라앉기 전엔 집에도 못 들어갈 텐데, 참. 리버스는 사랑하는 사람을 이제부터 포기하기로 마음먹었다는 리나를 빤히 바라보았다. 시뻘겋게 핏발이 서고 퉁퉁 부은 눈이 참 안쓰러웠다.

"기억하네?"

"당연하지. 천하의 리버스 페리가 한눈에 반했다는데."

리나는 낮에 있었던 미팅을 떠올렸다. 임석인 사장과 리버스와의 삼자미팅이었는데, 그는 지나가는 말로 슬쩍 말했었다. 어떤 여자에게 한눈에 반했다고.

"잘되길 빈다. 너라도 좋아하는 사람이랑 잘되길 바라."

한숨을 푹 내쉬며 리나는 기진이 된 몸을 기다란 접이식 소파에 뉘었다. 이젠 사랑이라면 신물이 났다. 사랑하는 사람에게 영원히 '동생'일 수밖에 없는 자신의 처지도 신물났고, 다른 여자의 약혼자인 선욱을 잊지 못하고 괴로워하는 자신도 짜증났다. 모든 걸 정리하려고 한국에 들어온 거였는데, 그게 마음먹은 대로 잘되지 않아 질질 끌려 다니는 것도 이젠 그만 해야 한다고 그녀는 생각했다. 정말로 이젠 홀로서야 할 때였다.

"머리 안 아파?"

리버스는 바지 호주머니에 손을 쑤셔 넣고는 씁쓸한 표정으로 물었다.

"십오 년의 사랑을 지우는데 이 정도 울어주는 건 기본이지 뭐. 괜찮아."

"도저히 너의 썬(Sun)은 이해가 안 된다. 나로선 도무지 모르겠어. 나 같으면 사랑하는 여자, 이렇게 울리는 일은 하지 않을 거야."

"썬도 사랑하는 여자를 울릴 사람은 아니야. 문제는 썬이 날 사랑하지 않는다는 거지."

"아닌데. 내가 보기엔 썬, 널 좋아해."

"네가 틀렸어. 아니야."

"그래서 이대로 정말 다 그만두겠다는 거야?"

"그만두긴 뭘 새삼스럽게. 어차피 뭘 하고자 했던 것도 아니었잖아. 혼자 좋아하다 혼자 마음 정리하는 것뿐이야."

"……."

리버스는 착잡한 마음으로 애써 태연한 척하는 리나를 물끄러미 바라보았다. 말은 저렇게 쉽게 하지만 속내는 시커멓게 다 탔을 것이다. 어쩌다 일이 이렇게 꼬였는지, 원. 그의 어두운 표정을 보고 리나는 일부러 더욱 가벼운 말투로 말했다.

"잘됐어. 이젠 강해 언니 얼굴도 똑바로 볼 수 있을 것 같아. 그동안엔 죄인처럼 늘 시선을 피하고 다녔거든."

윤강해는 선욱의 약혼녀다. 선욱과 강해는 오 년 전에 약혼을 했지만 아직까지 결혼을 미루고 있는 상태였다. 리버스는 선욱이 아직까지 약혼녀와 결혼하지 않는 이유 중에 리나에 대한 감정도 포함되어 있다고 생각했다. 그가 만나본 선욱은 리나에 대해 필요 이상으로 강한 보호의식을 가지고 있었다. 그게 소유욕 때문이라면, 사랑하고 있지만 스스로 깨닫지 못하고 있을 수도 있는 거 아닐까 생각했었다. 물론 리나는 말도 안 된다고 여기고 있지만.

"진작 이렇게 마음 놓고 울어보고 싶었어. 고맙다."

리나가 말했다.

"뭐가 고맙다는 거야?"

"울 곳 빌려줘서. 그동안 집에서는 일하는 아줌마 눈치 보느라 마음껏 울 수도 없었어."

"도대체 어떻게 하면 좋아하지도 않는 여자와 약혼을 할 수 있어? 난 도저히 이해가 안 돼."

리버스는 기진한 채 소파에 널브러져 있는 리나를 찌푸린 눈으로 내려다보며 투덜거렸다. 리나는 서글픈 눈을 살포시 아래로 내려뜨곤 쓸쓸히 웃었다.

"좋아하고 있는 것일 수도 있지. 약혼 기간이 오래되었다고 꼭 사랑하는 사이가 아니라는 법은 없잖아."

"사랑하는데 약혼을 오 년씩이나 질질 끈다고? 그게 가능할까?"

"너한텐 절대 있을 수 없는 일이지?"

리나가 싱긋 웃으며 그를 올려다보았다. 그녀가 아는 리버스 페리는 절대 그런 미적지근한 남자가 아니었다. 역시나 리버스는 인상을 확 구기며 근엄하게 말했다.

"당연하지. 난 하루도 못 기다려."

"앞집 여자는 그럼?"

"'열려라, 참깨'가 왜?"

"한눈에 반했다는데 영 진도가 지지부진한 것 같아서."

"그거야……."

"왜? 무슨 일이 있어?"

말을 꺼내다 마는 리버스의 태도가 왠지 심상치 않아 리나는 갑자기 마구마구 궁금해졌다. 겉보기와는 다르게 '육체관계=결혼'이라 생각할 정도로 여자에 대해서라면 진지하고 순수한 리버스가 첫눈에 반한 여자가 생겼다는 것도 놀라운 일이지만, 그 여자와 며칠이 지나도록 아무런 섬씽을 만들어내지 못했다는 것은 더욱 놀랄 일이다. 그가 누군가. 미국에서도 끗발 날렸던 바로 그 리버스 페리가 아닌가.

"필러스 문제는 어떻게 할 생각이냐?"

"뭐?"

"필러스 말이야. 썬이 반대한다면서. 넌 거의 필러스에 입사하는 걸로 결정을 내린 것 같던데."

리버스는 리나의 관심을 다른 곳으로 돌리기 위해 일부러 화제를 바꾸었다. 여자에게 거절당했다는 걸 알면 리나가 가만있을 리 없다는 걸 잘 알기 때문이었다. 리나는 아마 당장 전화를 걸어, 친구들에게 모조리 소문을 내버릴 게 분명했다. 천하의 리버스 페리가 한국에서 여자의 꽁무니나 따라다닌다고 하면 그는 아마 웃음거리가 될 게 뻔했다. 그의 지독한 친구들을 떠올리며 그는 치를 떨었다.

"넌 삼 개월 뒤로 결정을 미뤘다지?"

"그랬어. 천천히 생각해 보려고."

"앞집 여자랑 관련이 있었던 건 아니고?"

"관련은 무슨 관련."

딱히 예영 때문에 결정을 미뤘던 건 아니었다. 그는 어차피 삼 개월이라는 유예기간을 가지고 있었고 그 기간 동안에는 자유롭고 싶을 뿐이었다. 인생의 중요한 기로에 서 있는 만큼 그 기간 동안 충분히 생각하고 고민한 후 답을 내고 싶었다. 물론 예영도 그 고민 속에 포함되어 있었고. 그는 '내가 거길 왜 들어가요?' 하며 발끈거리던 예영의 반응을 떠올리며 씩 웃었다.

"밥이나 먹고 가라. 뭐 먹을래?"

주방으로 들어가며 그가 물었다. 그의 머릿속엔 둥실둥실 예영의 귀여운 표정이 떠다니고 있었다. 리나는 의외라는 듯 두 눈을 키우며 놀란다.

"먹을 것도 키우는 거야, 너?"

"키우긴. 배달음식이지."

"그러면 그렇지."

리버스 하면 배달음식, 배달음식 하면 리버스 아닌가. 칠 년을 알아온 리버스지만 제 손으로 음식을 장만하는 꼴을 단 한 번도 본 적이 없는 리나였다. 삼시 세끼를 전부 배달음식으로 연명하며 석 달을 버틴 적도 있었다. 함께 합숙하면서 일을 하고 공부도 했던 스터디그룹 안에서도 리버스의 배달음식 사랑은 유명했다.

"너 여기서도 계속 이런 상태니?"

"무슨 소리. 된장국도 먹은 적 있는데."

"시켜서?"

"아니, 집 된장국."

리버스는 그때를 떠올리며 씩 웃었다.

"녹색혁명이 그렇게 고소하고 사랑스럽다고 느낀 적은 처음이었어."

"녹색, 뭐?"

이상한 소릴 해대는 리버스를 향해 리나는 인상을 찌푸렸다. 저게 대체 뭔 소리래? 리버스는 어디선가 배달전문점 소개책자를 찾아와 리나에게 던지며 눈썹을 씰룩거렸다.

"참깨의 녹색혁명."

그 시각, 예영은 예소를 향해 속사포 같은 공격의 화살을 쏟아 붓고 있었다. 볼륨을 최대로 올리고 웬 가수의 뮤직비디오를 보며 미친 듯 노래를 흥얼거리고 있던 예소는 난데없는 잔소리 날벼락에 완전히 기가 질려 합죽이가 되어버렸다. 입에 물고 있던 쭈쭈바만 대롱대롱 매달려 있을 뿐. 평소에는 그냥 한숨 몇 번에 쯧쯧, 혀 몇 번 차는 걸로 끝내던 예영이 오늘은 무슨 일이지?

"나이가 몇이니? 나이가. 한심하다, 한심해. 스물여섯이면 이제 정신 차릴 때도 됐잖아. 언제까지 가족들이 네 뒤꽁무니 따라다니면서 도와줘야 하니? 허구한 날 소설 쓴답시고 집에 처박혀서 빈둥빈둥 놀기만 하고. 컴퓨터 붙잡고 글 쓰는 꼴을 못 봤다, 내가. 인터넷 아니면, 드라마. 드라마 아니면 인터넷. 하루 종일 붙잡고 있는 것도 모자라 새벽까지 불 켜놓고 그 지랄을 떨었으면 소설을 한 번 써내보든지. 이게 뭐니? 이게. 사람이 오는 줄도 모르고 노래나 듣고. 팔자가 그렇게 늘어지니?"

기분 나쁜 일이 있었나? 가게 일이 잘 안 풀린 건가? 예소는 야단을 들으면서도 그 생각뿐이었다. 예영은 온 집 안을 싸돌아다니면서 잔소리를 해대기 시작했다.

"돈도 안 벌고 팔자 늘어져 있으면, 집이나 치우고 있든지. 다 어질어 놓고. 넌 눈이 없냐? 손발이 없어? 청소까지는 내가 안 바란다. 물건들이라도 좀 제자리에 놓아야 할 것 아니야. 집에 있으면서 그런 것도 안 할 거면, 언니 집에는 뭐 하러 왔어?"

그야 잔소리 듣는 게 싫어서지. 집에 있을 땐 엄마한테 매일 이렇게 잔소리를 들어야 했다.

"설거지거리는 이렇게 처쟁여 놓고. 한심하다, 진짜. 적어도 네 밥그릇은 씻어놓아야 하는 거 아니야? 하루 종일 일하고 기진맥진 되어서 들어온 내가 꼭 설거지해야 돼? 넌 양심도 없어?"

평소엔 아무 말도 않고 하더니. 예소는 입술을 삐죽거리며 쭙 쭙, 시커먼 색 쭈쭈바를 빨았다. 그래도 할 말이 없어지는 게 조금 미안한 감이 없지 않아 있었다. 하루도 안 빼고 일을 나가면서 집안 살림까지 도맡아하는 게 사실 보통이 아니라는 걸 예소도 모르는 바가 아니었다. 하지만 늘 예영은 슈퍼 아줌마 기질을 발휘해 모든 걸 척척 잘해냈고, 때문에 예소도 별 죄책감을 가지고 있지 않았다. 정말 오늘은 예소에게 날벼락 같은 날이었다. 웬일이니.

"너 당장 내일부터 일자리 구해. 알았어?"

"아, 언니!"

화들짝 놀란 예소가 드디어 입을 열었다. 입에서 대롱거리던 쭈쭈바가 바닥으로 떨어졌다. 예소는 서둘러 쭈쭈바를 집어 들며 예영을 올려다봤다. 제발. 제~발~!

"네 밥값은 벌어야 할 것 아니야. 요 앞 편의점에서 알바생 구하더라. 거기라도 가서 일해."

"몇 푼이나 번다고."

"글은? 너 거기 죽치고 앉아서 글 쓰면 몇 푼이나 버는데?"

거실 바닥, 앉은뱅이 탁자 앞에 좌정을 하고 앉아 쭈쭈바를 빨며 컴퓨터 모니터에 얼굴을 박고 있는 예소를 향해 예영은 독설을 쏟아냈다. 하루 종일 저 자세로 앉아 있으면 허리도 안 아픈지. 정말 놀라울 지경이었다.

"그래도 명색이 소설간데 편의점에서 어떻게?"

"소설가 좋아하네. 달랑 한 권 출간하고 삼 년 동안 원고지 한 장 못 쓰는 주제에."

"한 권 아니다. 세 권짜리였다."

"한 권이든 열 권이든. 한 타이틀이었잖아. 그것도 완전히 얼어걸려서는."

"얻어걸렸다니! 무슨 말을 그렇게 하냐? 그래도 그게 꽤 잘나 갔거든? 아직도 인기 작품이라고."

"소가 뒷걸음질쳐서 쥐 잡은 격이지, 그게. 솔직히 운 없었으면 빛도 못 보고 쓰레기통으로 들어갔을 원고였잖아."

"운도 실력이거든."

"실력이 그렇게 있으면 써보시든지."

예영은 두 팔을 걷어붙이고는 설거지통에 푹, 두 손을 담갔다. 달그락달그락 그릇들이 부딪치는 소리가 살벌했다. 기분 최악일 때나 나오는 거친 설거지였다. 예소는 내심 놀라며 가슴을 쥐었다. 뭔가 정말 굉장히 기분 나쁜 일이 있었던 게 틀림없다는 생각이 들었다. 그녀의 언니지만 예영은 착하디착해서 남한테 안 좋은 소리, 절대 못하는 사람이었다. 순딩이 중에 순딩이가 바로 은예영인데, 한 번 화가 나면 한꺼번에 확 폭발하는 경향이 있었다. 예소는 몸을 사려야겠다는 생각을 하며 조심스럽게 대답했다.

"안 그래도 쓰고 있어."

"쓰긴 뭘 써? 노래나 부르고 있는 주제에."

"오늘 시놉시스 적었다고."

"그놈의 시놉시스. 도대체 몇 개째인지."

"제목이랑 주인공 이름도 정했어. 이거 왜 이래?"

제목, 내 남자는 외국인. 미국에서 온 혼혈 남자와 한국인 이혼녀의 달콤 쌉싸름한 사랑이 소설의 주제였다. 남자 주인공 이름은 데이비드 페리, 여자 주인공 이름은 은예민. 너무 노골적인가? 발끈할 게 뻔할 예영의 반응을 감안해서 예소는 소설의 내용에 대해선 언급하지 않기로 했다.

"그래 봤자 시놉시스지."

"아, 이번엔 제대로 쓸 거야. 두고 봐."

"두고본 게 삼 년이다. 아직도 더 두고 봐야 하니?"

"이번엔 삘이 제대로 왔다니까."

"한심하다, 진짜."

"진짜라니까."

쏴아아아— 물이 쏟아졌다. 그릇들을 헹구는 모양이다. 쭙쭙쭙, 신나게 쭈쭈바를 빨아대며 예소는 노트북의 터치패드를 손가락으로 마구 찍어댔다. 'beyond TV, 양군' 동영상 툴은 이미 까맣게 멈춰 있었다. 음악도 제대로 못 들었는데. 에잇! 아쉬운 마음을 달래며 예소는 동영상 창을 휘리릭 닫았다. 아무래도 은예영 부인의 기분이 꿀꿀한 것 같으니 오늘의 컴생활은 이것으로 종료해야 할 듯했다. 워드 프로그램도 종료시킨 후 서둘러 컴퓨터를 끄고 예소는 후다닥 예영의 곁으로 다가갔다.

"아웅~ 우리 언니. 오늘 무슨 일 있었어? 완전 저기압이네."

"저기 비켜. 나가서 돈이나 벌어와."

"아우, 언니! 내가 조만간 글 쓴다니까."

"이달 전기세가 얼마나 많이 나온 줄 알아? 하루 종일 컴퓨터써, 밤새도록 TV 켜놔. 단둘이 사는데 전기세가 오만 원이나 나오는 줄 알면, 엄마 기절해."

호미 들고 쫓아오실지도. 당장 머리끄덩이 붙잡혀 시골로 끌려 내려갈 거다.

"TV는 내가 좀 줄일게. 한 시까지만 보면 되잖아. 응? 사실 미드, 일드도 내가 보고 싶어서 보나? 어떻게 하면 글을 잘 써볼까 싶어서, 궁리 차원으로다가 보는 거지."

"웃기고 자빠졌네. 과학수사대도 로맨스냐?"

"아, 그거는……. 그 속에서도 피어나는 사랑, 있잖아. 별순검 아제와 다모 아이의 신분을 뛰어넘는 애절한 사랑~ 죽을 걸 뻔히 알면서 시한부 인생의 여인과 결혼을 하는 멋진 반장 아저씨. 아~ 캡 멋져. 호라시오 반장님~"

신파조로 과장된 언변을 구사하는 예소를 예영은 찌릿 찔러보았다. 입은 터져서는 말은 잘하지. 하여간 은예소는 한강에 꼭 빠뜨려 봐야 한다니까. 진짜 입만 동동 뜨는지 실험을 해봐야 해. 꼭 보고 싶다, 그 입이 어떻게 떠벌거리는지.

"미드가 뭐야, 미드가? 미국 드라마라고 할 것이지. 꼭 그렇게 줄여서 말해야 되냐."

"별걸 가지고 다 트집이셔. 언니 너, 진짜 기분 안 좋구나?"

혼자 구시렁구시렁 중얼거리는 예영에게 예소는 은근히 깝죽거렸다.

"독일 드라마는 그럼 독드냐?"

"오호! 말 되네. 프랑스 드라마는 프드고, 방글라데시 드라마는 방드!"

"어쭈."

한술 더 뜨는 예소를 예영은 찌리리 백만 볼트 전기합선 눈초리로 째려보았다. 예소는 넉살 좋은 표정으로 배시시 웃으며 예영의 어깨를 주무르기 시작했다.

"기분 풀어, 언니야. 무슨 일인지는 모르겠지만 잘될 거야. 그 나쁜 놈도 이젠 안 나타나잖아. 장민우 덕분에 리버스 오빠랑 잘되고 있고 전화위복이지 뭐."

잘되긴 개뿔. 전화위복 좋아하네. 예영은 예소의 손을 툭 쳐내며 물기 어린 손을 공중에서 툭툭 털어냈다.

"시끄러. 그 바람둥이 애긴 꺼내지도 마."

"바람둥이? 누가 바람둥이야? 장민우?"

"장민우든 그 노란머리 외국 놈이든."

"노란머리…… 외국 놈?"

리버스를 왜 이리 살벌하게 부른담. 혹시? 예소는 예영의 눈치를 슬쩍 가늠해 보았다. 분명히 무슨 일이 있는 게 틀림없었다. 평소와 다른 이 신경질적인 태도하며, 리버스를 향한 분노의 독설하며, 다른 날과는 달리 많이 수상쩍었다. 바람둥이라 말하는 걸 보면 여자 문제인가?

"남자들은 다 똑같은 거야. 그놈이 그놈이지. 다 거기서 거기야."

"에이. 그래도 그렇지. 어떻게 리버스 오빠를 장민우, 그 개샴푸한테 비교를 하냐?"

"시끄러워. 네가 이러니까 리버슨지 리브슨지, 그 바람둥이 카사노바가 나한테 껄떡거리는 거 아니야."

"어라? 껄떡거렸어? 그 오빠가? 언니 너한테?"

그녀의 물음에 대꾸도 하지 않고 예영은 휭 하니 주방을 나가 버렸다. 껄떡거렸다? 이거 엄청 놀라운 일인데? 리버스가 예영에게 대놓고 구애를 펼치고 있다, 이거 아닌가? 뭐, 솔직히 예소도 전부터 조금은 의심을 하긴 했었다. 예영이 장민우에게 테러 아닌 테러를 당하고 놀라 바들바들 떨고 있을 때 기사도 정신을 발휘해 예영의 옆을 며칠 동안 지켜주는 리버스를 보면서, 정말 이게 기사도 정신일 뿐인가? 궁금하기도 했고 핑크빛 의심도 들었었다. 하지만 워낙 친절이 몸에 밴 사람이라 정말 기사도 정신과 이웃사랑 봉사 정신이 유난히 투철해서 친절을 베풀고 있는 것일 수도 있다고 생각했었다. 그런데 그가 '껄떡' 거렸다고? 이건 확실히 뭔가 의심스러운 발언인데?

"뭐라고 껄떡거렸는데?"

예소는 궁금함을 참지 못하고 물었다.

"조용히 해라."

예영은 짜증스럽게 대꾸하고는 거실 한구석에 처박혀 있는 진공청소기를 작동시켰다. 화가 난 김에 청소까지 하려나 보다. 미안하게 왜 이러시나.

"껄떡거리긴 한 거야?"

위잉— 시끄러운 청소기의 소음이 예소의 질문을 단번에 삼켰다. 예소는 히죽거리며 눈썹을 씰룩거렸다. 이거, 소설 잘 써지겠는데? 정말 두 사람이 연결되면 그야말로 대박 아니야? 삼 년 만에 완결 보는 행운의 대박을 만나겠군.

'으으으~'

생각만 해도 절로 탄성이 터져 나올 것 같았다. 예소는 환희의 신음을 꾹 눌러 삼키고는 헤헤헷 웃으며 주방으로 달려갔다. 간만에 짜장 라면이나 끓여 먹을까나. 짜자짜자자, 짜~장파티~

"그나저나 언니야! 리버스 오빠 이름은 왜 리버스(rivers)일까?! 한국말로 하면 강들이잖아!"

청소기가 시끄러워 목소리가 자연히 커졌다. 예소는 목소리를 드높이며 물었다. 그러나 그녀의 말을 못 들은 듯 예영은 고개를 처박고 열심히 청소기로 바닥을 밀어대고 있는 중이었다. 무슨 생각을 저리 열심히 하시나? 노란머리 외국 놈 생각하시는 건가? 킥!

신호등에 걸린 택시 안에서 예영의 모습을 발견한 건 아주
우연이었다. 무심결에 시선을 둔 그곳에 그녀가 서 있었다. 신
호등 건너편, 팬시점 앞 구석에서 그녀는 웬 아주머니와 실랑이
를 벌이고 있었다. 부드럽게 웨이브진 머리에 은은한 다홍빛 치
마정장, 반짝이는 힐을 신은 아주머니는 예영의 손을 잡고 자꾸
만 무슨 말을 해대고 있었다. 뒷모습이라 표정은 볼 수 없지만,
몸을 뒤로 빼며 고개를 가로젓는 폼으로 보아 예영은 아주머니
와의 대화를 거부하고 있는 것으로 보였다.

신호등을 건넌 후 택시에서 내릴 생각이었던 리버스는 충동
적으로 계획을 수정했다. 보아하니 친어머니는 아닌 듯했고 그

렇다면 뭔가 다른 사연이 있다는 건데, 갑자기 나타나 두 사람의 대화를 방해하고 싶지 않았다. 그는 미리 택시에서 내려 조용히 가게 쪽으로 걸어가기 시작했다. 예영의 말소리가 멀리서 들려왔다.

"이러시면 정말 곤란해요. 다 끝났잖아요. 왜 이러시는 거예요?"

"끝났다니. 그렇게 단정 짓는 거 아니지. 사람 인연이라는 게 그렇게 쉬운 거니? 아니잖아."

가까이 갈수록 두 사람의 대화가 더욱 뚜렷하게 들려왔다. 예영은 아주머니에게 제발 이러지 말라고 사정했고, 아주머니도 예영에게 제발 다시 잘 생각해 보라고 사정하고 있었다. 그런데도 불구하고 분위기는 매우 경직되어 있다는 게 리버스에겐 이상하게 느껴졌다. 리버스는 미간을 찌푸리며 계속 걸었다.

"그 인연 누가 먼저 깼는지 기억 못하세요? 못하셔서 이렇게 찾아와 제 마음 흔드시는 거예요?"

"안다. 알지. 그럼, 알고말고. 내가 네 속 썩은 거 모르면 사람이 아니지."

"아시면서 왜요? 왜 찾아오셨어요. 이러시면 안 돼는 건데 왜 이렇게 찾아오셨냐고요."

거의 울 것처럼 예영이 말했다. 예의 아주머니는 예영의 손을 붙들고 쓰다듬으며 연신 한숨을 내쉬었다. 그녀 역시 거의 울 것 같은 모습이었다.

"너도 소문 들었으면 알고 있겠지만, 민우……. 그 여자랑 헤어졌다."

민우? 리버스는 막 가게로 들어가려던 걸음을 멈추었다.

"그게 저랑 무슨 상관인데요? 저 그런 거 이제 관심없어요."

"네가 얼마나 속상했을지는 나도 안다. 내가 너한테 못할 짓한 것도 알고 있고. 그때 내가 민우 녀석을 야단치고 타일렀으면 일이 그렇게까지는 안 됐을 텐데. 내 생각이 짧았지……."

"그런 얘기 이젠 하실 필요 없으세요. 다 끝난 얘기잖아요."

"민우 그놈도 사실은 그 여우한테 홀렸던 거야. 일 년도 안 돼서 깨지고 지금은 그놈도 정신 차렸어. 그래도 조강지처가 제일이라고, 가끔 술 퍼마시고 들어와서 너 찾기도 하고 그래. 내가 그 꼬라지를 볼 때마다 얼마나 속이 상하는지. 그년이 순진한 우리 민우를 꼬여내지만 않았어도 너희들이 이렇게 헤어지는 일은 없었을 텐데."

"……."

예영이 말없이 아주머니의 말을 듣고 서 있었다. 불쌍할 정도로 애절하게 하소연하는 아주머니의 태도에 잠시 감동이라도 했는지 그녀는 조용했다. 리버스는 미간을 모으며 기억을 더듬었다. 조강지처……. 분명히 들어보았던 말인데 그 뜻이 기억나지 않았다. 저 아주머니의 말을 대충 편집해 보자면 예영이 민우라는 남자의 조강지처라는 건데, 중요한 실마리인 그 단어의 뜻이 도무지 생각나지 않으니 답답해졌다.

'헤어진 남자의 어머니인가? 헤어진 남자라면 누구? 그때 그 남자?'

리버스는 불만스러운 눈으로 예영의 뒷모습을 뚫어져라 바라보았다. 저 아주머니가 아들의 옛 여자 친구인 예영을 찾아와 다시 아들과 만나달라고 부탁을 하는 모양인데……. 예영의 태도가 너무 미적지근했다. 단호하게 싫다고, 안 된다고, 돌아가라고 자기 의사를 분명하게 표현해야 하는 거 아니야? 왜 저렇게 들쩍지근한 거지? 상당히 마음에 안 드는 리버스다.

"우리 민우, 요새 안 좋아. 재작년에 VIP실 티오가 났었는데 이혼 경력이 문제가 되어서 좌절되었거든. 너도 알잖아. 민우가 얼마나 거기로 가고 싶었는지. 처음 슈퍼바이저 되었을 때 다음 목표는 VIP실이라고 말했던 거 너도 기억날 거다. 그런데 너랑 그렇게 되고 목표였던 VIP실 승진도 좌절되고……."

"어머님, 저한테 이런 얘기 하실 필요 없다니까요. 어머님이 뭐라고 하셔도 저 절대 어머님 뜻대로 못 해드려요."

"내가 그랬다. 너한테 몹쓸 짓해서 벌 받은 거라고, 내가 그랬어."

"어머님."

"다 내 죄다. 그 녀석 마음 못 잡을 때, 단속 못한 내 죄야. 그때 그 녀석이 마음 못 잡고 흔들릴 때 내가 버선발로 나섰어야 됐는데. 그랬더라면 뱃속의 애가 벌써……."

"어머님!"

다급히 예영이 아주머니의 말을 막았다. 그녀는 조금은 격앙된 듯 냉정하게 말했다.

"이러시지 마세요, 제발. 안 되는 건 안 되는 거예요. 이런다고 해결될 일 아니잖아요."

"예영아, 그동안의 정리를 봐서 제발 한 번만 다시 생각해 주면 안 되겠니? 내가 이렇게 빈다. 잘못한 거 다 묻고 다시 시작해 보자. 응? 이 늙은이가 이렇게 여기까지 찾아와서 빌잖니. 나를 봐서라도 우리 민우, 네가 좀 잡아주렴. 정이 무섭다고, 그래도 힘들 때 생각나는 건 너뿐이더라……."

"정말 왜 이러세요!"

예영의 언성이 높아졌다. 화가 났다기보다 짜증과 안타까움이 동시에 묻어나는 목소리였다. 리버스는 도저히 끝나지 않을 것 같은 둘의 실랑이를 계속 지켜보다 천천히 앞으로 다가갔다. 이럴 때 가장 확실하게 일을 마무리 짓는 방법은 제삼자의 개입이었다. 옛 남자에게 다시 돌아갈 수 없는, 어쩔 수 없는 이유를 대면 저 아주머니도 물러서게 될 것이었다. 리버스는 예영의 등 바로 뒤까지 다가가 우뚝 서며 말했다.

"무슨 일이야?"

예영이 흠칫 놀라며 뒤를 돌아보았다. 오십대쯤 되어 보이는 아주머니 역시 갑작스러운 그의 출현에 놀란 듯 리버스를 올려다보았다. 리버스는 터틀넥 스웨터에 가죽 재킷, 청바지를 입은 아주 스포티한 모습이었다. 물론 어느 여자가 봐도 혹할 만큼

세련되고 잘생긴 외모도 여전했다. 그 누가 봐도 외국인이라는
걸 알 수 있는 황금빛 머리색 역시 햇살 아래에서 눈부시게 빛
났다.

"여긴 어쩐 일이에요?"

예영은 당황한 채 물었다. 웬일이람? 어제는 하루 종일 코빼
기도 안 비쳤고, '울보친구' 사건도 있고 해서, 이젠 그녀의 곁
을 지키는 짓 따위에는 흥미없어진 줄 알았더니만. 민우 어머니
까지 있는데 괜한 헛소리 지껄이는 거 아니야? 걱정이 되니 예
영의 이마엔 사오정 버금가는 주름이 죽죽 그어졌다.

"누구시지, 허니?"

헉! 예영은 두 눈을 휘둥그레 뜨고 그를 올려다보았다. 입이
벌어져서 다물어지지 않았다. 대체 무슨 말을 하려고? 설상가상
으로 그의 손이 자연스럽게 예영의 허리로 미끄러져 들어왔다.
민우의 어머니, 현미자의 눈이 가늘게 빛났다.

"이 사람은 누구니?"

현미자는 아까와는 사뭇 다른 냉정하고 싸늘한 목소리로 물
었다. 마치 그녀를 죄인 취조하듯 다그치는 어조였다. 예영은
180도 달라진 그녀의 태도에 당황하지 않을 수 없었다. 분명 아
까까지는 애원하며 사정하고 있었는데, 이건 대체 뭐지?

"어머님이 아실 필요……."

필요없다고 말하려고 했지만 리버스가 더 빨랐다. 그는 우아
한 미소를 지으며 완벽한 한국어 솜씨를 뽐냈다.

“남자 친구입니다만. 누구시죠? 우리 허니에겐 무슨 일이십니까?”

“너…… 정말이구나!”

리버스의 질문에 대답할 생각도 않고 현미자는 예영을 돌아보며 소리쳤다. 예영은 영문도 모른 채 리버스와 현미자를 번갈아 바라보았다.

“소문이 맞았어. 웬 양놈이랑 붙어 지낸다고 하더니만 그 소문이……! 아, 아이고. 아이고, 머리야.”

혈압이 급상승한 듯 현미자가 머리통을 쥐고 앓았다. 마치 엄청난 배신이라도 당한 듯한 모습에 예영은 어이가 없었다. 게다가 양놈이라니. 어떻게 당사자 앞에서 그런 천박한 말을 할 수가 있는지 예영은 제 얼굴이 다 뜨거워지는 듯했다.

“얌전한 고양이가 부뚜막에 먼저 올라간다더니. 고고한 척은 혼자 다 해놓고 뒷구멍으로 이렇게 호박씨를 까고 있네. 은예영이 양놈이랑 붙어먹는다고 하면 누가 믿겠어? 누가?”

“말을 가려가시면서 하세요. 양놈이라니요? 붙어먹다니요?”

괜히 화가 나 예영은 저절로 소리를 높였다. 원래부터 현미자가 교양이 철철 넘치는 타입이라고 생각해 본 적은 없었지만 이건 정말 너무했다는 생각이 들었다. 마치 이건 매춘부 취급이지 않는가 말이다.

“그럼 아니니? 내가 뭐 잘못 말했어? 사실을 사실대로 말하는데.”

"제가 붙어먹은 거 어머님이 보셨어요? 양놈이랑 붙어먹은 거 어머님이 보셨냐고요. 그리고 노파심에서 하는 말인데, 제가 양놈이랑 붙어먹든 때놈이랑 붙어먹든 어머님은 이렇게 화를 내실 권리 없으세요."

"입은 붙어서 말은 잘하네. 너, 내 아들한테 어떻게 했어? 그깟 바람 조금 피웠다고 짐승보다 못한 놈 취급했잖아! 그렇게 깨끗한 척, 순수한 척은 다 해놓고 뒤에서 이런 짓거리를 해? 이러고도 네가 할 말이 있니?"

"어머님!"

어이가 없어서 말이 안 나왔다. 그깟 바람 조금? 이런 짓거리? 대체 예영은 자신이 뭘 잘못했는지 알 수가 없었다. 이혼까지 한 마당에 왜 이런 소리를 들어야 하는지도 알 길이 없었다. 현미자는 대단한 착각을 하고 있었다. 아직도 예영이 자신의 며느리라고. 기가 차서 원.

"저 깨끗하고 순수한 척한 적 없어요. 민우 씨더러 깨끗하고 순수하라고 말한 적도 없고요. 전 단지 상식을 얘기했던 것뿐이에요. 결혼한 부부가 서로 바람을 피우지 않는다는 건 기본적인 상식이고 도덕이고 사회규범이에요."

예영의 허리를 감고 있는 리버스의 손에 힘이 주어졌다. 예영은 리버스가 모든 걸 알아버렸다는 걸 직감했다. 그녀가 이혼한 여자임을, 현미자가 전 시어머니임을. 왠지 모르지만 리버스에게는 굳이 이혼했음을 밝히고 싶지 않았던 예영은 현기증마저

이는 걸 느꼈다.

"뭐? 이년이 어디서……! 네가 감히 우리 민우를 비난해?"

현미자는 울컥 솟구치는 분노에 번쩍 손을 올렸다. 때릴 생각까지는 아니었으나 너무나 화가 나니 저절로 손이 올라간 거였다. 배신감에 치가 떨려왔다. 예영이 다른 남자를, 그것도 외국인과 관계하고 있을 줄은 몰랐다. 며칠 전, 이 동네에서 장사를 하는 곗방 친구 애숙이 마구 흥분하며 예영의 외국인 남자에 대해 떠들 때만 해도 현미자는 친구의 말을 믿지 않았었다.

그녀가 아는 예영은 음전하고 조용했으며 늘 다소곳해서 외간남자와는 눈도 못 마주치는, 그쪽으로는 영 숙맥이었다. 천생 여자요, 현모양처 타입이었지만 뭐든 금세 싫증을 잘 내는 민우에게는 바깥으로 나도는 원인이 되기도 했다. 순진하고 귀여운 아내보다 섹시하고 뇌쇄적인 다른 여자들에게 눈길이 가는 건 당연하지 않겠나? '애가 뭘 너무 몰라~' 라며 징징대는 아들을 마냥 혼만 낼 수 없는 게 어머니 마음이었다. 한창인 나이에 욕구를 제대로 풀지 못하니 바깥으로 나돌 수밖에 없는 민우의 마음을 그녀는 이해할 수밖에 없었다. 그리고 그게 아들의 바람을 묵과해 준 계기가 되기도 했다.

그런데 이게 뭔가? 어떻게 이런 더러운 짓거리를 하면서 민우더러 비도덕적이라 욕할 수가 있는가 말이다. 미자는 예영을 도저히 용서할 수가 없었다. 뻔뻔스럽고 더러운 계집 같으니. 미자는 번쩍 든 손을 예영의 머리로 힘껏 내려쳤다.

"왜 이러세요!"

소리를 지르며 고개를 옆으로 돌려 피하는 예영의 머리 위로 휙, 바람이 일었다. 찔끔 눈을 감은 예영은 숨을 죽이며 날아드는 미자의 손이 떨어지길 기다렸다. 하지만 날아온 건 현미자의 매서운 손이 아니라 리버스의 단호하고 묵직한 목소리였다.

"그만 하시죠."

"이 손 못 놔? 어디서 감히 힘자랑이야?"

거친 현미자의 고함 소리에 예영은 슬그머니 눈을 떴다. 천천히 조금씩 눈을 뜨던 예영은 허공에 얽힌 두 손을 목격한 순간, 더욱 크게 두 눈을 떴다. 미자의 손목을 리버스가 붙들고 있었다. 미자는 하고 싶은 대로 못한 게 분해 바들바들 몸을 떨고 있었고, 리버스는 거만하게 고개를 치뜨고 미자를 깔아보고 있는 중이었다. 화가 난 듯 그의 두 눈은 이글거리고 있었다.

"예영에게 사과하세요."

"이거 못 놔? 주제에 어디 감히! 내가 누군지나 알고 이래? 내 친구 남편이 경찰청장이야. 청장! 지금 당장이라도 전화만 하면 네놈은 철창신세라고."

"사과하시죠."

"이놈이 그래도! 내가 뭘 잘못했어? 사실대로 말한 게 내 잘못이냐? 남의 여자랑 붙어먹었으면 국으로 가만히 있어야지. 어디서 까불어?"

"사과해요!"

리버스는 두 눈을 부라리며 현미자를 윽박질렀다. 덩치로도 키로도 어마어마하게 차이가 나는 두 사람이 서로를 노려보며 대치한 상황이었다. 스스로도 유치하고 불경스러운 짓이라는 걸 알면서도 리버스는 이 상황을 그대로 넘어갈 수 없었다. 이 호호아주머니는 예영에게 욕을 하는 것도 모자라 때리려고 했다. 아무리 어른 우대라지만 이건 평소 예절 바른 리버스도 참을 수 없는 일이었다. 비록 예영이 이 아주머니의 며느리이고, 예영이 자신의 결혼 사실을 그에게 숨겼다 할지라도.

이런 시어머니라면, 남편이 어떤 사람일지는 대략 알 만했다. 며칠 전 아파트 앞에서 보았던 바로 그놈인 게 분명했다. 단순히 이전에 사귀었던 남자 친구인 줄 알았는데, 이제 보니 남편이었던 거다. 남편이 바람피웠고, 그래서 그와 별거하게 된지 오래된 모양인데, 리버스는 그녀가 기혼녀라는 사실보다는 그런 사람과 아직도 이혼하지 않았다는 사실이 더욱 화가 났다. 무슨 미련이 남아서 그런 한심한 놈과 아직도 얽혀 있는 건지, 짜증이 솟구칠 대로 솟구쳤다.

"뭐, 뭐야, 이놈. 너 미친놈 아니야?"

현미자가 손목을 비틀어 잡힌 손을 빼려고 했다. 하지만 화가 머리끝까지 난 리버스의 손에서 쉽게 빠져나올 리는 만무했다. 입장 이상해진 예영은 초조하게 입술을 잘근거리며 소리쳤다.

"다들 그만 해요!"

그리곤 미자의 손목을 붙들고 리버스의 손을 떼어냈다. 족쇄처럼 현미자의 손을 꽉 죄고 있던 그의 손이 거짓말처럼 떨어져 나갔다. 리버스는 자신을 말린 예영을 못마땅한 듯 바라보았다. 그래도 시어머니라고, 그녀의 편을 든다고 생각하니 속이 부글부글 끓었다. 멍청한 여자 같으니라고. 대체 이런 사람한테 뭘 기대하는 거야? 짜증이 난 얼굴을 들어 후— 화난 숨을 고르고 있는데 예영이 리버스의 앞으로 한 걸음 나아가 섰다.

"어머님. 앞으로 저 찾아오지 마세요. 전 민우 씨랑 아무 상관이 없는 사람이고, 합칠 의사 따위 전혀 없어요. 동정심에 호소하셔도, 정에 호소하셔도 그건 마찬가지예요. 더 붙드시려고 한다면 전 어머님과 민우 씨에게 더욱 실망만 하게 될 거예요. 오늘 이후로는 안 봤으면 좋겠네요, 어머님. 어머님이라고 부르는 것도 오늘이 마지막입니다."

"오냐! 그래. 그러마. 나도 너랑 우리 민우, 어떻게 해볼 생각 싹 가셨어. 더러운 년."

왕방울만한 다이아 반지가 끼워진 손을 휘두르며 삿대질하던 현미자는 잔인하게 욕설을 내뱉으며 예영을 노려보았다. 욱한 마음에 리버스가 앞으로 튀어나왔지만 예영의 손이 그의 옷자락을 붙들었다. 리버스는 잔뜩 구겨진 얼굴로 예영을 뚫어져라 바라보았다. 정말 이 여자, 답답하고 마음에 안 드네.

"흥! 머리 꼬락서니 하고는."

현미자는 리버스를 위아래로 훑어보고는 콧방귀를 뀌었다. 그리곤 휙, 뒤를 돌아 분노 섞인 걸음걸이로 걸어가 달려오는 택시를 향해 손을 들었다. 순식간에 택시를 잡아탄 현미자는 잔뜩 화가 난 리버스와 잔뜩 가라앉은 예영을 남겨두고 자리를 떴다. 지나가다 똥 밟은 듯 뒤끝이 황당하고 더러운 예영이었다.

'이젠 됐어. 더 이상 괴롭힘 당할 일 없어, 이제.'

잘 참았다고 스스로를 칭찬하며 예영은 깊은 숨을 내쉬었다. 만약 현미자와 언성 높이며 싸웠더라면 일이 복잡해질 수도 있었다. 경찰이 오고, 민우가 오고. 그런 것들 머리 아팠다. 민우와는 그 어떤 식으로도 다시는 얽히는 일이 없었으면 싫었다. 나이 든 미친 노인네와 싸우는 건 별 의미도 없는 일이었다. 이제 남은 건, 리버스였다. 예영은 그를 돌아보았다. 그는 전에 없이 불쾌한 표정으로 예영을 물끄러미 바라보고 있었다. 예영은 짧은 숨을 내쉬는 것으로 분위기를 쇄신하며 어깨를 으쓱했다.

"미안해요. 기분 나빴을 거라는 거 알아요. 내가 대신 사과할게요."

그녀는 빙긋 웃었지만 리버스는 눈살을 더욱 찌푸렸다.

"나이 드신 분이라 표현이 거칠었어요. 미안해요, 나 때문에."

"궁금한 게 하나 있어요."

이마를 심란하게 문지르며 그는 고개를 숙였다. 눈을 찡그리며 신경질적으로 이마를 긁적거리는 게, 여간 짜증이 나는 게 아닌 듯했다. 예영은 그의 질문이 뭔지 대충 알 것 같았다. 왜 이혼했다는 걸 말하지 않았냐는 거겠지. 마음의 준비를 하고 예영은 고개를 끄덕였다. 그녀를 짜증스레 바라보던 그는 아까부터 궁금해 죽을 것 같았던 문제를 단도직입적으로 물었다.

"대체 왜 이혼을 하지 않는 겁니까?"

*

"어이가 없군."

예영의 해명에 대한 리버스의 짤막한 논평이었다. 근처 커피 전문점에서 예영의 얘기를 듣기 시작한 지 겨우 십 분 만의 일이었다. 그녀의 말에 의하면 그녀는 이미 이혼을 했고, 그 크레이지 스토커 놈과 다이아 아줌마와는 이혼 후 삼 년 동안이나 연락을 하지 않고 있었다고 했다. 그런데 대체 무엇 때문에 이제 와서 예영을 찾아와—그것도 차례로—그 난리법석을 떨었는지 리버스의 머리로는 도저히 이해불능이었다.

"어이가 없는 건 나도 마찬가지예요."

예영은 얼굴을 붉히며 콧잔등을 찡그렸다. 그에게 자신의 사생활에 대해 말하고 있는 이 상황이 그녀는 마땅찮았다. 하지만 그에게 이혼 사실을 털어놓는 것보다 유부녀 주제에 아닌 척했다고 의심 받는 게 더 싫었고, 결국 그녀는 리버스에게 모든 걸 사실대로 순순히 털어놓고 있었다. 그러나 그녀의 마음은 무거웠다. 강건하게 대처하기는 했지만 아까와 같은 일은 그 어느 누구에게도 보이고 싶지 않은 그녀의 치부나 마찬가지였기 때

문이다. 창피하고 수치스러운 그녀의 과거, 환부가 그대로 드러
난 꼴이었다. 너무나 창피해 리버스가 왜 하필 그때 나타났는지
원망스럽기까지 했다.

"이혼했다면 아무 권리도 없는 거 아닌가? 왜 당신을 비난하
는 건데?"

"나도 모른다니까요. 그러니 어이없죠."

전혀 창피하지 않은 듯 가장하며 예영은 태연하면서도 짜증
스럽게 대꾸했다. 다른 사람은 몰라도 리버스 앞에서만큼은 약
한 모습을 보이고 싶지 않았다. 울며불며 눈물콧물 쏟는 연약하
고 멍청한 모습은 지난번 장민우 때만으로도 충분했다.

"정신병자들이네."

"난 그보다 더한 걸 봐서 그런지 이제 그런 꼴을 당해도 그러
려니, 하게 되네요."

"그 할머니 난리치는 걸 봐선 딱 바람난 며느리 잡는 꼴이었
어. 누가 이미 이혼한 전 며느리라고 생각하겠냐고."

"리플레이 안 해줘도 다 알거든요. 이제 그만 좀 하시죠?"

"이건 쉬쉬해서 될 일이 아니야. 아까 그 태도를 봐. 앞으로도
계속 귀찮게 굴 것 같지 않아?"

무슨 큰일이라도 난 듯 리버스가 눈살을 찌푸렸다. 예영은 태
연한 얼굴로 대답했다.

"당신 덕분에 애인 있는 여자 됐잖아요, 나. 다신 나타나서 그
런 헛소리하지 않을 거예요."

"당신은 찜찜하지도 않아? 덕분에 유부녀라는 오해를 살 뻔했잖아."

"안 찜찜한데요."

"내가 오해해도 괜찮단 말이야?"

"유부녀나 이혼녀나."

"그게 같아?"

"비슷비슷하죠."

"전혀 다릅니다, 은예영 씨."

잔뜩 꼬인 어조로 리버스가 예영을 향해 면박을 주었다. 그도 그럴 것이 그녀가 기혼녀라고 오해했을 당시, 그는 눈앞이 캄캄함을 느껴야 했다. 별거하고 있는 게 확실했지만 일단 결혼해서 남편이 있는 여자라면 리버스가 그녀를 위해 할 수 있는 게 아무것도 없다는 뜻이었으니까.

그녀가 처음 그를 받아들이지 못했던 것도 바로 이 때문이었을 거라 생각하니 화도 나고 암담하기도 했었다. 그녀를 좀 더 빨리 만나지 못했던 현실에 화가 났고, 앞으로 어떻게 대처해야 할지 마음이 답답했다. 그나마 다행스러운 건 그녀와 남편의 사이가 거의 파경에 이르렀다는 건데, 솔직히 예영의 결혼이 파경에 이르렀다는 걸 즐거워해야 한다는 것도 못내 마음 쓸쓸했었다. 비록 그의 눈엔 예영의 남편이나 시어머니가 인간 같지도 않아 보였지만 인생의 실패라는 관점에서 바라본다면 정말 가슴 아픈 일이 아니겠는가.

하지만 은예영은 기혼녀가 아니라 이혼녀다. 리버스가 다가가도 되는 싱글이라는 거다. 그게 그에겐 아주 중요했다. 불행했던 결혼 생활로 인해 상처받은 그녀에게 리버스는 단비 같은 존재가 되어줄 용의가 충분히, 기꺼이, 넘치도록 있었다. 뭐, 비록 은예영은 전혀 원치 않는 것 같지만.

"다르다고 생각할 거 없어요. 차라리 그냥 날 유부녀라고 생각하세요."

그녀가 쌀쌀맞게 말했다. 리버스는 눈살을 찌푸리며 되받아쳤다.

"그걸 지금 말이라고 합니까?"

"안 될 게 뭐예요? 유부녀든 이혼녀든 난 상관없어요. 어차피 똑같은 아줌만데 뭘."

"난 상관있어. 그건 엄연히 다르다고."

"그래 봤자 당신이랑 연애질을 한다든지, 하는 일은 없을 텐데? 그래도 상관있어요?"

이 여자가 정말. 대체 왜 이렇게 막무가내야? 이유가 뭔데? 리버스는 짜증 섞인 눈으로 그녀를 빤히 바라보았다. 눈이 너무 높은 건지, 특이한 건지 알 수가 없었다. 솔직히 리버스는 자신이 다른 보통의 남자들보다 썩 많이 빠지는 조건이라고 생각해 본 적이 단 한 번도 없었다. 재력이나 외모나 성격이나, 그만큼 괜찮은 조건의 남자를 만난다는 건 어느 여자든 쉽지 않을 것이다.

"도대체 왜입니까? 이유나 들어봅시다."

리버스는 도무지 이해 안 되는 여자, 은예영을 거의 자포자기하는 심정으로 빤히 바라보며 가슴 앞으로 팔짱을 꼈다. 몸을 의자에 기대며 긴 다리를 쭉 펴자 그녀가 움찔했다. 그의 다리가 그녀의 다리에 스쳤나 보다. 흥! 살짝 스친 것만으로도 놀라면서 아줌마는 무슨 아줌마.

그녀는 리버스를 '남자'로 인식하고 있었다. 리버스의 눈에 그녀가 '여자'로 보이듯. 그걸 그는 느낄 수 있는데 예영은 못 느끼는 모양이었다. 아니면 의식적으로 그걸 거부하고 있거나. 상관없었다. 못 느끼면 느끼게 해주면 되고, 거부하고 있는 거라면 받아들이게 하면 된다.

"뭐가 왜예요?"

새침하니 그녀가 말했다. 리버스는 입술을 삐죽거리며 어깨를 으쓱했다.

"나는 절대 안 되는 이유 말이야."

"그렇게 말한 적 없는데요."

"그렇게 말한 거나 다름없잖아. 유부녀라고 생각해 달라면서."

"……."

"남자 친구 있다는 거짓말까지 하면서."

"그건……!"

"외국인이고, 연하고, 미혼이라서 싫다는 말 빼고. 좀 더 창조

적이고 납득 가능한 답변 부탁해.”

예영은 할 말이 탁 막혀 벌렸던 입을 서둘러 닫았다. 그녀가 하려던 말이 딱 그거였기 때문이다. 외국인이고 연하고 미혼이라서 싫다는 말이 그렇게나 구태의연한 핑계인 건가? 납득이 절대 안 되는 말일까? 하지만 그만큼 더 정확한 이유는 찾기 힘든 게 현실인데?

“설마 그거였던 건 아니죠?”

“…….”

“정말 그게 이유였어요?”

어이가 또 없어지는 듯 그가 오만상을 찌푸리며 상체를 일으켜 세웠다. 황당하고 어이없다는 듯 목소리를 한 톤 높이니 커피숍 안에 있던 손님들이 일제히 두 사람을 돌아보았다. 윤기가 흐르는 그의 금발머리가 조명에 반사되면서 눈부시게 빛났다. 실내에서 단연 돋보이는 그림이 아닐 수 없었다. 예영은 두 눈을 가늘게 좁혀 뜨며 시선을 아래로 내렸다.

“조용히 좀 말해요.”

속삭이듯 말했지만 그는 전혀 관심 없다는 듯 콧방귀를 뀌었다.

“남들한텐 엄청 신경 쓰네.”

“그게 무슨 말이에요?”

“내 입장도 좀 배려해 보란 말이었어요. 그런 말도 안 되는 이유로 거절당하면 내가 상처 입을 거란 생각 안 해봤어요?”

"상처는 무슨 상처요. 오히려 잘된 거지."

"오, 마이~ 끔찍하군."

그는 기막히다는 듯 두 손을 허공에서 내저으며 다시 털썩, 의자에 몸을 뉘었다. 사람들이 수군거리는 소리가 점점 더 커졌다. 제발 이 남자, 사람들 관심이나 좀 끌지 말았으면. 키 크고 핸섬한 외국인이 한국말을 유창하게 하니 다들 관심이 저절로 생기는 거야 당연하겠지만 문제는 대화 내용이었다. 이러다가 온 동네방네 소문 다 나겠네.

"솔직히 이해 안 돼요, 당신."

예영은 고개를 앞으로 숙이며 속삭였다.

"뭘? 내가 당신을 좋아하는 거?"

"그래요. 이유가 뭐예요, 도대체? 난 내가 이혼녀라고 밝히면 당신이 손 털 줄 알았어요."

"그래서 그동안 안 밝히고 있었던 겁니까? 내가 손을 털어버릴까 봐?"

그 역시 몸을 숙이며 속삭였다. 순간 그의 눈빛이 야릇하게 빛나는 걸 감지하고 예영은 거칠게 속삭였다.

"무슨 소리예요? 넘겨짚지 마요. 그냥 내 사생활에 대해 이러쿵저러쿵 말하기 싫어서 그랬던 것뿐이에요."

과연 그것뿐이었니? 예영의 양심이 속살거렸다. 예영은 단호하게 두 눈을 부릅뜨고 고개를 끄덕였다. 그것 외에 다른 이유가 있을 수는 결단코 없었다. 그게 아니면, 이 남자를 사랑할 리도 없는데 왜 말하지 않았겠냐고.

"그건 그렇다 치고."

"그렇다 치는 게 아니라, 그런 거예요. 그리고 내 질문 회피하지 말고 대답하세요. 내가 왜 좋은 거예요? 아가씨도 아니고 예쁘지도 않은데."

"흠. 지금 누굴 좋아하는 데엔 이유가 꼭 필요하다, 뭐 그런 걸 말하고 싶은 겁니까?"

"그런 게 아니라……."

"아니면 내 질문에 먼저 대답해요. 왜 내가 싫은 겁니까? 내가 가진 조건, 솔직히 내가 생각해도 완벽하거든? 그런데도 당신, 나 거부하고 있잖아."

갑자기 예영은 꿀 먹은 벙어리처럼 할 말이 없어졌다. 차마 입 밖으로, 머리가 벗겨졌어도 참하고 가정적인 사십대 아저씨가 아니라서 싫다는 말은 도저히 못할 것 같았다. 그의 얼굴을 똑바로 보면서 그렇게 말하면 정말 웃기지 않을까? 예영은 콧잔등을 긁적거리며 말을 할까 말까 망설였다. 그사이 그는 자신의 프로필을 줄줄 읊었다.

"난 매사추세츠의 대학을 수석으로 졸업했고, 석사 과정을 밟다가 그만둔 지 한 달쯤 돼요. 부모님은 샌프란시스코에서 살고 계시고, 알다시피 난 미국인과 한국인 사이에서 태어난 혼혈인. 아버지는 지역에서 꽤 명망있는 변호사시고 어머니는 한국에서 아나운서로 재직하다가 아버지를 만나 결혼하신 후 미국에 정착하셨죠. 난 산업디자인을 전공했는데 그쪽으론 꽤 재능이 있는 편이어서 돈도 꽤 모았어요. 지난 이 년간 벌어놓은 돈이 앞으로 십 년은 놀고먹어도 될 정도로 많을걸요?"

그래서 뭘 어쩌라고? 예영은 멀뚱멀뚱 그를 바라봤다. 서로 목소리를 낮추고 얼굴을 가까이 맞댄 자세였다. 그는 빙긋 웃으며 계속 말을 이어갔다.

"집안에 마약 중독자라든지, 도박 관련자도 없고, 범죄자도 없어요. 성격도 나쁘지 않고, 친구들과의 관계도 원만하고, 여자관계도 복잡하지 않고."

뭐라? 복잡하지 않아? 지금 그걸 믿으라는 건가? 예영은 험악하게 인상을 구겼다. 그녀의 속마음을 알아채지 못한 듯 그는 계속 다음 말을 이어갔다.

"결혼은 물론 약혼한 적도 없고 여자 친구를 배신한 적도, 버려본 적도 없어요. 남 등쳐먹은 적도 없고, 속여본 적도 없고, 전과도 없고. 이만하면 남자 친구로선 일등급 아닌가?"

"……."

예영은 아무 대답 없이 얼굴을 찡그린 채 그를 바라보고 있었다. 약간 초조해진 리버스는 고개를 더욱 낮추고 반협박조로 강하게 말했다.

"당신, 지금 날 잡아야 해. 놓치면 후회하는 대어라고."

하! 자기 스스로 자길 대어라고 하네. 예영은 기막힌 얼굴로 리버스를 뚫어져라 노려봤다. 그가 정말 조건이든 뭐든 대단히 잘난 사람인 것은 부인할 수 없는 사실이지만, 그렇다고 그녀가 감지덕지하며 받아들여야 할 의무가 있던가? 예영은 퉁명스러운 얼굴로 비꼬아 말했다.

"무슨 대어가 제발 잡아달라고 애원을 해요? 웃긴다."

"웃긴다고?"

리버스는 예영의 시큰둥한 반응에 당황해 미간을 찌푸렸다. 팔불출처럼 제 자랑을 마구 늘어놓는 유치뽕짝 테크닉을 선보였건만 반응이 너무 시원찮잖아. 정말 심하게 굴욕스러운 경우다. 리버스는 깊은 숨을 내뱉으며 잘 정돈되어 있던 머리카락을 한 손으로 마구 흐트렸다. 그리곤 작정을 하듯 두 눈을 휙 치떴다.

"내 별명이 뭔 줄 알아요?"

그가 묻자 예영은 무감흥한 얼굴로 무덤덤하게 물었다. 마치 물어줘야 할 의무감 때문에 묻는 듯.

"뭔데요?"

"버스."

"……?"

"버스 놓치면 알죠? 나중에 놓치고 후회해도 소용없어요."

"왜 후회해요? 시간 되면 오는데."

이 여자가? 답답한 마음에 리버스는 벌떡 상체를 일으키며 눈살을 찌푸렸다.

"당신 남편보다 내가 못한 게 뭐예요? 왜 내가 싫대?"

"남편 아니거든요. 전남편이에요."

예영은 리버스의 말을 딱 부러지게 정정했다. 민우랑 엮이는 건 정말 질색팔색이었다.

"하여튼 그 남자보다는 내가 훨씬 낫잖아."

"누가 못났대요? 그거랑 이거랑 무슨 상관이에요?"

"상관있을 수도 있지. 은연중에 그 남자에 대한 미련이 남아 있었던 거고, 그래서 지금도 그 남자가 찾아와 주길 바라고 있는 걸 수도 있잖아."

"뭐라고요?"

리버스의 말에 예영이 발끈했다. 그의 근거 없는 추측에 부르르 화가 났다. 아니, 어쩌면 그런 말도 안 되는 소리를 할 수가 있는 거지? 그놈한테 미련이 남아 있다니. 지금까지 이렇게 기가 차는 소리는 처음이었다. 콧구멍이 두 개라서 숨을 쉬지, 참나.

"아니야?"

리버스가 눈썹을 치뜨며 물었다. 어쩐지 굉장히 기분 좋아 보이는 어조였다. 예영은 거칠고 단호하게 쏘아붙였다.

"당연하죠!"

"그 대답, 못 미더운 거 알지?"

"못 믿겠으면 믿지 말든지."

토라진 듯 예영이 퉁명하게 말했다. 더 이상의 대화를 거부하겠다는 듯 말투도 표정도 단호했다. 이건 그만큼 전남편에 대한 거부의사가 확고하다는 뜻이었다. 그렇다면 정말 리버스를 거부하는 이유에 전남편이 포함되어 있을 가능성은 희박하다는 건데. 그럼 뭘까? 왜 그를 거부하는 걸까? 그나마 전남편에 대한 미련이 없는 것 같아 다행이긴 하지만 리버스는 궁금해 미칠 지경이었다. 대체 뭐가 그녀의 마음을 꽁꽁 얼어붙게 만드는지.

"그러지 말고 나랑 사귀어요. 그래야 그놈도, 그 아줌마도 안 나타날 거 아니야."

떼쓰는 어린애처럼 리버스는 툭 무뚝뚝한 말을 건넸다. 예영은 동그란 눈을 더욱 동그랗게 뜨고는 검은 동자를 이리저리 마구 굴려댔다.

"무슨 그런 억지가 다 있대. 기가 막혀. 내가 왜 그래야 하는데요?"

"남편한테 미련이 없다며. 왜 안 돼?"

"전남편이라니까요."

예영이 불쾌한 듯 이마에 내천(川) 자를 그렸다.

"어쨌든. 안 될 이유 없잖아."

"될 이유도 아니죠. 남자 떼어내려고 딴 남자를 만난다는, 그런 멍청한 소린 내 생전 처음이네."

"그러니까 의심스럽다는 거지. 전남편이 고개 숙이고 들어오는 걸 바라지 않고서야 왜 나랑 못 사귀어?"

"아니라니까요. 미련 같은 거 절대로 없다고요."

리버스는 두 눈을 감고 고개를 의자 등받이에 기댔다. '이보다 더 느긋할 수 없다'의 자세로 하와이 피서 떠나온 사람마냥 유유자적한 모습이었다. 약점 잡았다 이거지. 은예영이 전남편 얘기만 나오면 핏대를 올린다는 사실을 알아버린 거다. 전남편이랑 얽히지 않기 위해선 은예영은 태평양 한가운데에서 다이빙도 할 여자였다. 리버스는 일부러 더더욱 태평한 목소리로 비아냥거렸다.

"그렇게 못 잊겠으면 다시 만나든지. 바보처럼 용서해 줘. 다시 받아주고 잘살아요. 그럼 되겠네."

"미쳤어요? 내가 그 인간을 받아주게?"

역시나 예상대로 뾰족한 목소리로 그녀가 받아쳤다.

"가만 들어보니 바람까지 피웠더구만. 그런 남자한테 무슨 미련이 남았다고. 여자들이란 정말 알다가도 모르겠다니까. 쯧쯧……."

"이봐요, 리버스 페리 씨!"

"그렇잖아. 아이 때문에 어쩔 수 없이 못 헤어지는 것도 아니고. 아니, 애가 있어도 그렇지. 아이가 인생의 전부인가? 애가 자기 인생을 대신 살아주는 것도 아니잖아."

"여기서 아기 이야기가 왜 나와요?"

갑자기 예영이 소리를 지르며 벌떡 자리를 박차고 일어났다. 방금까지 주변 사람들의 시선에 각별히 신경을 썼던 그녀답지 않은 태도였다. 리버스는 약간 당황해 한쪽 눈썹을 휙 치떴다.

"당신이 뭘 안다고, 내 인생에 감 놔라 배추 놔라 난리야?"

"……!"

까칠하게 윽박지르듯 그를 굽어보며 말하는 그녀는 이를 갈고 있었다. 약간 과민반응이라는 생각에 리버스는 인상을 썼다. 왜 이러지? 그가 뭐 잘못 말한 게 있나? 남편 바람피웠던 것과 아기 얘기한 것이 전부였는데. 혹시…… 정말 여태 남편을 못 잊고 있는 건가.

"앞으로 내 일에 상관하지 말아주세요. 지금까지 이것저것 도와준 건 정말 감사하게 생각하지만!"

하지만? 리버스는 두 눈을 크게 뜨며 다음 말을 재촉했다.

"더 이상은 부담스럽네요."

겨우 그것뿐? 리버스의 표정이 저절로 찌푸려졌다. 이건 아닌데…….

"안녕히 가세요."

무뚝뚝하게 그녀가 말했다. 그리곤 가슴에 맨 앞치마에 두 손을 푹 찔러 넣더니 거침없이 그를 지나쳐 갔다. 찬바람이 쌩했다. 여자한테 이렇게 무시당해 본 적은 처음이라 리버스는 입이 딱 벌어졌다. 이거야 원. 완전히 초전박살이구나, 리버스 페리. 네 인생도 완전 막장이다.

'젠장할.'

리버스는 머릿속에 떠올라 자신의 약을 바짝바짝 올리고 있는 장민우를 향해 가운데 손가락을 내밀었다. 아무래도 이번엔 그 빌어먹을 놈한테 참패한 듯. 예영이 정말 그 전남편을 못 잊고 있는 게 틀림없었다. 대체 그놈의 뭐가 그리 좋은 거지? 나쁜 남자 콤플렉스라더니, 여자들이란 대체 이해가 안 된다. 바람피우고 성격 지랄 같은 남자를 못 잊어서 인생의 둘도 없는 행운, 정류장의 막차 같은 존재, 외적으로 완벽한 조건을 갖춘 리버스 페리 같은 남자를 걷어차다니. 이해하려 해도 이해가 안 되는 희한한 족속들이 바로 여자들이었다.

"Excuse me."

머리를 쥐어뜯기 일보 직전, 누군가가 그에게 말을 걸어왔다. 짜증 꽉꽉 채워진 눈을 들어 상대를 확인하니 웬 예쁜이가 서서 그를 내려다보고 있었다. 인형 같은 얼굴에 스타일도 죽이는, 깜찍발랄 신세대 아가씨였다. 첫눈에, 자신에게 호감을 가지고 접근하고 있다는 걸 리버스는 알 수 있었다. 예영이 이상한 건가. 다른 여자들은 멀쩡한 눈을 갖고 있는 것 같네.

"하이."

"하이~"

짧게 중얼거리듯 말을 건네는 그에게 예쁜이는 수줍게 웃으며 인사했다. 첫눈에 봐도 외모며 나이며 그에게 딱 어울렸다. 다른 때라면 빠르고 웅얼거리는 저질 발음으로 잔뜩 겁을 주었을 테지만(미국에선 한국말을 마구 구사해 줌으로써 여자를 쫓아내 주었듯이) 거지 같은 지금의 '될 대로 되라지' 내지는 '비뚤어질 테다'의 기분의 그는 그럴 필요성을 전혀 못 느끼고 있었다.

그는 지금껏 각자의 영혼에는 제 짝이 모두 정해져 있다고 여

졌었다. 남자든 여자든, 세상에 태어나면 자신의 짝을 찾아 헤
매게 되어 있고 그 사이에 여러 번의 시행착오를 겪게 되겠지만
결국에는 자신의 짝을 만나 행복을 영위하게 되는 것이라고, 그
는 믿고 있었다. 전형적인 로맨티스트, 운명론자다. 그런 남자
이기에 지금까지 자신의 마음을 흔드는, 영혼까지 통째로 뒤흔
드는 그런 사랑을 기다려 왔었다. 그리고 예영을 처음 본 순간,
그녀가 자신의 짝이라 믿어 의심치 않았다. 하지만 그러면 뭐
해? 예영은 그를 원하지 않는걸.

어쩌면 영혼의 짝이란 건 원래 없었던 것일 수도 있다는 생각
이 들었다. 사랑은 환상이나 운명 같은 게 아니라 그저 현실일
뿐일 수도 있었다. 유흥적이고 일회적인. 예전엔 싸구려라고 여
겼던 것들 말이다. 그는 그동안 너무 순진했던 거다.

"어⋯⋯."

예쁘장하게 생긴 아가씨가 수줍은 듯 귀엽게 웃었다. 그러더
니 놀랍게도 매우 유창한 영어로 그에게 자신을 소개했다.

「제 이름은 이하나라고 해요. 아까부터 당신을 쭉 보고 있었
어요. 저 합석해도 될까요?」

순간 리버스는 놀랐다. 더 이상 저 예쁜이가 예뻐 보이지 않
았기 때문이다. 여자의 입에서 술술 나오는 영어가 심히 거북하
게 느껴졌다. 징그럽달까. 가식적이랄까. 어처구니없게도 눈 보
신을 시켜주고 있는 이 아름다운 여자가 짜증스럽게 느껴졌다.

젠장⋯⋯. 드디어 미쳐 버렸군. 리버스는 다음 순간, 벌떡 자

리에서 일어났다.

"미안한데, 난 지금 일어나야 되거든?"

완벽한 한국어를 뽐내며 그는 얼이 나간 여자의 옆을 스쳐 지나왔다. 아무래도 자신의 뇌가 은예영 맞춤형으로 거듭나고 있는 것 같다는 자각과 함께였다.

"머리 꼬락서니 하고는."

거울 앞에 선 리버스는 왕방울만한 다이아 반지를 낀 손을 마구 휘두르던 엽기아줌마의 마지막 말을 떠올리고 있었다. 그녀는 이 이리 봐도 저리 봐도, 멋지기만 한 머리 스타일을 두고 꼬락서니란 단어를 썼었다. 도대체 그 '꼬락서니' 란 단어는 무슨 의미인 걸까? 리버스는 머리를 쓰다듬으며 고개를 이리저리 돌려 옆모습까지 꼼꼼히 살폈지만 알 길이 없었다. 설마 머리색 때문은 아니겠지?

띵동. 아파트 현관벨이 울린 건 그때였다. 현관 바로 코앞에 서 있던 그는 누구냐고 큰 소리로 물었다. 그러자 즉각 대답이 날아왔다. '예소예요!' 라는. 리버스는 머리를 들추던 손길을 멈추고 냉큼 현관문을 열었다. 설마 예영에게 무슨 일이 생긴 건 아니겠지?

"리버스 오빠!"

예소가 두 눈을 반짝이며 환히 웃는 걸 보니 안 좋은 일 때문에 찾아온 건 아닌 모양이었다. 리버스는 함께 웃어주며 반가이 맞아주었다. 예영은 예영이고 예소는 예소니까. 뭐, 사실 어제 예영이 그렇게 불처럼 화를 내며 사라지고, 오늘 아침에도 그를 본체만체 싸늘히 지나쳐 가버렸지만 리버스의 마음은 여전히 그녀를 원하고 있었다. 잠시 반항기가 떠올라 막나가 보자고 결심도 해보았지만 그의 여자를 감지하는 센서는 이미 은예영을 위주로 작동하고 있는 중. 이제 그도 돌이킬 수 없었다.

"어서 와. 무슨 일이야?"

"무슨 일이긴요. 부탁이 있어서 왔죠."

"부탁?"

"뇌물로 이것도 준비했어요."

예소는 손에 들고 있는 작은 냄비를 슬쩍 위로 들어 보였다. 구수한 냄새가 코끝을 찌르는 것이, 분명 된장국이었다.

"된장국이네?"

"냄새 죽이죠?"

"냄새만 맡아도 3박4일은 배부르겠는데?"

빙긋 웃으며 리버스는 예소가 내미는 냄비 그릇을 받았다. 노랗고 빨갛고 파란 원색의 냄비는 마치 장난감처럼 작고 귀여웠다. 색감이 장난 아닌걸.

"잘 먹을게. 무슨 부탁을 하려고 이렇게 귀한 걸 가져다주는 건지 궁금하네."

"혹시 컴퓨터 잘 아세요?"

우리 언니요, 라고 냉큼 말해 버리고 싶은 걸 꾹 참으며 예소는 넌지시 물었다. 정말 리버스에게 부탁하고 싶은 건 컴퓨터가 아니라 그녀의 언니, 은예영이었다. 물론 본인인 은예영은 펄쩍 뛸 테지만 말이다.

"컴퓨터? 문제 생겼나 보지?"

"네. 아무래도 한번 밀어야 될 것 같아서요."

"밀어?"

리버스가 두 눈을 멍하게 껌뻑이더니 제 머리카락을 쓸어 넘겼다. 머리를 밀어야 된다는 소린 줄 알았나? 큭큭, 웃음을 참으며 예소는 등허리를 긁적거렸다.

"포맷이요. 싹 갈아엎는다는 뜻으로다가 민다고들 하죠."

"아……!"

처음 알았다는 듯 그가 입을 벌리고 작은 탄성을 내뱉었다. 은근히 이 양반도 귀엽네. 예소는 씩 웃으며 이번에는 머리통을 긁어댔다. 머리를 나흘쯤 안 감으니 자꾸 간지러운 것이 영 불편스러웠다.

"제가 노트북을 사용하고 있는데요. 산 지 사오 년쯤 됐거든요. 돈도 못 벌고 있고 해서, 새걸로 장만하고 싶어도 그냥 쓰는 중이에요. 근데 자꾸 음악툴이 에러를 내네요. 아무래도 포맷이 필요할 건 같아요. 그동안 한 번도 안 했더니 영~ 버벅거리는 것이……."

없는 핑계를 만들어대려니 땀이 나왔다. 멀쩡한 노트북을 고물로 전락시키면서까지 포맷을 해달라고 쫓아온 건 모두 예소의 살기 위한 몸부림. 예영의 짜증이 최고조에 이르러 어제는 예소를 쫓아내려고까지 했다. 예영의 경고를 무시하고 아르바이트 자리를 알아보지 않았다는 이유였다. 하루 종일 글을 쓰느라 힘들었다는 예소의 말은 귓등으로도 안 들리는 듯 예영은 폭발하고 말았다. 사정이 이쯤 되니 대체 예영과 리버스는 어떻게 되어가고 있는지 궁금해졌다. 예소의 소설 속 두 사람은 이제 처음 만나 강도야~ 소리 지르고 난리도 아니었지만.

"그래? 포맷이야 쉽지. 내가 해줄게."

"정말이요? 고마워요! 매번 이렇게 도와줘서."

"대신 수리비 받았잖아. 된장국. 언니가 끓인 거지?"

"저희 집 국은 다 언니표예요. 제가 다른 건 다 해도 국은 못 끓이거든요."

다른 것도 못하고 국도 못 끓인다는 말은 차마 못하고 예소는 헤헤거렸다. 어차피 염탐이 목적인데 거짓말이 대수겠느냐. 예소는 리버스가 문단속을 하고 그녀의 집으로 건너올 때까지 그의 정신을 산만하게 만들기 위해 말도 안 되는 말들을 주저리주저리 쏟아냈다.

"자료 백업은 다 해놨어?"

"아! 백업!"

어차피 리버스한테서 정보를 빼낼 계획밖에 없었는데 백업은 무슨 백업. 예소는 이마를 손바닥으로 딱 치며 정신이 쑥 빠진 스스로를 탓했다. 다행히 리버스는 예소의 그런 행동을 별로 의심하는 것 같진 않았다.

"중요한 파일이나 프로그램들은 따로 디스켓이나 USB에 저장해 놓는 게 나을 거야. 포맷을 하면 다 없어지게 되니까. 그건 알지? 컴퓨터가 초기화되는 거."

"그거야 알죠."

그는 예소가 완전 컴맹인 줄 아는지 소소한 것들을 전부 다 설명해 주기 시작했다. 하품이 나오는 걸 참으며 예소는 가지고 있던 USB에 소설 자료들을 죄다 옮겼다. 대체 이게 뭔 삽질인지 원.

"주스 드실래요?"

포맷 작업이 진행되기 시작하자 예소는 슬슬 본격적으로 정보 캐기에 돌입했다. 아, 물론 지금쯤 가게에 출근해서 열심히 일하고 있을 예영이 알면 열 손톱 세우며 헐크처럼 달려들 일이다. 그러나 이건 절대적으로 예소의 생존권 사수를 위한 행동이다. 예영이 짜증 부리는 근본 이유에 대해 예소는 꼭 알아내야 했다.

“아, 괜찮아.”

“뭐라도 드시면서 하세요. 그래야 제 마음도 좀 편할 것 같은데.”

그래야 시간을 조금이라도 끌 것 같은데.

“그래, 그럼. 한 잔 줘.”

앗싸! 가오리! 예소는 부리나케 일어나 주방에서 사과주스를 한 잔 따라가지고 왔다. 그리고는 마구 들이밀며 마시기를 강요(?)했다. 그는 별로 불쾌하지 않은 듯 선선히 웃으며 받아 마셨다. 크~ 말도 잘 듣네. 정말이지 최고의 남편감이다. 예소는 그의 주의가 흐트러진 틈을 타서 냉큼 질문을 던졌다.

“근데 요새는 언니네 가게 안 가세요?”

“음?”

“아니, 요샌 통 언니가 오빠 얘길 안 해서요. 이젠 안 가시나 봐요?”

“언니가 아무 말도 안 해?”

이 뉘앙스는 뭐냐? 뭔가 있는 말투인데?

“뭐, 별로요. 이상한 소릴 하긴 했지만 중요한 건 아니고……”

“이상한 소리?”

예상대로 리버스는 궁금해해 주신다. 예소는 슬쩍 미끼를 흘렸다.

“오빠가 바람둥이라나 뭐라나.”

“내가?”

“네. 언닌 바람둥이 되게 싫어하거든요.”

“내가 바람둥이라 했다고?”

“그랬다니까요.”

고개를 마구 끄덕거리며 예소는 리버스를 부채질했다. 그는 세상에서 제일 황당한 말을 들은 듯 인상을 왕창 일그러뜨리고 있었다.

“무슨 근거로 그런 말을 한 건지 모르겠네.”

“기분 나쁘시죠? 언니가 원래 좀 그런 쪽으론 예민해요. 크게 한번 덴 적이 있어서.”

“전남편 말하는 거지?”

어라? 전남편?

“그걸 어떻게 아세요?”

놀란 눈으로 예소는 리버스를 빤히 바라봤다. 그것까지 다 알고 있다면 두 사람 사이가 상당히 진척되었다는 건데. 글 쓰는 속도를 좀 빨리 해야겠군.

“우연히 알게 됐어.”

리버스는 어제의 일에 대해선 함구하고 간단히 설명했다. 지금 중요한 건 예영의 과거를 어떻게 알게 되었느냐가 아니라, 그녀가 왜 그를 찾는지에 대해 드디어 알게 되었다는 거였다. 그녀는 그를 바람둥이라고 생각하고 있었다. 그렇게 생각하는데 그의 프러포즈를 받아들일 리가 있겠나? 당연히 없지. 남편이 바람을 피워서 가정을 잃은 경험이 있는 은예영에겐 리버스가 상종 못할 남자일 게다, 아마도. 그나저나 대체 왜 그를 두고 바람둥이라고 생각할까?

"에휴, 우리 언니가 그때 진짜 마음고생 많이 했죠. 그 평생의 웬수 같은 놈 때문에 얼마나 울었는지."

예소가 한숨을 내쉬며 고개를 가로저었다. 그때 생각만 하면 치가 떨리는 듯했다. 리버스는 꽤나 떨떠름한 얼굴로 물었다.

"그런 사람인 거 모르고 결혼한 거야?"

"몰랐으니까 결혼도 했죠. 스물네 살밖에 안 된 애가 세상물정을 알면 얼마나 알았겠어요? 순딩이에 남자하고는 손도 잡으면 안 된다고 교육 받아놔서 완전히 애송이었다고요, 언니는. 장민우 그 자식은 서른이나 된 연애9단이었고요. 이런저런 여자들 다 만나보고 지루해졌다 싶을 때, 순진하기 짝이 없는 우리 언니를 만난 거죠. 욕심이 안 났겠어요?"

머릿속으로 그림이 쫙 그려졌다. 그가 어떻게 구애했고, 그에게 그녀가 어떻게 넘어갔을지도 대충 윤곽이 잡혔다. 상상을 하니 욱하고 울화가 치밀었다. 딱 보면 몰라서 그런 남자한테 넘어갔냐? 갑갑하다.

"하루가 멀다 하고 집 앞에 찾아와 꽃다발 바치고 선물 대령하고, 밤하늘에 별도 따다 바치겠다고 감언이설하고. 순진한 우리 언니는 사랑에 빠진 줄로 착각해서는 홀딱 결혼 승낙하고 말았던 거예요. 어느 여자가 안 그랬겠어요. 그 나이 땐 다 그러지."

“꽃다발? 선물?”

“네. 그래서 우리 언니는 지금도 꽃다발이며 선물 바치면서 달콤한 말 주절거리는 남자들을 딱 질색을 해요. 바람둥이다 이 거죠.”

“난 꽃다발도 선물도 바친 적 없는데.”

“달콤한 말은?”

“귀엽다고는 한 적 있어. 사랑스럽다는 말도.”

생각해 보니 입술로 키스를 날린 적도 있었다. Shit!

“그럼 그거네요. 언니가 와방 오해할 만도 했네. 그런 말 여자 꼬실 때나 쓰잖아요. 작업 멘트.”

“느낀 그대로를 표현한 것뿐이었는데.”

퉁명한 얼굴로 그가 변명 아닌 변명을 했다. 오홋! 느낀 그대 로 표현했는데 귀엽고 사랑스럽다? 이거 뭐야? 정말 생각 외로 급진전되어 있잖아? 예소는 희색이 만면한 얼굴로 리버스의 손 목을 붙들며 얼굴을 디밀었다.

“오빠! 우리 언니 좋아해요?”

“…….”

“그런 거예요?”

재차 묻자 그는 여전히 뚱한 얼굴로 되물었다.

“그러면 안 돼?”

안 되긴요. 안 되긴요!

“왜 안 돼요? 제가 보기엔 두 사람이 아주 잘 어울리는데요.

찰떡궁합."

"정말 그렇게 생각해?"

"그럼요. 전 찬성이에요, 오빠랑 우리 언니 사귀는 거."

확신에 찬 그녀의 대답에 리버스의 표정이 부드러워졌다.

"엄청난 지원군이네."

"천군만마가 안 부러우실걸요?"

상큼하게 말하며 예소는 배시시 웃었다. 일이 일사천리로 아주 잘되어가고 있는 것이 여간 기분 좋은 게 아니었다. 이거 잘하면 은예영, 올해 안으로 시집보낼 수 있겠는걸? 덕분에 예소는 퇴고의 짜릿한 맛도 느껴보고. 일석이조, 도랑 치고 가재 잡고!

"대신 만약 결혼까지 하게 된다면, 우리 부모님은 조금 반대하실지도 몰라요."

"부모님이? 왜?"

오~ 관심을 보이네? 이건 결혼 생각도 있다는 뜻이다. 아주 제대로 넘어갔네.

"아시잖아요. 부모님들 원래 딸 시집보낼 때 깐깐하신 거. 한번 실패한 딸이라 더욱 신중하실 걸요? 힘들게 재혼을 했는데 돈 없어서 힘들게 산다거나……."

"내 재정 상태는 튼튼해. 예금통장을 보여 드리면 되겠지."

딱 잘라 말하는 게 그쪽은 문제없는 모양이다. 예소는 몰래 히죽 웃으며 계속해서 그의 심중을 알아보기 위해 낚싯밥을 던졌다.

"또 바람을 피운다거나……."

"그런 짓은 원래 내가 용납 못해. 내 신조라고."

"아, 뭐 오빠가 그런 사람이라는 게 아니라 우리 부모님께서 그리 생각할 수 있다고요. 일단은 오빠가 미국인이니까. 알죠? 어른들은 서양인에 대한 선입견이 좀 안 좋다는 거."

순간 리버스의 머릿속엔 아까부터 그를 괴롭히던 현미자의 말이 훅 떠올랐다.

"머리 꼬락서니 하고는."

저도 모르게 머리카락을 쥐는 리버스다. 그 경멸 어린 눈초리를 떠올리니 흠칫 몸이 떨릴 지경이었다. 별 대수롭지 않게 여기면서도 영판 짜증나는 시선이었다. 그가 서양인이라는 게 죄스럽게 느껴진 건 그때가 처음이지 싶었다.

"어떤 선입견인데?"

저도 모르게 그는 물었다. 이건 아주 중요한 문제라고 그는 생각했다. 예영 역시 선입견을 가지고 그를 바라보고 있는 게 틀림없으니 말이다.

"여자들을 엄청 밝힐 것 같다는 거죠."

"What?!"

이건 또 무슨 터무니없는 중상모략인가?

"또 바람도 마구 피울 것 같고. 불륜, 이런 것도 엄청 아무렇지 않게 저지를 것 같기도 하고요. 한마디로 성적으로 매우 개방되어 있으면서 도덕성은 조금 떨어지는 존재? 그쯤 생각하실 걸요?"

지저스! 그 다이아 아줌마가 왜 그런 눈으로 자신을 봤는지 이제야 이해가 되었다. 양놈과 붙어먹었다며 예영을 더러운 걸레짝 취급하던 그녀가 무슨 의도로 그런 말을 했는지도. 정말 뭐 눈엔 뭐만 보인다더니. 앗! 그러고 보니 붙어먹는다는 말은 혹……? 단순히 연애했다는 말로 이해한 리버스는 더욱 뜨악한 표정이 되었다.

"물론 리버스 오빠는 그런 사람 아닐 것으로 알아요. 우리 부모님도 그걸 알면 승낙해 주실 거예요."

예소가 리버스의 손등을 토닥거리며 눈웃음을 살랑살랑 지었다.

"갈 길이 멀겠군……."

사색이 된 얼굴로 그가 중얼거렸다.

"갈 길이 먼데, 그래도 우리 언니 좋아요?"

"먼 건 먼 거고 좋은 건 좋은 거지."

"오호~"

예소가 놀랐다는 듯 감탄사를 내뱉자, 핏 리버스는 가볍게 웃었다. 뭔가 굉장한 걸 계획한 듯 그의 표정이 야릇하게 변하더니 황금색으로 물들인 머리카락을 거칠게 쓸어 넘겼다. 뭐야? 예소는 갑작스런 그의 표정 변화에 두 눈을 크게 뜨곤 그의 눈치를 슬슬 살폈다. 그러나 리버스는 더 이상의 단서를 흘려주지 않고 포맷 작업에 집중하기에 이르렀다.

운명의 포맷이 성공적으로 끝이 난 건 얼마 뒤였다. 예소는 일단은 작전성공을 속으로 외치며 그에게 라면 세 봉지—그녀가 아끼는 자장라면이었다—와 매콤한 오징어젓갈 한 종지, 어제저녁에 먹었던 갈치찌개를 바리바리 싸서 그의 손에 들려주었다.

'귀여운 완소 페리 서방. 많이많이 드시게. 이런 건 언제든지 줌세~'

사위 챙기는 장모마냥 예소는 손을 흔들며 그를 보냈다. 앞으로 그대 사랑은 이 처제가 책임지겠나이다~ 마음속으로 쾌지나칭칭나네를 외치고 있을 때였다. 현관문을 나서던 그가 머뭇거리며 뒤를 돌았다.

"아참, 물어볼 게 있는데 말이야."

"뭔데요?"

무언가, 페리 서방? 예소는 속으로 물으며 킥킥거렸다. 리버스는 조금 어색하고 민망한지 머릿속을 긁적거리며 혓바닥으로 아랫입술을 적셨다. 예소는 재차 물으며 두 눈을 반짝 떴다. 유난히 초롱초롱해진 예소의 눈으로 살짝 상기된 리버스의 얼굴이 들어왔다. 그는 콧방울을 쓱싹쓱싹 문지르며 웅얼거리듯 이렇게 말했다.

"이 동네에 헤어숍이 어디 있지?"

*

소풍도 약에 쓰려면 없다더니. 하필 오늘은 여고생 손님들이 한꺼번에 몰려들어 와 하나같이 리버스를 찾고 있었다. 오늘 모의고사 보는 날이라더니 영어시험을 보았나? 다들 손에 영어시험지를 들고 있는 게, 아무래도 리버스에게 뭔가를 물어보려는 듯했다.

"그 미국 아저씨 어디 갔어요? 언제 와요?"

"어? 어, 사실은……."

오지 않는단다. 오지 말라고 하도 윽박질러 놔서 그 인간, 아마 이쪽으로는 고개도 안 돌릴걸. 예영은 전날 자신이 했던 말들을 떠올리며 한숨을 내쉬었다. 꼭 그렇게까지 할 필요는 없었는데 그때는 왜 그렇게 화를 냈는지, 스스로가 한심스러웠다.

그는 그녀에게 많은 걸 해준 고마운 사람이었다. 더러운 세면대도 고쳐주고 장민우에게 당할 뻔한 걸 구해주고 혹시 생길지 모르는 불미스러운 일에 대비해 그녀의 주위에 머물러 주었다. 지금까지 그녀를 위해 이렇게까지 발 벗고 나서준 사람이 있었던가? 없었다. 그런데 그런 그를 말 한마디 잘못했다고 그렇게 냉대를 했으니 원. 아무리 아기 이야기에 민감해졌어도 좀 심했다는 생각이 들었다. 그가 무슨 잘못이 있다고. 솔직히 추잡한 인간 말종은 리버스가 아니라 장민우 아닌가. 리버스는 그녀가 무슨 일을 당했고 어떤 아픔이 있는지 전혀 모르고 있다. 그런 사람에게 화를 낸 건 종로에서 뺨 맞고 한강에 가서 눈 흘기는 거나 매한가지였다. 죄책감과 더불어 그의 황당한 표정이 자꾸 떠올라 예영은 어젯밤 한숨도 못 잤다. 미안하다고 사과를 하고 싶었지만 오늘 아침 우연히 마주친 그에게 그녀는 자신도 모르게 쌀쌀한 외면으로 대응하고 말았다. 정말 자신이 못마땅해 죽을 것 같았다.

"잠깐 뭐 좀 사러 갔어. 조금 있다가 올 거야."

예영이 머뭇거리는 사이, 주영이 나서서 대신 대답을 했다. 얘가 대체 어쩌려고 이런 거짓말을? 당황한 눈으로 예영은 주영을 보았다. 그녀는 전혀 거리낌 없이 술술 거짓말을 늘어놓았다.

"기다리기 뭐하면 어디 갔다가 다시 오든지."

"아, 그래야겠다. 그럼 한 시간만 있다가 다시 올게요."

"응. 그래."

한 시간. 대체 한 시간 안에 어떻게 리버스를 데려오겠다는 건지. 어처구니없는 얼굴로 예영은 주영을 노려보았다. 주영은 소녀손님들을 향해 손까지 흔들며 미소를 지어주고 있었다. 예영은 손님들에게 싱긋 웃어 보이며 주영에게만 들릴 만큼 낮게 중얼거렸다.

"너 미쳤니? 내가 그 사람 이제 안 온다고 했잖아."

"저 애가 대체 몇 명짼 줄 아세요? 이러다가 가게 끝장나겠어요."

"그래서 넌 가게 살리려고 그런 대책없는 거짓말을 한 거야?"

"와달라고 하면 되죠. 집으로 전화하세요, 어서."

"나 그 사람 전화번호 몰라. 알아도 전화하지 않을 거고."

"왜 몰라요? 사귄다면서."

주영이 두 눈을 동그랗게 뜨고 예영의 얼굴을 들여다봤다. 예영은 나풀거리는 부스스한 머리카락을 쓸어 넘기며 인상을 썼다.

"넌 진짜로 내가 그 사람이랑 사귀는 줄 알았어?"

"가짜였어요?"

"네 상상력도 어지간하구나, 김주영."

한 소녀가 편지지를 들고 계산대로 다가오자 예영은 방긋 웃으며 주영을 외면했다. 그녀는 혼란스러운 듯 멍한 얼굴이었다.

"하지만 진짜처럼 보였는데요?"

"그러니까 네 눈이 삔 거지. 삼천 원입니다~"

주영에겐 살벌하게 중얼거리고 손님에겐 상냥하게 종알거렸다. 소녀 손님은 수줍은 듯 고개를 좌우로 기웃거리며 지갑을 열었다.

"사장님은 어떨지 몰라도 그 오빠 진심인 것 같던데. 나한테도 그렇게 말했고요."

"그걸 믿냐?"

편지지를 은빛 별무늬가 그려진 재활용 비닐봉지에 넣으며 예영은 대답했다. 소녀는 천 원짜리 세 장을 꺼내며 두 눈을 빛냈다.

"저기…… 여기에 미국인 아저씨가 있다는데. 지금은 없어요?"

돈을 받던 예영은 얼어붙었다. 웃고 있던 얼굴이 돌처럼 굳어버렸다. 이거야 원. 이젠 소문 따라 그를 보러 일부러 찾아오기까지. 이러다간 옆 학교에서 원정까지 오는 거 아니야? 어라? 그러고 보니 이 손님 교복은 인근 여고의 교복이 아닌데? 정말 원정 온 건가?

"아, 곧 올 건데. 학생도 그 오빠 보러 왔어요?"

주영이 또 거짓말을 친다. 예영이 다급히 고개를 돌려 눈치를 줬으나 별 개의치 않는 듯했다. 이거 이러다가 한 시간 뒤에 난리 나는 거 아니야? '리버스가 아니면 죽음을 달라!' 고 구호를 외치는 소녀 시위대가 대뜸 떠올랐다. 그 틈에 끼어 살려달라 소리치는 자신의 모습도 함께 떠오르자 예영은 얼른 주영의 말을 가로챘다.

"저기 학생, 사실은……."

하지만 주영이 다시 그녀의 말을 가로챘다.

"조금 있다가 다시 오면 돼. 저녁 되기 전엔 올 거야."

"주영아!"

예영은 서둘러 주영을 말렸지만 주영의 무대뽀 거짓말 행진을 막기엔 역부족이었다. 리버스를 만나러 온 소녀 손님은 이미 알겠다며 편지지를 들고 퇴장하고 있었다. 이러다 정말 난리나겠네.

"너 정말 왜 이러니?"

예소는 주영을 향해 야단을 쳤다.

"그러니까 전화하시라니까요. 저렇게 많이들 찾는데."

"전화번호 모른다니까."

아, 답답하다!

"핸드폰 번호는 아실 거 아니에요."

"핸드폰 번호도 모르거든."

예영은 이를 갈며 대답했다. 주영은 어떻게 그럴 수 있냐는 표정으로 '예?' 하고 반문했다. 정말 기가 막혀서. 주영은 예영과 리버스가 진짜로 사귀고 있다고 생각한 게 틀림없었다.

"어떡할래? 방금 그 애들 다시 오면 뭐라고 할 거야?"

"그, 그러게요. 난 두 사람이 사랑싸움 한 줄 알고 도와드릴 생각이었는데…….""

"사랑싸움?"

기가 막힌 것도 모자라 코가 막힐 노릇. 오지랖 넓은 건 알고 있었지만 이렇게나 넓은 줄은 예전엔 미처 몰랐었네.

"죄송해요. 난 정말 두 분이 사귀는 줄…….""

난처하긴 한 모양으로 주영이 머리를 긁적거렸다. 시무룩한 그녀의 얼굴을 보니 화도 못 내겠고, 예영은 한숨을 푹 쉬었다.

"할 수 없지. 사정 설명하고 돌려보내야지. 볼펜 한 자루씩 선물해야겠다."

"네……. 정말로 난 사귀는 줄 알았는데."

"알았어. 알았다고."

울화가 치밀어 예영은 신경질적으로 말했다. 이제 그만하라고 못을 박는 말이었다. 화가 나는 이유는 볼펜 몇 자루가 아까워서도 아니요, 손님 반응이 걱정되어서도 아니었다. 나타나지 말란다고 정말 안 나타나는 리버스 페리의 옹졸함이 화가 났다. 그의 옹졸함에 화를 내는 스스로에게는 더 화가 났다. 그가 나타나지 않는 건 당연한데, 왜 짜증을 내는지 이런 자신이 싫었다.

그가 하루 나타나지 않았다고 이렇게 가게가 쑥대밭이 되다니. 이렇게 될 줄 그녀는 꿈에도 몰랐었다. 이 상태에서 그가 미국으로 뜬다면 손님들 반응이 어떨까 생각하니 머리가 띵하고 가슴이 답답했다. 이럴까 봐 사귀자던 그의 제안을 거절했던 건데. 그의 빈자리가 크게 느껴질까 봐, 그의 존재에 큰 의미를 두게 될까 봐. 그에게 마음 놓고 기대다가 버려지면 그녀는 또 한 번의 아픔을 맛보아 할 테니까.

"언니! 저희 왔어요~"

가게의 단골손님들인 소녀 떼 삼인방이 호들갑스럽게 등장한 건 그때였다. 홍다영, 허지연, 허선아였다. 늘 셋은 함께 뭉쳐 다녔는데, 여느 여자애들답지 않게 터프하고 솔직하고 심하게 수다쟁이들이었다. 물론 팬시에 대한 남다른 애정도 함께다. 이들은 셋 다 볼펜, 편지지, 형광펜 등 예쁜 문구들을 모으는 취미를 가지고 있었다. 하도 자주 들러 물건을 사니 자연히 주인인 예영과 친하게 되었고, 넉살도 좋은 이들은 언제부턴가 예영에게 언니라고 부르기 시작했다.

"어머? 없네?"

다영이 혼잣말을 중얼거리며 가게를 휘둘러보았다. 리버스를 찾는 게 분명했다. 한국어 잘하는 외국인이 가게에 장시간 체류를 하니 당연히 날이면 날마다 가게에 들르는 이들의 눈에 뜨였을 터. 이들과 리버스는 자기들끼리 안면을 트고 친하게 지내는 듯했다. 이제 소녀들까지 접수해 주시려나.

"리버스 오빠 오늘도 안 왔어요?"

"어? 어……."

이것들도 오빠라고 하네? 참으로 대단한 리버스 페리로군.

"뭐 하느라고 안 나와요? 여기 취직했다던데."

지연이 또 묻는다. 언제 그런 헛소문을 퍼뜨렸담. 책임도 못 질 말을 함부로.

"장난으로 한 말이겠지. 취직은 무슨. 미국으로 곧 돌아갈 사람인데."

"에? 오빠 말로는 언니랑 결혼할 거라던데요?"

결혼? 예영은 머릿속으로 며칠 전에 있었던 일을 떠올렸다. 지연이 말하는 '언니'란 그의 집 안에서 펑펑 울며 그와 결혼해야 한다고 소리를 쳤던 바로 그 여자인 게 틀림없었다. 항! 그렇군. 결혼할 사람이 역시 있었어. 그런 주제에 감히 어디다 대고……!

"미국 들어가서 하려나 보지."

"어머! 그럼 언니도 미국 가요? 그럼 가게는요?"

선아가 화들짝 놀라며 소리쳤다. 이 애들이 무슨 소리를 하는 거야? 예영은 반문했다.

"내가 미국을 왜 가?"

"방금 그랬잖아요. 미국 간다고."

"내 말은 리버스와 결혼할 여자가……."

"그래요. 그러니까 언니."

"나?"

인상을 팍 쓰며 예영이 물었다. 이게 대체 다 뭐야?

"그래요. 분명히 사장 언니라고 했는데."

"나랑 결혼한다고 했다고?"

"네!"

세 아이들이 이구동성으로 말했다.

"리버스가?"

"네!"

고개까지 끄덕이며 또다시 이구동성. 아니, 이 인간이 미쳤나. 어디서 결혼한다는 헛소릴 애들한테 지껄여? 발 없는 말이 천리 간다는 말 모르나? 요즘 애들이 얼마나 무서운데 장난삼아 이런 말을 함부로 지껄이는 거야? 예영은 분노로 벌게진 얼굴을 가까스로 수습하며 아무렇지도 않은 척 웃었다.

"아휴! 야, 그 말은 그냥 농담 삼아……."

대수롭지 않은 척 실실 웃고 손짓까지 섞어가며 막 해명을 하려는 찰나였다. 굵고 확신에 찬 어조의 남자 목소리가 뚜벅 들려왔다.

"농담 아닌데."

헉! 고개를 돌아보지 않아도 목소리의 주인공이 누군지 그녀는 알 수 있었다. 이건 절대 다른 사람과 헷갈릴 수 없는 목소리였다. 예영은 그 자리에서 꽁꽁 얼어붙어 버렸다. 그가 다시 나타날 줄은 꿈에도 생각 못했기 때문에 놀라고 또 놀라고 있었다. 꺄아악~ 소녀 떼들이 소리를 지르며 가게 입구로 내달려갔다. 옆에 있는 주영은 '왔다! 왔다!' 를 연발하며 팔짝팔짝 뛰었다. 예영은 눈동자만 옆으로 돌려 그의 모습을 확인했다.

"어? 오빠! 머리색이 왜 그래요?"

"까맣게 염색했어요?"

"왜 했어요? 그 멋진 금발을!"

"그래도 멋져요, 오빠!"

세 명의 소녀 떼들이 그를 에워싸고 있었다. 무서운 십대라더니. 그들은 리버스가 연예인이라도 되는 것처럼 마구 붙잡고 비비적거렸다. 그의 키가 큰 편이라 어깨와 목, 얼굴은 무사했지만 그 아래로는 완전히 주물럭주물럭 공적(公的) 물건이 따로 없었다. 엽기적인 광경에 뜨악한 예영은 리버스의 머리를 뚫어져라 바라보았다. 정말 아이들의 말처럼 리버스의 머리색이 까맸다. 저 사람, 무슨 생각으로 머릴 저렇게 한 거야?

“거봐요.”

쿡, 옆구리를 찌르며 주영이 말했다.

“뭘 거봐?”

“왔잖아요.”

“금방 돌아갈 거야.”

그럴 게 뻔했다. 머물 이유가 전혀 없으니.

“조금만 있어달라고 하죠 뭐. 분명히 있어줄 거예요.”

뭘 믿고 이렇게 확신하는지. 주영은 고개까지 끄덕이며 장담했다. 음흉하게 빛나는 눈빛으로 보건대 다시 예영과 리버스가 사랑싸움을 한 거라고 여기게 된 듯했다. 아니라고, 절대 안 올 거라고 말했던 예영의 말이 보기 좋게 빗나갔으니 예영도 할 말이 없었다.

“제가 말할까요? 아무래도 말 걸기가 좀 그렇죠?”

선심이라도 쓰듯 주영이 물었다.

“사랑싸움 안 했거든.”

예영은 두 눈에 빡 힘을 주고 옹골차게 못을 박아주었다. 그러나 주영은 히죽거리며 예영의 어깨를 손가락으로 콕콕 찔러 댔다.

“에이~ 저한테까지 숨길 필요는 없다니까요.”

“김주영.”

“온다!”

아까부터 기웃거리며 줄곧 입구 쪽에 서 있는 리버스의 동향을 주시하고 있던 주영이 호들갑을 떨며 두 눈을 반짝였다. 저도 모르게 긴장한 채 예영은 입구 쪽을 돌아봤다. 그는 세 명의 소녀 팬들을 뒤에 단 채 큰 보폭으로 뚜벅뚜벅 걸어오더니 카운터 앞에 멈추어 섰다. 그리곤 여자의 심장을 녹여 버릴 듯 달콤한 미소를 지었다.

"안녕."

예영은 얼어붙은 얼굴로 그를 노려보았다.

"여기서 뭐 하는 거예요?"

"뭐 하긴. 당신 보고 있지."

꺄악~ 리버스의 뒤를 따라온 아이들이 괴성을 질러댔다. 닭털 날리는 그의 말에 메슥거려 할 새도 없이 예영은 손바닥을 들어 두 귀를 막았다. 이것들, 대체 왜 이러는 거야?

"여기선 얘길 못하겠네. 이리 와봐."

그는 쑥 손을 뻗어 유리데스크 건너편 예영의 어깨를 잡았다.

"나 지금 일하는 중이에요."

"괜찮아요, 사장님. 제가 혼자 할 수 있어요."

눈치 없는 주영이 예영의 몸을 툭 밀었다. 총알처럼 빠르게 떠밀린 예영은 순식간에 계산대 밖으로 튀어나왔다. 얼떨떨한 얼굴로 주영을 돌아보며 허리를 만지는데 리버스가 그녀의 허리를 감아왔다. 그는 '어머, 웬일이야~' 하며 두 발을 동동거리고 있는 소녀 떼들을 향해 뒤를 돌아보더니 씩 웃으며 말했다.

"우리 잠깐 얘기 좀 하고 올게."

"네!"

또다시 이구동성의 대답이 이어졌다. 하모니마저 들어간 아이들의 대답에 그는 고개를 끄덕이며 예영을 이끌고 가게 뒤쪽으로 향했다. 킥킥거리고 속닥거리는 아이들과 주영의 목소리를 들으며 예영은 얼굴이 새빨개졌다.

"이거 놔요."

가게 뒤쪽에 마련되어 있는 휴게실 용도의 작은 사무실 안으로 들어오자마자 예영은 리버스의 손을 떼어냈다. 천장이 좀 낮은 곳이라 저절로 구부정한 모습으로 선 리버스는 피식 웃었다.

"이거 은근히 중독인데. 당신 지금 나 길들여?"

"그건 또 무슨 정신 나간 소리에요?"

"퉁퉁거리는 거."

"그게 뭐 어떻다고요."

예영은 짜증스러운 얼굴로 계속 그를 노려보았다. 생글생글 웃는 면상이 어찌나 얄미운지.

"당신의 그 퉁퉁거리는 말, 이젠 정기적으로 안 들으면 환각 증상이 일어."

"축하해요. 드디어 돌았군요."

"나도 그렇게 생각해."

그의 인생이 그녀를 중심으로 돌기 시작했다고, 그는 시인했다. 이젠 그녀 이외의 여자들은 여자로 보이지도 않았다. 남자로서 여자를 여자로 인식하지 못한다면, 그거야말로 끝장 아닌

가. 한마디로 은예영은 그를 책임져야 한다는 소리다. 멀쩡한 한 남자를 이렇게 만들어놨으면 책임을 져야지. 암! 리버스는 혼자 생각하며 피식 웃었다.

"대체 여긴 또 왜 왔어요? 다시는 오지 말라고 했잖아요."

예영이 매몰차게 쏘아붙였다. 하지만 의지의 '한국인' 리버스는 능글맞게 웃으며 여유있게 대답한다.

"당신 때문에 왔지. 내가 보고 싶어 죽을까 봐."

"헐, 내가 말을 말아야지. 미안한데요, 하나도 안 보고 싶었거든요."

"음~ 보고 싶었군."

입술을 삐죽거리며 그가 제멋대로 말한다. 예영은 이맛살을 구기며 으르렁거렸다.

"안 보고 싶었다니까요. 귀 먹었어요?"

"당신 말투만 들으면 다 알아. 속마음 숨길 때는 꼭 그렇게 말하잖아. 그러거든요~"

"아니라고요!"

예영은 소리를 치며 극구 부인했지만 이미 두 볼이 자진해서 달아오르고 있었다. 아니라고 말하지만 얼굴을 붉힌다는 거, 이 것만으로도 게임 끝 아닌가. 그녀는 그의 말을 시인하고 있는 거였다. 그녀 역시 그가 보고 싶었던 거다. 마음 깊은 곳에서 그를 원하고 있는 것이다. 스스로 인정하지 못하고 있을 뿐.

깜찍한 은예영. 당장 달려들어 그녀에게 키스를 하고 싶어 리버스는 온몸이 근질근질해지는 것 같았다. 음침하니 좁은 공간에 둘만 있으니 더욱 기분이 묘해지는 것 같았다. 스멀스멀 온몸에 열기가 스며들면서 손끝이 따가워졌고 입가엔 침이 고였다. 리버스는 기쁨 충만한 표정으로 그녀의 올 스탠드업 되어 있는 곱실곱실 머리카락을 손가락으로 슬쩍슬쩍 건들었다. 아쉽지만 이것으로 만족해야지. 앞머리를 쓰다듬다 슬쩍 아래로 내려 그녀의 콧잔등을 쓱 스치듯 어루만지고 그는 나지막이 중얼거렸다.

"상관없어, 이젠."

"……."

"어차피 난 와버렸으니까."

말에 깊은 뜻이 있는 듯 그는 아주 진지했다. 그윽한 그의 눈빛이 자신을 빨아들일 듯 강렬하게 내려다보자, 예영은 아무 말도 하지 못하고 그를 빤히 바라보고 서버렸다. 그의 맑은 갈색 눈에는 아련한 빛이 녹아 있었다. 태도나 말투가 늘 장난스러웠던 그가 이렇게 진지하게 말하니 어색하고 불편하고 또…… 마구 떨렸다. 맥박이 빠르게 뛰기 시작하자 예영은 꿀꺽 마른침을 삼켰다. 그는 그녀의 턱 선을 따라 손가락을 내리며 속삭였다.

"아직은 마음이 안 놓여. 당신이 걱정돼."

"나, 난 괜찮아요. 어제 어머님 반응 보고도 걱정이 돼요?"

어제의 반응만으로 예상해 보건대, 현미자는 결단코 예영을 자신의 며느리로 받아들이지 않을 것이다. 눈에 흙이 들어가도 절대. 그 말은 이제 다시는 예영을 찾아와서 귀찮게 하는 일이 없을 거라는 거다. 하지만 리버스는 그녀의 말에 동의하지 않는 듯 미간을 찌푸리며 고개를 숙였다.

"그 반응 본 후로 더 걱정이 돼. 사이코드라마를 보는 것 같았다고. 당신은 걱정도 안 돼?"

"어젠 처음이라 당황해서 대처를 잘 못했을 뿐이에요."

"그럼 앞으론 더 잘 대처할 수 있다고?"

"물론이죠."

예영은 두 눈을 똑바로 뜨고 고개를 끄덕였다. 자신 있다는 듯. 걱정하지 말라는 듯. 그러니까 사라져 달라는 듯. 리버스는 피식 웃었다.

"그 말은, 당신도 생각하고 있다는 거네? 앞으로 그런 일이 또다시 일어날 수 있다고."

"혹시라도…… 또 그런 일이 생긴다면 그렇다는 얘기였어요."

"가정하고 있다는 건 당신도 두려워하고 있다는 증거야."

"난 그 사람들 두렵지 않아요."

"난 두려워."

"……"

"있게 해줘."

그가 조용히 속삭였다. 예영은 잠시 대답을 하지 못하고 그를 빤히 바라보았다. 마음이 점점 약해지고 있었다. 차라리 평소처럼 뻔뻔하게 약을 바짝바짝 올리며 말하면 면박을 주고 화라도 내줄 텐데. 속삭이며 애원하는 이 말투에는 그럴 수가 없었다. 자꾸만 명치끝이 따끔거리는 게 기분이 이상했다. 낯선 감정에 휘둘리는 건 싫은데. 연민과 동정에 푹 빠져 허우적거리는 건 싫은데. 빌어먹을 약한 마음은 자꾸만 이 남자를 받아주라 하고 있었다.

그건 현명치 못한 처사 아닌가? 한 가지라도 받아주기 시작하면 끝없이 밀고 들어오려고 할 거다, 이 남자는. 안 된다. 그러다가 이 남자한테 푹 빠지게 되면 그땐 되돌릴 수 없게 된다. 리버스는 고국으로 돌아갈 테고, 남은 예영은 혼자 마음 아파 하염없이 울게 될 게 자명하다. 그건 절대 있어서는 안 될 일이었다. 예영은 약해지는 마음을 간신히 다잡으며 무뚝뚝하게 툭, 한마디 내뱉었다. 눈짓으로 그의 머리를 흘깃거리면서.

"그 꼴은 대체 뭐예요?"

"아, 머리? 별거 아니야."

그는 대수롭지 않은 듯 어깨를 으쓱했다.

"염색은 왜 했어요?"

갑작스럽게 화제를 전환하는 은예영. 또 도망가는군. 리버스는 얄팍한 그녀의 술수를 꿰뚫고 있으면서도 픽 웃으며 넘어가 주었다. 쥐도 도망갈 구멍은 남겨두고 쫓는다고 했으니까.

"원래 머리색이 까말 거란 건 생각 안 해봤어?"

"당신 머리가요?"

예영은 미간을 끌어 모았다. 그의 머리색이 까말 거라곤 정말
단 일 초도 생각해 본 적이 없었기 때문에. 그의 입가가 빙그레
휘어졌다.

"왜? 나도 반은 동양인이야."

"하, 하지만 그럼 왜……?"

"염색을 하고 다녔냐고?"

"네…….”

그의 손이 예영의 어깨 위로 턱 내려와 앉았다. 그녀의 어깨
를 가볍게 쥔 그의 손으로 따스한 온기가 스며들었다. 예영은
부르르 몸을 떨고픈 충동을 억제하며 단전에 힘을 주었다. 몸
안에서 낯선 파장이 일고 있었다. 이, 이게 대체 뭐지?

"학교에서 혼혈인은 왕따였거든. 난 왕따가 되기 싫었고."

"와, 왕따요?"

"이를 테면 그렇다는 거야. 당신이 생각하는 그런 차원보다는
조금 약해."

"미국도 왕따가 있어요?"

그가 왕따를 당했다는 게 예영은 도무지 믿어지지 않았다. 수
위가 약하다고 하지만 왕따는 왕따. 남들에게서 괴물 취급 받고
따돌림을 당한다는 건 수위가 약하든 강하든, 정말 가슴 아픈
일이었다. 아니 어떻게 이렇게 착한 사람을 왕따 시킬 수가 있
지? 왜?

"적어도 겉으로 드러내 놓고 하진 않아. 그저 자꾸 겉돌게 되

는 것뿐이지. 완전히 스며들기 전까진."

"사회에 적응하는 데 힘들 정도…… 였어요?"

리버스는 예영의 얼굴에 떠오른 표정을 보며 잠시 마음 푸근함을 느낄 수 있었다. 그녀는 놀람과 동시에 걱정하고 있었다. 그를 걱정해 주는 은예영은 그 어떤 것과도 바꿀 수 없는 기쁨이요, 행복이었다. 부드럽게 접힌 그녀의 미간을 입술로 문질러 주고 싶은 충동을 느끼며 리버스는 조용히 대답해 주었다.

"어릴 때는. 웬만큼 나이가 먹어서는 대충 극복했지. 특유의 친화력으로."

"아……."

짐짓 경건하게 말하며 그녀가 고개를 끄덕였다.

"우연히 머리를 염색했는데 그때부턴 아무도 날 혼혈로 보지 않더라고. 다들 자기랑 똑같은 눈으로 바라보던데? 놀라웠어."

"그럴 만해요. 머리색 하나 바꿨는데 이미지가 엄청 달라 보이거든요."

힘없이 그녀는 중얼거렸다. 리버스에게도 이런 아픔이 있을 줄이야. 겉보기엔 상처 따윈 전혀 받지 않고 살아온 사람 같은데. 가슴에 스크래치 하나 없는 것처럼 말짱해 보이는데. 그의 말이 다 사실이라면, 그는 미국에선 동양인이란 이유로 알게 모르게 차별받았다는 소리 아닌가. 그런데 그녀는 그를 외국인이라는 이유로 거부하고 있으니 정말 아이러니한 일이었다.

그나저나 혼혈인에 대한 까다로운 시선은 한국이 미국보다 더했으면 더했지, 덜하진 않을 텐데. 왜 머리를 물들였을까? 몇 십 년 전, 사회적인 시각이 지금보다 훨씬 더 닫혀 있을 때 외국 인과 결혼한 어머니를 둔 리버스가 그걸 모를 리 없었다. 동양 인으로 오해받는 게 싫어 머리까지 염색하며 살아왔다면, 사람 들의 편견이 그만큼 지긋지긋했다는 말이 되기도 했다. 그런데 왜? 대체 왜 다시 검은색으로 물을 들인 거지? 뜬금없이?

"어떻게?"

그가 빙긋 웃으며 장난스럽게 물었다.

"한국 사람 같아요. 좀 더……."

좀 더 친근하고 좀 더 현실적으로 보이기도 하고. 거부감도 약간은 사라져 버린 기분이었다. 혼혈인 특유의 분위기가 여전 히 살아 있어 지금도 완전한 한국인이라고는 여겨지지 않았지 만. 외국인 같은 느낌은 훨씬 죽어 보이는 게 사실이었다. 예영 은 저도 모르게 그의 손을 잡았다. 비록 느슨하고 살짝 닿기만 한 정도였지만 그에 대한 연민이 담겨 있는 제스처였다.

"아니, 훨씬."

훨씬 더 가까워진 느낌이에요. 입 밖으로 모두 꺼내어 말할 수는 없었지만 그녀는 최대한 따뜻한 어조로 말하려고 노력했 다. 손끝으로 전해오는 그녀의 마음을 느꼈는지 그의 표정이 훨 씬 편안해졌다.

"바로 그거야. 그래서 그 뒤로부턴 계속 금발을 고집했지. 더 이상 외계인이 되지 않아도 되었으니까."

"근데 왜 다시 까맣게 바꾼 거예요?"

꽉 그의 손끝을 쥐며 그녀는 안쓰러운 표정을 지었다.

"당연히 한국 사람처럼 보이고 싶으니까. 여기선 노란머리가 외계인이잖아."

그딴 걸 왜 묻냐는 듯 그가 입술을 삐죽거렸다.

"곧 있으면 미국으로 돌아갈 거잖아요. 굳이 이럴 필요 있어요?"

"갈 수도 있고, 안 갈 수도 있고."

"무슨 말이에요?"

"왜? 솔깃해?"

골려먹듯 그가 싱긋 웃었다. 예영은 인상을 확 찌푸렸다.

"뭐요?"

"당신, 내가 미국 가는 거 싫지?"

뻔뻔스럽게 그는 물었다. 이 인간을 불쌍하다고 느낀 '내'가 멍청한 거지. 예영은 속으로 자신을 타박하며 이를 갈았다. 그리곤 잡고 있던 그의 손을 패대기치듯 힘차게 뿌리쳤다.

"당신이 미국을 가든 말든 난 아무 상관없거든요?"

"아! 상관이 있구나?"

그가 눈을 반짝였다. 장시간 유지했던 어정쩡한 자세가 불편한 듯 그녀의 등 뒤쪽 벽에 팔을 뻗어 손을 짚고 그는 느긋한 미소를 지었다. 예영은 분연히 짜증을 냈다.

"없다니까요. 귀 막혔어요?"

"방금 그거 썼잖아. '~거든요' 말투."

"마음대로 생각해요, 자뻑 씨."

"자뻑? 그건 뭐야?"

"말해주기 싫은데요?"

심술궂게 그녀가 말했다.

"자유롭게 뻑?"

알파벳 F로 시작하는 욕설을 그가 아주 자연스럽게 내뱉었다. 예영은 기가 찬 얼굴로 입을 쩍 벌렸다.

"상상력이 그것밖에 안 돼요?"

"아니면 자신감 있게 뻑?"

"영어 아니에요."

짜증스럽게 얼굴을 찡그리며 그녀가 말했다. 몸도 마음도 불편해 죽을 맛이었다. 그가 너무 딱 붙어 있었다. 너무 좁고 낮은 공간에 있다 보니 자연스럽게 가까이 있어야 했지만, 방금 그가 그녀의 등 뒤 벽에 손을 짚고 균형을 잡기 시작한 이후부터는 더욱 불편해졌다. 산처럼 높다란 그의 덩치에 빛까지 차단되어 그녀는 숨이 막힐 지경이었다. 목 근처를 간질이는 그의 옷자락이 미치도록 신경 쓰였다. 그의 몸에서 풍기는 상쾌하고 독특한 냄새가 뱃가죽 근처를 뜨겁게 달아오르게 하고 있었다. 이런 건 한 번도 느껴보지 못했던 기분이었다. 남편이랍시고 삼 년이나 한 침대를 썼던 장민우에게서도…….

"그럼 무슨 뜻인데?"

그의 고개가 아래로 조금 더 숙여졌다. 서로의 숨결이 느껴질 만큼 아주 가까워졌다. 예영은 크게 숨을 들이쉬며 고개를 옆으로 돌렸다. 그를 피하기 위함이었지만 즉각 그의 얼굴이 더욱 가까이 내려오는 게 느껴졌다. 가슴이 철렁 내려앉으면서 맥박이 사정없이 뛰기 시작했다.

"자기가 자기한테……."

삑 간 사람을 두고 하는 말이라고, 확실히 쏘아 말해주어야 하는데 말이 안 나왔다. 숨이 점점 가빠와 예영은 입술을 깨물었다. 귓가에 다가온 그의 입술이 나른하고 육감적으로 움직였다.

"자기? 좋네, 그것도."

숨이 가빠오니 머릿속이 진공상태인 듯 멍해졌다. 그가 뭐라고 말하는지 하나도 들리지 않았다. 아니, 들리긴 하지만 집중이 되지 않았다. 그의 말보다는, 그의 행동에 온 신경이 쏠려갔다. 예영은 참았던 호흡을 한꺼번에 토해냈다가 다시 크게 들이마시며 그를 흘낏거렸다.

"그런데 난 참깨가 좋아. 참깨처럼 통통 튀는 은예영. 어울리지?"

섹시한 악마에게 체포당한 듯 그녀는 꼼짝도 할 수 없었다. 이런 기분을 느끼고 있다는 것 자체가 그녀에겐 놀랍고 충격적이었다. 지금까지 느껴본 그 어떤 감정보다도 더 강력했다. 두려울 정도로. 장민우가 늘 그녀에게 입버릇처럼 했던 말뜻을 이제야 알 것 같았다.

"넌 병이야, 병. 나무토막 같은 것도 병이라고. 넌 진짜 치료 받아야 돼."

장민우와는 키스를 해도 이런 설렘을 갖지 못했었다. 이런 떨림, 이런 긴장감, 갈구를 전혀 느끼지 못했었다. 삼 년이나 살 맞대고 살았던 남편에게는 느끼지 못했던 감정을 왜 이 남자한 테는 느끼는 걸까? 왜 이 사람한테는 이렇게 갈대처럼 마구 흔들리는 거니, 은예영? 곧 가버릴 사람이잖아. 예영은 질끈 눈을 감아버리고 말았다.

두려웠다. 무서웠다. 다시 혼자 남게 될까 봐. 상처받은 마음에 홀로 갇혀 버릴까 봐. 어느새 그녀의 턱을 쓰다듬고 있던 그의 손가락에 힘이 들어갔다. 다음 순간, 그녀는 그의 시선 안으로 끌려 들어와 활짝 노출되었다.

"그렇게 부른다?"

예영은 자신도 모르는 사이 고개를 끄덕였다. 천천히. 그의 짙고 깊은 눈 속에 기쁨이 출렁거렸다. 살짝 틀어진 입가에 흔흔함이 돌고, 그는 입술을 살짝 벌리고 그녀의 입술로 내려앉았다. 그리고 속삭였다.

"입술을 열어, 참깨."

그들의 키스는 짧았다. 그의 입술이 그녀의 입술을 문지르고 빠는 아주 기본적인 동작이 겨우 몇 초 진행되었을 뿐인데, 그는 휙 고개를 들었다. 뭔가 퉁탕거리는 소리가 들려왔기 때문이다. 그에게 귀가 먹었냐고 쏘아붙이던 예영은 정작 듣지 못한 소리였다. 가게에 무슨 일이 생긴 게 아닌가, 싶어 리버스는 미간을 찡그렸다.

"왜 그래요?"

턱 밑으로 예영의 뜨거운 숨결이 올라와 그를 괴롭혔다. 속삭이듯 중얼거리는 그녀의 목소리는 그의 예민한 부분을 곤두세웠다. 리버스는 매장 안에서 들려오는 소리에 촉각을 세우기 위해 정신을 모았다.

"생각이 바뀌었으면……."

그의 무반응을 그녀는 오해했나 보다. 예영은 그가 키스를 원치 않는 거라고 넘겨짚고는 몸을 꿈틀거리며 움직였다. 잔뜩 굳은 표정이 여간 무안한 게 아닌 듯했다. 리버스는 입술에 손가락을 세워 막고는 '쉿!' 했다. 예영의 오른쪽 눈썹이 휙 올라갔다. 무슨 영문인지 몰라 의아해하는 듯했다. 일순 그녀의 오른쪽 눈썹에 키스하고 싶은 욕구가 스멀거렸다. 리버스는 꿈틀거리는 본능을 느끼며 그녀의 허리를 팔로 감았다. 품 안에 쏙 들어오는 그녀의 몸을 자신의 몸에 붙이고 그는 다시 키스하기 위해 고개를 꺾었다.

그때였다. 날카로운 비명 소리가 매장 안에 울려 퍼지더니 그것이 점점 가까워지기 시작했다. 깜짝 놀란 리버스와 예영은 입술을 떼고 서로를 마주 보았다. 무슨 일이 생겼음을 둘 다 감지하고 있었다. 그리고 서너 초 후, 두 사람이 놀란 얼굴을 수습할 새도 없이 휴게실 문이 쾅당 열렸다.

"사장님, 큰일났어요!"

주영이었다. 사색이 된 그녀는 하체를 서로 맞대고 있는 두 사람의 야시시한 포즈를 보고도 이미 예상하고 있었다는 듯 전혀 놀라는 기색없이 빠르게 상황 설명을 했다.

"지금 이러고 계실 때가 아니에요. 웬 이상한 사이코 같은 놈이 술에 잔뜩 취해서는 사장님을 막 찾으면서 난동을 부리고 있

어요. 빨리 데리고 나오라면서 물건을 다 때려 부수고 있다니까
요.”

“사이코?”

허리에 둘렀던 팔을 풀고 그녀에게서 떨어지며 리버스가 되
물었다.

“네! 사이코요. 완전 사이코에요. 지가 무슨 사장님 남편이라
나, 뭐라나.”

“남편?”

예영이 다급하게 물으며 리버스를 올려다보았다. 그의 눈에
는 이미 정답이 떠올라 있었다. 장민우, 그 자식임이 틀림없었
다. 리버스는 명령하듯 빠르게 말했다.

“당신은 여기 있어. 절대로 나오지 마.”

“하지만……!”

리버스는 그녀의 반박 따위는 듣고 싶지 않았다. 무조건 그녀
는 휴게실에 남아 있어야 했다. 그녀의 전남편이 그녀를 원하는
한은. 그는 예영의 반론을 뒤로하고 서둘러 휴게실을 나왔다.

‘ㅡ’자형의 가게 내부는 가장 안쪽에서 서 있어도 바깥쪽 동
향이 한눈에 들어오는 구조였다. 단지 중간에 서 있는 몇몇 진
열대가 시야를 가로막을 뿐이었다. 하지만 지금은 그것마저도
없어질 듯했다. 장민우가 목조로 된 크고 넓은 진열대를 뒤집기
위해 폼을 재고 있었다. 물론 작은 상자들은 이미 뒤집어져서
물건들이 바닥에 흩어져 버린 후였다.

“빨리 사장 불러와! 안 불러오면 알지?”

예의 그 소녀 삼인방이 아직도 안 가고 서 있었다. 짧게 꺅꺅 소리를 질러대면서도 자리를 지키는 걸 보니 아무래도 무서워서 장민우의 곁을 지나가지 못하는 것 같았다.

아이들한테 저런 협박을 하다니, 리버스는 기가 막혔다. 교복을 입고 있는 아이들이 뵈지 않는 건가? 리버스는 큰 소리로 비아냥거렸다.

“어떡할 건데? 안 불러오면.”

장민우의 시선이 아이들에게서 리버스에게로 옮겨왔다. 장민우의 눈이 가늘어졌다. 술에 취했다는 주영의 말이 맞는 듯했다. 멀리서도 그의 눈이 잔뜩 충혈되고 초점이 맞지 않고 있다는 게 확연히 느껴졌다. 역한 술 냄새는 말할 것도 없고.

“넌 누구야?”

발음도 꼬였다. 핏발 선 눈매에 힘이 들어가면서 확 좁혀 떠졌다. 쌍꺼풀이 찐하게 그려지고 눈동자가 움푹 파여 들어갔다. 리버스는 뚜벅뚜벅 그에게 다가갔다.

“상대방에게 누구냐고 묻기 전에 자기 먼저 소개하는 거, 기본 예의 아닌가?”

“뭐?”

“그렇잖아. 용건 있어서 여기 찾아온 사람은 내가 아니고 당신 아니야?”

“너 뭐 하는 녀석이야? 은예영이랑 무슨 사이야?”

"그건 네가 알 것 없고. 넌 뭐 하는 녀석이냐? 예영인 왜 찾는 거야? 무슨 용건이지?"

울화가 치미는 듯 민우의 손이 부르르 떨렸다. 여차하면 정말로 커다란 진열장을 엎어버릴 심사인 거였다. 대체 나이가 몇인데 이렇게 유치한 짓을 하는 걸까. 십대 애들 보기 창피하지도 않을까. 리버스는 한숨을 내쉬며 불과 십 미터도 채 떨어지지 않은 곳에 서 있는 민우를 향해 쯧쯧 혀를 내찼다.

"나? 은예영 남편이다. 왜?"

"뭐라고?"

내 이럴 줄 알았지. 이 사이코, 안심하면 안 될 줄 알았어. 남편? 기가 차는군. 리버스는 짜증스럽게 놈을 쩔러보고는, 구석에 서서 부들부들 떨고 있는 아이들을 향해 나가라 손짓을 했다. 그리고는 한심한 놈을 향해 비아냥거렸다.

"한국법이 원래 그런가? 이혼한지 삼 년이 지난 후에도 계속 이렇게 남편 행세를 해도 되나 보지?"

"오호라~ 너 그 자식이지? 요새 그 나무토막이 만난다는 그 양키 자식!"

나무토막? 매너 한 번 더티하군. 그런 단어를 이렇게 공개적으로 아무렇지도 않게 쓰다니. 리버스는 불쾌감에 눈살을 찌푸렸다. 이혼 당해도 싸다.

"내가 양키면 넌 뭐? 바보? 얼간이?"

"뭐야? 이 새끼가 그런데……!"

민우가 눈알을 부라리며 리버스에게 다가가기 시작했다. 진열장은 엎지 않아 그나마 다행이지만 이젠 타깃이 바뀐 듯 후다닥 달려와 리버스의 멱살을 쥐었다. 뒤에서 몰래 둘의 모습을 지켜보던 예영은 비명을 삼켜야 했다. 어떻게 하지? 어떻게 해!

"경찰 불러, 경찰."

"예?"

얼이 빠진 듯 주영이 예영을 멍하게 바라봤다. 남편이라고 나타난 저 미친놈이, 예영의 전남편이란 사실에 주영은 충격을 먹은 상태였다. 어떻게 예영이 저런 남자랑 삼 년을 살았는지 생각만 해도 끔찍했다. 술 취하지 않았을 땐 어떨지 몰라도 술 취한 지금은 완전 개였다.

"경찰 부르라니까. 안 되겠어. 저러다 리버스 다치면……."

우당탕탕, 유리 진열장이 넘어지면서 산산이 부서졌다. 주영과 예영은 동시에 비명을 질렀다. 굉음과 함께 진열장 안의 물건들이 사방으로 흩어졌고, 리버스는 유리 파편을 등지고 쓰러졌다. 단박에 민우가 리버스의 허리춤에 올라앉아 주먹을 날렸다.

"경찰한테 연락하라고 했잖아, 김주영!"

울먹이듯 소리를 치며 예영은 뒤를 돌아보았다. 주영은 이미 핸드폰을 들고 번호를 찍고 있었다. 예영은 부리나케 리버스를 향해 뛰어나갔다. 민우는 이미 세 번째 펀치를 날리고 있었다. 리버스의 고개가 휙 돌아갔다.

"그만두지 못해? 뭐 하는 짓이야?"

예영은 민우의 어깨를 붙잡고 거칠게 잡아챘다. 그는 리버스의 허리 위에서 끌려 내려와 바닥에 쓰러졌다. 하지만 곧 예영의 얼굴을 확인하고는 야비한 미소를 머금었다.

"아, 나무토막! 드디어 오셨네. 응?"

서서히 일어나며 민우는 입가를 씰룩거렸다. 술 냄새가 코를 찌를 것 같아, 예영은 손등으로 코를 막으며 그를 노려보았다. 리버스는 허리 뒤쪽을 붙잡으며 몸을 일으켰지만 자리에서 일어나지는 못했다. 손등과 입가에서 피가 흐르고 있었고, 등허리 근처에 심한 통증이 있는 듯 인상을 찌푸리고 있는 것이 아무래도 유리박스를 등지고 넘어지면서 허리를 심하게 다친 모양이었다. 그래서 물주먹 장민우에게 얻어터진 거고.

"괜찮아요, 리버스?"

몸을 숙여 리버스의 상처를 살피려는데, 민우가 예영의 팔뚝을 잡아채며 일으켜 세웠다.

"야야, 너 요새 이놈이랑 신나게 즐기고 있다며? 왜? 뒤늦게 발동이 걸렸나?"

"입 닥쳐. 네가 무슨 상관이야? 경찰 불렀으니까 조용히 사라져."

예영은 두 주먹을 불끈 쥐고 민우를 노려보았다. 이젠 이런 유치한 도발에는 화조차 나지 않았다. 그저 불쌍할 따름이었다.

"저놈이 그렇게 잘하든? 네 그 고질병까지 고쳐줬어?"

"김주영! 여기 와서 사진 찍어놔. 경찰 오면, 증거로 보여주
게."

예영은 민우를 노려본 채로 주영에게 소리쳤다. 경찰이 올 거
란 걸 알려 그를 쫓아버릴 심사였지만 술 취한 민우는 최소한의
판단력도 없는 듯했다. 그는 건들거리며 예영을 계속해서 능멸
했다.

"그래서 이젠 나무토막처럼 뻣뻣하진 않나 보지?"

"술을 처먹었으면 좋게 집에 가서 잠이나 자."

"하! 좋아 죽겠지? 네 남편 면상에 똥칠하니 좋아 죽겠지,
응?"

"누가 내 남편인데? 웃기지 마. 넌 뭣도 아니야."

"내 밑에서는 나무토막처럼 굴어놓고 저 미국 놈 밑에선 좋다
고 소리 질렀냐?"

핏대를 세우며 민우는 그녀를 더욱 윽박질렀다. 그는 예영이
아니라고 말해주길 내심 기대하고 있었다. 부부였을 때 한 번도
그녀를 만족시켜 주지 못했던 악몽 때문에 오늘 하루 종일 머리
가 터져 버릴 것 같았다. 어머니 현미자가 말했던 모든 정황들
이 사실임이 증명된 지금, 심리적 고통은 더욱 심했다. 모든 여
자들을 전부 다 만족시켜 주었던 자신이 왜 은예영만은 안 되는
지, 생각만 해도 자존심 상하고 모멸감이 일었다. 모든 여자들
을 만족시켜 주는 남편을 아내들이 얼마나 경멸하는지 그는 모
르고 있었다. 경멸하는 남자에게 진심으로 반응하는 여자가 있

을 리 없다는 것도.

"그래. 너보다 훨씬 잘하더라. 왜?"

예영은 두 눈을 똑바로 뜨고 냉소를 머금었다. 리버스와 주영이 듣고 있었지만 개의치 않았다. 지금은 그녀가 그토록 벼르고 별렀던 복수의 시간이니. 통렬한 그녀의 일침에 민우의 얼굴이 일그러졌다. 믿을 수 없다는 듯 고개를 가로저었다.

"말도 안 돼……. 너 정말 저 미국 놈이랑 잤어?!"

"정신 차려, 장민우. 네가 무슨 아라비아 왕자님인 줄 아니? 세상 여자들이 전부 다 네 것으로 보여? 꿈 깨셔. 넌 아무것도 아니야."

"사실대로 말해. 사실대로!"

민우는 예영의 가는 어깨를 거세게 붙들었다. 하지만 예영은 사실대로 말해줄 용의가 전혀 없었다. 예영은 눈 하나 깜짝하지 않고 그를 약올려 주었다.

"경찰에 붙잡히기 전에 꺼지는 게 상책일 걸."

"이, 이…… 더러운 것!"

민우가 예영에게 덤벼들었다. 리버스는 허리 쪽의 극심한 통증으로 정신이 혼미해지는 걸 느끼면서도 세차게 발을 들었다. 예영이 다치는 일은 막아야 했기에 유리 파편이 허벅지 뒤쪽을 뚫는 고통도 아랑곳하지 않았다. 그는 최대한 힘을 실어 장민우의 장딴지를 걷어찼다.

"야, 이 X밥. 은예영은 내 여자니까 껄떡대지 마."

퍽 소리와 함께 놈이 옆으로 꼬꾸라졌다. 넘어지지 않으려고 예영의 옷자락을 붙들었지만 역부족. 그는 넓은 목재 진열장에 부딪치며 비명을 질렀다. 부딪친 허리가 어지간히도 아픈지 민우는 두 손으로 부여잡고 악을 쓰고 있었다. 바닥에서 일어나기가 여의치 않은 리버스는 유리 파편 틈 속에 여전히 앉아 있었다.

퉤, 피가 섞인 피를 바닥에 뱉으며 그는 예영을 향해 팔을 내밀었다. 예영은 냉큼 그의 팔을 붙잡아주었다. 둘 다 휘청거리도록 힘겹게 자리에서 일어난 리버스는 피가 흐르는 손을 느리게 툭툭 턴 후 아파서 헐떡거리고 있는 민우의 멱살을 거머쥐었다.

"내 거라고. 알아들었어?"

말하는 리버스의 말투는 협박 같지도 않았고, 심지어 위협으로 느껴지지도 않을 만큼 가벼웠다. 그래서 더 두렵게 느껴지는 이유는 뭘까. 너무나 일상적이고 너무나 평범한 그의 말투가 민우는 더 섬뜩하게 느껴졌다. 민우가 부러진 것처럼 욱신거리는 허리를 부여잡고 신음했다.

"대답해야지. 응?"

리버스가 다시 물었다. 슬쩍 미소까지 띄우며. 뭐, 이런 자식이 다 있어? 괴물처럼 느껴지자 알코올로 혼미한 민우의 정신이 마구 혼란스러워졌다. 소름이 쫙 끼치고, 그는 저도 모르는 사이에 고개를 끄덕이고 있었다. 뚝, 외국인의 팔에서 피가 떨어진 건 그때였다.

"으아아아~"

바보처럼 입을 벌리고 민우가 뒷걸음질을 치려고 했다. 그도 그럴 것이, 장민우는 혈액공포증이 있었다. 아들을 의사로 만들려는 현미자의 꿈이 좌절된 것도 모두 장민우의 피 거부반응 때문이었다. 보통 상처 따위의 피는 그럭저럭 참지만 줄줄 흐르는 피는 죽어도 못 보는 장민우였다. 그는 옷깃 위로 떨어지는 리버스의 피를 기겁한 얼굴로 바라보며 벌벌 떨었다.

"참깨."

한심한 민우를 떨떠름한 얼굴로 바라보며 리버스는 예영을 불렀다.

"네?"

"손 좀 씻자. 화장실이 어디야?"

그제야 예영은 깨달았다. 리버스의 상처가 보통 수준이 아님을. 손등에 자잘한 유리 파편들이 박혀 있었다. 손바닥이 유리에 베어 찢어졌는지 그 상처에서는 피가 줄줄 흐르고 있었다. 예영은 너무 놀라 입을 벌리며 크게 숨을 들이쉬었다.

"이, 이게 뭐예요? 피가 흐르잖아요!"

"괜찮아. 아프지도 않아."

대수롭지 않은 듯 그가 말했다. 원래 이런 사람인가? 화가 났을 때도, 아플 때도, 너무나 태연하다. 오히려 옆 사람이 기절초풍할 것 같으니 이걸 성격 좋다고 말해야 해, 답답하다고 해야 해?

"병원에 가야겠어요."

단호하게 그녀는 말했다.

"됐다니까. 조금 있다가 가도 돼. 이 자식 경찰서에 끌려가는
거 보고."

"지금 그게 문제예요?"

예영은 리버스의 손에 화장지와 수건을 돌돌 말며 주영에게
소리쳤다.

"주영아, 우리 병원 갔다 올게. 가게 좀 보고 있어."

"네."

휴대폰으로 사진을 마구 찍어대던 주영이 대답했다. 예영은
그의 팔을 어깨에 두르고 옆구리에 팔을 넣어 그를 부축했다.
장민우야 내빼든 경찰에 잡혀가든, 예영에겐 별로 중요하지 않
았다. 지금 중요한 건 리버스였다. 허리를 다쳤는지 걸음을 내
디딜 때마다 얼굴을 찡그리는 걸 보니 예영의 마음이 더욱 답답
해졌다.

"정말 속상해서. 왜 말로 안 하고 주먹다짐이에요? 애들처
럼."

"그 자식이 먼저 덮쳐 왔다고. 난 순식간에 당했어."

"완전 미치광이야. 이건 엄연히 살인미수라고. 어떻게 유리
있는 곳에 사람을 밀어?"

구시렁구시렁 장민우를 욕하더니 예영은 리버스를 돌아보며

물었다.

"머리는 괜찮아요? 안 다쳤어요?"

"괜찮은 것 같아. 아까 하다 만 키스 생각이 간절한 걸 보면."

"지금 이 마당에 농담이 나와요?"

"이 마당이 어떤데? 악당을 묵사발로 만들어놓은 은예영 전사가 나를 부축하고 있잖아. 난 좋은데?"

"못 말려, 진짜."

예영은 리버스의 무한낙천성에 할 말을 잃어버렸다. 남자들은 여자 앞에서 얻어맞을 때 자존심 상하고 수치를 느낀다는데. 리버스는 전혀 그러지 않는 모양이었다. 뭐, 그녀를 여자로 느끼지 않는 것일 수도. 하여간 특이한 남자다, 리버스.

가게 근처에는 이미 많은 사람들이 서서 구경을 하고 있었다. 다들 그와 예영이 가게에서 나오자 길을 터주면서도 쑤군거렸다. 사람이 다치는데 한 명도 들어와 말려주지도 않고 구경만 하고 있었다니. 생각하면 정말 기가 찰 노릇이었다. 택시를 잡기 위해 큰길가로 나오는데도 사람들은 둘의 뒷모습을 보며 쑤군거리고들 있었다. 아마 예영과 리버스, 장민우의 관계를 자기들끼리 추측하며 삼류드라마를 만들고 있을 터였다.

상관없었다. 어차피 이혼녀가 된 순간부터 늘 이런 사람들의 쑥덕거림을 들으며 살아왔었다. 이미 만들어진 수많은 억측에 새로운 억측 하나가 더 덧붙여진 것뿐, 별 의미도 없었다. 그보다 그녀는 리버스가 걱정이었다. 많이 다쳤으면 어떡하나. 그녀 때문에 이렇게 다쳤다는 게 너무나 미안하고 속이 상했다. 안타까움에 저절로 주먹이 꽉 쥐어졌다. 그의 옆구리에 올려놓았던 손에 힘이 들어가자, 리버스가 다급하게 그 손을 감싸 쥐었다.

"나 죽을 것 같아."

"왜, 왜요?"

화들짝 놀라 예영은 몸을 기울이며 그에게 물었다.

"당신 손 때문에 키스 생각이 더욱 간절해지고 있어."

"뭐라고요?"

기가 찬 얼굴로 예영이 되묻자 리버스는 킥킥거리며 웃었다. 장민우에게 맞은 얼굴이 부어오르고 퍼렇게 멍이 올라오는데, 손에는 유리 파편이 박혀 피가 줄줄 흐르는데. 이 마당에 웃고 있다니. 기가 막혔다.

"지금 웃음이 나와요?"

예영은 어이없는 얼굴로 쏘아붙였다. 그는 여전히 웃는 낯으로 말했다.

"그럼 웃지 우나?"

"으휴, 증말. 못살아."

"아까 당신 말 잘~하던데? 그런 용기는 어디서 나오는 거야?"

"당신은 그런 욕 어디서 배웠어요?"

리버스는 차가운 옆구리를 데우는 그녀의 따뜻한 손을 쥐고 피식 웃었다.

"뭐? X밥?"

"으······!"

저질스러운 욕설에 예영은 험상궂은 얼굴로 괴로워했다.

"도대체 누가 그런 말을 가르쳐 줬어요?"

"알면 다쳐."

"외국인한테 그런 나쁜 말을 가르쳐 주다니. 내 참. 어떤 사람인지 정말······."

리버스는 핏 웃으며 턱을 움직여 예영의 정수리를 간질였다.

"그만 하시죠, 참깨 양. 남자들 세계에 대해선 알려고 들지 않는 게 상책이라고."

"다시는 싸우지 마요. 난 주먹으로 싸우는 남자들 보면 정말 짜증이 나. 세상에서 제일 어리석은 사람들이 말로 않고 주먹 먼저 내미는 사람들이라고요. 알아요?"

"오~케이."

"아까도 그래요. 다치면 다친 사람만 손해잖아. 좀 참았더라면 이렇게 심하게 다치는 일은 없었을 거 아니에요. 제발 좀 나서서 싸우지 마요. 알았어요?"

"으흠~"

종알종알 잔소리하는 은예영. 리버스는 기분 좋은 잔소리에 흐뭇한 얼굴로 시기적절한 추임새를 넣으며 걸었다. 행복했다. 다쳤는데, 아픈데, 하나도 아프지 않았다. 그녀의 관심과 걱정을 한 몸에 받게 된 지금이 너무나 감미롭고 기분 좋았다. 아무래도 이 여자한테 사랑받으려면 아파야 하나 보다.

"겁쟁이란 말 들어도 좋으니까 몸 좀 사리고요. 용자라고 추앙받으면 뭐 해요. 아파서 다 죽게 생기면 자기만 손해지. 한 순간 욱한 거 조금만 참으면 되잖아요. 난 남자들 보면 정말 화가나. 자기가 무슨 슈퍼맨이야 뭐야? 난요……."

종알종알 잔소리가 계속 이어졌다. 그는 건성으로 대답해 주며 그녀의 어깨를 더욱 가까이 끌어당겼다.

밤바람이 찼다. 거리는 어둡고 반짝였다. 제 갈 길 바쁜 자동차들과 제법 매서운 칼바람에 부초처럼 흔들리는 예영의 머리카락, 그 위로 부서지는 가로등불.

리버스는 이 순간을 죽을 때까지 기억하리라 마음먹었다. 예영이 계속해서 조잘조잘 잔소리를 하며, 환히 불 밝히고 달려오는 택시 캡을 향해 손을 흔들었다.

"택시!"

*

"내 인생은 완전히 끝장났어."

"끝장이라니요?"

치료 잘 받고 와서 이건 또 무슨 소린가 싶어 예영은 리버스를 돌아보았다. 방문을 열어놓으니 주방에 서 있는 그녀가 고개만 돌려도 그를 볼 수 있었다. 그는 예영이 전복을 다듬는 걸 지켜보며 웃고 있었다. 아까까지만 해도 아파 죽겠다고 절뚝거리며 엄살을 있는 대로 다 부리던 사람 맞는지 의심스러울 정도로 그의 얼굴은 희색만면 희희낙락이었다. 멍자국와 여기 저기 붙여놓은 반창고 자국만 빼면 얼굴도 말짱했다. 그나마 다행이지. 크게 다쳤으면 어쩔 뻔했누. 예영은 몸서리를 치며 머릿속에 떠오른 '만약에?' 화면을 쓱싹 지웠다.

"그 많은 사람들 앞에서 말했잖아. 나랑 잤다고."

한 팔을 머리 뒤로 팔베개하고 침대에 앉은 그는 뭐가 그리 좋은지 히죽거렸다. 붕대로 감은 손은 배 위에 얌전히 올려놓고 역시 붕대 감긴 허벅지는 세워놓고 있었다.

"미안해요, 그건. 처음부터 그렇게까지 말할 생각은 아니었어요. 그땐 너무 화가 나서 입에서 나오는 대로 지껄였어요."

"사과를 한다고 해서 해결될 일이 아니지. 책임져."

"책임이요?"

"남의 인생을 재활용 불가로 만들어놨으니 당연히 책임을 져야지. 안 그래?"

뭔 소리를 하는 거야? 예영은 짜증내지 않으려고 노력하며 두 눈을 부릅떴다.

"리버스 씨, 나 때문에 다친 건 미안해요. 그렇지만 그렇다고 재활용 불가까지는 아니잖아요. 뼈도 성하고 머리도 안 다쳤고, 허리가 크게 다친 줄 알았는데 그것도 아니고. 유리 몇 군데 박힌 것 빼고는 멀쩡한데 무슨 재활용 불가라고."

그가 빙긋 웃으며 두 눈을 크게 떴다. 그녀를 도와주느라 다치기까지 한 사람한테 좀 너무했다 싶어 예영은 한숨을 내쉬며 어깨를 으쓱했다.

"아니 뭐, 그렇다고 안 미안하다는 소린 아니에요. 미안해요, 엄청. 미안하니까 이렇게 손수 출장서비스까지 하고 있는 거잖아요. 장사도 접고."

사실 가게는 어차피 며칠 동안은 문을 닫아야 할 형편이었다. 유리 진열장도 부서졌고 물건들도 다 흩어져 당장은 영업 불가, 내일부터는 일시적인 휴업 상태에 돌입해야 할 상황이었다. 주영과 예영만으로는 하루 이틀 사이에 정리하는 건 아예 불가능했고, 적어도 일주일 이상 문을 닫고 정리 기간을 가져야 하는데, 이참에 인테리어나 바꿔볼까 고심도 되는 예영이다. 인테리어 바꾸면 좋긴 한데, 그러려면 돈이 들어가고, 돈은 없고. 휴— 이래저래 고민만 늘어 머리가 터질 것 같았다.

그나마 다행인 건 장민우가 다시는 그녀의 앞에 나타나지 않겠다고 약속한 거였다. 경찰서에 잡혀 들어간 게 조금은 충격인 듯 그는 합의만 해주면 뭐든 시키는 대로 하겠다며 손이 발이 되게 빌었다. 뜨거운 맛을 보여줬다는 생각에 그녀는 통쾌함마저 느꼈다. 리버스의 치료비에 가게 수리비까지, 받아낼 수 있는 데까지 몽땅 받아낼 수도 있었지만 그녀는 그쯤에서 물러나기로 했다. 돈, 그까짓 것 받아도 그만 안 받아도 그만. 돈 대신 다시는 그녀의 앞에 얼씬거리지 않는다는 각서가 훨씬 더 그녀에겐 간절했다.

리버스는 지갑에 카드 있다며 치료비는 자기가 내겠다고 난리를 쳤다. 하는 수 없이 예영은 그의 카드를 들고 계산하는 척쇼를 할 수밖에 없었다. 물론 진짜 계산은 그녀의 카드로 대신했다. 외국인이라 의료보험이 안 되어 꽤나 많은 금액이 나왔지만, 그에게 진 빚을 생각하면 아무것도 아니라고 그녀는 생각했다. 그가 그녀 때문에 입은 피해가 얼마인가. 또 그녀가 받은 도움은? 그걸 생각하면 이깟 치료비, 백 번도 더 내줄 수 있었다. 그렇게나마 예영은 리버스에 대한 마음의 빚을 몽땅 덜어버리고 싶었다.

"요깟 것 다친 걸 갖고 무슨 재활용? 내 몸은 멀쩡하다고."

"멀쩡하다면서 자리보전하고 누워 있는 건 또 뭐람."

예영은 코웃음을 치며 그를 외면했다. 얼른 전복을 다듬어 죽을 쑤어주어야 했다. 리버스는 치료 받고 집에 돌아온 이후, 지금까지 쌀 한 톨 먹지 못하고 있었다. 턱이 부어 움직일 때마다 통증이 이는 통에 죽을 먹어야 하는 건데, 잠깐 들렀다 오겠다고 나선 경찰서행이 의외로 길어져서 밤 열 시가 되어버린 거였다. 시간이 너무 늦어 미안한 마음에, 그냥 죽집에 전화해서 배달을 시켜주겠다고 했더니 리버스의 대답은 더욱 가관. 그냥 손수 해달란다. 하여튼 그래서 예영은 이 밤중에 전복을 다듬고 있는 거였다.

"이봐, 참깨. 나를 당신의 내연남이라고 만천하에 고해놓고 이제 와서 딴소리할 셈이야? 사람이 책임을 질 줄 알아야지."

"내연남이요?"

이건 또 무슨 벼룩 뒷다리 긁는 소리?

"내연남이 무슨 말인지나 알고 하는 거예요?"

"자는 관계 아니야?"

"뭐라고요? 아니, 그건 또 무슨……! 미쳤어요?"

칼질을 멈추고 예영은 두 눈을 부릅떴다. 정말 이 남자, 기겁할 소리만 골라서 한다.

"그 사이코한테 그렇게 말했잖아. 너보다 훨씬 잘하더라~"

"이봐요!"

예영은 깜짝 놀라 소리쳐 그의 말을 막았다. 이미 지나간 일을 왜 들추고 난리야. 예영은 리버스를 째려보며 신경질적으로 쏘았다.

"입장 난처하게 안 할 테니까 걱정 말아요. 솔직히 내 평판이 떨어지지 당신 평판이 떨어져요?"

"이거 왜 이래. 내 평판 무시해? 나 무진장 화이트한 사람이야."

"흥. 퍽이나 그러시겠네."

예영은 다시 칼질을 시작했다. 머릿속엔 그의 집 안에서 징징 짜던 그의 '친구'를 떠올리고 있었다. 그러고 보니 이곳이군. 이 집 어디에서 그렇게 목 놓아 울었을까?

"하여튼 당신이 날 좀 책임져줘야겠어. 멀쩡한 총각 혼삿길 막아놨으면 그 정도 희생은 치러야지?"

혼삿길? 멀쩡한 총각?

"기가 막혀서 말도 안 나오네."

"기가 왜 막혀? 나 같이 멋진 남자가 어디 있다고. 당신은 완전히 봉 잡은 거야."

"당신 같은 봉 필요 없으니까, 그 봉 좋다는 사람한테나 줘요."

"Oh, bullshit! 한 여자한테 몇 번씩 차이는 거야."

차이긴 또 뭘 차였다고. 하여간 오버하기는.

"진짜 잠이라도 자봤으면 이렇게 억울하지나 않지."

"뭐요?"

"꼴랑 뽀뽀 한 번, 그것도 몇 초 만에 끝났는데 사람들은 날 당신의 내연남으로 생각할 거 아니야."

"내연남이란 말 하지 마요! 그건 불륜 관계에나 쓰는 말이라고요."

예영은 신경질적으로 말하며 그를 째려보았다. 리버스는 그런 그녀가 하나도 무섭지 않은 듯 두 눈을 훌쩍 크게 키우며 어깨를 으쓱했다.

"아, 쏘리. 몰랐어."

"그리고 그 뽀뽀, 그건 내 실수였어요. 앞으론 그런 일 없을 거니까 걱정하지 마세요."

"이런, 이래서 내가 키스 못한 게 후회된다는 거야. 제대로 키스를 했다면 그런 소린 절대 안 나왔을 텐데. 그나저나 우린 어떤 관계지? 내연의 관계가 아니면, 연인 관계?"

"우리가 어떻게 연인이에요?"

예영은 콧구멍을 씰룩거리며 그를 노려봤다. 침대 위에 나른한 자세로 누운 그는 그녀를 놀려먹는 재미에 푹 빠져 있는 듯했다. 배도 안 고픈지 입을 계속 놀리는 그가 예영은 얄미워 죽을 판이었다.

"이참에 아주 연인이 되어보는 건 어때?"

"신소리 마요."

대꾸할 가치도 없다는 듯 고개를 숙이며 그녀는 칼질에 전념했다. 리버스는 그녀의 살짝 굽은 상체와 동그스름한 엉덩이 라인을 눈으로 훑으며 히죽거렸다.

"전에도 말했듯이 당신한텐 남는 장사야. 내 조건, 결코 재벌 2세와 비교해도 빠지지 않는다고."

"정 그렇게 여자가 필요하면 TV를 봐요. 예쁘고 늘씬한 여자들 수두룩하잖아."

"그 여자들은 내 영혼의 짝이 아니니까."

"영혼의 뭐요?"

손질을 끝낸 전복들을 그릇에 담으며 예영은 눈살을 찌푸렸다.

"그런 게 있어. 내 여자의 조건."

"하! 또 자뻑 짓 하고 있네. 당신도 장민우 못지않아. 세상 모든 아가씨들이 막 당신만 보면 사족을 못 쓰는 것 같죠?”

“사실인데 뭘.”

“그럼 난 그 세상 모든 아가씨들 속에서 빼줘요.”

“어차피 당신은 세상 모든 아가씨들과는 달라.”

“네, 네. 이혼녀 아줌마지요.”

고개를 끄덕이며 예영은 찬장을 열어 냄비를 찾았다. 고개를 기웃거리는 예영의 발꿈치가 앙증맞게 솟았다.

“간단하게 싱글이라고 하지?”

“좋아요. 그럼 낡은 싱글.”

“낡은 싱글은 또 뭐야?”

“재혼 대상자는 낡은 싱글, 구태의연한 싱글인 거예요.”

풋, 리버스가 웃음을 터뜨렸다. 정말이지 할 말을 잃게 만드는 여자다. 왜 하는 말마다 귀여워 미치겠지? 낡거나 구태의연하다는 말은 은예영과 전혀 어울리지 않았다. 어울리지 않는 말을 스스로에게 갖다 붙이는 예영은 그의 눈에 예쁘고 사랑스러울 따름이었다.

“당신이 그러면 내가 포기할 거라고 생각해?”

“아직도 포기 안 했어요?”

당연히 포기했을 줄 알았다는 듯 예영은 두 눈을 치떴다. 속으론 이 남자는 대체 뭘 해먹고 사는지 모르겠다고 구시렁거리고 있는 중이었다. 전기밥솥은 한 번도 사용하지 않은 새것이었고 냄비 따위도 죄다 찬장에 진열된 상태 그대로였다. 어딜 봐도 살림 같은 걸 해온 흔적이 보이지 않는 것에 예영은 얼굴을 찌푸려야 했다. 밥은 해먹긴 해먹는 거야? 반찬은?

"나보다 훨씬 괜찮은 남자가 당신 옆에 나타나면, 아주 조금 고려해 보지."

"당신, 생각보다 그렇게 괜찮은 남자 아니거든요."

"내 조건이 어디가 어때서?"

"마약 안 하고 범죄자 아니라는 건, 조건 축에도 안 끼어요. 당연한 거라고요, 한국에선. 그리고 자화자찬하는 것도 그래. 자기가 무슨 국회의원이야? 뭘 그렇게 자랑해? 사기꾼처럼."

"사기꾼?"

사기꾼 소리가 뭐 그리 우스운지 리버스는 낄낄거리기 시작했다. 패배를 시인하듯 자기 손으로 얼굴을 마구 문지르며 고개까지 살래살래 흔들었다.

"당신한테는 사기 칠 필요성도 못 느꼈어. 이거 왜 이래. 그리고 나, 돈도 꽤 많다고. 마약 안 한 것만 자랑한 거 아니란 말이야."

"또 재벌 소리 하려는 거예요? 제발 그만 좀 하시죠, 네?"

"정말인데. 미국에 가봐. 내 이름을 모르는 사람 별로 없을걸? 면세점에 내 이름이 붙어 있는 곰인형도 있다고."

"디자이너가 곰인형도 만드나 보죠?"

예영은 찬장을 닫고 주방 건너편 구석을 기웃거리며 물었다. 쓰레기통을 찾는 중이었다. 이렇게 텅 비어 있는 냉장고는 처음

봤다. 게으른 남자 같으니라고. 분명 어딘가에 라면 봉지들이 나뒹굴고 있을 거야.

"캐릭터에도 관심이 좀 있었거든. 예전에."

"당신 나이에 예전이면, 대체 언제 관심이 있었다는 거야?"

그녀의 혼잣말에 리버스가 대답했다.

"중학교 때. 곰돌이 푸우를 보고 변형을 해보았지. 핑크색 털을 가진 검댕이 푸우."

"검댕이 푸우?"

"얼굴에 검댕을 묻히고 있어."

가만. 핑크색 털을 가지고 얼굴에 시커먼 먼지를 묻히고 있는 곰돌이 인형이라면? 예영은 휙 뒤를 돌아 리버스를 향해 코웃음을 날렸다.

"지금 장난 쳐요? 그거, 우리 가게에 있는 '바비 베어' 잖아요."

작년 미국에서 선풍적인 인기를 끌었던 '바비 베어'는 올해 한국까지 상륙해 꽤 좋은 반응을 보이고 있었다. 미국처럼 선풍을 끄는 정도는 아니지만 아이들 반응은 긍정적이었다. 핑크팬더와 푸우를 결합한 것 같은 짝퉁 분위기는 조금 어설픈 설정이긴 해도 먼지투성이 이미지가 독특함을 더해 한국 십대 초반 어린이들에게 좋은 반응을 얻고 있었다.

"그래. 바로 그거."

"그게 당신이 중학교 때 만든 캐릭터라고요?"

"맞아. 웬 장사꾼이 나더러 그 허접한 걸 상품화하자고 부추기기에 줘버렸지. 그랬더니 정말 만들었더라고. 엉덩이 아래쪽에 내 이름도 적혀 있을걸? 짝퉁이 아니라면."

"거짓말."

믿을 수 없었다. 리버스가 그 곰인형 캐릭터의 디자이너라면 그는 엄청난 돈을 벌었을 것이다. 하지만 그렇게 돈이 많아 보이지도 않는데 뭘. 돈이 많은데 왜 이런 서민아파트에 살고 있으며 냉장고는 왜 이렇게 텅텅 비어 있는가 말이다. 예영은 냉장고 안을 한심하다는 듯 들여다보고 있었다. 아직 열지 않은 라면 세 봉지가 냄비 안에 들어가 있었다. 그 옆에 어디서 많이 본 냄비와 종지와…….

"예소가 찾아왔어요?"

예영은 날카로운 눈으로 리버스를 째려봤다. 죄인 취조하는 눈빛에 기죽지도 않고 리버스는 대수롭지 않은 듯 가벼운 어조로 대답했다.

"어제. 컴퓨터를 좀 봐달라고 부탁하러."

"그것뿐이었어요?"

"그럼 뭐가 더 있을 거란 소리야?"

"예소는 남의 집에 함부로 들락날락하는 애가 아니에요."

"좀 듣기 거북한데. 내가 예소를 잡아먹기라도 했단 말이야?"

"아니, 그렇잖아요. 여길 예소가 왜 와요? 컴퓨터는 우리 집에 있는데."

"찾아왔다고 했지, 안으로 들어왔다고는 안 했어. 내가 당신 집에 가서 컴퓨터를 봐줬다고. 그랬더니 고맙다고 내게 라면이랑 그것들을 줬어. 뭐 잘못됐어?"

긴장했던 마음을 풀며 예영은 한숨을 내쉬었다. 몸도 마음도 모두 예민해져 있어서 별것도 아닌 일에 민감하게 반응하게 되는 것 같았다. 하긴, 오늘 하루는 정말 힘든 일의 연속이었다. 멀쩡하면 그게 더 이상한 일이었다. 예영은 흘러내린 머리카락을 쓸어 올리며 고개를 뒤로 꺾었다. 천장을 바라보고 다시금 한숨을 내쉰 그녀는 퀭한 눈으로 그를 마주했다.

"미안해요. 내가 잠깐 미쳤었나 봐요."

"내가 좀 매력적이긴 한데, 그래도 난 한 우물만 파는 남자야."

농담을 건네는 걸 보니 화가 나진 않은 것 같았다. 다행이다 싶어 예영은 또 한숨을 내쉬었다. 그녀는 무심함을 가장한 채 냉장고 속에 들어 있는 냄비를 꺼내 들었다.

"유혹에도 잘 안 넘어가지."

"아무한테나 넘어가도 상관 안 해요. 대신 유혹하려고 들지만 마요."

"내 유혹 솜씨를 보고도 날 의심하는 거야? 난 서투른 남자야."

"내 보기엔 선수던데 뭘."

"내가 선수였다면 지금쯤 당신, 내 옆에 누워 있어야지."

“뭐요?”

냄비를 씻다 말고 예영은 그를 노려봤다. 저렇게 저질스러운 말을 아무렇지도 않게 하다니! 저러고도 바람둥이가 아니요, 선수가 아니라는 거야?

“유혹 당해본 적은 많아도 유혹을 직접 해본 적은, 나도 별로 없다고.”

“내가 처음이다, 뭐 이런 소릴 하려거든 누워 잠이나 자요.”

“그럼 두 번째라고 하지 뭐. 처음은 아니고.”

“입 닥치시고 편히 주무세요.”

예영은 싱긋 웃으며 그의 말을 한껏 무시해 주었다. 그의 수려한 외모와 재력을 보건대 절대 그의 말은 진실이 될 수 없었다. 여자를 유혹해 본 적이 없다니, 지금 장난해?

“좋아. 뭐, 정 그렇다면 잠이나 자야겠군.”

“…….”

벅벅 수세미질을 하며 예영은 그의 낮고 은밀한 목소리를 무시하려 애를 썼다.

“남들은 내 옆에 당신도 함께 누울 거라고 생각하겠지만…….”

휙, 예영이 거센 기세로 고개를 돌려 그를 쏘아봤다. 그는 그녀의 표독한 시선에도 아랑곳 않고 몸을 쭉 뻗으며 깐죽거렸다.

“내가 이렇게 외롭고 홀대 받는 것도 물론 모르겠지만.”

“입 좀 그만 다물어요.”

“꿈속에서 보자고.”

“리버스!”

“죽 다 되면 깨워.”

이불이 쑥 올라와 그의 얼굴을 덮었다. 정말 어찌나 얄미운지. 예영은 기가 탁 막힌 표정으로 이부자리를 물끄러미 바라보았다. 그 입은 지치지도 않는지 나불나불, 정말 두손두발 다 들게 생겼지 뭔가. 그가 자기 때문에 다쳐서 손과 다리에 붕대까지 감고 있는 마당이니 소리 지르고 짜증 부릴 수도 없고, 예영은 눈알을 위아래로 굴리며 한숨을 내쉴 뿐이었다. 어찌 됐든 그가 옆에 있어주었던 덕분에 그녀가 무사한 거 아니겠는가.

그녀가 아는 장민우는 별로 간이 큰 남자가 아닌지라, 그다지 위협적인 행동을 못했을 게 뻔하지만 그래도 남자는 남자였다. 그것도 미친 남자. 리버스가 옆에 있었고 경찰을 불렀다고 위협을 했는데도 그 난동을 피웠는데, 만약 그녀 혼자 맞섰더라면 어땠겠는가. 술 취해 눈에 뵈는 거 없던 장민우가 무슨 짓을 저질렀을지 모를 일이었다. 예영은 이불을 뒤집어쓴 리버스를 다시 돌아보았다.

정말 저 남자는 그녀와 진지하게 만나려는 걸까? 왜? 어떻게? 그에게 은예영이란 여자는 어떤 존재이지? 사랑? 아니면 휴가를 흥미롭게 보내기 위한 일회용 도구?

“휴!”

한숨이 절로 나왔다. 모든 게 뿌예서 답답했다. 현실성 없는 남자한테 얽매어 이게 웬 헛짓인지. 그가 그녀에게 사랑한다고 매달려도, 그녀는 그를 밀어내야 했다. 왜냐하면 그는 그녀가 바라는 모범적이고 조용한 가장의 표본이 아니니까. 무조건적으로 그는 노땡큐여야 했다. 이런 고민조차 하면 안 될 대상인 것이다. 그런데도 이렇게 흔들리고 있으니, 키스까지 해가면서…….

─그녀를 뺏겠습니다. 정말 죽겠습니다~

벨소리가 들린 건 그때였다. 딴 생각에 빠져 있던 그녀는 화들짝 놀라며 주머니를 더듬었다. 청바지 주머니에 핸드폰이 시끌시끌 소리를 내고 있었다. 예영은 전화기를 꺼내 액정을 보았다. 어쩐지 굉장히 낯익은 번호라는 생각을 하며 그녀는 폴더 뚜껑을 열었다.

"여보세요?"

[…….]

리버스의 손이 쑥 나와 얼굴을 덮고 있던 이불을 빠르게 걷었다. 밤 열 시가 넘은 이 시간에 누가 예영에게 전화를 걸어오는 거지? 예소인가? 그녀라면 전화보다는 직접 찾아왔을 텐데. 리버스는 미간을 가운데로 모으고 예영의 대화내용에 귀를 쫑긋 세웠다.

"여보세요. 누구세요? 말씀하세요."

[나다. 이 개XX아.]

입에 담지도 못할 상욕이 수화기 너머로 들려왔다. 예영은 일

순 긴장하며 헉, 숨을 들이쉬었다. 이 목소리는 장민우, 그놈 목
소리였다.

"너, 너 왜 전화했어?"

대답하는 예영의 목소리가 저절로 떨려왔다.

[아까 하려다 잊어버리고 못한 말이 있어서.]

"돌았어? 너 아까 각서까지 썼잖아! 내 앞에 절대 나타나지
않기로!"

[나타나지 않겠다고 했지 전화도 하지 않겠다고 한 건 아니잖
아.]

"뭐라고?"

[너, 아주 깜찍해졌더라. 나랑 우리 엄마한테도 감쪽같이 거
짓말하고.]

"무슨 소리야?"

[아까 경찰서에서 들어보니까 그 외국인, 너희 아파트 주민이
라며?]

"……."

[너 날 엿 먹이려고 거짓말했지? 쇼한 거였어, 내 앞에서 너
희 둘.]

"아니야."

[아니긴 젠장. 너 같은 나무토막이 어쩐 일인가 했다. 기가 막
혀서.]

"아니라니까!"

리버스는 눈살을 찌푸리며 침대에서 나왔다. 한쪽 다리를 살짝 절면서 그는 예영의 옆으로 다가갔다. 전남편의 전화라는 게 너무나 확연해 확인해 볼 필요조차 못 느꼈다. 대체 어떻게 된 일이지? 그녀를 더 이상 괴롭히지 않겠다고 약속했다 하지 않았던가? 예영은 부르르 손을 떨며 소리를 지르고 있었다.

"참깨. 왜 그래?"

"시끄러워!"

거친 예영의 반응에 리버스는 얼굴을 찌푸렸다. 뭔가 상당히 잘못되어 가고 있음을 리버스는 느끼고 있었다. 예영은 두 눈에 힘을 잔뜩 주고는 이를 악물고 있었다.

"네가 무슨 자격으로 아기 얘길 하는 거야……."

[왜? 내가 뭐 잘못 말한 거 있어? 너 같은 애랑 결혼해서 애까지 만들었으니, 당연히 내가 대단한 거지. 네 주제에 나 아니었으면 애를 가질 수나 있었겠냐? 나무토막.]

"내 주제?"

눈에 눈물이 고이기 시작했다. 울분이 쌓이고 쌓이고 또 쌓이고, 피가 거꾸로 솟구쳐 예영의 눈엔 핏발마저 서렸다. 예영은 가까이 다가오는 리버스의 존재를 느끼며 이를 더욱 악물었다. 똑똑히 보여주고 말겠다, 장민우. 두고 보라고.

[그래. 네 주제.]

그의 비웃음을 들으며 예영은 냉소했다.

"기다려. 내 주제가 어떤 주제인지 똑똑히 보여줄게."

그녀는 대답도 기다리지 않고 전화를 끊었다.

"괜찮아? 전남편이야?"

리버스가 아주 가까이 다가와 그녀의 등 뒤에 서 있었다. 그녀를 만지지는 않았지만 근심 어린 목소리는 그녀의 상태를 걱정하는 기색이 역력했다. 예영은 꿀꺽, 필사의 각오가 담긴 침을 삼키고는 결연한 표정으로 그를 돌아보았다.

"무슨 일이야?"

그가 물었다. 예영은 눈물이 가득 고인 두 눈을 커다랗게 뜨고는 이를 부득 갈았다. 그리고 말했다.

"나랑 자러 가요."

“**당**신이 말한 '자러 가자' 라는 게 이런 건 줄 알았다면, 난 가겠다고 절대 안 했을 거야.”

예영의 부축을 받으며 택시에서 내리는 리버스가 인상을 제대로 구기며 투덜거렸다. 붕대로 감아놓은 허벅지 뒤쪽 상처가 벌어질 듯 당겨와 조심하려니 몸이 말을 안 들었다. 여자한테 부축을 받을 정도의 상황이라니, 젠장! 욕설이 절로 나왔다.

“당신 힘든 거 나도 알아요. 아니까 이제 좀 그만 할래요?”

리버스는 뿌루퉁한 얼굴로 중얼거렸다.

“아니, 당신은 몰라. 당신은 온몸이 욱신거리지 않잖아.”

“온몸은 무슨 온몸이라고 엄살이에요? 겨우 넓적다리 한쪽에 손등 하나면서."

"그게 겨우라고?"

균형이 흐트러져 한쪽 다리를 들고 콩콩 뛰며 그가 물었다. 예영은 그의 팔을 놓아주며 못마땅한 얼굴로 그의 뒷모습을 노려보았다. 그렇게 힘들면 하지를 말든지. 왜 한다고 해놓고 죽겠다 엄살인지, 원.

"그럼 다시 돌아가요."

"뭐?"

리버스가 뒤를 돌아보았다.

"아파서 죽겠다면서요. 다시 그냥 돌아가라고요."

"나 혼자? 당신은?"

"일을 마무리를 지어야죠. 어떻게 한 결심인데."

예영은 자신의 옷차림을 한번 내려다보고는 두 손을 짠, 옆으로 펼쳐 보였다. 목이 V자로 깊게 파인 원피스에 핸드백, 힐까지 세트로 차려입은 그녀는 아줌마 티가 확 벗겨지면서 꽤 근사해 보였다. 비록 비싼 명품은 아니어도 동네 보세옷치고는 꽤 단가 있는 옷이었다. 한 번 입고 장롱에 처박아놓을 게 뻔한 이런 클래식정장을 제값 주고 샀다는 게 마음에 걸리긴 하지만 예영은 아주 큰마음먹고 쫙~ 카드를 긁어버렸다. 장민우를 처단하는 일에 꼭 필요하다면야 이것쯤 대수랴 싶어서.

"대타가 있었단 말이야?"

리버스는 예영의 옷차림을 위아래로 훑어보며 퉁명스럽게 물었다. 위에서부터 아래까지 쫙 검은 색으로 치장한 예영은 군침이 질질 흐를 정도로 섹시했다. 검은색이 저렇게 잘 어울릴 줄이야.

"대타가 있으면 구하겠어요? 없으니까 구하겠다는 거지."

"다행이네. 가자고."

리버스는 절뚝거리며 곧장 걷기 시작했다. 똑똑똑, 앙증맞은 구두 소리가 그의 뒤를 따라붙었다.

"뭐가 다행이에요? 어딜 가자는 거예요? 저 안으로 들어가겠다는 거예요? 그럼 같이 가주겠다는 뜻이에요? 아프다면서요. 그 몸으로 해도 되겠어요?"

"한 번에 한 번씩 질문해. 대답하기 힘들어."

"할 수 있겠냐고요."

"어차피 내 역할은 가만히 서 있는 거잖아. 딱히 할 것도 없는데 뭘. 정말 잘 것도 아니면서. 가만!"

중얼중얼 뭐라 혼잣말을 씨부렁거리더니 갑자기 리버스는 걸음을 멈추었다. 획, 몸을 돌려 예영을 보더니 그는 눈살을 찌푸리며 물었다.

"당신, 혹시 그래서 나더러 가자고 했던 거 아니야?"

"뭐가 그래서예요?"

예영은 자리에 우뚝 서며 어리둥절한 눈으로 그를 올려다봤다.

"내 몸이 불편해서 말이야. 당신을 절대로 덮칠 수 없다는 걸 안 거지.”

“멀쩡한 몸이었대도 날 덮치지 않을 거잖아요, 당신은.”

“그렇게 생각해?”

“네.”

순진한 눈으로 천연덕스럽게 대답하는 은예영이라니. 대체 예영은 리버스를 뭐로 아는 걸까? 예수? 성인군자? 오, 갓~! 그나마 그녀가 그를 깊이 신뢰하고 있다는 것으로 위안을 삼아야 할 판이로다.

“고맙군.”

전혀 고맙지 않은 듯 심드렁한 어조로 그가 대답했다.

“뭘요.”

그녀가 대답했지만 리버스는 여전히 억울한 기분이었다. 대체 이 미친 짓을 왜 하겠다고 했을까? 정말 발등을 찧고 싶었다. 물론, 장민우가 프런트 직원으로 근무하고 있는 호텔에 예영과 함께 나타나서 체크인을 하는 것까지는 확실히 흥미로운 계획이었다. 솔직히 장민우의 약을 올릴 수 있다는 사실에 잔뜩 고무되어 생각 없이 승낙한 것도 사실이었다. 하지만 예영과 하룻밤을 지내야 한다는 건 그에게는 무진장 심각한 난제였다.

예영은 민우에게 본때를 보여주겠다며 복수의 칼날을 갈고 있었다. 민우에게 리버스와 나란히 호텔로 들어가는 모습을 보여줌으로서 ‘네깟 것 잊은 지 오래다’는 걸 똑똑히 보여주고 싶었다고 그녀는 말했다. 문제는 그거였다. ‘호텔in’이 그냥 보여주기 위한 전시행동이라는 거. 정말 리버스와 '자고' 싶었던 게 아닌 거다. 고로 리버스는 예영과 호텔방에서 두 눈 멀뚱멀뚱 뜨고 하룻밤을 지내고 나와야 했다.

이런 걸 바로 엿 같은 경우라고 하겠지. 예영과 호텔 객실에 묵기로 한 건 지금까지 그가 결정해 왔던 모든 일들 중 가장 큰 실수였다. 저렇게 예뻐주시니 온몸이 욱신거리지 않을 수가 있나.

"가자고."

리버스는 한쪽 팔을 내밀며 예영을 돌아보았다. 예영은 표정 관리 차원에서 씩 웃으며 그의 팔에 자신의 팔을 꿰고는 큼, 목청을 가누었다. 장민우 앞에서 떨거나 실수를 하지 않기 위해 마음의 각오를 단단히 하는 거였다.

"그런데 왜 검은색 옷을 입었어?"

막 호텔 입구 쪽을 향해 걷기 시작할 무렵 리버스가 물어왔다.

"왜요? 이상해요?"

"아니, 멋지긴 해."

그의 눈에 뭔들 안 예뻐 보이랴. 모델이 은예영인데.

"그런데 내 말은, 좀 더 화려하게 보여야 할 것 같아서. 왠지 그래야 할 것 같지 않아?"

"일종의 의식이라고 보면 돼요."

"의식?"

"사망신고를 하는 거죠. 장민우, 넌 죽었어, 뭐 이런 사인. 내게 넌 이미 죽은 사람이나 마찬가지다, 뭐 그런 의미예요."

"지금까진 살아 있었고?"

"죽어 있었지만, 그 사이코가 살아 있다고 생각하는 게 문제잖아요."

"그래서 이렇게 미망인처럼 하고 온 거로군."

"꼭 그런 건 아니지만, 굳이 의미를 붙이자면 그렇다는 거예요."

"의미가 어떻든, 당신 오늘 끝내줘."

리버스가 예영을 곁눈질하며 씩 웃었다. 예영은 마주 보며 히죽 웃어주었다.

"고마워요. 당신도 그 멍 자국들만 빼면 죽여주게 멋있어요."

지금까지 늘 청바지에 스웨터, 스포티한 재킷 차림의 모습만 보다가 넥타이를 맨 정장 차림의 그를 보니 새삼스러웠다. 머리카락도 검어진 데다가 하얀 와이셔츠에 검은 넥타이를 걸어놓으니 비틀즈룩을 코디해 입은 모델을 보는 기분이었다. 처음 보는 순간, 슬쩍 방정맞게 가슴이 뛰었다는 걸 예영은 인정했다. 멋지니까. 멋진 사람 보고 가슴이 뛰는 건, 여자로서 당연한 반응이었다.

"어때? 좀 반항적으로 보이나?"

리버스는 목을 위로 쭉 빼고 손으로 자신의 턱을 쓰다듬으며 거들먹거렸다. 으이구, 저 자뻑기는 대체 언제 사라질까.

“불량청소년 같아요. 부모님 말 안 듣고 싸움질한, 질풍노도 사춘기 소년.”

“동안이라고 해주면 어디가 덧나?”

“네, 네, 동안입니다. 리버스 씨.”

예영은 고개를 끄덕거리며 건성으로 대답했다.

“엎드려 절 받기군.”

“그 반창고는 그냥 떼고 올 걸 그랬나? 민우 씨가 당신 보고 괜히 우쭐해할까 걱정이에요.”

“그건 걱정 마. 결국 우는 자는 그 사이코가 될 테니까.”

어느새 그들은 호텔 입구를 지나 로비로 들어섰다. 프런트 쪽으로 고개를 기웃거려 보니 짙푸른 남색제복 둘이 눈에 들어왔다. 한 명은 여직원이었고 다른 한 명은 남직원이었다. 고개를 숙이고 있는 남직원은 몸집이나 키가 딱 민우였다. 하지만 고개를 숙이고 있는 통에 얼굴을 확인할 수가 없었다.

‘고개 들어. 들어서 날 봐. 똑똑히 날 보란 말이야!’

예영은 최면을 걸듯 놈을 뚫어져라 바라보며 숨을 커다랗게 들이쉬었다. 긴장을 하니 체온이 급격히 떨어지는 것 같았다. 손발이 차가워지고 온몸이 떨려오는 것만 같았다. 그녀의 극심한 긴장감을 느꼈는지 리버스의 손이 예영의 어깨를 가볍게 둘렀다. 그의 손은 따뜻하고 단단했다. 마치 갑옷을 두른 듯 순식간에 용기가 생겼다.

“어서 오십시오. 무엇을 도와드릴까요?”

여직원이 환한 미소로 고개를 숙이며 인사를 해왔다. 동시에 장민우라는 이름표를 달고 있던 직원의 고개도 들어졌다. 손님이 찾아왔다는 걸 감지한 그의 얼굴에 기계적인 미소가 떠올랐다. 물론 예영과 리버스의 얼굴을 보자마자 그 미소는 단박에 얼어붙었다. 너희들이 여기 어쩐 일이냐는 듯, 두 눈에 서슬 퍼런 분기가 떠올라 왔다.

"방 주세요."

예영은 투박하고 거칠게 중얼거렸다. 세련되게 돌려 말해야 하는 분위기라는 건 알았지만, 지금 그게 문제냐.

"예? 아, 예……. 하나요?"

조금 당황한 듯 말을 더듬는 여직원은 리버스와 예영을 번갈아 보았다. 예영은 터프하고 씩씩하게 다분히 저돌적으로 대답했다.

"하나요. 제일 좋은 곳으로 주세요."

"스위트룸, 베이비."

리버스는 꿀처럼 달콤한 목소리로 예영에게 말을 건네며 예영의 어깨를 감싸고 있던 손바닥을 부드럽고 느리게 문질렀다. 예영이 너무 서두르고 있었다. 음식도 급하게 먹으면 체하듯이 일에 있어서도 너무 서두르다 보면 실수를 하게 마련이었다. 리버스는 어깨에 있던 손바닥을 천천히 이동해 그녀의 옆구리를 보듬었다. 품 안에 쏙 안겨오는 그녀는 여전히 긴장해 있는 듯 딱딱했다. 워워! 미스 참깨, 차분히 풀자고. 차분히. 저 사이코를 박살낼 시간은 충분해.

"아…… 예……. 잠시만요."

여직원은 얼굴이 화끈거리는지 서둘러 고개를 숙였다. 일을 막 처리하려는 그녀에게 슈퍼바이저인 장민우 실장이 구원의 손길을 뻗었다.

"김은수 씨, 여긴 내가 맡지."

"예?"

귀가 번쩍 뜨여 은수는 고개를 휙 들었다. 조심스럽지 못한 행동에 장민우는 눈살을 찌푸렸다. 빨리 사라지라는 무언의 압력에 잔뜩 기가 죽어 여직원이 뒤꽁무니를 살짝 빼며 퇴장했다. 한심한 신입사원을 바라보며 민우는 이를 드러냈다.

당장 달려들어 은예영의 목을 졸라 버리고 싶었지만 보는 눈이 많은 일터에서 그럴 수는 없는 일이었고, 그는 속이 부글부글 끓어 폭발하기 일보 직전이었다. 민우는 프런트 데스크 건너편에 서 있는 전 부인을 향해 매서운 눈총을 쏟아 부었다.

"너희 뭐야? 이게 뭐 하는 짓이야?"

"뭐 하는 짓인지 몰라서 물어? 방 달라잖아. 하나 줘. 스위트룸으로."

예영은 앙큼하게도 그의 약을 바짝 올리고 있었다. 민우는 예영과 외국인을 살벌하게 노려보았다. 둘은 어디선가 실컷 데이트를 즐기고 온 듯 잘 차려입은 모습이었다. 쇄골이 드러나도록 깊게 파인 예영의 원피스는 가슴과 허리 라인이 적나라하게 드

러나 있었다. 민우가 기억하고 있는 한, 이런 옷을 입은 예영은
처음이었다. 늘 청바지에 고등학생들이나 입을 법한 티셔츠와
남방 차림을 하던 그녀였다. 그런 그녀의 가슴 바로 밑에는 남
자의 커다란 손이 마치 소유권을 자랑하듯 당당하게 자리하고
있었다. 불끈 화가 솟구쳤다.

"뭐 하게? 호텔방에서 무슨 짓을 하려고?"

"그걸 일개 직원한테 일일이 다 말해야 되니?"

"흥! 너, 이런다고 내가 속을 것 같지? 웃기지 마. 너희 둘, 아
무 사이도 아닌 거 다 알아. 나한테 뭔가를 보여주려고 일부러
납신 것 같은데, 그래 봤자 내 눈엔 다 보여."

"방 줄 거니, 말 거니?"

"……!"

분한 듯 민우는 숨을 거칠게 쉬었다. 열이 오를 대로 오르는
데 분출할 데는 없고 미치고 환장하겠다는 표정이다. 앞머리를
훌러덩 뒤로 넘기며 숨을 가쁘게 내쉬는 민우를 향해 예영은 회
심의 미소를 지었다. 말로는 리버스와 예영의 사이를 안 믿는다
면서 아무렇지도 않는 척하고 있지만, 속으론 엄청 동요하고 있
는 게 눈에 읽혔다. 누구든 자기 발밑에 무릎 꿇리고 싶어하는
유치한 자식이니, 지금 당장 예영을 윽박질러 자기가 원하는 대
답을 얻어내고 싶을 것이다.

"빨리 방 줘. 우리 급하니까."

"뭐가 급하다는 거야?"

짐승처럼 민우가 으르렁거렸다. 그의 눈은 예영의 가슴 언저리에 있는 리버스의 손을 째려보고 있었다. 눈치백단 리버스는 자신의 손을 위아래로 움직이며 민우의 열을 더욱 뻗히게 했다. 연기라는 걸 알면서도 예영의 등줄기로 짜릿한 감각이 몰려들었다. 얼굴이 상기되는 걸 느끼며 예영은 나른하게 움직이는 그의 손을 서둘러 붙잡았다. 그리곤 가슴을 크게 들썩이며 리버스를 올려다보았다. 최대한, 나른하고 섹시한 미소를 지으면서.

"보채지 마요."

Oh, God. 리버스는 불끈거리는 몸 안의 혈류들을 다스리기 위해 숨을 멈추어야 했다. 그녀의 미소는 정말 달콤했다. 눈에 콩깍지가 단단히 씐 리버스이니 예영이 뭘 해도 예뻐 보이겠지만 이건 달랐다. 작정하고 유혹적인 미소를 지으니 리버스의 심장은 거의 후물후물 녹아버릴 지경이었다. 다시는 이런 옷을 입히지 말아야겠군. 이러다 남자가 파리 떼처럼 꼬여들게 생겼잖아. 아니나 다를까, 민우의 눈에 불똥이 튀었다.

"이 자식 게이지?"

민우가 말했다. 즉시 리버스의 눈이 훌쩍 커졌다.

"오, 이럴 수가. 생각만 해도 끔찍하네."

리버스가 장난스럽게 중얼거리자 예영이 그의 옆구리를 몸으로 슬쩍 건드리며 말했다.

"대답하지 마요, 리버스. 대답할 가치도 없어요."

"너희 둘, 아니야. 절대 그런 사이 아니야. 맞잖아."

장민우가 다시금 우겨대자 예영은 콧방귀를 끼며 썩소를 날렸다.

"그만 해. 당신이랑 상대하고 있을 시간 없어. 방 줄 거야, 말 거야?"

"못 줘."

장민우는 이를 갈며 눈을 치뜨고 있었다. 리버스는 히죽거리며 농지기를 중얼거렸다.

"이 호텔은 손님 대접이 영 꽝이군."

"좋아. 그럼 지배인을 부를게."

예영은 자신의 담대함에 속으로 놀라고 있었다. 예전 같았으면 꿈도 못 꿀 일을 지금 그녀는 하고 있었다. 그것도 아주 잘하고 있었다. 장민우의 당황하고 일그러진 얼굴을 보니 쾌감이 밀려왔다. 잘생긴 낯짝 위로 추하고 더러운 실체가 드러났고, 그 실체마저 전전긍긍 초조한 모습이었다.

"너 정말 이럴 거야? 가. 다른 호텔로 가라고. 왜 여기까지 와서 지랄이야?"

"자기야, 안 되겠다. 지배인 부르자."

예영은 리버스의 팔을 두 팔로 휘감으며 서슴없이 그의 몸에 자신의 몸을 붙였다. 대담한 그녀의 행동에 리버스도 놀란 듯 펄쩍 뛰었다. 물론 너무나 미약한 움직임이라 민우는 알아채지도 못한 것 같았다. 그는 두 사람보다는 방금 나타나 이쪽으로 다가오고 있는 지배인의 표정에 더 관심을 쏟고 있었다. 머리를

올백으로 넘긴 말상의 지배인이 수상쩍다는 듯 프런트 쪽으로
걸어오고 있었다.

"야!"

민우는 예영을 다급하게 불렀다. 속삭이듯 소리를 죽여 불렀
으나 당황한 빛은 역력했다.

"준다, 줘."

분한 듯 그는 어디선가 열쇠를 꺼내 들고 와 거의 던지듯 데
스크에 내려놓았다. 예영은 새침하게 열쇠를 챙기고는 휙, 리버
스에게로 몸을 돌렸다. 그의 넓은 어깨가 순식간에 그녀의 몸을
에워쌌다. 그의 품 안에 쏙 들어가는 예영을 보며 민우는 주먹
을 덜덜 떨었다.

분하고, 분하고 또 분했다. 마치 길 가다가 강도에게 물건을
강탈당한 듯한 기분이랄까. 분하고 허탈하고 속도 상했다. 꼭
붙어서 엘리베이터를 향해 걷는 두 남녀의 폼은 척 보기에도 심
상치 않아 보였다. 오늘밤 둘이 묵는 호텔방에서 무슨 일이 생
길지는 안 봐도 짐작이 가능했다. 속이 쓰라렸다. 원래부터 남
잘 되는 꼴은 죽어도 못 보는 체질의 그는 한 번 열 받으면 위염
이 심하게 도지는 스타일이었다. 위산과다로 뱃가죽까지 고통
이 밀려오자 민우는 이를 악물었다.

"흥. 놈팡이자식일 거야. 겉만 번드르르한 놈이 분명하다고."

그렇게라도 생각해야지, 안 그러면 그는 속 쓰려 죽을 거다.
민우는 의심을 멈추고 다른 곳으로 사라지는 지배인을 바라보

며 데스크 밑 서랍을 뒤졌다. 겔포스라도 먹어야 살 것 같다는 생각을 하는 중이었다.

그가 상체를 수그리고 서랍을 뒤지는 그 순간, LS그룹의 부사장 김선욱의 최인욱 비서가 후다닥 바람처럼 카운터 앞을 지나갔다. 그는 예영과 리버스가 서 있는 엘리베이터 앞을 향해 전속력으로 뛰어갔다. 리버스와 서 있는 검은 드레스의 여자가 누구인지 두 눈으로 확인을 해야 했기 때문이다.

"잠깐만요!"

고개를 돌린 여자는 낯선 여자였다. 최인욱은 거친 숨을 몰아쉬며 가슴을 쓸었다. 그는 자신을 이상한 눈으로 바라보는 여자와 리버스를 향해 한 손을 들어 미안하다는 표시를 하고 허리를 아래로 굽혔다. 리버스와 호텔로 들어가는 여자가 봉리나가 아니라니, 이 얼마나 반가운 일인가. 그는 가쁜 숨을 진정시키느라 거세게 숨을 쉬며 전화기를 꺼내 들었다. 김 부사장한테 보고하기 위해서였다.

"접니다, 부사장님."

"짜잔~"

"와~ 아아~!"

숨을 들이쉬며 예영은 감탄사를 연발 내뱉었다. 호텔에서 제일 비싸다는 스위트룸의 내부는 정말이지 그녀가 상상도 하지 못했던 화려함, 그 자체였다. 고급스러운 크림색과 커피색으로 치장된 방은 엄밀히 말해서 방이 아니었다.

"도대체 이게 몇 평이야?"

쿡, 옆에 서 있던 리버스가 웃음을 터뜨렸다. 아줌마 기질은 어쩔 수 없는 건가. 이렇게 로맨틱한 분위기에서 겨우 한다는 소리가 '몇 평이냐?' 니. 하지만 예영도 어쩔 수가 없었다. 이 넓은 공간이 죄다 한 사람을 위한 거라고 생각하니 너무 놀라 턱이 다 빠질 것 같았다.

"이, 이거 죄다 수입 대리석이겠죠?"

안쪽 깊숙이까지 이어진 방—복도라고 표현하는 게 더 정확한— 안으로 빠르게 걸어가며 그녀가 물었다. 리버스는 웃음이 터지는 걸 참으며 천천히 그녀의 뒤를 따랐다. 나이를 서른이나 먹어놓고서 호텔 처음 와본 어린애처럼 구는 예영이 귀엽기 한량없었다.

"세상에! 이게 다 얼마야?"

"하루 숙박비가 얼만데, 이 정도는 기본이지."

"수, 숙박비?"

갑자기 예영이 걸음을 멈추었다. 그러더니 휙, 거센 동작으로 뒤를 돌아 리버스를 보았다. 그녀의 눈동자는 디즈니만화 캐릭터들처럼 커다래져 있었다. 또 뭐지? 그녀의 입에서 또 무슨 얘기가 나올지 내심 궁금해하며 리버스는 두 눈을 씰룩거렸다. 소리 없이 입모양으로만 '왜?' 냐고 물으면서.

"리버스, 나 미쳤나 봐요."

"또 무슨 일인데?"

그녀의 반응을 즐기기 위해 리버스는 일부러 진지하게 물었다.

"숙박비는 생각도 하지 않은 거 있죠. 장민우 그 인간 때문에 이 많은 돈을 쓰다니 미친 게 틀림없어요, 나."

"덕분에 자존심은 살았잖아."

"자존심이 밥 먹여줘요? 이, 이, 이 방을 보라고요. 하룻밤에 백만 원은 더 나오겠다."

"당신이 제일 비싼 방으로 달라고 했잖아."

"그러니까 내가 미쳤었나 보다고 하죠. 나, 지금 가서 방 바꿔 달라고 할까요?"

"오, 제발."

리버스는 고개를 가로저으며 그녀를 말렸다. 하지만 예영은 만 원짜리 지폐들이 그녀를 향해 바이바이를 외치며 손을 흔드는 환영을 목격하고 있었다. 몇 개월분 생활비를 통째로 날리게 생겼으니, 이걸 어째! 두 번째로 비싼 걸로 달라고 할 걸! 겨우 호텔방 주제에 뭐가 이렇게 뻑적지근해. 하룻밤 자고 일어나면 비워줘야 될 방에 이렇게 큰돈을 쓰는 작자들이 있긴 있는 거야?

'있잖아. 너.'

아이고~ 앓는 소리가 절로 나왔다. 장민우에게 복수하겠다는 일념으로 미친 짓을 한 거였다. 다시 내려가서 방을 바꿔달라고 한다면 웃음거리만 될 게 뻔하고, 이제 몇 달 동안 손가락만 빨고 있어야겠다고 생각하니 한숨이 절로 나왔다. 장민우 그 인간이랑 엮이면 되는 일이 없어, 하여간. 이제 어쩌지?

"진정해, 참깨."

"가슴이 벌렁벌렁해서 진정이 안 돼요. 내가 지금 무슨 짓을 해버린 거야. 그 자식한테 복수한답시고 쓸데없는 돈을 펑펑 쓰고 있다니."

예영은 이마와 허리에 손을 얹고 혼잣말을 중얼거렸다. 혼이 쑥 나가 버린 모습이었다. 리버스는 웃는 낯으로 한숨을 내쉬었다. 이거 웃어야 돼, 울어야 돼?

"할부가 있잖아, 참깨. 할부로 끊으면 부담이 덜할 거야."

"호텔비만 있는 게 아니니까 그렇죠. 이 옷도 카드로 긁었고, 당신 병원비도 너무 많이 나와서 육 개월 할부로 긁었다고요."

"내 병원비?"

리버스의 웃는 얼굴이 단박에 굳었다. 예영은 두 팔을 내밀며 열변을 토하던 동작을 딱 멈추고 입을 뜨악 벌렸다. 너무 흥분한 나머지, 리버스에게 하지 말아야 할 말을 해버리고 만 거였다. 그의 카드로 병원비를 계산한 걸로 알고 있던 리버스는 역시나, 험악하게 얼굴을 일그러뜨렸다.

"당신, 뭐야? 그러니까 내 병원비를 당신이 대신 냈다 이거야?"

"어, 어……."

예영은 눈동자만 옆으로 굴려 리버스의 시선을 피했다.

"내가 준 카드는? 계산할 때 가져갔잖아."

"음…… 그건 그냥……."

"가져갔다가 고대로 다시 가져왔군. 계산은 당신 카드로 하고."

"미, 미안해서요. 나 때문에 다친 거잖아요."

"의료보험 안 돼서 병원비가 엄청 많이 나왔다며."

"그래서 육 개월 할부로……."

"좋아. 그럼 얘기 끝이네. 호텔비는 내가 내지."

리버스는 한 손을 휙 휘두르며 결론을 내렸다. 그리곤 예영을 지나쳐 안으로 들어갔다. 재킷을 벗는 그의 뒷모습을 보며 예영은 턱, 입을 다물었다. 저, 저 남자 저거 뭐 하는 액션이야? 옷은 왜 벗는 거야?

"말도 안 돼요. 이건 내 일이잖아요. 당신이 왜 내요?"

"내 병원비를 당신이 낸 거랑 비슷한 경우지."

"그건 당신이 나 때문에 다쳐서……."

"어차피 호텔비용을 여자가 계산하는 것도 이상하게 보여. 그냥 내가 낼 테니까, 이건 여기서 끝."

어딘가로 들어갔는지 그의 모습이 보이질 않았다. 다리가 후들거리는 걸 느끼며 예영은 그 자리에서 한참이나 서 있었다. 그는 어디에도 보이지 않았고 어마어마하게 넓은 호텔방 안에서 그녀는 길 잃은 아이처럼 멍하게 서 있어야 했다. 얼마나 이렇게 서 있었을까? 예영은 들고 있던 핸드백을 두 손으로 꽉 붙잡고 천천히 걸음을 옮기기 시작했다. 어디인지, 리버스가 있는 곳으로 가기 위해서였다.

"이봐요……."

소심하게 그를 불렀지만 그는 아무 대답이 없었다. 예영은 입술에 침을 바르고는 더 크게 그를 불렀다.

"이봐요, 리버스 씨!"

침실, 엄청 크고 화려한 침대에 대자로 뻗어 누워 있던 리버스는 두 눈을 감은 채로 빙긋 미소를 지어 올렸다. 그녀의 목소리는 언제 들어도 기분이 좋아진다니까.

"리버스, 어디 있어요?"

그녀가 다시 그를 부르자 리버스는 비로소 소리쳤다.

"침대 위!"

몇 초 되지 않아 빠끔히 열려 있던 침실 문이 열렸다. 그리고 예영의 구두 소리가 두터운 양탄자 위로 부드럽게 울렸다. 감은 눈 위로 그녀의 그늘이 느껴지자 리버스는 천천히 두 눈을 떴다. 그녀가 고개를 숙여 리버스를 굽어보며 불쑥 쏘아 말했다.

"여기서 뭐 해요? 잘 거예요?"

"왜? 자러 온 거잖아."

그는 느긋하게 팔베개를 하고 그녀를 빤히 올려다보았다. 그녀의 상체가 굽어지면서 가슴골 근처가 살짝 드러나 있었다. 그녀의 몸에서 은은하게 풍겨오는 화장품 냄새를 폐 속 가득히 들이쉬며 리버스는 나른하게 웃었다. 자고로 달콤한 고문은 달콤하게 즐겨야 하는 법. 그는 간만에 잘 정돈된 예영의 머리 모양에서부터 섹시한 옷차림까지 예영의 전신을 쓱 눈으로 훑어 내렸다.

"몇 시나 됐다고 벌써 자요?"

"할 게 없잖아."

"얘기하면 되죠."

"딱히 생각나는 얘기가 없는데. 이런 데선 무슨 얘길 하지?"

"그걸 왜 나한테 물어요? 전문가께서."

"전문가? 내가? 무슨 근거로 그런 소릴?"

리버스가 전혀 터무니없는 중상모략이라는 듯 두 눈을 크게 떴다. 예영은 가슴 밑으로 팔짱을 끼고는 뿌루퉁한 얼굴로 말했다.

"오리발 내밀지 말아요. 혼자 사는 집에 여자까지 끌어들여 놓고서 아닌 척하기는."

"봉리나? 걘 친구라고 했잖아."

"아, 예. 우리는 모두 친구죠. 위 아 더 월드."

생긋 웃으며 예영이 말한다. 그를 전혀 믿지 않는 듯한 저 표정. 리버스는 다시금 고개를 끄덕이지 않을 수 없었다. 그래, 이런 거였군. 멀쩡한 숫총각 리버스 페리를 바람둥이라고 생각하고 있는 이유가 바로 그거였어. 은예영은 봉리나를 정말로 그의 애인쯤으로 여긴 모양이다. 참나, 미치겠군. 이렇게 억울할 때가 있나.

"걘 사랑하는 남자가 있어. 오매불망 십오 년 동안이나 쭉 사랑해 온 순정파라고."

리버스는 심드렁하게 대꾸하곤 그녀를 빤히 올려다봤다. 더이상은 얘기하지 않을 작정이었다. 리나가 사랑하는 사람을 잊기 위해 그를 이용하고 있다는 말은 절대로 할 수 없었다. 해봤자 예영의 의혹만 더욱 부추길 뿐 아무런 도움 안 될 게 뻔했다.

"그때 그분, 당신이랑 결혼해야 한다고 했잖아요. 그럼 그건 뭐예요? 애초에 두 사람 사이에 왜 낀 건데요? 당신이 왜 두 사람 사이에 끼어서……."

"이봐, 참깨. 당신 마음은 알겠어. 내가 너무 멋져서 안심 못하고 걱정하는 당신 마음, 충분히 이해해. 하지만 걘 정~말 내 타입 아니거든? 그 녀석 얘기로 아까운 시간 낭비하기 싫어."

"안심 못해서 묻는 거 아니거든요?"

그 녀석. 그녀를 그는 '그 녀석'이라고 지칭했다, 방금. 예영의 귀에, 그 단어는 너무…… 친근감있게 들렸다. 그만큼 가까운 사이라는 거다. 실망감이 온몸을 적셔왔다. 정수리부터 발끝까지 천천히. 무엇 때문에 이리 실망하는 건지도 모른 채 예영은 리버스를 노려보았다.

"그럼 뭔데? 왜 내 친구에 대해 그렇게 신경 쓰는 건데?"

"신경 '안' 썼어요."

예영은 단호하게 부정했다.

"썼어. 이것저것 물어봤잖아. 그게 신경 썼다는 증거야, 참
깨."

"안 썼다고요. 내가 왜 당신이나 당신 친구한테 신경을 써요?
왜?"

"그러게. 내가 묻고 싶은 말인데? 날 좋아하기라도 하나?"

"......!"

한동안 그녀는 말이 없었다. 표정은 화난 사람처럼 경직되어
있었으나, 마음은 겁을 먹어 부들부들 떨고 있었다. 정말로 자
신이 이 남자를 좋아하게 된 건가, 사랑하고 있는 건가, 두려워
떨고 있는 거였다.

"됐어요. 그만 해요."

예영이 빠르게 말하고는 휙, 몸을 돌려 침실을 나가려고 했
다. 그러나 날쌘 리버스의 손이 손목을 잡히고 말았다. 예영은
가슴이 철렁 내려앉는 걸 느꼈다.

"비겁하게 그냥 가면 안 되지."

리버스가 싱긋 웃으며 물었다. 침대 위에 머리카락을 헝클어
뜨린 채로 누워 있는 그의 얼굴에 개구쟁이 같은 장난기가 가득
올라왔다. 예영은 떨리는 목소리로 속삭이듯 명령했다.

"놔요."

그러나 그녀의 손목을 놔주는 대신 리버스는 그녀를 힘차게
잡아당겼다. 예영의 몸이 침대 위로 쓰러졌다. 그것도 그의 가
슴과 가슴을 맞닿은 아주 민망한 자세로.

"엄마!"

예영이 너무나 놀라 그의 가슴을 짚고 몸을 일으켰다. 다리를 끌어당겨 무릎을 꿇으니 그의 허벅지가 예영의 무릎에 꽉 짓눌려왔다. 상처가 눌리며 터질 듯한 압박감과 함께 다른 쪽에서도 은밀한 고통이 밀려왔다. 리버스는 저도 모르게 눈을 감으며 신음을 흘렸다. 온몸으로 지독한 통증이 허리케인처럼 강력하게 휩쓸고 지나갔다.

"어, 어머! 어떡해!"

냉큼 리버스의 몸에서 떨어져 나오며 예영이 소리쳤다. 리버스는 허벅지를 붙들고 고개를 뒤로 재꼈다.

"젠장!"

얼굴이 시뻘게진 리버스는 너무나 끔찍해 보였다. 그녀는 자신이 무릎으로 누른 상처 부위 외에 다른 미묘한 부위 역시 스쳤다는 걸 전혀 인식하지 못한 채 그의 팔을 흔들었다.

"괜찮아요? 이봐요! 많이 아파요? 병원에 가야 되는 거 아니에요?"

"조용히 해봐, 좀."

리버스가 고개를 옆으로 돌리며 팔을 휘저었다. 덜컥 겁이 난 예영은 그의 허벅지를 두 손으로 감싸며 고개를 숙였다.

"어디 봐요. 상처가 벌어졌으면 뭔가로 싸매야죠."

"됐어."

고통 어린 목소리로 말하며 리버스는 예영의 손목을 붙들었

다. 정말 대책없는 아줌마로구만. 순진한 아가씨라면 아가씨이
니까 그러는가 보다, 치부하지. 결혼 생활을 삼 년이나 해봤다
는 아줌마가 어디 멀쩡한—이라고 쓰고 '혈기왕성한'으로 읽자—
남정네의 허벅지 아래로 고개를 숙이나? 아주 그를 죽이려고 작
정을 한 게 아니면 이럴 수는 없다.

"정말 괜찮아요?"

예영이 걱정스럽게 물었다. 그럴 리는 없겠지만, 그녀의 숨결
이 허벅지 아래로부터 스멀스멀 느껴지는 것 같아 리버스는 거
의 지옥을 경험하고 있었다. 이 아줌마를 정말! 리버스는 이를
악물고 예영의 손목을 휙 잡아당겨 그녀를 침대 위로 눕혀 버렸
다.

"뭐, 뭐예요?"

"가만히 좀 이렇게 있자고."

벌러덩 침대 위로 넘어진 예영이 벌떡 몸을 일으켰다. 그래도
조금은 부끄러운지 얼굴이 발그레해진 채였다.

"이게 뭐 하는 짓이에요?"

"그건 내가 하고 싶은 말이야."

허스키한 목소리로 그가 대답했다. 그는 거의 초인적인 힘으
로 불끈거리는 본능을 억제하는 중이었다. 한순간 터져 버릴 듯
끓어오르는 욕구를 다스리는 데에 너무 많은 에너지를 써버려,
이젠 손가락 하나 움직일 기력도 남아 있지 않았다.

"그냥 좀 누워 있자고."

“미쳤어요, 내가? 당신 같은 바람둥이랑 한 침대에 누워 있 게.”

“거참 뉘앙스 좋~네. 괜히 가슴 설레게 하는 말인데.”

그가 화려한 문양의 천장을 뚫어져라 바라보며 말했다.

“뭐가요?”

“한 침대란 말. 몰랐는데, 지금 들으니까 꽤 낭만적인 것 같 아.”

“미쳤어요?”

예영이 얼굴을 괴상하게 일그러뜨렸다. 리버스는 킥킥킥 웃 으며 귀찮다는 듯 손짓을 했다.

“누워 있어, 그냥. 어차피 난 통증이 너무 심해서 당신을 덮치 지도 못해.”

“그렇게 많이 아파요?”

“참을 만해. 상처가 터진 건 아닌 것 같고. 이렇게 누워 있으 면 곧 잠잠해질 것 같아. 그동안 좀 가만히 있어줄래? 당신이 조 금만 움직여도 침대 흔들거리고, 그럼 통증도 다시 시작된다 고.”

예영은 한숨을 내쉬었다. 리버스의 표정과 목소리로 보아 거 짓말은 아닌 것 같았다. 괜히 속이 상해 예영은 리버스의 손을 휙 던지듯 떨치고는 침대에 머리를 대고 누웠다. 그리곤 볼멘소 리로 중얼거렸다.

“내 잘못 아니에요. 당신이 갑자기 날 넘어뜨렸잖아요.”

"누가 뭐랬나."

세상 이치 통달한 목소리로 그가 대답했다.

"사람이 왜 그래요? 다쳤으면 환자답게 조심해야지."

"죽을병 걸린 것도 아닌데, 이제 그만 하지?"

"아프다고 엄살을 부리니깐 그렇죠."

"엄살? 무슨 그런 섭섭한 말을."

"남자가 말이야."

"당신 눈에 내가 남자로 보이긴 하나 봐?"

그가 곁눈질로 예영을 보며 피식거렸다. 예영은 얼굴을 찌푸리며 쏘아붙였다.

"그럼 정말 게이예요?"

오, 마이 갓! 리버스가 두 눈을 휘둥그레 치켜뜨며 예영의 손을 붙잡았다. 낄낄거리는 낯으로 그는 예영의 손을 자신의 배 위로 가져오며 그녀를 향해 의미심장한 시선을 날렸다.

"걱정 하지 마. 당신 독수공방 시키는 일은 없을 테니까."

"어머머? 누가 그런 걸 걱정한대요?"

팔짝 뛰는 예영을 애써 무시하며 그는 눈을 감았다.

"가끔 이런 데 오는 것도 괜찮겠네. 기분 전환이 필요할 때 아주 가끔."

"설마 그거 나한테 하는 소리는 아니죠?"

그녀가 리버스의 손에 잡힌 제 손을 잡아 빼려고 힘을 주며 물었다. 절대 놔줄 수 없지롱. 리버스는 그녀의 손을 더욱 꽉 붙들며 천연덕스럽게 말했다.

"나랑 호텔방까지 온 여자가 당신 말고 또 있어?"

"설마 내가 처음이다, 뭐 이런 소리를 하려는 건 아니죠?"

"설마 날 호텔방을 밥 먹듯이 드나드는 놈으로 여기는 건 아니지?"

"설마 그런 거짓말이 통할 거라고 보는 거예요?"

"설마 또 그 바람둥이 소리 하려는 거야?"

"아니라고 말 못할걸요."

"내가 바람둥이면 세상 남자들 다 바람둥이야."

"그걸 어떻게 믿어요?"

"바람둥이가 여자랑 단둘이 호텔에 와서, 이렇게 손만 잡고 있는 거 봤어?"

"아까 자기 입으로 말했잖아요. 덮칠 힘도 없다고."

"못 믿겠다는 소리로군."

"당연한 거 아니에요?"

"믿기 싫으면 마. 강요할 생각은 없어."

예영은 호텔 천장을 빤히 바라보았다. 그의 말대로 믿기 싫으면 안 믿으면 그만인데, 자꾸 머릿속이 복잡했다. 이건 대체 무슨 갈대 같은 마음이람. 그녀는 그가 바람둥이가 아닐 수도 있는 가능성에 대해 자꾸 생각하고 있었다. 그가 바람둥이든 아니든, 그 여부와는 상관없이 그녀는 리버스와 사귈 생각이 전혀 없었다. 그러면서 왜 그가 바람둥이인지 아닌지에 대해 자꾸 생각하는 건지 예영은 스스로를 이해할 수 없었다. 그녀는 자신의 이 알 수 없는 마음이 너무나 싫고 괴로웠다. 왜 이런 마음이 되는 건지, 왜 이렇게 심란하고 답답하고 안절부절못하게 되는 건지…….

한참을 그렇게 치열하게 고민하던 예영은 아랫입술을 깨물었다. 목 끝까지 차오르는 말을 내뱉어야 할지, 말아야 할지 그녀는 계속 갈등하고 있었다. 꿀꺽 침을 삼키고 고개를 돌렸다. 잠이 든 건지, 생각에 빠져 있는 건지 그는 눈을 감고 고른 숨을 내쉬고 있었다. 예영은 두어 번 눈을 깜빡이며 그를 똑바로 바라보았다.

긴 속눈썹이 드리워진 그의 옆모습은 조각처럼 잘생겼다. 이렇게 멀쩡한 사람이 대체 왜 자기랑 어울리지도 않는 그녀를 쫓아다니는 걸까? 궁금증이 안 생길 수가 없었다.

예영은 한숨을 푹 내쉬며 조용히 속삭였다.

"정말로 내가 좋아요?"

"우리 부모님은 정말 운명적으로 만나셨어."

잠을 자고 있다고 생각했던 그가 입술을 움직여 말했을 때, 예영은 자신이 심장발작이라도 일으킬 뻔했다. 얼마나 놀랐던 지 그녀는 냉동인간처럼 온몸을 굳혔다. 슉, 리버스의 고개가 조용히 옆으로 돌려지고 담백한 그의 시선이 예영을 향해 쏟아 졌다. 커다란 침대 위에 흐트러진 채 누워 있는 두 사람은 서로 를 빤히 마주 보고 있었다.

"아버진 당시 대학생이었는데 방학 중 한국군으로 전쟁에 참 가하셨던 할아버지를 따라 한국에 오셨어. 우연히 할아버지의 사연이 사람들 사이에 알려지게 되자 방송국에선 할아버지와

아버지를 인터뷰하기 위해 아나운서를 파견했거든? 그 아나운서가 바로 우리 어머니셨어."

"어머니가 아나운서셨어요?"

의외의 드라마틱한 얘기에 빠져들며 예영은 멍하게 되물었다. 리버스가 한국말을 잘하는 이유를 이제야 알 것 같았다. 아나운서 출신 어머니한테 얼마나 엄한 발음교육을 받았을지 안 봐도 눈에 훤했다.

"두 분은 서로 첫눈에 반해 사랑에 빠지셨어. 하지만 두 사람 사이엔 장애물이 많았지. 국적, 언어, 나이, 어른들의 반대, 사회적 편견 기타 등등."

"생각만 해도 암담하네요."

이 세상엔 사랑 하나만으로는 해결할 수 없는 게 너무나 많다. 그래서 시작도 못한 채 넘어지고 포기하고 현실에 지며 살아가는 게 보통의 경우들이라는 걸 예영은 아주 잘 알았다.

"일정이 있어서 어쩔 수 없이 아버진 미국으로 돌아가야 했고, 어머니는 한국에 남았지. 그리고 어머닌 삼 개월 후 임신했다는 걸 알게 되었어."

"네?"

"맞아. 바로 나야."

"사…… 생아가 될 뻔했네요, 당신."

조금은 충격적인 얼굴로 예영이 중얼거렸다. 리버스는 대수롭지 않은 듯 어깨를 으쓱했다.

"천만다행이 그런 일은 일어나지 않았어. 아버진 석 달 후에 어머니를 찾아오셨거든. 임신 소식을 듣자마자 학교를 휴학하고 한달음에 달려오셨다고 해."

"학교까지 휴학하고요?"

"학업과 사랑 중에 사랑을 택한 거지. 아버진 당신 인생에 있어서 가장 소중한 걸 발견하셨던 거야."

"좀…… 감동적이네요."

동화 같은 사랑 이야기였지만 남의 일이었다. 당연히 예영에겐 가슴을 적시는 무한감동이 될 수 없었다. 그가 사생아가 될 위기를 넘겼다는 점만이 예영의 마음에 다행으로 자리 잡고 있을 뿐이었다.

"아버진 그 뒤로 거의 매일 외할아버지를 찾아다녔어. 아버지 표현에 의하면, 문턱이 닳도록 뻔질나게 드나드셨대."

"왜요?"

"그야 결혼을 허락 받기 위해서지."

"반대하셨군요."

"당연히. 그 시대엔 국제결혼이 흔하지 않았잖아, 지금보다도 더. 우리 외할아버지는 사고방식이 굉장히 보수적인 분이라서 설득하는 게 힘들었대. 딸이 외국 남자의 아이를 임신했다는 걸 알고 집에서 내쫓아 버렸다고 하더라고. 하지만 결국엔 허락 받는 데 성공하셨고, 결혼도 출산도 모두 무사히 치를 수 있었어. 뭐, 그 사이 미국에선 아들이 학교까지 포기하고 여자한테 가 있다는 걸 알고 거의 포기상태가 되어버리셨고."

"자식 이기는 부모 없다더니, 그건 한국이나 미국이나 매한가지네요."

"어차피 부모는 부모일 뿐이니까. 각자의 인생은 각자가 책임질 수밖에 없잖아."

"당신 부모님은 당신 이러는 거 알아요?"

예영은 두 눈을 치뜨고 그를 올려다봤다. 리버스는 재미있다는 듯 흥미로운 눈으로 그녀를 내려다보았다.

"무슨 의미야?"

"나 같은 아줌마가 좋다고 쫓아다니잖아요."

"우리 부모님은 평생 한국인 며느리를 보는 게 꿈이라고 하셨어. 걱정 마."

"누가 걱정한대요?"

한국인 며느리라고 했지, 한국인 '낡은' 며느리라고는 안 했을 거 아니야.

"아님 말고."

리버스가 킥킥거리며 한쪽 팔을 접어 팔베개를 했다. 그리곤 천장을 바라보며 그녀에게 물었다.

"내가 왜 이런 얘기를 한 줄 알아?"

"그걸 내가 어떻게 알아요?"

"내가 당신한테 진실할 수밖에 없는 이유를 설명하기 위해서야."

예영은 두려운 눈으로 리버스의 옆얼굴을 뚫어져라 바라보았다. 그가 무슨 말을 할지 가슴이 철렁해졌다. 안 그래도 그의 부모님 얘기로 마음이 심란해지고 싱숭생숭한데, 또 무슨 얘길 어떻게 하려고? 더 이상 혼란스러운 건 싫었다.

그녀는 안 될 게 뻔한 일에는 기대를 품지 않는, 이혼녀였다. 아스팔트길을 놔두고 비포장도로를 택하는 우는 절대 범하지 않는 결혼 유경험자란 말이다. 현명하게, 가정적이고 모범적인 성격에 튼튼한 직장과 안정적인 재정 상태를 가진, 그녀처럼 결혼 경험이 있는 남자를 택해야 했다. 바람이라곤 평생 가야 필주제도 못되는 못생기고 땅딸한 남자라면 더더욱 좋다고 생각하던 예영이었다. 그렇게 따지면 리버스 페리는 '만나선 안 되는 남자 1순위'의 남자였다.

"난 사랑은 하나라고 배우고 자랐어. 부모님으로부터 지속적으로 운명에 대해 세뇌당했지. 사랑은 하나다. 진정한 사랑을 만나게 되면 너도 운명을 느낄 것이다. 운명을 느끼게 되면 절대 주저하면 안 된다. 두려워하지 말고 그 사랑을 쟁취해라."

들으면 안 돼! 예영은 손을 들어 귀를 막았다.

"그런데 정말 운명적으로, 한국에서 난 운명을 느껴 버렸어."

"시끄러워요."

두 눈까지 질끈 감고 예영은 이를 악물었다. 악마의 유혹이 이보다도 더 달콤할까. 예영은 그의 말을 듣지 않기 위해 마음속으로 반야바라바라밀~를 외치고 있었다. 하지만 그녀는 기어이 듣지 말아야 할 말을 듣고 말았다.

"바로 당신이야."

두 눈을 감고 두 귀를 막은 채로 그녀는 숨을 멈추었다.

"열려라, 참깨를 외치는 당신을 보자마자 내 머리는 사고를 할 수 없게 되었어."

제발…… 이러지 말라고, 이 악마 같은 놈아!

"눈엔 콩깍지가 쓰이고, 당신을 볼 때마다 갖고 싶은 욕심을 주체하기 힘들어졌어. 그거 사랑 맞지? 운명, 맞는 것 같지?"

"안 믿어요, 난."

그녀는 서둘러 그의 말을 막았다.

"사랑 같은 건 없어요. 이 세상엔 사랑 같은 거, 있을 수 없어. 사랑이라고 생각하면서 사는 것뿐이야. 그것뿐이라고."

"참깨."

"사랑 같은 건 세월 지나면 퇴색하게 되어 있어요. 당신이 결혼을 안 해봐서 잘 모르나 본데, 원래 그런 거예요. 자주 보면 신선도 떨어지게 되어 있고, 살 맞대고 살다 보면 서로가 지겨워지게 되어 있어. 그럼 딴 데 눈 돌리게 되는 건 당연하고 서로 다른 사람 찾게 되는 거라고요."

눈 감아 까맣게 변해 버린 시야로 과거의 기억들이 주마등처럼 스쳐 지나갔다. 남편의 무심함, 시어머니의 깐깐함, 속속들이 밝혀지는 남편의 외도, 임신 중절에 대한 압박, 그리고…… 태어나 보지도 못하고 숨진 그녀의 아기…….

"그건 사랑이 아니야. 사랑은 시간이 지날수록 익어가는 거라고. 난 그렇게 배웠어."

진저리처지도록 따스하고 달콤한 리버스의 목소리가 가까이 다가왔다. 그녀의 마음을 다 안다는 듯, 그녀의 모든 것을 이해하고 있다는 듯 달래고 어르는 말투였다. 다정한 그의 손길이 그녀의 앞머리를 부드럽게 쓸었다. 그러자 감은 그녀의 눈가로 눈물이 고여 들었다.

아기, 그 작고 꿈틀거리던 손가락, 버둥거리던 발…….

떠오르는 기억이 봇물처럼 그녀의 뇌 속을 헤집고 흔들어 예영은 더욱 두 눈을 질끈 감았다. 눈물이 주르르, 두 볼을 타고 흘러내렸다. 울컥거리는 뭔가가 목구멍을 뚫고 입 밖으로 터져 나올 것 같아 그녀는 입술을 질끈 깨물었다. 고통스러운 기억들이 미치도록 선명하게 그녀를 휘감아왔다.

"당신은 길을 잘못 들었었던 것뿐이야. 간단해. 잊을 수 있어. 내가 옆에 있을 테니까."

"아니야……."

그녀는 간신히 목구멍을 열고 중얼거렸다. 잃어버린 아기에 대한 슬픔과 죄책감, 그 고통은 절대 잊을 수가 없었다. 아기를 지우기 위해 혈안이 되어 있던 장민우의 철면피 같은 얼굴과 지독한 독설들도 역시 잊을 수 없었다. 더불어 결혼해 달라고 반지와 꽃다발을 사다 바치며 무릎을 꿇고 'You are my destiny'를 부르던 장민우도 그녀는 잊을 수 없었다. 사랑은 그런 거였다. 은예영에게 사랑은 배신이고 아픔이고 고통이었을 뿐이었다.

"울지 마. 내가 장민우 잊게 해줄게."

그의 상냥하고 부드러운 손길이 그녀의 얼룩진 두 볼을 훔쳤다. 두 귀를 막고 두 눈을 감은 채로 바들바들 떨며 눈물을 흘리는 예영이 그는 가슴 미어지게 안쓰러웠다. 소리 내어 울지도 못할 만큼 그렇게 아픈 기억이었을까. 예영은 장민우를 그토록 사랑했었던 걸까. 리버스는 착잡한 마음과 안쓰러운 마음, 그리고 질투 사이에 선 복잡한 심경으로 한숨을 내쉬고 예영의 어깨를 감싸 안았다. 그리곤 일부러 장난스럽게 중얼거렸다.

"그 자식, 확 죽여줄까?"

그의 가슴 안에 얼굴을 묻은 예영이 어깨를 흔들며 웃었다. 리버스는 씩 웃으며 그녀를 더욱 깊이 품 안으로 끌어들였다. 그녀가 순순히 그의 가슴 안으로 파고들었다.

"장민우가 당신 첫 남자라는 거 알아. 사랑해서 결혼했고 삼 년이나 함께 살았으니 그 정(情)도 무시 못하겠지. 그래서 쉽게 마음 정리 못하는 거라는 것도 알겠고, 나름 이해가 되기도 해. 하지만 그 사람은 당신한테 상처를 줬어."

"마음 정리요?"

예영은 감았던 눈을 번쩍 떴다. 그의 어깨와 품 안에 완전히 갇혀 버린 자세로 그녀는 정신이 퍼뜩 드는 걸 느꼈다. 이 남자가 대체 무슨 소릴 하는 거야? 장민우를 못 잊고 있는 거라고?

이건 그녀에 대한 모욕이었다. 그런 인간을 잊지 못하는 여자가
제정신이야? 미친 거지!

"잠깐만요."

눈물이 쏙 들어갔다. 리버스는 그녀를 오해해도 한참 오해하
고 있었다. 예영은 발끈한 마음에 머리를 번쩍 들었다. 하지만
리버스는 그녀의 뒤통수를 너무 꽉 껴안고 있었다.

"아프게 했고 앞으로도 아프게 할 놈이야, 내가 보기엔."

"여봐요, 리버스 씨. 내 말 좀 들어봐요."

예영이 머리통을 꿈틀거리며 말했지만, 그녀의 목소리는 그
의 가슴팍에 갇혀 맴돌 뿐이었다.

"그런 녀석은 가망이 없어. 절대 당신 행복하게 못해줘."

"미국양반, 잠깐만."

"당신이 날 아직은 사랑하지 않는다는 거 알아. 하지만 내가
당신한테 운명을 느꼈다면, 당신도 곧 나한테 운명을 느끼게 되
지 않을까?"

"이것 봐요, 리버스. 리버스 씨!"

"난 당신을 지켜줄 수 있어."

"버스 양반!"

예영이 거세게 얼굴을 들었다. 시뻘게진 얼굴에 미용실서 세
팅한 머리 모양이 왕창 다 어그러져 몰골이 말이 아니었다. 눈
물이 멎은 얼굴은 마스카라가 흘러내리고 있었고 파우더 떡칠
한 피부는 화장이 군데군데 지워져 얼룩져 있었다. 동그란 눈동

자만 맑고 커다랗게 그를 바라보고 있는 그녀는 눈물 흘리는 인형 같았다. 핑크빛 립스틱을 확 빨아 먹어치워 버리고 싶은 마음이 순식간에 그를 적셨다.

'아! 이런. 미치게 예쁘군.'

온몸이 굳어갔다. 점점 그의 남성다운 신체가 본성을 드러내기 시작하고 리버스는 거칠게 숨을 토해내며 웃어야 했다.

"방금 버스라고 했어?"

그는 그녀의 어깨 위에 있던 손을 천천히 아래로 흘려보냈다. 모로 누워 있는 그녀의 잘록한 허리께와 볼록한 골반 사이에 그의 손은 잠시 멈추었다. 보드랍고 말랑한 그녀의 몸이 그를 더욱 긴장시켰다. 그는 부드럽게 그녀의 몸을 문지르며 나른하게 두 눈을 내려떴다.

"웃음이 나와요? 그런 망발을 해놓고."

"망발이라니?"

"나더러 장민우 그 자식을 못 잊는다고 했잖아요. 그런 말도 안 되는 소리를 했잖아요!"

"그럼 아니야?"

허리와 골반 사이에 머물러 있던 그의 손이 허리 쪽으로 미끄러져 갔다. 허리와 엉덩이 쪽에 자연스럽게 걸쳐진 그의 손길을 그제야 느낀 예영은 펄쩍 뛰며 그의 손을 붙들었다.

"뭐 하는 거예요?"

"대답해. 아니야?"

"아니에요. 당연히 아니죠! 그 자식이 나한테 어떻게 했는데. 우리 아가한테 어떻게 했는데, 내가 그 자식을 못 잊고 있다고⋯⋯."

순간 그도, 그녀도 모든 동작을 멈추었다. 예영이 하던 말을 멈추었고 리버스의 미간이 찌푸려졌다. 아가라니? 무슨 아가? 누구의 아가?

"다시 말해봐. 뭐라고 했어?"

그가 조용히 물었다. 예영의 커다랗게 훌쩍 키워진 눈망울 사이로 뜨거운 습기가 스며 나왔다. 천천히 뜨겁고 고통스럽게⋯⋯.

"두 사람 사이에 아이가 있었어?"

너무나 침착한 그의 반응에 두려웠던 걸까, 안도했던 걸까? 흥분하지도 않고 화를 내지도 않는 그의 목소리에 예영은 기어이 울음을 터뜨리고 말았다.

곧이어 리버스의 어깨가 예영을 다시 포근하고 단단히 감싸 안았다.

그녀의 입을 통해 전해 들은 얘기는 그의 상상을 초월했다. 그녀에게 그런 아픔이 있었다는 게 리버스는 믿어지지 않았다. 그렇게 만신창이가 되어 홀로 견뎌냈을 그녀의 삼 년이 리버스의 마음까지 절절이 전달되어졌다. 춥고 외로웠을 것이다. 뱃속에 있었던 아이의 기억을 지우지 못해 매분매초를 지옥에서 보내야 했을 것이다. 그렇게 지독한 시간을 오롯이 버텨내 온 예영이 처연하고 안쓰러워 그의 마음까지 아파왔다. 이렇게나 씩씩하게 버텨준 그녀가 죽도록 고마울 따름이었다.

하지만 장민우는 정말 기가 찼다. 이제 겨우 상처에 의연해질 수 있는 그녀의 앞에 낯짝도 두껍게 나타나 재결합을 하자고 말하다니, 대체 장민우는 양심이란 게 있는 놈일까. 예영을 그냥 내버려 두는 게 그녀와 죽은 아이에게 속죄하는 길이라는 걸, 그는 정말 모르는 걸까. 얘기를 듣는 내내 그는 분노하고 열이 뻗쳐 살기마저 느껴야 했다. 당장 뛰쳐나가 장민우 그놈의 목을 졸라 버리고 싶은 생각을 잠재우기 힘들었다.

"울지 마, 참깨."

리버스는 그녀의 덜덜 떠는 어깨를 붙들고 그녀의 관자놀이에 입술을 맞추며 속삭였다. 어깨를 들먹이며 후들거리는 목소리로 서럽게 우는 그녀가 그의 가슴을 아프게 했다. 그녀의 고통, 힘겨움이 그의 가슴에 고스란히 전달되어 와 두 눈에 뜨거운 눈물이 고여들었다.

"당신은 정말 용감했어. 그 사이코 자식한테 제대로 뭔가를 보여줬잖아."

그녀의 등을 쓸며 그는 중얼거렸다. 머릿속으로는 예민하게 굴던 그녀의 반응들이 스쳐 지나갔다. 무심히 그럴 수 있으려니, 하고 지나쳤던 모든 것들이 마치 퍼즐조각처럼 서로 맞물려 점점 윤곽을 드러냈다. 성격 유순한 그녀가 갑자기 크게 화를 내던 카페의 일이 이제야 이해되기 시작했다. 그때 그는 아기에 대해 언급했었다. 처음부터 알았더라면, 조금 더 조심스러웠을 텐데. 눈치 채지 못했던 자신의 아둔함에 그는 한숨이 나왔다.

"날 봐."

그녀의 흐느낌이 점점 잦아든다고 생각될 때쯤, 그는 조심스럽게 그녀를 불렀다.

"은예영, 고개 좀 들어봐."

녹초가 된 듯 그녀는 그저 그의 어깨에 몸을 기댄 채 움직이지 않았다. 리버스는 그녀의 얼굴을 바라보는 걸 체념하고 그녀의 머리카락을 쓸었다. 그리고 독백 같은 약속의 말을 속삭였다.

"나와는 상처 같은 거 없을 거야. 약속해."

이것은 스스로를 향한 다짐이었으며 그녀를 향한 선언이었다.

"사랑만 있을 거야. 행복만 있을 거고, 웃음만 있을 거야. 아픈 기억을 지울 수는 없겠지. 가슴에 화인처럼 찍혀 평생 당신을 따라다니겠지. 하지만 그것마저도 사랑으로 바꿔줄게. 노력할게. 당신 웃을 때까지 죽도록 노력할게."

"……."

"앞으로 짜증나는 일이 있거든 날 불러. 내가 다 받아줄 테니까. 화나는 일 있으면 나한테 다 퍼붓고 화풀이해. 기꺼이 맞아줄게."

“왜요……. 당신이 왜 그래야 해요……?”

리버스는 그녀에게 이런 말을 할 필요도, 이유도 없었다. 그녀에게 이렇듯 죄인처럼 굴어야 할 사람은 따로 있었다.

“그걸 몰라서 물어? 당신을 웃길 수 있는 사람은 나뿐이잖아.”

그가 장난스럽게 대답했다. 예영은 주책없이 흘러나오는 웃음을 억제하기 위해 입술을 깨물어야 했다. 정말 이 사람, 믿어도 될까? 이 사람을 사랑해도 되는 걸까? 예영은 사랑하고 싶었다. 지금처럼만 그녀의 곁을 지켜줄 수 있는 사람이라면 이 사람, 바람둥이라도 좋고 외국인이라도 좋으니까 사랑하고 싶었다. 하지만…….

자신이 없었다. 사랑을 끝까지 지킬 자신이 지금의 은예영에겐 없었다. 이 사람을 믿을 수 있을까? 이 사람과 함께 영원히 행복할 수 있을까? 또다시 배신당하지는 않을까? 또다시 몇 년 후, 리버스가 다른 여자를 사랑하게 되었다고 말한다면? 그녀는 이 많고 많은 우려들에 대한 해답을 몰랐다. 보장 없는 미래. 확신 없는 사랑. 그것에 맞설 용기가 예영은 없었다.

“난 이혼녀예요.”

그녀는 힘없이 중얼거렸다.

“내가 총각이니까 괜찮아. 커버해 줄게.”

그는 장난치듯 대답했다. 그에겐 그녀의 이혼 경력이 전혀 문제될 거 없었다. 원래 그런 쪽으론 개방적인 편이었고, 그런 사

회에서 자라서인지 별다른 거부감이 없었다. 막내고모인 애니
는 오 년 전, 열 살이나 아래인 총각과 재혼하지 않았나. 사랑엔
나이와 국적을 초월하는 법이다.

"당신이 손해예요. 모르겠어요?"

"손해의 기준이 뭔데? 난 손해라고 생각하지 않아."

예영은 그의 눈을 빤히 바라보았다. 아무 말도 할 수가 없어
입술을 꽉 다문 채였다. 이 남자를 어떻게 하면 뿌리칠 수 있을
까? 이렇게 달콤한 말만 골라서 하는 남자, 어떻게 하면 옆자리
에서 쫓아낼 수 있지? 예영은 가슴이 갈가리 찢어졌다. 생각만
해도 마음이 아파왔다. 그를 몰랐던 몇 주 전으로 되돌아가고
싶었지만, 생각만 해도 아찔했다.

'어떻게 하니. 어떻게 하니, 은예영?'

너무 많은 걸 이 남자에게 허락한 것 같았다. 마음을, 곁을 모
두 내주고 말았다. 예영은 순간 그걸 깨달아 버렸다. 어느새 그
녀의 눈가는 또다시 촉촉해져 갔다.

"제발, 은예영……."

그의 손이 그녀의 얼굴을 잡아끌었다. 턱밑을 쥔 그의 따스한
손에 의해 그녀는 고개가 들려졌다. 예영의 눈물 그렁그렁한 눈
을 향해 그의 시선이 꽃잎처럼 살포시 떨어졌다. 그는 나른하고
포근한 미소를 짓고 있었다.

"당신 걱정이 뭔지 알아. 나도 다 알고 있어. 하지만 지금은
걱정할 때가 아니야."

그럼 무엇을 할 때란 말인가. 예영은 그를 받아들일 수 없었다.

"그냥 솔직할 때라고. 음?"

그가 한쪽 눈썹을 끌어올리며 그녀의 동의를 구했다. 꿈뻑, 그녀의 두 눈이 감기고 맺혀 있던 눈물이 또르르 두 볼 위로 떨어졌다. 리버스는 그녀의 살짝 벌어진 입술 위로 부드럽게 자신의 입술을 문질렀다. 단순하고 짧고 순수한 입맞춤이었지만 예영은 정수리까지 짜릿한 기분을 느꼈다. 부르르, 몸이 떨려오자 그녀는 숨을 멈추었다.

"아무래도 난……."

살짝 떨어졌던 그의 입술이 다시 다가왔다. 그의 명쾌하고 달달한 숨결이 그녀의 섬세한 피부를 데웠다. 그녀는 저도 모르게 거세게 숨을 들이마셨다. 가슴이 들썩여졌고 두 눈은 커다래졌다. 설마 이 사람 지금 키스를 하려는 건 아니겠지?

"당신한테 푹 빠졌나 봐."

그가 탁한 목소리로 중얼거리더니 빠르게 그녀의 입술을 덮었다. 그리고 그의 벌어진 입술은 딱 다물려진 예영의 입술을 부드럽게 빨았다. 한 번, 두 번……. 예영은 눈앞이 캄캄해지는 것 같아 미친 듯이 두 눈동자를 굴려댔다. 혈관이 터질 듯 맥박이 사정없이 뛰고 심장은 두근두근 커다란 소리를 내며 쿵쾅거렸다. 그녀는 죽기살기로 숨을 멈춰보려고 했지만 그녀의 몸은 이미 제어가능 상태를 벗어나 버린 후였다. 마침내 참을 수 없는 지경까지 내몰리자 예영은 입술을 벌리고 숨을 거세게 들이켰다. 하지만 그녀의 입속으로 들어온 건 공기만이 아니었다.

"아웃······!"

그의 고개가 부드럽게 출렁임과 동시에 그의 혀가 입속을 깊숙이 파고들어 왔다. 부드러우면서도 뜨겁고 격렬한 동작에 예영은 저도 모르게 허리를 휘며 물러섰다. 하지만 그의 달콤한 입술은 예영을 놓아주지 않았다. 그녀는 그의 입술에 사로잡힌 채 털썩 침대 면에 등을 대고 누워버렸고, 그는 그녀의 위로 겹쳐 왔다. 순식간에 그녀는 리버스의 몸 아래에 깔려 버렸다.

그녀가 당황할 새도 없이 그의 혀는 다시 활동을 개시했다. 손등이 아픈 한쪽 팔을 꺾은 채로 몸을 지탱하면서도 그는 그녀의 몸 위에서 부드러운 동작으로 자리를 잡았다. 그는 그녀의 혀와 입술을 따뜻하게 감싸고 살며시 빨다가 다정하게 애무했다. 예영은 흐느낌에 가까운 신음을 흘리며 그의 등 뒤로 팔을 감았다. 느리고 눈물 날 정도로 따스하게 움직이는 그의 입술 아래에서 그녀는 점점 더 흥분하고 있었다.

두려움과 쾌감이 동시에 몰려들어 온몸이 저릿저릿 욱신거렸다. 이런 달콤함을 맛보면 안 된다고, 이건 단호한 마음을 다지는 데에 하나도 도움되지 않는다고 생각하면서도 그녀는 반응하고 있었다. 그의 짜릿한 입술을 마시고 그의 넓은 등을 두 팔로 얽어매 그를 사로잡아 버렸다. 내 것인 양, 나만을 위한 사람인 양, 그녀는 마음껏 그를 만끽했다.

예영은 치마가 걷히는 것도 아랑곳 않고 한쪽 다리를 접어 그의 허리를 감았다. 그의 손이 다급하게 그녀의 무릎을 쥐었다. 도발적인 그녀의 행동에 움찔한 그가 그녀의 행동을 제어한 거였다. 하지만 그녀의 다리는 그의 허리를 쓸고 천천히 아래로 내려갔고, 그의 손길은 자연스럽게 무릎 위를 따라 올라갔다. 리버스는 이성을 위협하는 본능의 물결 속에서 헐떡였다. 당장 예영을 갖고 싶었지만 지금은 그럴 시점이 아니라는 걸 그는 잘 알고 있었다.

'참깨를 가져. 네 여자야.'

본능이 그를 미친 듯이 충동질했다. 일어선 남성 끄트머리가 꿈틀거리며 본능의 목소리에 반응했다. 젠장, 그는 욕설을 중얼거리며 두 눈을 감았다. 안으로 당장, 지금 당장 밀고 들어가 그녀를 차지하고 싶었다. 그녀가 도망치지 못하도록, 거부하지 못하도록. 더 이상 그가 운명이란 걸 부인하지 못하도록 가지고 싶었다. 야만적이고 동물적인 남성의 본능이 부추기고 자극하는 바대로.

하지만…… 그럴 수 없었다. 과거의 상처로 인해 괴로워하고, 감정이 극도로 예민해져 있는 예영을 상대로 그런 짓을 할 수는 없었다. 그녀의 성격에 이런 식의 충동적 결합을 원하고 있을 리 없었다. 이대로 사랑을 나눈다면, 내일 아침 분명 땅을 치고 후회할 여자였다. 그건 그도 바라지 않는 일이었다. 처음인데, 스물일곱 해 간직한 '처음'이 짐승 같은 행위로 전락되는 건 그 역시 싫었다. 아름답고 완전한 상태에서 그녀를 갖고 싶었다. 일회성이 아닌 영원을 향한 사랑.

"잠깐만."

폭주하는 욕구를 꾸역꾸역 누르고 그는 간신히 고개를 들었다. 동시에 그녀의 다리가 다시 그의 등허리까지 올라왔다. 그녀의 몸이 더욱 가까이 다가와 그의 몸을 자극하자 그는 숨을 거칠게 들이쉬었다.

"헉……!"

피가 머리 위로 솟구치는 것 같았다. 더 이상 딱딱해질 수 없으리라 여겼던 그것이 계속해서 부풀어 오르고, 깊은 곳으로 들어가고 싶은 열망은 점점 더 극을 향해 치닫고 있었다. 그는 신음을 삼켰다. 정말 미치기 일보 직전이었다, 그는.

"싫으면…… 말해요…….."

예영이 작게 헐떡이며 속삭였다. 싫다니, 어떻게 그럴 수가 있을까. 지금 이 순간 그가 원하는 건 단 하나, 은예영을 갖는 거였다. 붉게 달아오른 두 볼과 입술, 그리고 치명적으로 매력적인 그녀의 촉촉한 눈동자가 사랑을 바라듯 그를 향해 있었다.

"내가 좋다면서요."

그녀의 촉촉한 눈이 말똥말똥 그를 향해 빛나고 있었다. 그녀의 눈에는 솔직하고 순수한 욕구가 떠올라 있었다. 아, 젠장…….

"물론 좋아, 참깨."

그는 간신히 대답했다. 그리고 덜덜 떨리는 손으로 그녀의 치맛자락을 끌어 내려주었다. 그의 허리를 감고 있던 그녀의 다리가 스르륵 침대 위로 미끄러졌다. 생각지도 못했던 듯 그녀는 망연자실한 얼굴이었다. 잘했어, 잘한 거야, 네가 바람둥이가 아닌 신사임을 예영에게 제대로 보여준 거라고. 리버스는 밀려드는 후회를 가까스로 가라앉혔다. 하지만 그녀의 눈엔 실망감이 떠오르고 있었다.

"근데 이건 아닌 것 같아. 아직은……."

"미안해요."

예영은 짧게 상황을 종료시켰다. 그 이상 그의 말을 들을 필요 없었다. 모든 건 명백해졌고, 그럼에도 계속 그의 변명을 듣는다면 굴욕스러움을 면할 수가 없을 것이었다. 그녀는 조용히 몸을 일으켰다. 그는 심각한 표정이었지만 그녀를 위해 비켜주었다. 예영은 위로 말려 올라간 옷자락을 아래로 잡아당기며 옷매무새를 매만졌다.

"당신 뜻 알 것 같아요. 더 이상 말하지 않아도 돼요."

"내 뜻이라니? 뭘 알겠다는 거야?"

불안한 눈으로 그는 예영의 뒷모습을 바라보며 말했다. 하지만 그녀는 아무 말도 없이 천천히 침대를 내려왔다.

"참깨."

후들거리는 두 다리로 간신히 버티고 선 그녀는 핸드백을 들고 비틀비틀 욕실을 찾았다. 그의 시선을 받으며 욕실까지 들어

온 그녀는 문을 잠그고 주르르, 그 자리에 주저앉았다. 다리에 힘이 풀려 더 이상 버틸 힘이 없었다. 그가 자신을 거부했다는 것에 분노하기보다, 그런 그에게 사랑을 느끼고 있다는 걸 비로소 깨달은 거였다.

"어떻게 할래, 이제? 어떻게 할 거야……."

눈앞이 캄캄했다. 그녀는 담그지 말아야 할 물에 다시금 발을 넣고 만 거였다.

산발이 된 머리를 손으로 대충 빗고 화장을 고치고 난 건, 꽤 오랜 시간이 흐른 후였다. 예영은 조금 부었지만 그럭저럭 봐줄 만한 얼굴로 욕실에서 나왔다. 침대에 널브러져 있던 리버스가 벌떡 상체를 일으켰다. 그는 예영의 나름대로 평온해 보이는 얼굴을 바라보며 눈살을 찌푸렸다. 저 얼굴은 대체 무슨 의미이지? 아깐 분명 평온하면 안 되는 상황이었잖아.

"참깨."

아까의 일에 대해 설명하기 위해 그는 그녀를 불렀다. 하지만 그녀가 더 빨랐다.

"아깐 정말 미안했어요. 내가 잠깐 미쳤었나 봐요."

"뭐라고?"

"아무리 우울해도 당신을 이용하면 안 되는 건데, 어른답지 못한 행동이었어요. 정말 미안해요."

"이용? 어른?"

목소리가 자연스레 날카로워졌다. 이 여자가 대체 무슨 말을 하려는 거야? 이용했다니? 순간 그는 그녀가 무슨 말을 할지 두려워졌다.

"아무리 힘들어도 아무나 붙들고 애원하는 짓은 하면 안 되는 건데…….."

"아무나? 방금 아무나라고 했어, 당신?"

"네."

푸석푸석한 목소리로 그녀가 대답했다. 이건 진심이 아니라고, 그는 정신없이 머릿속으로 되뇌었다. 그녀는 지금 거짓말을 하고 있었다. 딱 얼굴을 보면 답이 나왔다. 뭐가 문제지? 무엇 때문에 참깨가 저렇게 차가워진 거지? 그가 그녀를 안지 않아서? 리버스는 침대에서 내려와 그녀를 향해 다가갔다.

"은예영, 내가 아까 그랬던 건…….."

"됐어요. 그렇게 굳이 설명하려 들지 않아도 알아들었어요, 나. 다 이해해요."

그녀와 사랑을 나누길 망설였던 그의 고뇌가 어떤 것인지 예영은 잘 알았다. 그녀의 수많은 흠들이 부담스럽지 않다면 그게 더 이상할 것이다. 상처 깊은 이혼녀를 자신의 인생에 쉽게 받아들일 수 있는 남자는 흔치 않다. 그는 평소 예영을 원한다고 말했지만, 말하는 것과 실제 닥쳤을 때 피부로 다가오는 사안의 무게는 분명 다를 것이다. 그녀는 리버스의 난감함을 똑똑히 이해했다. 그리고 그걸 탓할 마음 전혀 없었다.

"뭘 이해한다는 거야?"

그가 물었다.

"어차피 난 당신이랑 연애할 생각도 없었어요. 복잡해지는 거 원치도 않고. 그러니 차라리 잘된 거예요."

"자, 잠깐만!"

말까지 더듬으며 리버스는 손을 들어 그녀의 말을 막았다. 그녀는 흔들림 없는 눈으로 그를 바라보았다. 리버스는 그녀의 코 앞까지 다가가 그녀를 굽어보며 싱긋 날이 선 미소를 지었다.

"다시 말해볼래?"

"차라리 잘됐다고요. 복잡한 거 원하지 않으니까 이것으로 끝내자고요."

"내 말을 그렇게 이해했단 말이야?"

"다시 말하지만, 미안해요."

"뭐가!"

그가 버럭, 고함을 내질렀다. 예영은 숨을 크게 들이쉬며 그를 외면했다.

"당신을 원했던 거 아니었어요. 그냥 위로가 필요했었어요."

예영은 그의 대답을 듣지 않고 그를 지나쳐 걷기 시작했다.

"어딜 가는 거야?!"

그가 소리쳐 물었다. 예영은 걸음을 멈추지 않은 채 걸어가며 대답했다.

"여기 밤새도록 있을 수는 없잖아요."

"Fuck! Goddamit!"

욕설을 내뱉으며 리버스는 머리카락을 쥐어뜯었다. 그녀가 거짓을 말하는 걸 그는 본능적으로 알 수 있었다. 감정없는 눈과 메마른 목소리로는 절대 진실을 말할 수 없었다. 그의 키스에 반응했던 그녀가 진실이었다. 그걸 너무나 확연히 그는 느꼈다. 그럼에도 화가 났다. 위로가 필요했을 뿐, 그를 원했던 게 아니란 말에 꼭지가 핵 돌았다. 딴 남자와도 충분히 그럴 수 있었다는, 다소 충격적인 뉘앙스가 그의 피를 거꾸로 솟구치게 했다. 거짓말인 걸 뻔히 알면서도 이렇게 화가 나는데, 진짜 그녀가 다른 남자와 만나는 장면을 보면 어찌 될지 그는 스스로가 무서워졌다.

"기다려!"

그는 거칠게 한숨을 내쉬며 그녀를 불렀다. 그녀가 걸음을 멈추고 뒤를 돌아 그를 보았다. 감정이 전혀 드러나지 않은 냉정한 표정으로 그녀는 그를 조용히 응시했다.

"다 된 밥에 재 뿌릴 거야?"

"……."

"장민우 자식 말이야. 당신 전남편. 기억 안 나?"

그녀의 눈이 흔들렸다. 리버스는 짜증나는 얼굴로 성큼성큼 그녀에게로 다가갔다. 그는 예영의 손목을 거세게 낚아채고는 윽박지르듯 거칠게 중얼거렸다.

"지금 나가도 같이 나가야지. 안 그래? 그걸 보여주려고 했던 거 아니었어?"

"……."

"붉은 볼, 부어오른 입술. 완벽하군."

그의 빈정거림에도 불구하고 그녀는 아무 대꾸도 하지 않았다. 리버스는 욕설을 중얼거리며 그녀의 손목을 쥔 채로 빠르게 걷기 시작했다.

"가자고."

✻

그날로부터 삼 일이 지났다. 리버스는 삼 일 내내 집밖으로 한 발자국도 나가지 않았다. 502호 문짝만 바라봐도 속에서 열불이 끓어오르는 기분에 문 쪽으로는 고개도 돌리지 않았다. 그 사이, 그는 머릿속에서 맴도는 그녀의 말을 무덤덤하게 받아들여보려고 무던히도 애썼다. 그녀는 거짓말을 한 거였다, 그를 거부하기 위해 아무 말이나 지껄였던 거다, 열심히 되뇌었지만 밴댕이 같은 그의 마음은 여전히 속이 상했다.

"내 마음을 알면서, 내가 그렇게 미래를 약속했는데, 어떻게 나한테 그렇게 말할 수 있어?"

거실바닥에 드러누워 그는 천장을 향해 일갈했다.

"내가 뭘 잘못한 게 있다고 내게만 그렇게 무정하게 구냐고. 다른 사람들한테는 천사처럼 굴면서."

심지어 전남편인 장민우에게도 그녀는 관대했다. 바람을 피우고 아기까지 죽게 한 그런 놈을 경찰 유치장에 처넣지 않았다는 것만으로도 그녀는 천사라 불릴 자격이 있었다. 오히려 바보 같다고, 성격이 너무 무르다고 해야 좀 더 옳은 표현이 아닌가 싶기도 했다. 하긴, 그런 그녀이니 혼자 그렇게 아프면서 멀쩡한 척 참고 지내왔을 것이다. 하지만 은예영이 그런 여자임을 알면서도 리버스는 화가 났다.

"왜 나한테 기대지 않는 거야? 왜 날 이용해 먹지 않냐고. 내가 행복을 약속하잖아. 사랑을 구걸하잖아. 왜 난 아니야? 좋으면서, 왜 아니라고 해?"

화가 나는 건 그 때문이었다. 그녀는 자신이 원하는 걸 손을 뻗어 쟁취하려 하지 않았다. 원하는 걸 원한다고 말하지 못했고, 사랑하면서도 사랑한다 말을 못 했다. 그건 이미 그를 포기했다는 의미였다. 왜? 왜 그녀는 잡으려 노력하지도 않고 지레 겁을 내는 건가. 그녀에게서 리버스라는 남자는 그렇게 쉽게 포기할 수 있는 존재인가? 있으면 좋지만, 없어도 그만인 사람인 건가? 나중에 후회할 것 같지도 않는다는 걸까?

"젠장……."

별 시답지 않은 문제라는 걸 그도 알았다. 그딴 걸로 삐쳤다는 게 창피할 정도로 속 좁은 행동이라는 것도 알았다. 하지만 화가 나는 걸 어쩌라고. 그도 인간이었다. 밸 빠진 놈처럼 은예영의 주위를 맴돌며 사랑을 구걸했지만, 자존심 있는 남자란 말이다.

"내가 없어봐야 해, 참깨. 그래야 내가 얼마나 소중한 사람인지 깨닫지. 항상 있던 자리에 없으면 내 빈자리를 느끼겠지. 자기가 나를 얼마나 사랑하고 필요로 하는지 알게 되겠지. 응? 그때 가서 후회하지 마라, 참깨. 매달려 봤자 쉽게 용서 안 해준다고."

구시렁구시렁, 리버스는 혼잣말을 중얼거렸다. 손으로는 휴대폰을 위로 던졌다 받았다를 무의미하게 반복하고 있었다. 물론 그의 전화번호를 그녀가 모른다는 사실조차 생각할 여유가 그에겐 없었다. 당연히 기다리는 전화가 올 리 없었고, 그럼에도 불구하고 그는 삼 일 내내 이런 기분으로 이런 삽질을 하고 있었다. 삼 일이 지나는 동안, 가게는 어떻게 되었는지, 장민우 그 자식은 또다시 찾아오지 않았는지 그는 궁금해 미칠 지경이었다. 하지만 이를 악물고 버티는 중이었다. 누가 이기는지 두고 보자고, 은예영.

아파트 현관벨이 울린 건 그때였다.

'그녀닷!'

목젖까지 올라오는 환희의 함성 소리를 꾹 눌러 참으며 리버스는 벌떡 자리에서 일어났다. 손등과 허벅지가 당겨오면서 통증이 밀려왔지만 그는 거의 의식하지 못했다.

리버스는 후다닥 현관 앞으로 달려갔다. 냉큼 손을 뻗어 문을 열어주려던 그는 정지 버튼 눌려진 비디오화면처럼 일시에 행동을 멈추었다. 너무 성급하게 문을 열면, 지금까지 그녀를 기다렸다는 티가 팍팍 날 게 뻔한 거 아니겠는가. 천천히 숨을 돌리면서 느긋하게 열어주는 게 작전을 성공으로 이끄는 길이었다.

"누구세요?"

그는 차분히 물었다. 누가 와 있을지 뻔한 일이니 모니터를 볼 생각도 하지 않고 있었다.

"나예요, 오빠! 빨리 문 열어봐요."

다급한 여자 목소리였다. 리버스는 단박에 목소리의 주인공을 알아보았다. 예소였다. 어쩐 일이지? 설마 예영에게 무슨 일이 생긴 건가? 리버스는 초고속 광랜스피드로 네 개나 되는 잠금장치를 풀고 문을 열어주었다.

"무슨 일이야?"

"오빠, 큰일났어요."

큰일? 무슨 큰일?

"지금 집에 누가 와 있는 줄 아세요?"

기름기 질질 흐르는 머리를 긁적이며 예소가 다그쳤다. 삼 일 내내 머리를 감지 않은 리버스 역시 기름기 질질 흐르는 뒤통수를 긁적거렸다. 괜히 예소를 보니 머리통이 간지러워지는 기분이었다.

"예소 집? 누가 왔는데?"

"장민우, 그 개샴푸가 왔어요. 지금!"

"뭐, 뭐라고?"

"지금 집에 들어와서 언니랑 얘기 중이라니까요. 일이 이렇게 되는 동안 오빤 집에서 뭐 하고 있었어요?"

예소는 답답한 마음에 리버스를 다그쳤다. 예영 몰래 왔기 때문에 그녀는 목소리 톤을 확 낮추어 속삭이고 있었다. 그녀가 리버스를 찾아왔다는 걸 알면 예영이 가만있지 않을 것 같았다. 모르긴 몰라도 최소 사망일 것이다.

삼 일 전, 멋들어지게 쫙 차려입고 나갔다가 돌아온 이후 지금까지 예영은 방구석에 틀어박혀 꼼짝도 않고 있었다. 무슨 일이 있었는지 물어봐도 대답도 않고, 가게에도 나갈 생각을 하지 않았다. 종업원에게 전화를 걸어 아예 며칠 휴가를 줘버리더니 그 길로 세상 등진 사람마냥 침대에 누워 옴짝달싹도 하지 않았다. 분명 리버스와 무슨 일이 있는 게 틀림없다고 생각하면서도 예소는 잠자코 있었다. 두 사람 일이니 두 사람이서 해결하게 내버려 둬야겠다고 단단히 마음먹고, 근질거리는 두 발을 꾹 붙들어 매어두고 있었던 예소였다. 하지만 방금 전 현관에 들어서는 장민우를 보는 순간, 그 마음은 싹 달아났다.

예소의 강력한 항의에도 불구하고 예영은 장민우를 집 안으로 들렸다. 시도 때도 없이 전화질을 해 잘못했다고 빌고 한 번만 만나달라고 하소연하는 그의 뻔뻔함에 예소는 기가 찼다. 그를 집 안으로 받아들이고 그의 얘길 들어주고 있는 은예영의 삶은 호박 같은 무른 처사에는 기절하기 일보 직전이었다. 장민우는 절대반대, 반대하기 위해 그녀는 결사 투쟁할 것이다!

"집에 들어갔다고? 어떻게?"

리버스가 날카롭게 물어왔다.

"그야 문을 열어줬으니까 들어왔죠."

"누가 열어줘서 들어가, 거길?"

흥분하니 리버스의 목소리는 저절로 높아졌다.

"언니죠. 누구긴 누구예요?"

"뭐라고?"

그 여자, 미친 거 아니야? 리버스는 곧 튀어나올 것 같은 눈으로 예소를 내려다보았다. 도저히 믿을 수가 없었다. 어떻게 그를 놔두고 장민우를 만날 수가 있단 말인가. 그 빌어먹을 나쁜 놈을 용서하고 받아주겠다는 거야, 뭐야?!

"말도 안 돼. 말도 안 돼!"

"제 말이 그 말이에요. 당장 가서 말려야 한다고요. 내 말은 절대 안 들으니까 오빠가 가서 말려줘요. 말릴 수 있잖아요. 네? 오빠밖에 없어요."

"Shit!"

리버스는 예소의 어깨를 밀치며 맨발로 뛰어나갔다. 말릴 수 있는 사람이 리버스뿐이라는 말에는 동의할 수 없었지만 말려야 했다. 정말 말릴 수 없다면 최소한 훼방이라도 놓아야 했다. 그녀가 시궁창속으로 다이빙하는 광경을 이대로 손 놓고 구경만 할 수는 없었다. 장민우라니! 대체 무슨 생각으로 그놈을 만나는 거야?

"이봐! 문 열어, 참깨!"

리버스는 쾅쾅, 아파트 문을 시끄럽게 두들기며 소리쳤다.

"문 열라고!"

"열려 있는데요, 오빠."

예소는 리버스의 뒤에 서서 이성 어린 조언을 건넸다. 조금 어색해진 듯 천천히 손을 내린 리버스는 쏜살같이 문을 열고 들어갔다. 예소는 잠바 주머니에 양손을 넣고 킥킥 웃었다.

'이분, 엄청 웃기주시네. 보기보다 귀여우시단 말씀이야.'

예소는 전남편이 스토커질을 해와 여주인공이 기겁한 데까지 나간 소설 진도를 떠올리며 만족스러운 미소를 띠었다. 아까 집에서 나올 땐 엄청 다급한 마음에다가 간까지 바짝 졸은 상태였는데, 들어가는 지금은 완전 느긋해지고 있었다. 리버스의 몰골과 허겁지겁 행동들을 보니 크게 걱정하지 않아도 될 듯했다. 그녀가 보기에 둘 사이는 여전히 희망찼다.

"리버스!"

예소가 문을 열고 들어가니 집 안은 이미 살얼음판이 되어 있었다. 소파에 앉아 있던 예영이 벌떡 일어섰고, 리버스는 헐크처럼 씩씩거리고 있었다. 그리고 문제의 원인인 '개샴푸'는 바닥에 무릎을 꿇고 앉아 있었다. 예영 앞에 무릎을 꿇고 빌고 있는 모양이었다. 으휴, 저 인간 하는 꼬라지 좀 보게. 저걸로 통치겠다는 거야, 뭐야?

"예소, 너!"

예영의 눈이 예소를 향해 쭉 째졌다. 살벌한 눈초리에 예소는 냉큼 리버스의 넓은 등 뒤로 숨었다.

"지금 저 자식, 여기서 뭐 하는 거야?"

"뭐? 저 자식?"

리버스의 말에 장민우가 울컥한다. 아! 저 신발놈이 어디서?

"말해봐, 참깨. 저 쓰레기가 왜 여기에 와 있는 거야?"

"뭐? 쓰레기?"

민우는 벌떡 자리에서 일어났다. 외국 놈한테 이런 소리까지 들어야 하다니, 그는 자신의 신세가 한탄스러웠다. 아무리 잘못했다고 빌고 있긴 하지만, 그는 자신이 정말 잘못했다고 생각하지는 않았다. 잘못해서 비는 게 아니라 어쩔 수 없이 비는 거란 말이다. 그래야 은예영을 다시 되찾을 수 있을 테니까.

어제 그는 인터넷 서핑 중 경악스러운 사실을 알게 되었다. 한 아이가 인터넷 사이트에 리버스의 사진을 올려 화제의 인물로 소개했는데, 거기에 달린 댓글에 의해 그의 정체가 밝혀진 거였다. 그 네티즌 수사대에 의하면, 리버스 페리는 미국에서 엄청 유명한 스타 디자이너였다. TV 토크쇼와 잡지, Times까지 그를 한 번이라도 다뤄보지 않았던 매체가 없을 정도로 그는 유명했다. 혼혈이라는 이유로 한국에도 경제잡지 따위에 두어 번 실린 적이 있었다고 한다. 비록 국내에선 큰 이슈가 되진 못했지만.

하도 배알이 꼬이는 통에 그 자리에서 리버스에 대한 악의적인 댓글로 도배를 해놓았지만 분한 마음은 쉽게 삭여지지 않았다. 은예영이 그의 남성적 자존심을 일시에 짓밟아 버리면서 만나기 시작한 놈이 놈팡이 백수자식이 아니라 그렇게 돈이 많은 놈이라니 열불이 터졌다. 그를 차버리고 떠난 여자는 당연히 불행해야 정상이었다. 그를 그리워하며 그를 떠난 결정을 후회해야 정상이란 말이다. 그래서 그의 바짓단을 붙들고 잘못했다고 빌어도 그는 절대 받아주지 않으려고 했었다. 그런데 정반대의 상황에 부딪치게 되니 속이 부글부글 끓지 않을 수 없었다.

'다시 되찾을 거야. 왜냐하면 은예영은 원래 내 거였으니까.'

빼앗기지 않을 거다. 남자가 돼서 자기 여자를 딴 놈한테 빼앗긴다는 게 말이 되나? 이건 남자로서의 명예가 달린 문제다. 자존심이 달린 문제란 말이다. 기필코 그는 두 사람 사이를 찢어놓고 은예영을 사수할 것이다. 필요하다면 무릎을 꿇어서라도.

"여긴 어쩐 일이에요?"

예영이 놀란 얼굴로 리버스에게 묻는다. 리버스는 격분한 얼굴로 소리쳤다.

"내 질문에 먼저 대답해. 저 자식이 대체 왜 여기에 있는 거야?"

"얘기하고 있었어요."

"무슨 얘기? 둘 사이에 무슨 할 얘기가 있다는 거야?"

장민우가 끼어들었다.

"우리 둘 사이에 오가는 얘기야. 네 녀석이 무슨 상관인데 물어?"

젠장! 리버스는 쿵쾅 발도장을 찍으며 집 안으로 들어왔다. 멍하게 그를 바라보고 서 있던 예영은 그제야 그의 전신을 훑어보았다. 그의 몰골은 정말 놀라웠다. 까만 머리가 쭈뼛쭈뼛 제 마음대로 올라서 있는데다 다 구겨진 후줄근한 티셔츠에 헐렁하고 낡은 청바지 차림. 게다가 그는 맨발이었다. 아무리 가까운 거리라지만 신발도 안 챙겨 신고 허둥지둥 그가 달려왔다는 게 믿어지지 않았다. 평소 깔끔하기가 결벽증환자 수준이었던 그가 왜……?

'잠깐! 이건 뭐야?'

그의 허리 아래쪽, 셔츠자락이 내려온 조금 민망한 부위 부근이 불룩, 솟아 있었다. 예영은 새빨개진 얼굴로 고개를 이리저리 두리번거렸다. 눈을 어디다가 둬야 할지 남세스러워 몸 둘 바를 모를 지경이었다. 대체 이 남자, 왜 이러는 거야? 지금 상황이 이럴 상황인가. 아니잖아!

"나랑 얘기 좀 해."

리버스는 예영의 손을 잡고 바깥으로 나가려고 했다. 예영은 화끈거리는 얼굴빛을 수습하며 그의 팔을 힘껏 뿌리쳤다.

"무슨 짓이에요?"

"무슨 짓? 무슨 짓이라고 했어, 지금?"

"미안해, 민우 씨. 더 이상 얘기가 안 되겠어."

예영은 리버스가 하는 얘길 무시하고 민우에게 말했다. 리버스는 기가 막히는 광경에 입을 딱 벌렸다. 이건 말이 안 되었다. 아무리 생각해도 그의 뇌로는 이 상황을 받아들일 수가 없었다. 이 여자가 드디어 돌아버렸나?

"뭐가 미안하다는 거야? 당신이 저 자식한테 미안할 게 뭔데?"

리버스가 고함을 질렀지만 그녀는 여전히 민우를 바라보며 기계적으로 말했다.

"나중에 연락하든지 할게."

그만 가라는 얘기였다. 민우는 뭔가 께름칙한 기분으로 리버스와 예영을 번갈아 보았다. 이대로 물러나도 별 뒤탈이 없을까 조바심이 났다. 뭐, 별 탈이 있겠어? 이미 게임 끝인 것 같은데. 민우는 리버스의 황망한 표정을 흘깃거리며 매력적인 미소를 예영에게 흘렸다.

"좋아. 전화해."

그는 당당하게 어깨를 쫙 펴고 리버스의 코앞을 지나쳤다. 리버스는 당장에 달려가 놈의 면상을 후려갈기고 때려눕힌 후 지근지근 두 발로 밟아주고 싶은 충동과 싸워야 했다. 낯짝도 두껍지. 어떻게 예영의 앞에서 웃을 수가 있는지 놈의 뇌를 개봉해 버리고 싶었다. 그가 그녀에게 무슨 짓을 저질렀는지 모두 알고 있는 지금, 미꾸라지처럼 빠져나가는 놈의 뒤통수를 째려보며 리버스는 두 손마저 부르르 떨었다.

"저걸 확……!"

예소 역시 그의 심정과 마찬가지인 듯 현관문을 유유히 빠져나가는 놈을 향해 주먹을 휘둘렀다.

그때 예영이 그의 옆을 스쳐 지나갔다. 그녀는 방 안으로 들어가고 있었다. 아예 리버스와는 얘기도 하기 싫다는 건가. 너무나 화가 치밀어 리버스는 그녀의 뒤를 재빨리 따라갔다.

"얘기 좀 하자니까 왜 피해?"

"피하긴 누가 피했다는 거예요?"

"지금 당신이 날 피하고 있잖아. 얘기하자는데 왜 방으로 들어와 버리는 거야?"

"당신이랑 할 얘기 없어요, 난."

"왜 없어? 그 자식이 내 앞에서 승리자인 척 처웃으며 지나갔는데!"

"왜 화를 내요?"

예영은 시선을 일정 수위 밑으로 내려뜨지 않기 위해 기를 썼다. 하지만 자꾸만 묘한 각도로 불룩 튀어나온 부분으로 눈이 가는 건 어쩔 수가 없었다. 예영은 진땀을 흘리며 한숨을 내쉬었다. 산발이 되어 있는 머리카락을 마구 쓸어 넘기며 그녀는 갑갑한 한숨을 내뱉었다.

"내가 화 안 내게 생겼어? 저놈 하소연 들어줄 마음은 있고, 나랑 얘기할 마음은 없다는 거 아니야."

"아니에요."

"아니면 왜 얘길 못해? 나가서 얘기 좀 하자니까."

"못 나가요!"

"왜 못 나가?"

에라이, 모르겠다. 예영은 질끈 눈을 감고 소리쳐 버렸다.

"그 모양을 해서 대체 어딜 가겠다는 거예요?"

그 모양이라니? 그가 얼굴을 찡그렸다. 예영은 고개를 아래로 숙인 채로 한 손바닥으로 얼굴을 가렸다. 그리곤 리버스의 특정 부위를 손가락으로 가리켰다.

"그거요……."

그로부터 삼십 분 후, 카페 안에 테이블 하나를 사이에 두고 리버스와 마주 앉은 예영은 쥐구멍이 있으면 들어가고 싶은 심정이었다. '그 모양' 사건을 빌미로 계속 그녀를 놀려대는 리버스가 얄미워 죽을 판이었다. 누가 그게 청바지 단추일 줄 알았냐고. 단추도 잠그지도 않고 반쯤 헤벌쭉 벌려놓았던 주제에 창피한 줄도 모르고! 으이구. 그래도 예영보단 덜 창피하다 이거겠지.

“사실 그게 그거였다면 더 나왔겠지.”

그게 그거라니. 뭐가 뭐라는 뜻인가. 예영은 머릿속으로 상상이 되어 죽을 것만 같았다. 새빨개진 얼굴로 예영은 이를 갈았다.

“이제 그만 좀 해요. 삼십 분 동안 배꼽 잡고 대굴대굴 굴렀으면 됐잖아요.”

“그게 그거라고 추정하기엔 너무 빈약하지 않던가? 그렇게 뾰족하고 짧진 않았을 텐데.”

“그만 하라니까요!”

아이고~ 순진한 우리 참깨. 아줌마 주제에 이렇게 순진해서야. 이러니 내가 귀여워 죽지. 리버스는 김이 모락모락 나는 듯한 예영의 얼굴을 흐뭇한 얼굴로 바라보았다. 그냥 확 꿀까닥 삼켜 버리고 싶을 정도로 귀엽고 예뻐 죽을 것 같았다. 그 상황에 그런 생각을 하고 있었다니 원.

“어쩐 일로 왔는지 그거나 말해요.”

예영은 새침한 얼굴로 말하고는 고개를 틀었다. 사실은 예영에게 화를 내고 윽박지를 심사였는데 일이 이렇게 되고 보니 도무지 화를 낼 수가 없는 리버스였다. 천하의 리버스 페리, 완전 팔불출이 다 됐군. 리버스는 자신의 병을 즐겁게 진단 내리곤 씩 웃었다.

“사실 난 당신이랑 말할 생각은 없었어. 한 일주일은 말도 안 하고 얼굴도 안 볼 생각이었거든.”

"남자가……! 삐쳤었던 거예요?"

예영이 상체를 앞으로 숙이며 두 눈을 부라렸다. 리버스는 어깨를 으쓱하며 가볍게 대답해 주었다.

"당연한 거 아니야? 나한테 당신이 한 게 있잖아."

"어처구니가 없네."

예영이 기찬 얼굴로 멍하게 중얼거렸다. 그녀야말로 삼 일 동안 끙끙 앓지 않았던가. 그를 사랑하게 된 자신을 탓하며 하루, 그에게 그렇게 모질게 굴 필요가 있었는지에 대해 고민하며 하루, 그를 찾아가 사랑한다는 고백을 하고 싶은 마음을 눌러 참느라 나머지 하루를 보낸 그녀였다. 예소 모르게 눈물짓고 쓰라린 가슴 달래느라 그녀는 죽을 만큼 아팠었다. 그런데 이 남자가 지금 뭐라고 하는 건가?

"어처구니없는 건 나야. 어떻게 나한테 그럴 수 있어? 내가 당신한테 어떻게 했는데."

"당신 지금, 전에 도와준 거 갖고 유세해요?"

"사랑한다고 했어. 내가 당신 지켜준다고 약속했다고. 난 그걸 말하는 거야."

"그, 그거야……."

"대체 내가 그 개샴푸보다 못한 게 뭐야?"

리버스가 몸을 숙이며 조용히 뇌까렸다. 예소가 장민우를 지칭할 때 자주 쓰는 욕을 들으며 예영은 눈살을 찌푸렸다. 은예소, 사람 여럿 버려놓는구나, 네가.

"누가 못하다고 했어요?"

"그럼 왜 그 자식을 만나는 건데? 나한테는 끝장내자고 해놓고, 왜 그 자식을 만나줘? 무슨 이유로?"

"하도 할 얘기가 있다고 해서 만나준 것뿐이에요. 안 만나주면 계속 귀찮게 할 것 같아서 그랬다고요."

아니다. 사실은 정말로 민우와 다시 합쳐 볼까, 잠깐 미친 생각을 했었더랬다. 어차피 리버스와는 결혼할 수도, 할 생각도 없는 지금 자포자기하는 심정이 되어버렸던 게 사실이었다. 사랑하는 사람과 잘될 가능성도 없는데, 아무려면 어때? 뭐, 이런 마음이었다고나 할까. 하지만 장민우의 얼굴을 보자마자 그 생각은 단번에 날아가 버렸다. 그 미친 생각을 자신이 했다는 것만으로도 수치스럽고 모욕적이어서, 인정하고 싶지도 않았다. 결국 이번 일을 계기로 기존의 결심만 더욱 굳히게 되어버렸다. 혼자서 늙어죽는 한이 있어도 절대 장민우와는 재결합하지 않을 거라는 결심.

"그 쓰레기 같은 놈한테는 한없이 관대하게 굴면서 왜 나한테는 그렇게 가혹한 건데? 내가 그렇게 미워? 내가 그렇게도 잘못한 거야? 그래, 내가 당신한테 상처를 줬다는 거 인정해. 하지만…… 난 당신이 내게 물어줄 줄 알았어. 왜 그때 당신을 거부했는데 물어주길 기다렸다고."

순간, 간신히 가라앉힌 화기가 다시 화르륵 불타올랐다. 삼일 전 호텔 침대에 나란히 누워 그들이 했던 행동들이 영화필름처럼 지나갔다. 두 볼이 화끈거려 예영은 눈알을 굴렸다. 대체 잊고 싶은 과거는 또 왜 들쑤시는 거야?

"그래, 나 삐쳤어. 나 속 좁아. 하지만, 내가 안 찾아가면 좀 궁금해 줘야 하는 거 아니야? 날이면 날마다 당신 만나러 찾아갔던 나야. 어디 아픈 데는 없는지, 다친 곳은 덧나지 않았는지 궁금해 줘야 하는 거잖아."

"그만 해요."

"집에서 기르던 강아지도 집을 나가면 찾는다고 했어. 내가 마음 상한 건 걱정도 안 돼? 난 그렇게 당신한테 하찮은 사람이야?"

"왜 이래요, 정말?"

궁지에 몰리는 기분에 예영은 소리 죽여 소리쳤다. 분명 삼십 분 전까지는 피해자로서 그를 원망하고 있었는데, 순식간에 그녀는 가해자가 되어 죄책감에 시달리고 있었다. 뭐가 이렇게 이상한 거지?

"지금 결정해. 나야, 그 자식이야?"

"이봐요!"

당연히 장민우도 리버스도, 그녀는 선택할 수 없었다. 그녀가 설계하고 있는 인생에 두 사람이 들어올 자리는 없었다. 장민우는 그녀의 아기를 죽인 원수였고, 리버스는 그녀가 생각하는 이상적인 결혼 상대자가 아니었다. 그는 지금까지 살면서 아픈 경험이라곤 단 한 번도 해보지 않은 듯 멀끔한 인생을 살아온 사람이었고, 너무 어렸다. 그녀와 공유할 수 있는 교집합이라곤 단 하나도 없는 먼 세상 사람이었다.

'그래도 이 사람을 사랑하잖아. 이 사람도 널 사랑한다고 했어. 그거면 충분하지 않니?'

그것으로 충분하면 얼마나 좋을까? 예영은 아찔한 머리를 손으로 짚었다. 한 번쯤 충동적으로 미친 듯이 사랑에 빠져 버리고 싶다는 생각이 불쑥 쳐들어왔다. 안정된 미래 따위 걷어 차 버리고 순간의 행복에 빠져 내달리고 싶었다. 이런 어리석은 충동이 생겨 버리다니. 삼 일 전, 그와 키스했던 그 순간부터 그녀는 제정신이 아니었다.

"버스를 놓치면 다시 온다고 했던가?"

그가 갑자기 물어왔다.

"다시 오잖아요."

"하지만 난 달라. 나 같은 버스는 절대 오지 않아."

"왜요?"

미심쩍은 듯 그녀는 의심 섞인 눈초리로 그를 보며 물었다. 리버스는 손짓을 살랑살랑하며 그녀를 불러들였다. 저도 모르게 예영은 그의 앞으로 다가갔다. 리버스는 무슨 큰 비밀 얘기라도 하듯 그녀의 귓속에 속삭였다.

"나는 막차거든."

풋, 웃음이 나오려는 걸 그녀는 꾹 참았다. 이 남자, 정말 왜 이래? 거부할 수가 없어지잖아.

　괜히 기분 상한 척 얼굴을 일그러뜨리며 예영은 한숨을 내쉬었다. 자꾸 그의 유혹에 풍덩 빠져 버리고 싶은 마음에 현기증마저 일었다.

　“내 인생, 아직도 파란만장하거든요. 막장까지 내몰린 건 아직 아니라고요.”

　그녀는 일부러 퉁명스럽게 대꾸했다. 심하게 갈등하는 자신의 마음을 그녀는 들키고 싶지 않았다.

　“내 버스는 아주 특별해. 일반버스가 아니라고.”

　“이층버스라도 돼요?”

　“천만에. 이층버스는 손님이 두 배잖아. 당연히 다르지. 내 버스는 손님이 한 명뿐이거든.”

　“설마 그게 나라고 말하려는 건 아니죠?”

　“설마 또 바람둥이 소리 꺼내려는 건 아니지?”

　“그럼 아니란 말이에요?”

　“호텔방에 처음 여자랑 들어가서 달랑 키스만 하고 나오는 바람둥이도 있나?”

　“키스만 한 건 아니잖아요.”

　예영이 얼굴을 붉히며 발끈했다.

　“키스만 한 거지, 그게.”

　“눕기도 했잖아요.”

　“그래도 키스만 했잖아.”

　“어떻게 키스만 했어요? 모, 몸을 이, 이렇게, 응?”

예영이 말을 잇지 못하고 더듬었다. 리버스는 따분한 표정으로 그녀가 못다 맺은 문장의 끝을 마무리해 주었다.

"겹치기도 했다?"

"맞아요."

새빨개진 얼굴로 예영은 단숨에 대답해 버렸다. 리버스는 태연한 얼굴로 입술을 삐죽거리며 말했다.

"그래도 키스만 한 건 틀림없지."

"그런 게 어딨어요?"

그녀가 열렬히 항의했다.

"그럼 그걸 잤다고 해야 해?"

"그건 아니지만, 엄연히 키스만 한 건 아니죠!"

"밤도 안 새고 나왔잖아."

"지금 그 얘기가 왜 나와요?"

예영이 두 눈을 부라리며 속삭였다. 주변 사람들이 혹시라도 들었을까 봐 전전긍긍한 얼굴이었다. 다행히 옆과 뒤 테이블이 모두 비어서 망정이지, 안 그랬으면 예영이 경기 일으킬 뻔했다 싶으니 리버스는 푸헐헐헐 웃음이 비어져 나왔다. 그게 그렇게 창피할 일인가? 리버스는 큼, 목소리를 가다듬으며 느긋한 동작으로 의자에 몸을 기대었다.

"당연히 나와야지. 아주 중요한 문제니까. 내게 바람둥이 딱지가 붙느냐, 마느냐, 결정적인 기준이 되는 거잖아."

"바람둥이 딱지가 뭐 그리 중요하다고 이 난리예요?"

"그게 당신이 날 거부하는 첫 번째 이유잖아."

"누가 그래요? 그게 첫 번째 이유라고?"

처음엔 그가 그럴 거라고 생각했지만 지금은 아니다. 또 설사 그가 바람둥이라 해도 그를 사랑하고 있다는 사실에는 변함이 없었다. 중요한 건 사랑에 직면할 용기가 나지 않는다는 것이다. 그를 잃을지도 모른다는 두려움, 또다시 혼자가 될지도 모른다는 공포감. 그것이 그녀가 그를 선뜻 받아들일 수 없는 첫 번째 이유였다.

"나도 그날 당신이 원했던 걸 원했어. 하지만 거기서 멈췄다고. 바람둥이가 아니라는 걸 증명하기 위해서 그랬단 말이야."

"내가 뭐, 뭘 원했다는 거예요?"

모르는 척하긴. 리버스는 눈가를 가늘게 좁혀 뜨고는 피식 웃었다. 그리곤 목소리 볼륨을 끄고 입술만 살며시 움직여 그녀의 질문에 답했다. S로 시작되는 세 음절의 영문 단어를 단번에 알아먹었는지 예영의 얼굴에 검붉은 파도가 일렁이기 시작했다.

"맙소사!"

예영은 두 손으로 얼굴을 쥐고 괴로워했다. 온 얼굴 근육을 뒤틀면서 그녀는 신음 아닌 신음을 흘렸다. 그녀의 머리 위로 김이 모락모락 나는 듯한 착각에 빠져 리버스는 낄낄거렸다.

"아까도 말했지만 난 당신이 싫어서 멈춘 게 아니었어. 그걸 좀 알아주라고."

"알았어요, 알았다고요. 그만 좀 해요."

"이제 결정해. 나야, 아니면 그 개샴푸야?"

거의 협박조로 그가 말했다. 아, 정말 뭐라고 해야 할까. 뭐라고 하면 그가 포기할까. 사실대로, 또다시 누군가가 자신의 곁을 떠나는 일을 겪게 될까 봐 무섭다고 말할 수는 없었다. 그렇다고 마음 가는 대로 그를 받아들일 수도 없었다. 참담한 기분으로 예영은 여전히 두 손에 얼굴을 묻은 채 중얼거렸다.

"장민우랑 어째볼 생각은 없어요."

"휘유~ 간만에 마음에 드는 대답일세."

리버스가 휘파람을 불며 추임새를 넣었다. 예영은 고개를 들고 그를 똑바로 바라봤다.

"하지만 당신도 싫어요."

"뭐라고? 왜?"

좋은 사람이니까. 마음 깊이 사랑하니까. 사랑한 만큼 배신의 아픔도 큰 거니까. 속마음을 숨겨두고 예영은 생각나는 대로 지껄이기 시작했다.

"당신은 미국인이고 아직 미혼이에요. 총각이라고요. 나보다 나이도 적고요. 평소 내가 생각했던 이상형과는 너무나 차이가 있어서 도저히 당신을 받아들일 수가 없어요."

"그 두 가지뿐이야? 생각보다 간단하네."

리버스가 생긋 웃으며 대답한다. 이제야 슬슬 코어에 가까워지는군. 그 두 가지 문제만 풀리면 은예영이 그의 손으로 굴러 들어 온다는 건데?

“간단하게 보이지만 전혀 간단치 않은 문제들이에요.”

“내가 총각이라는 게 왜 문제가 되는지 모르겠지만, 그게 문제라면 아주 쉽게 해결 가능해.”

“어디 가서 결혼 후 이혼이라도 하고 오겠다는 거예요?”

설마 똑같은 조건이 되기 위해 그런 짓을? 예영은 눈살을 찌푸렸다. 정말 어처구니없는 생각이었지만 리버스라면 충분히 그러고도 남을 사람이란 생각이 들었다.

“당신이 나랑 자주면 돼.”

“네?!”

예영이 터무니없이 큰 소리로 반문했다. 귀가 썩어버렸나. 제대로 들은 거 맞아?

“총각이라서 문제라며. 총각 딱지만 떼면 되는 거 아니야? 난 딴 사람은 싫으니까 당신이 떼주면 되는 거지.”

“초, 초, 초……!”

이 남자, 정말 총각이라는 거야? 그럼 삼 일 전 호텔에서 있었던 그 일은 그의 첫 번째……?

“그 문제도 패스.”

아무 대답도 못하고 예영은 얼어버렸다. 잠깐 동안 가라앉았던 화기가 다시 두 볼로 진입해 달아오르기 시작하는 건 말할 것도 없었다. 미치겠구나. 리버스가 창피해야 할 일인데 왜 네가 창피해하고 있는 거니, 은예영? 제발……. 제발 상상하지 마!

"미국으로 돌아가는 문제도 내 보기엔 아주 간단해."

"내가 따라나서면 된다고 말할 거면, 됐어요. 난 싫어요."

양손을 파딱파딱 움직여 부채질을 하면서도 그녀는 고집스럽게 중얼거렸다. 안 간다고 우길 수밖에 없다, 그를 확실히 거부하기 위해선. 안 간다는데, 못 간다는데, 리버스라고 별수있겠나? 어차피 그는 미국 시민이기 때문에 언제고 돌아가야 한다. 귀화하거나 역이민 오지 않는 한은. 그는 미국에서 상당한 인기와 기반을 가지고 있다고 했다. 그런 것들을 모두 포기하고 한국으로 온다는 건 상상도 못할 일일 것이다. 그가 그녀를 그만큼 사랑할 리는 없었다.

"바보네, 참깨."

"……?"

손부채질을 딱 멈추고 그녀는 그의 입을 뚫어져라 바라보았다. 이 황당무계한 남자가 대체 또 무슨 말을 하려고?

"따라나서기 싫으면 따라나서지 않아도 돼. 그런 걸 강요하는 남자가 어디 있어?"

"그럼 떨어져 지내잔 말이에요? 인터넷, 전화로 연락하고 살면 된다고?"

이건 뭐, 주말부부를 뛰어넘는 연말부부가 되겠군. 말도 안 되는 그의 말에 예영은 황당한 표정을 지었다. 그런 걸 대안이라고 내놓다니, 멍충이 리버스!

"웃기지 마. 난 절대 그렇게는 못해. 결혼하는 마당에……."

예영이 한 손을 들더니 그의 말을 가로막았다.

"자, 잠깐만요. 결혼이라니요? 내가 언제 당신이랑 결혼한다고……."

"장민우와 나, 둘 중에 고르라고 했잖아. 그게 그럼 뭐라고 생각했던 거야? 연애상대 고르라고 한 줄 알았어?"

말은 됐다. 그러나 여전히 충격은 가시지 않았다. 그가 결혼을 하겠다고 나선 거라니. 정말 결혼을 하겠다는 건가? 정말?

"아무튼 안 돼. 연애는 떨어져서 해도 결혼 생활은 떨어져서 못한다고."

얼어붙은 그녀를 앞에 두고 그는 멀쩡히 잘도 주절거렸다. 예영은 얼어붙은 입술을 꿈틀거리고 안 나오는 목소리를 쥐어짜 겨우겨우 물었다.

"그…… 럼 어…… 쩌자고요?"

"그거야 당연히 내가 한국에 남으면 되는 거지."

"네?"

예영은 전혀 생각지도 못한 답인 듯 두 눈을 키웠다. 날카로운 목소리로 되물었지만 당황한 듯했다.

리버스는 신이 나기 시작했다. 그러니까 이런 간단한 문제로 그를 거부하고 있었단 말이지? 사랑을 느끼지 못한다거나, 바람둥이니까 그를 믿지 못한다거나, 그런 게 아니고 단지 그가 미혼이라서, 미국으로 돌아갈 몸이라서 싫다는 거지? 그 말을 뒤집어보면 그녀는 그를 사랑하고 있다는 거였다. 리버스는 그녀의 놀란 눈을 향해 만면의 미소를 지으며 고개를 살랑거렸다.
그리곤 힘차게 결론을 내렸다.
　"이제 결혼하는 일만 남았네."

"생각해 볼게요."

간단한 답변으로 예영은 리버스의 대시를 간신히 피할 수 있었다. 그를 사랑하긴 하지만 결혼까지 할 수 있을지는 예영도 즉답을 내릴 수가 없었던 것이다. 결혼이 두 사람의 사랑으로만 영원히 지속될 수 있는 게 아니라는 걸 이미 경험한 사람으로서, 그녀는 지금의 감정만으로 결혼을 결정할 수가 없었다. 한 번 실패는 병가지상사지만 두 번 실패는 그녀에게 좌절만을 안겨줄 게 뻔했다. 이 문제에 있어서 좀 더 신중하고 좀 더 숙고해야 함은 당연했다. 하지만 예소는 그렇게 생각하지 않는 모양이었다.

다음날 오후, 가게에 나가보기 위해 현관문을 밀고 나온 예영은 눈앞에 떡하니 서 있는 리버스를 발견하고 즉시 고개를 돌려 현관문을 째려봤다. 이 스파이 은예소! 저게 언제 리버스한테 매수된 거야? 오늘 가게에 나가겠다는 말은 아무도 모르는 일급 비밀이었다. 아는 이라곤 예소뿐.

"여기서 뭐 해요?"

예영은 멀끔하고 단정한 옷차림의 그를 바라보며 톡 쏘듯 말했다. 그리곤 그를 무시하듯 엘리베이터 버튼을 꾹 눌렀다. 일층에 머물러 있던 승강기가 올라오기 시작했다.

"뭐 하긴, 보디가드 하러 나왔지."

"고맙긴 한데요. 이젠 괜찮거든요."

"아~ 안 괜찮구나?"

얄밉게도 그는 깐죽거리며 피식거렸다. '~거든요'로는 절대 말하지 말아야지, 원. 왜 제 마음대로 해석하고 혼자 좋아하고 난리야. 심란해 죽겠는데.

"정말로 괜찮다고요, 난. 장민우한테는 오늘 전화해서 말할 거고요……."

"아직도 말 안 했다는 거네? 핸드폰 줘봐."

그가 손을 내밀었다. 뜬금없는 소리에 미간을 좁히며 예영은 불신 가득한 눈을 그에게 쏘았다.

"내 핸드폰은 뭐 하게요?"

"내가 대신 전화해서 말해주려고. 야, 개샴푸! 우리 참깨가 그러는데 넌 안 되고 난 된대. 이렇게."

그의 뻔뻔스러운 답변에 예영은 확 짜증이 솟구치는 걸 느꼈
다. 이런 말 한마디에 그녀가 얼마나 흔들리는지 이 남자는 너
무도 잘 아는 것 같았다. 종이인형처럼 후물거리면서 그의 가슴
에 기대고 모든 걸 그의 처분대로 맡겨 버리고 싶은 마음이 해
일처럼 일기 시작했다. 정말 뼉이 가시는구나, 뼉이. 예영은 질
끈 눈을 감으며 연약한 마음을 냅다 내팽개쳤다. 그리곤 버럭
고함을 내질렀다.

"됐거든요!"

윽! 절대 안 쓰겠다 다짐한 말투가 또 입 밖으로 튀어나왔다.
아니나 다를까, 낭패감에 찌든 그녀의 얼굴 위로 그의 깐죽거리
는 미소가 그림자처럼 드리워졌다. 그가 가까이 다가와 그녀를
위에서 짓누르듯 굽어보고 있었다.

"아~ 안 됐구나?"

"으휴, 정말!"

딩동— 타이밍도 절묘하게 엘리베이터 문이 열렸다. 예영은
그를 무시하고 엘리베이터를 탔다. 그는 느긋한 걸음으로 그녀
의 뒤를 따랐다. 스르륵 문이 닫히고 작은 네모박스의 공간이
아래쪽으로 이동하기 시작했다. 그러자 예영은 이를 갈며 뇌까
렸다.

"생각해 보겠다고 했잖아요. 그럼 생각할 시간을 줘야죠."

"당신이 빨리 결정을 내리는 데 도움을 줄까 싶어서."

“내 일은 내가 알아서 결정할 수 있어요.”

“물론 그렇겠지.”

“당신 도움 따위 필요없다고요, 내 말은.”

“당신 결정을 앞당기고 싶은 거라고, 내 말은.”

“아직 무슨 결정도 안 내린 판에 뭘 앞당기겠다는 거예요?”

“생각해 보나마나 뻔하지 않아? 바보가 아닌 이상, 날 거절할 이유가 전혀 없잖아. 문제란 문제는 다 해결되었는데.”

“해결은 무슨 해결이 됐다고 그래요?”

예영은 기겁한 얼굴로 그를 노려보았다. 어제 그 이상한 소리들을 해결책이라 내놓고 그것으로 문제 끝이라 외치는 리버스 페리가 예영의 눈엔 철딱서니없는 ‘애’ 처럼 보였다. 아니, 무슨 결혼이 장난이냐고. 떼쓰면 다 해결되는 줄 아나?

“안 된 건 또 뭐야?”

“당신 얘기대로 해서 다 해결 된다고 해도, 결혼까지는 넘어야 할 산이 너무나 많아요. 결혼은 환상이 아니라 현실이라고요. 두 유 언더스탠드?”

“에베레스트보다도 더 높은 은예영 산을 넘었는데 뭐 그게 대수인가.”

엘리베이터가 멈추고 문이 열리기 시작하자 리버스는 그녀의 어깨에 턱, 팔을 올렸다. 그리곤 그녀를 옆구리에 딱 붙이고는 뻔뻔한 미소를 씩 지어 보였다.

“또 무슨 산을 넘으면 되는데?”

따스한 그의 옆구리에 끼인 그녀는 얼굴을 일그러뜨려야 했다. 팔뚝을 쥐고 있는 그의 커다란 손바닥 밑에서 그녀의 살갗이 알레르기 반응 일으키듯 스멀스멀 간지러움이 올라오기 시작했기 때문이다. 블라우스에 재킷까지 껴입었는데 왜 이런다지? 아무도 없는 엘리베이터 안이 너무나 비좁고 답답하게만 느껴지기까지 하자 예영은 신경질적으로 어깨를 흔들어 그의 손을 털어냈다.

"우리 엄마아빠, 쌍바위 산이요. 그리고 당신 부모님 산도."

엘리베이터를 빠져나온 예영은 빠르게 걸었다. 리버스는 그녀의 뒤를 잽싸게 따라붙었다.

"쌍바위 산이라니?"

"일반 산이 아니라 바위산이라고요. 뚫기 힘들걸요."

"뚫긴 왜 뚫어? 그냥 넘어가면 되지."

"넘어가다가는 날 저물지도 몰라요."

"날이 저물면 자고 가면 돼. 그게 무슨 문제라고."

"네, 네. 당신한텐 아무것도 문제될 게 없겠죠."

"참고로 우리 부모님은 걱정하지도 마. 당신은 우리 부모님이 딱 원하는 며느리상이니까."

"이혼녀라는 걸 모르는 상태에선 그럴지도 모르죠."

"그런 걸로 반대하실 분들이 아니야. 혹시 하시더라도, 장민우에 대해서 알게 되면 반대하고 싶은 마음이 싹 사라질 거야."

순간, 예영이 걸음을 멈추고 우뚝 섰다. 덕분에 뒤따라오던 리버스도 걸음을 멈추고 그녀를 지켜보았다. 예영은 어색하게 뒤를 돌아 그를 올려다보았다. 마치 뭔가를 확인하려는 듯. 리버스는 그녀의 마음이 심하게 흔들리기 시작했음을 감지했다. 그는 그녀에게 가까이 다가가 한없이 사랑스러운 예영을 내려다보았다. 그리고 진심이 담뿍 담긴 목소리로 찬찬히 진실을 말해주었다.

"당신 잘못이 아니야."

그녀의 눈빛이 아스라이 흐려졌다. 그는 삼키고 싶은 그녀의 입술로 시선을 떨어뜨렸다. 그리고 속삭였다.

"절대."

그의 고개가 더욱 꺾이고 아래로 기울어질 때쯤이었다. 휙, 그녀가 몸을 돌려 빠르게 걷기 시작했다. 찬바람이 쌩 도는 그녀의 태도에 리버스는 풋, 웃어버렸다. 예전엔 저 태도가 조금은 무섭고 가슴 철렁하고 서운했는데, 이젠 아무렇지도 않았다. 왜냐하면, 그의 참깨는 요상하게도 속마음과 정반대로 행동하는 경향이 있다는 걸 이젠 알기 때문이다. 저 싸늘함은 그녀의 속마음이 그에게로 점점 기울어지고 있음을 의미했다. 리버스는 'don't worry, be happy' 라는 팝송 곡조를 휘파람으로 불며 그녀의 뒤를 따라갔다.

그리고 잠시 후, 예영은 버스 기사에게 영어를 구사하고 있는 리버스를 어처구니없는 얼굴로 노려보았다. 그는 뒤에 손님을 둘이나 달고 서서 버스기사와 영어 대결(?)을 펼치고 있었다.

"원 싸우전드, 원 싸우전드! 오케이?"

버스기사님이 목소리를 높이며 리버스와의 의사소통을 시도하고 있었다. 기가 막혀. 한국말을 한국 사람보다 더 잘 아는 사람이 뭐 하는 짓거리야, 저게?

「달러로 내면 안 될까요? 대략 일 달러쯤 되는 것 같은데. 지금 한화가 없어서 그래요. 한국 들어올 때 환전해 가지고 들어온 게 있는데 그걸 다 써버려서. 미안합니다.」

재킷에서 지갑을 빼며 그는 굉장히 빠른 속도의 영어를 주절거렸다. 네이티브가 아니면 무슨 말인지 한 단어도 못 알아들을 수준의 속도였다. 일부러 저런다는 느낌이 팍 풍겼다. 그녀를 끌어들이기 위해 저러는 게 틀림없었다. 물론 그녀의 엉덩이가 들썩여지는 것도 사실이었다. 당장 튀어나가, 그의 귀를 잡아당겨 끌고 들어오고 싶은 욕구가 꾸무럭꾸무럭 그녀를 충동질하고 있었다.

"천 원이라니까요, 천 원! 원 싸우전드. 없어요?"

답답해 미치겠다는 듯 한숨까지 섞어 쉬며 기사가 다시 소리를 높였다.

「달러로 낼 수 없나요?」

"아, 진짜! 천 원 몰라요? 레드 머니. 빨간 거 말이에요. 원 싸우전드!"

「이 달러 내죠. 그러면 되겠습니까?」

"캔 유 스피크 투 코리안? 아~ 미치겠네!"

저 사기꾼! 예영은 천연덕스럽게 한국말 못하는 시늉을 하는 리버스를 넋을 잃고 바라보았다. 이런 짓을 자주 해왔는지 아주 능숙했다. 남들이 보면 정말 한국어라곤 단 한 단어도 모르는 사람처럼 보였다. 하지만 그녀 앞에선 영어를 써본 적이 없는 걸. 물론 첫날은 예외지만. 저 장난꾸러기.

"그냥 타세요. 들어가요!"

리버스의 뒤에서 기다리는 손님들이 마음에 걸렸는지, 아니면 말이 안 통한 게 답답했었는지 기사는 리버스를 향해 소리쳤다. 그냥 패스하라는 기사의 손짓에 그는 눈썹을 치뜨며 'What?' 했다. 기사는 머리가 복잡한 듯 나풀나풀 손바닥을 뒤쪽을 향해 열렬히 털었다.

"그냥 들어가시라고. 노 머니, 노 머니!"

정말 돈을 안 받으려는 모양이다. 예영은 뜨악한 얼굴로 리버스를 바라보았다. 설마, 돈을 내겠지, 지갑 안에 천 원짜리 한 장 정도는 가지고 있겠지, 그 돈도 없이 버스를 타겠다고 나선 건 아니겠지, 하는 마음이었다. 그러나 그는 정말 돈이 없는 듯 지갑에서 달러지폐를 꺼내 들었다. 양심은 있는지 미국 돈이라도 내고 타려나 보다.

"아, 됐어요. 됐어."

기사 아저씨는 그깟 달러 뭐에 쓰냐며 차라리 넣지 말라고 큰 소리를 쳤다.

'으이구, 내 팔자야.'

　예영은 지갑을 꺼내 들고 자리에서 일어났다. 그가 따라오든 말든, 돈을 내든 말든, 창피를 당하든 말든 그녀가 상관할 바가 아니건만. 예영은 차마 그를 무시할 수가 없었다. 이건 기사아저씨와 다른 승객의 편의를 위해서야. 그가 걱정되어서 이러는 거 아니라고. 예영은 혼자 열심히 뇌까리며 버스 입구를 향해 걸어갔다.

　"아저씨! 이분 버스비 제가 대신 낼게요."

　"예? 아가씨가요?"

　"예. 좀…… 아는 사이거든요."

　기사의 시선이 미러를 통해 찔러와 박혔다. '알면서도 지금까지 구경만 하고 있었어?'의 눈빛이다. 버스 안에 있던 일곱 명의 승객들 시선도 일시에 그에게서 예영에게로 이동되었다. 순간 온 세상이 숨을 죽이고 자신을 바라보고 있는 것만 같은 착각으로 예영의 머리는 띵~ 해졌다. 이게 웬 개망신이냐. 그녀는 어금니를 사리물며 생각했다.

　'내가 다시는 버스를 타나 봐라.'

　우여곡절 끝에 버스비를 내고 예영은 폭발할 것 같은 성질을 꾹 눌러 참으며 자리로 돌아왔다. 승객들의 시선은 계속 그녀와 리버스를 쫓고 있었다. 리버스는 창피하지도 않는지 뻔뻔하게 고개를 들고는 그녀의 뒤를 따라왔다. 시뻘게진 얼굴로 예영은 자리에 털썩 앉았다. 그는 그녀의 뒷자리에 앉으며 만인이 아는 영어단어를 툭 건네왔다.

"땡스."

예영은 고개를 빳빳이 들고 앞을 바라본 채로 이를 갈았다.

"시끄러워요."

「내 버스비를 내주는 당신을 보고 있자니 기분이 묘해지던
데.」

뭐가 그리 즐거운지 낫낫한 얼굴로 리버스가 말했다. 그리곤
슥, 몸을 앞으로 숙이며 두 팔을 예영의 좌석등받이에 얹었다.
상큼한 그의 체취가 예민한 코끝으로 스며들어 오자 예영은 즉
시 긴장했다. 그의 숨결이 목덜미에 와 닿는 게 느껴졌고 찌릿,
전기에 감전된 듯한 감각이 온몸을 훑고 지나갔다. 흠칫 떨며
예영은 서둘러 그와의 간격을 벌려 상체를 앞으로 당겼다.

「따지고 보면 별것도 아닌데 기분이 우쭐해졌어. 아무래도 당
신은 내 심장을 움직이는 리모컨을 가지고 있는 것 같아.」

무슨 말을 저렇게 주저리주저리 하는 거야? 말해도 못 알아
듣는다는 걸 모르는 걸까? 예영은 얼굴을 찡그리며 고개를 숙였
다.

"헤이—"

그가 속삭이듯 그녀를 불렀다. 예영은 헐크 같은 표정으로 뒤
를 슬쩍 돌아보았다.

"그냥 한국말로 해요."

풋, 리버스가 웃음을 터뜨렸다. 뭐가 웃긴지 그는 큭큭거리며
웃기 시작했다. 잠시 흩어졌던 사람들 시선이 또다시 일순 그와

예영에게로 향했다. 그는 고개를 묻고 마구 웃더니 긴 다리를 쭉 뻗으며 좌석에 눕듯이 기대었다. 예영은 그를 죽일 듯이 노려보았다.

‘왜 웃어?’

리버스는 한쪽 눈이 흰자만 보일 정도로 자신을 노려보는 예영를 귀여워 죽겠다는 듯 바라보더니 씩 한 번 웃고는 엄지로 자신을 가리켰다. 뭔 짓을 하는 거야? 예영은 두 눈을 가늘게 뜨고 그를 노려보았다. 그는 입을 크게 움직여 ‘아이’라고 소리 없이 말하고 있었다. 그러더니 두 손을 보아 하트를 만들었다. 입으로는 ‘러브’를 그리고 있었다. 예영은 인상을 팍 찌그러뜨렸다. 설마 ‘아이 러브 유’는 아니겠지? 그녀는 리버스의 손을 뚫어져라 바라봤다. 저게 진짜로 그녀를 가리키는지, 아니면 다른 뭔가를 가리키는지 그녀는 온 신경을 곤두세우고 있었다.

순간 머리 위에서 정류장 안내멘트가 흘렀다.

“이번 정류장은…….”

퍼뜩 정신을 차린 예영은 얼굴을 붉히며 휙, 고개를 돌려 앞을 보았다. 이 상황에 그의 구애모션에 동화되어 정신없이 몰입하고 있다니. 정신이 있는 거야, 없는 거야?

“헬로우.”

그때다. 그가 목덜미 뒤에서 조용히 속삭였다. 원어민 특유의 버터발음으로 그가 말했다. 톤으로 보아 그녀에게 말하는 건 아니었다. 예영은 저도 모르게 끽끽, 뻣뻣한 고개를 돌려 뒤를 돌아보았다. 그는 그녀를 빤히 바라보며 전화를 받고 있었다.

"오케이, 리나."

리버스는 예영의 동그래진 눈을 똑바로 바라보며 흐뭇하게 미소 지었다. 애처럼 장난고백에 얼굴을 붉히는 예영이 귀여워 죽을 것 같았다. 입 안에 넣고 핥다가 꽉 깨물어 버리고 싶은 사탕처럼, 입 안에 넣으면 오도독오도독 씹고만 싶은 크런키초콜릿처럼 먹음직스러워 보였다. 저 도톰한 입술을 한입 빨아…….

[너 어디야?]

전화기 안에서 리나가 벼락같이 고함을 쳤다. 목소리가 워낙 커서 귀가 따끔거리자 리버스는 얼굴을 찡그렸다.

「나 귀 안 먹었다.」

[어디냐니까. 왜 삼 일 내내 전화는 안 받고 지랄인데? 무슨 일이 있었던 거야?]

「오케이. 지금은 버스 안이고 삼 일 내내 기분이 저조해서 전화기도 꺼놓고 있었어. 무슨 일이 있었는지는 생략이다. 전화로 얘기하긴 너무 긴 이야기라서.」

리버스는 몸을 쭉 뻗으며 일부러 느긋하게 말했다. 리나와는 '울보사건' 이후 처음 얘기하는 거였다. 그동안 무슨 일이 있었는지 통 연락도 없었고, 리버스 역시 예영의 일 때문에 정신이 없어서 리나의 일에 신경 쓸 겨를이 없었다.

[약혼자라는 놈 입에서 나오는 소리 좀 보라지. 도움은 못될 망정 딴 여자랑 호텔이나 들어가고. 너 때문에 인마, 괜히 나만

프리섹스주의자가 됐잖아.]

「어쩌다 그렇게 됐는데?」

[시끄러워. 널 믿은 내가 바보다.]

「미안. 필요하다면 썬을 찾아가 해명할게.」

[됐어. 이젠 그럴 필요도 없어졌어. 게임 끝이야.]

「무슨 소리야?」

알 수 없는 소릴 거침없이 쏟아내는 리나의 말에 리버스는 휙 눈썹을 치켜떴다. 그의 행동에 영어로 통화 중인 리버스의 입을 뚫어져라 바라보고 있던 예영이 흠칫 놀랐다. 그녀는 그가 무슨 말을 하는지 가늠해 보고 있는 듯했다. 귀여운 참깨 같으니라고. 그녀는 자기 마음을 숨기는 기술이 너무 부족했다. 그에게 관심 있다는 티가 저렇게나 역력하니 원. 리버스는 호기심 가득한 그녀를 향해 입술을 오므려 쭙~ 키스를 날렸다.

"헉."

예영이 기겁을 하며 숨을 들이켰다. 놀란 그녀는 급하게 몸을 돌리고 목과 고개를 각목처럼 뻣뻣하게 고정시켰다.

"결혼해? 썬이?"

그가 갑자기 한국말로 중얼거렸다.

"임신했다고?"

임신? 누가? 예영의 귀가 저절로 쫑긋 섰다.

"그래서 넌? 여행을 떠났다고? 이거야 원. 아무리 패배자의 말로라지만……. 오케이, 오케이. 알았어. 입 다물게. 뭐? 나?

나야 뭐 잘되고 있지."

여행을 떠나……? 어디로? 누구랑?

"좋아. 네 말대로 비밀 지킬게. 대신 가끔 연락은 해주는 거
다."

비밀? 비밀은 또 무슨 비밀이래. 뭐야. 영어로 말할 때보다
더 궁금하잖아. 예영은 고개를 움직여 뒤를 돌아보았다. 슬쩍,
슬그머니, 조용히, 천천히. 휘둥그레 뜬 눈으로 조심스레 뒤를
돌아본 그녀는 구슬처럼 맑고 반짝이는 갈색 눈동자와 짠, 마주
치고 말았다.

'힉!'

놀람으로 그녀의 눈이 더욱 커졌다. 깜빡깜빡. 그녀의 눈꺼풀
이 나풀나풀 깜찍하게도 움직이자 리버스는 씩, 이를 드러내며
미소를 지었다. 그리곤 입술을 움직여 '유' 하고 소리 없이 말을
그려내며 손가락으로 그녀를 가리켰다. 순간 예영은 그가 아까
하다 만 '아이 러브 유'란 단어의 종지부를 찍고 있음을 깨달았
다.

'이런 멍청이! 또 들켜 버리면 어쩌자는 거야.'

너무나 민망해 예영은 재빨리 다시 고개를 돌렸다.

"걱정하지 마. 내 입에 지퍼 달린 거 몰라?"

리버스는 터지는 웃음을 참으며 예영의 뒷모습을 바라보았
다. 잘 빗어졌지만 어딘지 푸석해 보이는 머릿결이 부스스하게
붕 떠 있었다. 푹신한 그녀의 머릿결을 마구 헝클어뜨리는 즐거

운 상상을 하며 리버스는 통화를 마무리했다.

생각보다 리나는 씩씩한 것 같았다. 그녀의 말대로 십오 년간이나 사랑을 해왔던 사람을 단념하는 건데 생각보다 무덤덤한 목소리였다. 물론 일부러 씩씩한 척하고 있는 쪽이 더 사실에 가깝겠지만. 아무튼 그녀는 첫사랑의 쓰라린 상처를 딛고 일어나 새 출발을 하려는 의지가 결연해 보였다. 배낭 하나만 들고 여행을 하기 위해 나선다는 그녀의 목소리엔 꿋꿋함이 묻어나 있었다. 리버스는 리나에 대한 우려를 접고 슥, 몸을 앞으로 기울여 예영의 좌석등받이에 또다시 팔을 걸었다.

"그때 그 친구야. 봉리나."

그는 예영의 귀에 속삭이듯 말했다. 마치 네가 궁금해 한다는 거, 다 안다는 식의 말투에 예영은 입술을 깨물었다.

"누가 물어봤어요?"

"혼자 휴대폰도 없이 여행을 떠났나 봐. 연락 안 되면 궁금해할까 봐 알려주는 거래."

변명처럼 들리는 건 왜일까? 그가 봉리나라는 친구와 아무 관계도 아니라는 건 잘 알겠지만 기분은 그다지 좋지 않았다. 어찌 됐든 여자니까. 예영은 뻣뻣한 목소리로 말했다.

"나한테 통화 내용까지 시시콜콜 다 말할 필요 없어요."

"당신 궁금할까 봐 한국어로 말했어. 어때? 내 마음이 가상하지 않아?"

"웃기지 마요."

퉁명스럽게 그녀는 대꾸했다. 뭐가 가상하다는 건가? 딴 여자와 통화하면서 그녀의 약을 바짝바짝 올린 게? 얄미운 남자 같으니라고. 확 버스에서 밀어버릴까. 그러고 보니 버스가 버스를 탔네. 핏, 웃음이 흘러나와 예영은 입가에 힘을 주며 참았다.

"난 자동시스템인 것 같아. 은예영의, 은예영에 의한, 은예영을 위한."

"그건 또 무슨 헛소리예요?"

"예영주의라는 거지. 은예영만을 위해 돌아가는 시스템."

"이름이 민주가 아니라 다행이네."

"머릿속이 점점 당신 생각으로 꽉 차고 있어. 암세포보다 더 무서운 속도로 번져 가는데? 이러다 죽으면 어떻게 하지?"

"죽긴 왜 죽어요? 오버는."

예영은 리버스를 곁눈질로 째려보며 퉁퉁거렸다.

"그렇게 쳐다보지 마. 버스 안에서 키스당하고 싶지 않으면."

"뭐라고요?"

단박에 예영의 눈이 휘둥그레졌다. 또 한 건 올린 심정으로 리버스는 큭큭 웃었다. 예영이 놀랄 때면 귀여워 죽을 것 같았다. 그에게 면박을 줄 때면 너무나 사랑스러웠고 그를 걱정하고 나설 때면 당장 낚아채 결혼식장으로 가서 진한 키스를 퍼부어 주고 싶었다.

하지만 그는 기다릴 생각이었다. 예영이 스스로 마음을 열고 그를 받아들여 주기를 그는 바랐다. 그녀가 어떤 인생을 살아왔는지 알게 된 이후부터 줄곧 결심해 왔던 일이기도 했다. 그녀의 느리지만 포용력 강한 사랑의 물살을 그는 기다리고 또 기다릴 생각이었다.

뭐, 사실 기다리는 건 그의 전문이 아니었다. 원래 그의 인생이 기다리는 것과는 거리가 멀었었다. 학교를 진학할 때도 명문 대학 네 곳에서 그를 서로 데려가려 했고 주위를 맴도는 여자들은 늘 그의 선택을 기다렸다. 우연히 이룬 성공도 거의 초고속이어서 남들보다는 훨씬 이른 나이에 최고의 자리에 우뚝 섰고, 지금도 많은 회사에서 그를 영입하기 위해 치열한 물밑작전을 벌이고 있었다. 하지만 그는 예영을 기다릴 것이다. 왜냐하면, 그녀는 그럴 가치가 충분히 있으니까.

✳

가게 안은 심란했다. 어질어져 있고 부서지고 엎어진 물건들 처리하는 것만도 몇 날 며칠이 걸릴 것 같았다. 한숨이 터져 나오고 머리가 어질어질해 한동안 예영은 넋 놓고 멍하게 서 있기만 했다. 뒤따라 들어온 리버스 역시 그때의 기억이 새삼 떠오르는지 장민우, 개샴푸가 어쩌고 중얼거리면서 매장을 이리저리 살폈다. 한참 만에 예영은 가게 전화로 시골 부모님께 전화를 넣었다. 아무래도 매장을 손봐야 할 것 같고, 그럼 목돈이 필요한데, 그렇게 되면 이달까지 부모님께 상환하려고 했던 돈을 전부 갚지는 못할 것 같았다.

　[장 서방, 그놈 짓이라는 거 들었다. 그놈이 가게까지 와서 행패를 부렸다면서?]

　돈 문제로 약속을 지킬 수 없음을 송구스럽게 알리자, 아버지 은철수가 한 말이었다. 이런 소리 할 사람은 은예소뿐. 고것이 또 모조리 다 고해바쳤나 보다. 쓸데없는 소리는 잘도 퍼뜨리지. 내 요걸 가만두지 않겠다 마음먹으면서 예영은 지끈거리는 이마를 쥐고 조용히 말했다.

　"어차피 한 번은 하려고 별렀던 거예요. 겸사겸사 해보려고요. 죄송해요."

　[어떤 사람인지 한번 데려와 봐라.]

　"네?"

　[예소한테 들었다, 너 만나는 사람 있다고.]

　아니, 이것이!

　"아, 아버지!"

　눈알이 또로로 저절로 굴러 저쪽 구석에서 유리 파편을 치우고 있는 리버스에게 박혔다. 대체 예소가 뭐라고 고해바쳤길래 아버지가 이리 나오는지 예영은 당황하고 있었다.

　[대충은 알고 있다, 나도. 네 엄마랑 의논도 해봤고.]

　"무, 무슨 소리세요? 저한테 무슨 남자가 있다고……."

　귀는 뚫려서, 리버스의 고개가 이쪽으로 번쩍 들렸다. 눈썹이 휙 치떠지더니 그가 조용히 몸을 세웠다. 갑자기 그녀의 통화에 지대한 관심이 '급' 생긴 듯했다.

[숨길 생각 마라. 요즘 세상이 어떤 세상인데 외국 사람이라고 그렇게 주저해?]

"아버지……."

[너 결혼 실패하고 내가 얼마나 자책했는지 모른다. 그 결혼 반대하지 않았던 게 후회되고, 부모가 되어서 사람 하나 제대로 못 알아봐 그런 놈한테 널 덜컥 내주었다고 생각하니 죽고 싶더구나. 너 그렇게 된 게 다 내 탓만 같았어.]

"무슨 말씀이세요, 그게? 제 이혼이 어떻게 아버지 잘못이에요?"

[이제라도 좋은 사람 만나서 너도 여자로서의 행복을 맛봐야지. 외국 사람이면 어떠냐? 너만 위해주고 사랑해 주면 되지. 예소 말 들어보니, 그 사람이 총각에 나이도 어리다고 들었다. 조금 걱정이 되는 것도 사실이지만, 요새 이혼하고 나이 많은 게 어디 흠 축에라도 든다더냐? 서로의 마음이 맞으면 그걸로 된 거지. 안 그래?]

"아, 아직 소개해 드릴 단계는 아니에요."

은철수는 지금은 집에서 쉬면서 텃밭이나 일구며 사는 보통 할아버지지만, 젊었을 시절엔 면장까지도 역임했던 분으로 꽤나 보수적이고 깐깐한 사람이었다. 외국인 사위를 쉽게 허락할 사람이 아니란 뜻이다. 하지만 예영 때문에 얼마나 속을 썩였는지, 상관없단다. 외국인이든 뭐든 다 괜찮단다. 당신 딸만 위해

주고 잘살아준다면 외국인이라도 좋단다. 그만큼 아버지의 가슴에 대못을 박았다고 생각하니 예영의 눈에선 눈물이 고였다. 불효도 이런 불효가 없었다.

"나중에 다시 전화할게요."

예영은 서둘러 전화를 끊어버렸다. 눈가에 살짝 스민 눈물을 훔치며 예영은 한숨을 쉬었다. 어느새 다가온 리버스가 계산대 위에 비스듬히 몸을 기대고 슬쩍 미소를 지었다.

"언제쯤이면 소개해 드릴 단계가 되는 건데?"

"몰라서 물어요?"

"아, 뭐 지금은 생각 중인 단계라는 거 나도 알아. 내가 궁금한 건 그 생각이라는 게 대체 언제 끝나게 되느냐는 거지. 나도 계획이라는 게 있잖아. 당신 부모님도 만나고, 우리 부모님께도 알려야 하고, 결혼식 준비도 하고, 장민우 놈한테 알려서 약도 좀 올려주고, 등등 나도 할 게 너무 많다고."

"내가 당신 거절할 거란 생각은 전혀 안 해봤어요?"

예영은 두 눈을 가늘게 뜨고 음산하게 대꾸했다. 그러자 그는 그녀와 똑같은 표정을 짓더니 고개를 갸웃거리며 대답했다.

"안 해봤는데요."

"난 잘난 척하는 남자가 제일 싫어요."

"잘난 척은 잘나지도 못한 남자가 '척' 하는 거고. 난 원래 잘났는데."

"겸손의 미덕이 없는 남자도 싫어요."

"내가 못났다고 말하면, 사람들이 망언이라고 욕해."

"그렇게 스스로가 자랑스러워요?"

한심하다는 듯 예영이 그를 째려보았다. 그는 설탕보다도 더 달콤한 미소를 짓더니 그녀의 입술을 순식간에 훔쳤다. 슬쩍 닿기만 한 초딩 수준의 키스였지만 예영은 펄쩍 놀라 뒷걸음질을 쳐야 했다. 입술만 살짝 닿았는데 온몸이 불에 덴 듯 따끔거렸다. 리버스는 피식 웃으며 찡긋, 한쪽 눈을 감아 윙크를 했다. 그리곤 매장 안쪽으로 걸어 들어갔다. 마지막 한마디를 남기고.

"사실은 당신이 더 자랑스러워."

예영은 얼어붙어 꼼짝도 못하고 그가 남긴 한마디를 곱씹었다. 저게 대체 무슨 소릴까.

그녀의 핸드폰이 울린 건 그때였다. 누군지 확인해 보니 예소였다. 옳지, 잘 전화했다, 내 이걸 그냥, 혼자 중얼거리며 전화를 받으려니 유리조각 더미를 향해 걸어가던 리버스가 뒤를 돌아 그녀를 보았다. 두 눈을 빛내는 게 뭔 꿍꿍이가 있는 듯했다. 찜찜한 기분을 뒤로 하고 그녀는 송화기에 대고 버럭 고함을 질렀다.

"넌 애가 왜 그러니? 아버지한테 그 소린 왜 해?"

[어라? 그새 아빠가 전화까지 하셨어?]

"대책도 없이 다 말해 버리면 어떻게 하니? 적어도 나한테는 의논을 하고 알리든지 해야 할 거 아니야."

[에이~ 의논해 봤자지 뭐. 펄쩍 뛸 게 뻔한데 미쳤다고 의논

같은 걸 하냐?]

"뭐야? 그걸 지금 말이라고 해?"

[오죽하면 그랬겠냐, 오죽하면. 네가 답답하게 구니까 내가 나설 수밖에 없었잖아. 지금 그게 문제가 아니고, 너 인터넷 봤어?]

"인터넷?"

[언니 사진 떴어!]

애가 무슨 미친 소릴? 예영은 전화기를 한번 내려다보곤 인상을 팍 썼다.

"무슨 소리야? 알아듣게 얘기해."

[리버스 오빠가 진짜 유명한가 봐. 네가 오빠 애인이라면서 인터넷 신문에 대문짝만하게 떴어. 기사 타이틀이 〈한국계 미국인 유명 디자이너 리버스 페리, 한국에서 지금 연애 중?〉이야. 언니 가게 사진도 나와 있고. 어떤 애가 댓글로, 언니네 가게 위치까지 자세하게 올려놔서 진짜 난리도 아니야.]

"그게 무슨 미친 소리야?"

[못 믿겠으면 얼른 인터넷 보라니까. 기사화되었을 정도면 한창 물밑에서 화제가 되었을 텐데. 요새 글 쓰느라고 인터넷을 등한시해서 나도 이제야 알았어. 여기가 어디 사이트냐면, 더블유더블유더블유 점…….]

"야! 여기 인터넷 안 된다는 거 너도 잘 알잖아."

이게 대체 어찌 되어가는 판국이야? 예영의 눈앞이 노래졌다.

[그럼 받아 적어. 근처 피시방에라도 가서 찾아보라고.]

정말 얼떨결에 예영은 예소가 불러주는 주소를 받아 적고 전화를 끊었다. 너무 어이가 없어서 말도 제대로 안 나왔다. 미국에서 자기 모르는 사람 별로 없을 거라고 입버릇처럼 주절거리던 리버스의 말이 정말 사실인 건가? 놀랍고 기막히고 당황스러웠다. 그의 말을 안 믿었던 건 아니지만 원래 좀 뻥기가 있는 사람 같아서, 사실 전적으로 다 믿었던 건 아니었기 때문에 더욱더 놀라운 거였다. 그렇게 유명한 사람이라면서 대체 여기서 뭐 하는 건가. 그는 조그만 동네, 조그만 가게에서 이러고 있을 필요가 전혀 없었다. 예영은 이쪽을 향해 걸어오고 있는 리버스를 바라보았다.

"뭐야? 무슨 일 생겼어?"

그가 물어왔다. 어쩐다? 물어봐? 고민 끝에 그녀는 부인하고 말았다.

"아, 아니요. 별일 아니에요."

"거짓말 같은데?"

그의 눈이 은밀하게 그녀를 훑었다.

"그, 그게……."

"핸드폰 줘봐."

"예?"

그의 내민 손을 내려다보는 예영의 표정은 낭패감으로 절었다. 갑자기 그가 딴 사람처럼 느껴졌다고나 할까. 대하는 게 쉽지가 않았다. 부자고 유명한 사람이라는 말에 괜히 데면데면해지는 기분이었다. 그렇게 유명하면서 정말 한국에 남겠다는 걸까? 오로지 그녀를 위해서? 나중에 후회하지 않을 자신이 있는 걸까? 미국이 아닌 그녀를 선택한 걸 후회할 수도 있을 거란 생각은 한 번도 해보지 않은 걸까? 순식간에 떠오르는 수많은 생각들로 그녀의 머릿속은 와글와글 복잡해졌다.

"아싸, 뺏었다."

멍하게 그의 손을 내려다보며 감상에 빠져 있는 예영에게서 핸드폰을 성공적으로 갈취한 리버스는 승리감에 도취되어 씩 웃었다. 예영은 여전히 멍하게 그를 바라보고 있었다. 리버스는 그녀의 핸드폰을 열어 쿡쿡쿡, 자신의 번호를 찍기 시작했다. 그리고 통화를 누르자 그의 휴대폰이 울렸다.

"마이 걸."

그는 그녀의 번호를 저장하며 중얼거렸다. 이제부터 그녀의 번호가 뜨면 동시에 '내 여자'란 닉네임이 뜰 거다. 통화가 되는지 시험해 보기 위해 통화 버튼을 누르자 이번엔 그녀의 핸드폰이 울렸다. 그는 그녀의 핸드폰에 제 번호를 입력했다.

"마이 버스. 이제 내가 전화하면 이렇게 뜰 거야."

그녀에게 핸드폰을 돌려주며 그는 씩 웃었다. 그녀는 조심스럽게 그가 건네주는 휴대폰을 받아 챙겼다. 아무 말 없이 히죽거리는 그의 모습을 바라보며 예영은 숨을 가다듬었다. 어제보다 더욱 더 마음이 산란해졌고 정신적 스트레스는 포화상태에

이르러 정상적인 생각을 하기 힘들었다.

분명한 건, 그가 여전히 좋다는 거다. 리버스와 함께 있으면 세상근심 다 잊어버리게 되는 게 좋았다. 그는 그녀의 모든 문제와 근심의 무게를 확 줄여 버리는 신기를 가지고 있었다. 그와 의논하면 모든 일이 쉽게 해결될 것 같고, 당장이라도 행복을 두 손으로 움켜쥘 수 있을 것 같았다. 자기 스스로를 은예영만을 위한 예영주의 시스템이라고 부르는 남자를 어떻게 사랑하지 않을 수 있을까? 하지만 예영은 아직도 용기를 낼 수 없었다…….

"이봐, 참깨. 자꾸 그렇게 빤히 바라보면, 나 일 못한다."

리버스가 짓궂게 농을 건넸다.

"확 키스해 버리기 전에 그 눈빛, 후딱 거둬."

그녀는 황급히 시선을 바닥으로 떨어뜨렸다. 저 눈빛을 거두지 않고 똑바로 그를 바라봐 준다면 좋으련만. 생각하는 리버스는 씁쓸한 마음으로 얇은 스웨터를 팔뚝까지 걷어 올렸다. 뭔가 묻는 듯한 그녀의 시선이 그의 뒤를 따랐지만 리버스는 눈치 채지 못하고 가게 안쪽으로 성큼성큼 걸어 들어갔다.

예영의 가게는 사람의 손길이 간절한 듯했다. 벽에 붙어 있는 진열장은 그나마 파손되지 않고 흐트러진 것도 별로 없지만 가운데 통로 부분은 엉망진창이었다. 일단 깨지고 망가진 물건들은 치우는 게 급선무였다. 예영이 가게 인테리어를 다시 꾸민다고 하면 일은 더욱 많아질 것 같았다. 진열된 물건들이 조그맣고 취급주의가 필요한 팬시이기 때문에 하나하나 섬세하게 작업해야 할 판이었다. 이걸 혼자 치울 생각을 했다니, 은예영은 자기가 무슨 슈퍼우먼이라도 되는 줄 아는 모양이다.

"저기요."

예영이 뒤에서 그를 머뭇거리듯 조심스레 불렀다. 리버스는 그녀를 돌아보았다. 그녀는 그에게 할 말이 있다는 티를 팍팍 내며 이쪽을 응시하고 있었다.

"버스라고 불러주면 고마운데."

무슨 말을 하려는지 살짝 긴장이 되어 리버스는 농담을 건넸다. 예영은 그의 말에 아예 웃지도 않은 채로 입술을 깨물었다. 리버스는 심박수가 빨라짐을 느끼며 그녀에게로 한 발자국 다가갔다.

"무슨 일이야? 아까 예소가 뭐라고 했어? 뭐였는데?"

예영은 얼굴을 문지르며 고개를 숙였다. 뭐라고 웅얼거리는 것 같은데 잘 들리지 않자 리버스는 그녀에게 더 가까이 다가갔다.

"뭐라고? 크게 말해봐."

"얼…… 특……."

왜 저래? 리버스는 고개 숙인 그녀의 표정을 확인하기 위해 고개를 기울이며 걸어갔다. 무슨 말을 하고 싶은데 저렇게 머뭇거리는 건지 궁금하면서도 기대감이 일었다. 혹, 그에게 고백하려는 건가? 자신의 마음을 드디어 인정하려는 건가? 리버스는 두근거리는 마음으로 성큼성큼 그녀에게 다가갔다. 갑자기 그가 빠르게 다가오자 예영의 고개가 저절로 들려지고 두 눈이 훌쩍 커졌다.

"나한테 하고 싶은 말이 많은 것 같은데, 참깨?"

바로 앞까지 다가온 그가 예영의 어깨에 손을 올리고 말했다. 빙긋 웃는 그의 고른 치아를 멍하게 바라보며 예영은 꿀꺽 긴장된 숨을 집어삼켰다.

"말해봐."

그가 말했다. 예영은 두 눈에 힘을 빡 주고 후— 숨을 내쉬었다. 그리고 다시 크게 숨을 들이쉬어 폐를 빵빵하게 부풀려 놓은 후, 순식간에 빠른 말을 내뱉었다.

"당신한테 난 얼마나 특별한 사람인 거예요?"

예영이 그를 사랑하고 있다고 느낀 이후부터 줄곧 묻고 싶었던 질문이었다.

그녀의 말을 듣고 리버스가 맨 처음 속으로 중얼거렸던 말은 'Oops!' 였다. 예영이 그런 생각을 하고 있을 줄 그는 꿈에도 몰랐던 거다. 그는 예영의 마음을 얻기에 바빠 다른 사람들에게는 별로 신경 쓰지도 않았다. 그저 몸에 배인 행동들이고 태도였을 뿐 의도적으로 주변 여자들에게 잘해줬던 건 절대 아니었다. 게다가 그는 몰랐다. 그에게 여자들이 '모든 여자들에게 호감을 주는 남자' 를 별로 좋아하지 않을 수도 있다는 경고를 해준 사람은 아무도 없었다. 미국에서는 이런 경우로 여자에게 거부당해 본 적도, 그런 케이스를 본 적도 없어서 그는 당황스러울 따름이었다.

그는 그 길로 그녀를 끌고 가게를 나왔다. 그녀와 이렇게 한가로이 '노동'을 할 때가 아니었다. 그녀의 오해를 풀어주고 그의 마음을 보여줘야 했다. 그녀가 이 세상에서 가장 특별한 존재임을 알게 해주어야 했다. 하지만 말로는 그 설명을 다 할 수 없었다. 이미 의심과 불만을 가지고 있는 그녀를 납득시키기 위해서는 '행동'뿐이었다. 조용히 그녀의 처분만을 기다리고 있겠다던 그의 작심은 이미 저 멀리 내던져 버린 후였다.

"당신은 원래 사람들한테 친절하잖아요. 친구, 예소, 주영이, 하물며 가게 손님들한테까지도 전부 다 잘해주고. 원래부터 그런 성품이라는 건 나도 알겠어요. 하지만 난요, 당신이 내게도 그저 친절한 것만 같아요. 당신 감정이 사랑이라는 거, 어떻게 알아요?"

처음엔 머뭇머뭇 꺼내던 말을 그녀는 이제 물 만난 고기마냥 신나게 떠들어댄다. 집으로 돌아오는 택시 안에서는 조금 조용하더니만, 막 내리고 나니 다시 조잘대기 시작했다. 귀가 따가운 걸 느끼며 리버스는 전에 봐두었던 편의점으로 그녀의 어깨를 이끌었다. 여기서 와인을 팔았던 것 같은데…….

"사실 전부터 계속 의심스러웠어요. 날 좋아한다면서 다른 여자들한테도 다 잘해주고 웃어줬잖아요. 그 여자들이 당신을 어떻게 생각하는지 알아요?"

"쉿, 참깨. 입 좀 다물어."

뚱한 얼굴로 그가 말했다. 편의점에는 어린 여학생 혼자 자리를 지키고 있었다. 리버스와 예영이 들어서자 학생은 보고 있던 책을 내려놓고 자리에서 일어섰다. 그는 근처 진열장 위에 놓여 있는 싸구려 와인을 아무거나 집어 계산대 위에 올려놓았다. 마음 같아선 독한 위스키를 병나발 불고 싶은 마음이었지만, 술은 절대 금물이라고 엄포를 놓던 의사를 떠올리자면 그럴 수가 없었다. 아쉽지만 가벼운 와인으로 답답한 마음을 대신 푼 후, 그는 예영에게 자신이 얼마나 사랑하는지에 대해 '행동'으로 보여 줄 생각이었다.

「계산해 주세요.」

지갑을 꺼내며 리버스는 험악한 얼굴로 말했다. 카운터의 여학생이 살짝 주눅 든 얼굴로 고개를 숙이며 바코드를 찍었다. 카드를 주고 계산을 마친 그는 싸늘함이 묻어나는 냉랭한 표정으로 휙 몸을 돌렸다. 예영을 옆구리에 낀 채 그는 화난 사람처럼 거칠게 '땡큐'를 중얼거렸을 뿐이었다.

"왜 그래요? 화났어요? 화가 나도 그렇지 술은 왜 사요?"

편의점을 나오자마자 그녀가 물었다. 정말 몰라서 묻는 걸까, 알면서도 모르는 척하는 걸까? 리버스는 기막힌 심정을 감추며 심드렁하게 중얼거렸다.

"여자한테 웃어주는 거 싫다며. 앞으로 당신을 뺀 모든 여자들에겐 웃지 않기로 했어."

"예? 아니, 난……!"

그녀는 당황한 듯 두 눈을 껌벅껌벅 퍼덕거리기 시작했다. 그는 잠자코 그녀를 물끄러미 내려다보았다.

"내 말은 그게 아니라……!"

그게 아니라, 뭐? 리버스는 눈썹을 치뜨며 다음 말을 재촉했다. 예영은 말문이 막힌 듯 벌렸던 입을 다물며 한숨을 내쉬었다. 그리곤 시무룩한 목소리로 중얼거렸다.

"그렇다고 화를 내는 건 좀 오버란 생각 안 들어요?"

"전혀. 당신한테 오해받는 것보다 차라리 만인에게 욕먹는 게 나아."

"나한테 화난 걸 왜 사람들한테 풀어요?"

"화 안 났어."

"하던 일 갑자기 때려치우고 술까지 사들고 집으로 가고 있잖아요, 지금. 그게 화난 거죠."

"와인이 무슨 술이라고."

"알코올 성분이 조금이라도 있으니 술이죠. 당신 절대 못 마시게 할 거예요, 난. 당신 유리 파편 박혀 수술까지 받았어요. 기억 안 나요, 병원에서 의사가 했던 말?"

"몇 바늘 꿰맨 걸 갖고 무슨 수술이래?"

"당연히 수술이죠. 덧나면 어쩌려고 술을 마시겠다는 거야."

걱정이 되긴 한 건가? 리버스는 훗, 헛웃음을 웃으며 아파트를 향해 걷기 시작했다.

"기억은 하고 있네? 잊어버린 줄 알았더니."

“뭘요?”

그녀가 그의 뒤를 따라붙으며 물었다.

“나 다친 거 말이야. 삼 일 내내 연락도 없길래 나 같은 건 안 중에도 없는 줄 알았지 뭐야.”

“지금 비꼬는 거예요, 당신?”

“천만에.”

그는 곧장 아파트 안으로 직행했고, 그녀는 묵묵히 그의 뒤를 따랐다. 그녀와 와인을 집 안으로 들여보내 놓고 그는 반대편 제 집으로 들어가 중요한 계약서류와 여권을 챙겼다. 그리곤 오늘은 기필코 예영의 승낙을 받아내리라, 필승의 의지를 다지며 그녀의 집으로 들어갔다.

거실탁자 위에는 이미 와인과 와인 잔 세 개가 나란히 세팅되어 있었다. 예소는 책상다리로 좌정을 한 특유의 폼으로 컴퓨터 화면에 몰두하고 있었고, 예영은 음식 장만을 하고 있는 듯 지글지글 프라이팬 달구는 소리가 집 안 가득 요란했다. 그가 들어서니 예소는 반짝거리는 두 눈을 굴리며 벌떡 자리에서 일어났다.

“리버스 오빠, 어서 와요.”

“뭐 하는 거야?”

예영이 왜 음식을 장만하고 있는 거냐고 묻는 거였다. 그의 질문에 예소가 대답했다.

“제가 언니더러 뭐 좀 만들어보라고 했어요. 축배를 들려면 무슨 안주거리가 있어야죠."

"축배? 뭐 축하할 일 있어?"

"형부, 완전 인터넷에서 대박났잖아요. 아까 형부 없을 때 기자들이 찾아오기도 했다니까요."

"기자라니?"

"분명히 기자였어요. 카메라 든 남자 하나랑 수첩 든 여자 하나가 형부네 집 앞을 기웃거리는 거 제 눈으로 확실히 봤다니까요."

"잠깐만. 형부라면, 형의 부인 아닌가?"

리버스는 대체 이게 어떻게 된 건지 정신이 하나도 없었다. 기자들은 또 뭐며, 형부는 또 뭐야? 예소는 싱긋 웃으며 리버스의 어깨를 툭 쳤다.

"그 비슷해요. 언니의 남편이란 뜻이죠."

으잉? 이건 또 무슨……? 리버스는 사차원 예소를 빤히 바라보았다. 미간을 가운데로 모으고 상황파악 못하고 있는 그를 향해 예소는 쯧쯧, 혀를 차며 고개를 가로저었다. 예소는 냉큼 리버스의 팔을 잡아끌고 자신의 노트북 앞에 주저앉혔다. 그리고 인터넷에서 무슨 일이 벌어지고 있는지 그가 직접 두 눈으로 확인할 때까지 클릭질을 멈추지 않았다.

한참 후, 예영이 냉장고 안에 있던 너비아니며 돈가스며, 냉동식품들을 죄다 꺼내 지지고 볶아 한상 거하게 차려들고 거실로 나왔을 때 예소와 리버스는 이미 컴퓨터 앞에 앉아 도란도란 얘기꽃을 피우는 중이었다. 아까 와인을 들고 집으로 들어온 예영을 보자마자 안주가 필요하다며 뭐라도 만들어보라고 부엌으로 내몰더니만, 그런 예소는 지금 리버스가 건넨 말에 쿠하하— 미친 듯이 웃고 있었다.

"형부, 진짜 멋지다! 어쩜 그렇게 대단하세요? 처음 보자마자 뭔가 포스가 있다고 느끼긴 했지만, 이 정도일 줄은 진짜 몰랐어요. 양씨 할아버지는…… 아, 아니, 이젠 사돈할아버지라고 해야 하나? 아무튼 형부네 외할아버지요. 그분도 형부 자랑 억수로 하셨는데, 이렇게 대단한 분이라고는 말 안 하셨거든요."

"자세한 건 모르실 거야. 미국 언론에서도 뭐 잠깐 이슈화되다가 말았으니까. 한국에서 뒤늦게 이러는 건 내가 한국계라는 게 알려졌기 때문인 것 같은데?"

"그런 것도 있지만 사실, 어린 학생들이 핸드폰으로 사진 찍어서 올린 게 화제가 되어서 그렇죠. 사진 제목이 '한국 여자에게 구애 중인 미국인' 이잖아요. 그러다가 형부 이름이 알려지게 되고, 이름 아는 사람이 나오고, 형부가 미국서 유명하다는 소리 나오고, 등등. 그러다 보니 일파만파로 퍼지게 된 거죠. 이러니 제가 형부를 형부라고 인정 안 하게 생겼어요? 그나저나 이렇게 막 알려져도 괜찮아요? 설마 기분 나쁘신 건 아니죠?"

"나쁘긴."

리버스는 오히려 하늘에 절이라도 하고 싶은 마음이었다. 드디어 하늘이 그의 편을 들어주기로 결정을 내렸나 보다. 타이밍도 절묘하게 이런 일이 터지는 걸 보면. 하지만 그렇다고 예영에게 선택을 강요하도록 몰아가게 되는 건 원치 않았다. 그는 그녀가 자발적으로 그에게 와주길 바랐다.

"완전 이거 우리 형부, 빵상 버금가네. 인기가 굿이에요, 굿!"

"형부가 뭐냐, 넌?"

거실 탁자에 쟁반을 내려놓으며 예영이 말했다. 얘기 삼매경에 푹 빠져 있던 예소와 리버스가 예영을 동시에 돌아보았다. 예소는 킥킥 웃으며 날름 포크를 집어 들었다. 이런 사건 이슈들을 소설에 넣으면 어마어마하게 드라마틱하지 않을까 생각하니 저절로 흥분이 되었다. 기자들 앞에서 남자 주인공이 '나와 결혼해 줘'라고 프러포즈를 하는 광경을 떠올리며 예소는 온몸을 부르르 떨었다. 리버스 때문에 소설의 절정이라 할 수 있는 프러포즈 장면을 해결한 거였다. 이 얼마나 바람직한 형부상인가~ 만쉐이! 우리 버스 형부, 만쉐이!

"뭐 어때? 어차피 결혼할 거면서."

"미쳤어? 결혼은 무슨 얼어죽을."

정식으로 프러포즈도 안 했거든? 예영은 목구멍까지 치고 올라오는 말을 꿀꺽 집어삼켰다. 남들이 들으면 그녀가 그의 프러포즈를 기다리고 있다고 오해할 게 뻔했다. 물론 그딴 거 기대하고 있는 건 절대 아니다. 프러포즈의 '프' 자도 그녀는 기대하지 않고 있었다. 절대, 절대로!

'정말 아니니?'

그렇다고 확실한 답변을 내놓아야 하는데 차마 입이 안 떨어졌다. 예영은 일순 긴장하며 리버스의 눈치를 살폈다. 그는 예영을 빤한 눈으로 관찰하고 있었다. 뚫어질 듯 바라보는 그의 눈빛은 마치 그녀의 속마음을 꿰뚫어 버릴 듯 강렬했다. 심장이 덜덜 떨려오는 걸 느끼며 예영은 목소리를 가다듬었다.

"축배를 들자고 난리법석을 떨더니, 겨우 그거였어? 인터넷에 사진 떴다고?"

"기자가 찾아왔잖아. 그거 사람들이 엄청 궁금해하니까 기사화하려는 거 아니겠어?"

"법석을 떤다, 아주. 촌스럽게 왜 이러니?"

예영은 리버스를 잔뜩 의식하며 예소를 타박했다.

"왜 이러셔. 와인 사가지고 들어온 사람이 누군데. 그나저나 원래 축하주는 소주만 한 게 없는데. 생각난 김에 소주나 한잔할까?"

예소는 킥킥거리며 와인을 따르는 리버스를 힐끗 보았다. 그는 아까부터 별로 기분이 좋지 않은 듯 웃음을 삼가고 있었다. 두 사람 사이에 무슨 일이 있었던 건가? 눈치를 살피며 예소는 돈가스 조각을 입에 넣었다.

"대낮부터 무슨 술이니?"

"아휴, 곧 있으면 다섯 시야. 해 저물 시간 곧 되는구만."

벽에 붙은 시계를 가리키며 예소는 넉살을 떨었다. 아무래도 이 두 사람을 위해 자리를 비켜줘야겠다는 생각이 든 거였다.

은근살짝 엉덩이를 들고 일어난 예소는 후다닥 지갑과 겉옷을
챙겨 집 밖으로 나와 버렸다. 단둘이 집에 있을 두 사람을 생각
하니 웃음이 저절로 나왔다. 그녀는 종종걸음으로 거의 뛰다시
피 걸으며 소설 구상에 열을 올렸다.

한편 집 안에 덩그러니 단둘만 남겨진 예영과 리버스는 넓은
탁자를 사이에 두고 어색한 침묵에 빠져 있었다. 평소와는 달리
침묵을 고수 중인 리버스의 눈치를 살피며 예영은 조심스럽게
입을 열었다.

"와인은 마시지 않는 게 좋을 것 같아요. 아무래도 마음이 안
놓여요."

"날 걱정하는 거야?"

리버스는 집에서 들고 온 서류와 여권을 탁자 위에 올려놓으
며 물었다. 저게 뭐지? 왜 들고 온 거지? 궁금한 마음에 예영은
그의 손바닥 밑에 깔린 서류를 빤히 바라보았다.

"당연하죠. 나 때문에 다쳤는데."

"당신 때문에 다친 게 아니라면 걱정하지 않을 수도 있다는
소리네?"

"그걸 말이라고 물어요? 당연히 걱정되죠."

"으흠. 그건 꽤 마음에 드는 소리네."

상당히 고무적인 말이기도 하고. 리버스는 눈썹을 힐끗 올리
고는 씩 미소를 지었다.

"그거 알아? 아까 예소한테 한 번도 웃어주지 않았어."

“예?”

“알아달라고.”

“아니, 저기…….”

꼭 그러라는 건 아니었는데 말씀이지. 예영은 상당히 불편한 얼굴로 인상을 찌푸렸다. 울 것 같은 얼굴로 그녀는 리버스를 빤히 바라보았다. 이 사람, 정말 화난 거 아닌가? 아무래도 엄청 뿔나서 일부러 엇나가려는 것 같은데. 잘 웃고 화 안 내던 사람이 한 번 화내면 무섭다던데. 이건 뭐, 화를 내는 건지 아닌 건지 도통 알 수가 없으니 답답했다.

“당신이 아까 한 말, 생각해 봤어. 그렇게 생각할 수도 있겠다는 생각 들어. 미국에서는 성격 좋고 편안한 사람이라는 소리만 들었지, 바람둥이란 소리를 들어본 적이 없어서 당신 마음을 몰랐어. 모든 여자들에게 친절하다는 건, 보통 미국에선 장점으로 통하거든.”

뭐라고 대답해야 할지 몰라 예영은 꾹 입을 다물고 있었다. 괜히 쓸데없는 말을 해서 그에게 상처를 준 건 아닌지 걱정도 되었다. 딱히 그를 바람둥이라 오인하고 있는 것도 아니고 그냥 그를 여러 날 대하다 보니 자연스럽게 의문이 들었던 것뿐이었는데 그는 그 문제에 대해 굉장히 크게 생각하는 것 같았다.

“내가 바람기가 많아서 그런 게 아니라는 걸 알아줬으면 좋겠군. 난 여자들한테만 친절한 게 아니라, 모든 사람에게 친절한 편이야.”

"예……."

안 그러던 사람이 진지하니 적응 안 됨.

그래서 무지하게 어색함.

차라리 히죽거리며 우스갯소리나 뻥뻥 내지를 때가 더 자연스럽겠음.

이상은 지금 이 순간 그녀의 마음속을 지배하고 있는 간절한 소망이다.

예영은 괜히 떨리는 기분에 탁자 위에 놓인 와인 잔을 들어 한 모금 마셨다. 혀끝으로 톡 쏘는 경쾌한 맛이 입 안을 감돌며 그녀의 긴장을 풀어주었다.

"전에도 말했지만 내게 당신은 처음이야. 사랑이라고 느낀 사람도, 이렇게 좋다고 쫓아다니는 것도 처음이야. 처음 본 여자한테 호기심 느껴본 적도, 귀엽다고 느껴본 적도 처음이었고. 날 두들겨 패는 여자한테 키스하고 싶다고 느껴본 적도 처음이었고, 트레이닝복 차림에 이상한 머리 모양을 한 여자에게 사귀자고 말한 적도 처음이었어."

담백한 목소리로 조분조분 말하는 그의 어조는 그녀의 머릿속을 하얗게 비워냈다. 대신 그를 처음 만났을 때의 일이 선명하게 채워졌다. 빙그레 미소가 저절로 지어졌다. 그가 말한 대로 당연히 그 모든 게 처음이었을 게다. 그 어떤 사람이 그런 차림의 푼수데기 같은 그녀에게 사귀자고 말할 수 있었겠는가. 처음 본 여자였는데.

"당신이 이혼녀라는 거 알았을 때 내 기분이 어땠는지 알아?"

"어땠는데요?"

저도 모르게 그녀는 묻고 있었다. 그의 말에 저절로 귀가 기울여졌다. 마음도 함께.

"놀랍게도 속상했어. 내가 한국 사람이었다면, 그랬다면 당신을 더 빨리 만날 수 있었을 텐데. 그랬으면 못된 남자 만나서 힘들지 않아도 됐을 텐데. 나도 모르게 그런 생각들을 하고 있더라고. 마음이 너무나 아팠어. 당신이 잃어버린 아이. 내가 그 아이의 아빠였다면……."

그의 커다랗고 따뜻한 손이 그녀의 손을 덮었다.

"아니, 내가 당신 옆에만 있었더라도 아이가 그렇게 되게 내버려 두지 않았을 거야."

어느새 부들부들 떨고 있는 그녀의 손을 부드럽게 감싼 그는 그녀를 잡아당겨 품 안으로 이끌었다. 아이의 이야기가 나오자 그녀는 급격히 떨고 있었다. 또 여느 때처럼 혼자 아파하고 있는 게 틀림없었다. 괴로워하고 자책하고 과거의 아픔에 얽매어 그렇게 힘들어할 게 불 보듯 빤했다.

'바보 같은 여자…….'

리버스는 그녀의 어깨를 쥐고 자신의 가슴 안으로 끌어당겼다. 말은 하지 않았지만 그녀의 아픔을 이해한다고, 이제부터 그 아픔 나눠 갖자고, 힘들 때마다 혼자 울지 말고 이 가슴팍에 기대라고, 그는 뜨거운 마음으로 간절히 속삭였다. 그녀의 인생

만큼이나 까칠까칠한 머릿결을 조용히 부드럽게 쓰다듬으며 그는 그녀에게 자신의 마음이 전달되길 기다렸다.

"내게 당신이 얼마나 특별한지 꼭 이렇게 말로 해야 알겠어?"

섭섭하다는 듯 그는 조용히 속삭였다.

"난…… 당신을 위해서 미국으로 못 가요."

가슴팍에 입술을 대고 예영이 속삭이듯 중얼거렸다. 그녀의 달콤한 숨결과 입김이 가슴팍을 파고들자 그는 긴장으로 숨이 막힐 것만 같았다. 단숨에 클라이맥스를 향해 치닫는 몸의 변화에, 그는 피식 웃고 말았다. 그를 이렇듯 마음대로 조종할 능력이 있다는 걸, 장본인인 은예영은 전혀 모르고 있는 것 같았다. 아니, 그렇게 주절주절 떠벌렸는데 왜, 어떻게 모를 수가 있어?

"가기 싫으면 안 가도 된다니까."

"난 당신에게 해줄 게 하나도 없다는 말이에요. 아무것도 해줄 수 없어요, 지금은."

"나한테 뭔가 해줄 필요는 없어. 지금으로선 그냥 나한테 오는 것만으로도 난 감지덕지야."

"그건 말이 안 돼요. 어떻게 받기만 해요? 사랑하는 것도, 행복하게 살아가는 것도 난 자신없어요. 내가 누군가를 행복하게 해줄 수 있을까, 또 한 번의 어리석은 선택으로 모두가 피곤해지는 건 아닌가. 그런 생각들 때문에 지금도 두렵고 무서워요."

'빌어먹을……'

지금 이 순간 무섭고 두려운 걸로 따지자면 리버스가 단연 세계 최고의 수준일 것이다. 그녀가 또다시 그를 거절하려고 한다. 자신없다고, 자신이 생길 때까지 기다려 달라고. 말도 안 돼. 더 이상 어떻게 기다리라고? 무의식중으로 리버스는 예영을 더욱 꽉 껴안았다.

"바보네. 불행해질 걸 미리 걱정해서 사랑을 못하겠다니. 그 말 한마디에, 난 조용히 물러나야 하는 거야?"

"나 때문에 또 누군가가 불행해진다면 난 살 수 없어요."

"장민우 놈은 불행해져도 싼 놈이었어. 죄책감 같은 건 날려버려도 된다고."

"당신은 아니잖아요."

순간, 리버스는 숨을 쉴 수 없을 만큼 감정이 격해졌다. 방금 이 말은, 지금까지 그녀의 입에서 나온 말들 중 가장 뜨거운 말이었다. 그녀도 그를 사랑하고 있는 것이다. 불행해지는 것이 두렵고, 견뎌낼 자신 없어서 그를 받아들이지 않겠다는 말은 곧, 그 역시 불행해질까 봐 무섭다는 말이었다.

'아—'

리버스의 심장이 마구 움직이며 피가 샘솟았고, 덕분에 혈류는 혈관이 터질 듯 맹렬히 콸콸 움직이기 시작했다. 심장이 터질 듯하니 무엇인가가 가슴 가득 차오르는 게 느껴졌다. 리버스는 예영을 멀리 떼어 그녀의 얼굴을 바라봤다. 당장 달려들어 키스하고 싶은 충동으로 머리가 어지러웠지만 그는 숨을 고르며 침착하게 말을 꺼냈다.

"당신이 아니면 난 안 돼. 행복해질 수 없어."

"……."

"그리고 난 자신있어. 당신, 자신없으면 나만 따라와."

예영은 갑자기 말이 빨라지고 두 눈을 반짝반짝 빛내는 리버스를 뚫어져라 바라봤다. 심장이 걷잡을 수 없이 빠르게 뛰기 시작했다. 머리가 어지럽고 시야가 흐릿해졌다. 몽롱하게, 이 남자가 지금 무슨 말을 하는 걸까? 생각하는 그녀의 앞에 그는 뚜벅 비장한 한마디를 털어놓았다.

"나와 결혼해 줘."

"……!"

거의 식겁한 얼굴로 예영은 숨을 멈추었다. 예영은 너무 놀라 두 눈만 깜빡일 뿐 온몸이 굳어버리는 것 같았다. 하지만 정말 아이러니하게도, 피부 속의 모든 것들은 더욱 활발하게 움직이기 시작했다. 아, 세상에……. 그가, 결혼을 해달라고 말하고 있는 게 맞나? 잘못 들은 거 아닌가? 자신의 귀를 믿을 수 없어 그녀는 계속 리버스만 뚫어져라 바라보고 있었다. 그는 준비해 두었던 여권과 서류를 그녀의 앞에 탁, 소리를 내며 내려놓았다.

"내 여권과 계약서야."

표정 관리하느라 조커처럼 일그러진 미소를 띠고 예영은 고개를 떨어뜨렸다. 미친 여자처럼 왜 자꾸 웃음이 나오는 거야?

"참고로 이 계약서는 필러스그룹과의 업무제휴에 관한 거야. 당신과 결혼해서 한국에서 살게 되어도 당신 먹여 살릴 수 있으니까 그건 걱정하지 마.”

“이걸 왜……?”

“선택하라고. 날 사랑하면 여권을 들고, 사랑하지 않으면 계약서를 들어.”

“아…….”

어설프게 웃으며 예영은 다시 탁자 위로 시선을 내리꽂았다. 우연인가? 그녀의 시선이 계약서를 향해 있는 것 같다는 생각이 들자 리버스는 순간, 덜컥 심장이 내려앉는 걸 느꼈다. 저건 아닌데. 여권을 들어야 하는데!

지금 그는 어릴 때 들었던 ‘선녀와 나무꾼’ 에 나왔던 선녀의 심정이었다. 날개옷을 숨겼던 나무꾼처럼 예영이 그의 여권을 숨겨줄 거라고 그는 믿어 의심치 않았다. ‘당신은 아니에요’ 라고 속삭이던 그녀의 목소리를 듣는 순간부터 그는 확신했었다. 그녀의 선택에 자신 있었고 불안하지도 않았었다. 하지만 그녀의 표정과 반응을 보니…….

“자, 잠깐만!”

리버스는 손을 들어 그녀의 선택을 막았다.

“네?”

“멋진 프러포즈 아니었어?”

초조한 듯 그는 손으로 입술을 매만지며 발까지 떨었다. 상황과는 정반대로 갑자기 웃음이 터질 것 같아 예영은 조가비마냥 입술을 꽉 다물었다. 킁, 이상한 소리가 코에서 뿜어져 나왔다.

불행인지 다행인지, 리버스는 눈치 채지 못한 듯했다.

"그렇게 생각해요?"

"쓰읍. 베스트 오브 베스트는 아니지만 그럭저럭 '두잉 베스트' 한 아이디어 같았는데. 당신이 결혼해 주면 여권이 필요없어지는 거잖아. 내 말은, 아주 필요 없다는 게 아니라 당분간은 필요 없다는 말이지. 상징적으로……."

"결혼해 주지 않으면 계약서가 필요없어지는 거네요. 한국에서 일할 필요가 없어지는 거니까."

"맞아."

웃음소리가 저절로 튀어나올 것 같아 예영은 한참 동안 입술을 꾹 다물고 있어야 했다. 그녀는 아무렇지도 않은 척 빙긋 웃으며 물었다.

"한국에서 일하기 싫으면서도, 나 때문에 일하겠다는 거예요?"

"바로 그거야."

"그 말을 뒤집어보면, 내가 거절하면 곧바로 미국으로 가겠다는 건데."

"어? 어, 그렇지……."

거기까지 생각 못했다는 듯 리버스는 모든 움직임을 멈추었다. 산만하게 움직이던 발가락도 손도, 고개도 모조리. 눈동자만 이리저리 움직이고 있을 따름이었다.

"이런 당신을 믿어야 하는 거예요? 당신만 믿고 따라가도 된다는 거예요?"

예영은 생긋 웃으며 물었다. 궁지에 몰린 듯 리버스는 이맛살을 찌푸렸다.

"중요한 건…… 내가 아주…… 당신을……."

단어 하나하나를 신중하게 고르며 그는 대답했다.

"어……."

"음?"

애드리브로 상황을 모면할 생각인지 그는 대답을 유보하며 계속 머리를 굴리고 있었다. 은근히 그가 뭐라고 할지 궁금해지자 예영은 두 눈을 반짝 뜨며 상체를 그의 얼굴 쪽으로 들이밀었다. 이 남자, 정말 귀엽다니까. 그가 결혼해 달라고 프러포즈할 때 물밀듯 그녀의 내면을 감싸오던 짜릿한 전율을 떠올리며 그녀는 살포시 미소를 지었다.

그녀는 자신이 결혼이라는 말에 그렇듯 흥분하게 될 줄 꿈에도 몰랐었다. 엔도르핀이 마구 솟구쳤고 심장은 기대감으로 부풀어 터질 것만 같았다. 아, 두렵고 불안하기만 하던 결혼이었는데, 어떻게 그런 반응이 끓어올랐는지 그녀 스스로도 이해할 수가 없었다. 사랑해도 결혼은 쉽게 못할 것 같다고 늘 생각해 왔었는데, 그의 결혼하자는 말 한마디에 깜깜했던 시야가 탁 트여 버리는 것 같았다.

그녀는 아무래도 그의 프러포즈를 기다리고 있었나 보다.

"결혼해 주지 않으면……."

그는 갑자기 탁자 위를 마구 훑어보더니 와인병을 덥석 쥐었
다. 그러더니 요새 초딩들도 하지 않는다는 유치개그를 펼치기
시작했다.

"이거 다 마실 거야."

"네?"

"이거 마시면 어떻게 되는지 알지? 내 다리 잘릴지도 몰라.
손등 썩어서 장애자 될 수도 있어. 당신은 내 인생을 망치게 되
는 거라고."

배꼽이 날아갈 것 같은 대폭소가 터지는 걸 막기 위해 예영은
혀를 깨물어야 했다. 아무래도 이 남자, 그녀가 구제해 줘야 할
것 같다. 그것만이 그녀 역시 구원받는 길일지도 모르겠다는 생
각이 온몸 가득 채워졌다.

"난 밤마다 당신 꿈속에 나타날 거야. 절대 날 못 잊도록 매번
키스를 퍼부어주겠어. 결국엔 날 찾아오게 될걸? 그렇게 되면
상황은 역전이 되는 거야. 당신은 영원히 내 발 밑에서……."

다음 순간, 예영은 리버스의 머리를 붙잡고 입술을 밀어붙였
다. 리버스의 눈이 커다래지더니 예영의 입술을 거칠게 떼어냈
다.

"뭐야? 대답은 해줘야지. 예스야, 노우야?"

"몰라서 물어요?"

"나중에 또 딴소리할 거잖아. 확실하게 말해."

"당신 말 들어보니, 결국은 우리가 만날 수밖에 없다는 건데.

그건 나도 동의해요.”

“그러니까 예스라는 거지?”

그가 눈을 빛내며 집요하게 캐물었다. 예영은 웃음을 머금으며 그의 이마를 둘째손가락으로 콕 찍었다.

“이제 입 좀 다물어요, 미스터 버스.”

“빨리 대답해. 예스지?”

예영은 그의 입술을 아예 막아버렸다. 그의 신음하는 입 안으로 부드러운 살덩이를 밀어 넣는 것으로…….

“아줌마가 무슨 권리로 우리 집을 뒤지겠다는 거예요?”

예영과 리버스가 서로의 혀를 어루만지고 있을 무렵, 예소는 아파트 입구에서 삿대질을 하고 있었다. 상대는 재수없는 장민우의 모친, 현미자였다. 길가에서 우연히 예소와 마주친 그녀는 뻔뻔스럽게도 예영에게 민우를 내놓으라고 윽박지를 작정으로 찾아왔다고 말했다. 자세한 건 물어보지 않아 모르지만 민우가 잠수를 탔나 보다. 흠, 뭐든지 일단 저질러 보고 뒷수습은 어머니한테 맡기는 장민우이니 오죽하겠냐만 대체 왜 아들을 찾아 예영에게 왔는지 예소는 그것이 알고 싶었다.

“없다며. 없으면 내가 가서 뒤져 봐도 되겠네. 뭐가 켕겨서 싫다는 거야?”

“그걸 지금 말이라고 하세요? 엄연히 우리 집인데 아줌마가 왜 뒤지냐고요, 글쎄! 아~ 정말 상식이 안 통하네.”

"엄연히? 그래, 엄연히 따져 보자. 그 집이 누구 집인 줄이나 알아? 내 집이야, 이거 왜 이래? 내 남편이 뼈 빠지게 일하다가 죽은 직장에서 나온 보상금으로, 내가 우리 아들 사준 내 집이라고."

"이것 보세요, 아줌마. 이게 어떻게 해서 당신 집이야? 당신 아들이 바람피워서 고소당할 것 같으니까, 당신이 나서서 주겠다고 한 거잖아. 이거나 먹고 떨어지라고 한 게 누군데 이제 와서 이 집이 당신 집이래?"

"나나 되니까 준 거야. 어디 몸 잘못 굴려 애까지 잃어버린 주제에 위자료를 챙겨? 남편 우습게 알고 집에서 얼마나 바가지를 긁었으면 애가 밖에 나가서 딴 짓을 하니?"

"뭐, 뭐라고요? 아니, 이 아줌마가 근데!"

예소는 너무나 기가 막혀 두 소매를 차례로 걷으며 험악하게 인상을 굳혔다. 예영이 몸을 잘못 굴려 애가 지워졌다는 말에 뒷골이 저절로 댕겼다. 정말 빡 돌겠네, 진짜. 지금 누가 누구한테 큰소리를 치는 거야? 정말 이런 사람들 만날까 봐 남자를 못 만난다, 내가.

"아줌마라니? 어디다 대고 아줌마야? 하여튼 못 배워먹은 티를 내요, 티를."

"아줌마를 아줌마라고 그러지. 왜요? 할머니라고 해드려요?"

"뭐야?"

"어른대접 받고 싶으면 어른다운 행동을 하셔. 어디를 와서 행패야? 행패가. 당신, 우리 언니가 이 집 받고 이혼해 주니까 배 아팠지? 사람 마음 화장실 들어갈 때랑 나올 때가 다르다더니, 간통죄로 집어넣는다고 할 때는 아들 전과자 만들지 않으려고 별의별 수를 다 쓰고 싶었는데 막상 이혼해 주니까 집 한 채 홀랑 날려먹은 것 같아 속 쓰렸을 거야. 그렇죠? 사람들 앞에서 낯도 안 서고 남 말하는 사람들 입도 무섭고. 안 그래요? 그래서 우리 언니가 몸 잘못 굴려서 애 잘못되었다고, 그래서 이혼시킨 거라고 그렇게 말하고 다녔죠? 그렇죠?"

"이, 이게 미쳤나……!"

한 걸음씩 다가오며 썩소 작렬시키는 예소의 불량스러운 태도에 현미자는 저도 모르게 한 걸음 뒤로 물러섰다. 어쩌면 족집게처럼 딱 꼬집어 말하는지 찔끔 양심 한 구석이 찔리기도 했다. 사실 사십 살에 과부가 되고, 아들 하나만 바라보며 지금껏 살아온 그녀였다. 그동안 재산도 남부럽지 않게 모았고 아들도 번듯하게 잘 키웠다고 자부했던 그녀의 인생 오점은 바로 아들의 이혼이었다.

솔직히 며느리 은예영은 썩 그녀의 마음에 내킨 건 아니었지만 객관적으로 봐선 별로 빠지는 구석이 있는 편도 아니었다. 집 안도 면장 출신의 다복한 가정이었고, 학벌도 그만하면 됐고, 얼굴도 수더분하니 남편 내조 잘하게 생겨서 생각보다 쉽게 결혼을 허락했던 그녀였다. 하지만 아들이 밤마다 만족이 안 돼 고생한다는 소리를 들었을 땐 화가 솟구쳤다. 집에서 놀고먹는 마누라 먹여 살리려고 아등바등 일하는 남편, 밤마다 독수공방을 시키니 그런 며느리 좋아할 시어머니가 어디 있겠는가. 그래서 이혼에 찬성하고 아들의 뜻대로 하게 해주었건만.

이젠 일이 틀어져도 너무 많이 틀어져 버렸다. 은예영 고것이 이혼하고 딴 살림 차려 그토록 잘살 줄 그 누가 알았겠는가. 이제는 은예영과 아들을 재혼시킬 생각 따위 싹 접었다. 그것만큼은 죽기 아니면 까무러치기로 막을 심사였다. '어디 딴 놈과 몸 섞은 주제에 내 아들을 넘봐?' 의 심정이랄까. 그 외국인과 만나고 있는 걸 그녀의 눈으로 목격한 이상, 미자는 절대 예영을 며느리로 받아줄 마음 없었다. 하지만 아들인 민우가 문제였다. 그놈은 무슨 생각인지 계속 예영과 재혼을 하겠다고 우겨댔다. 처음 재혼 얘기 꺼냈을 땐 펄쩍 뛰며 싫다고 하던 놈이 왜 생각이 바뀐 건지, 현미자는 알 길이 없었다.

어제의 일만 해도, 미자는 민우가 예영에게 무릎까지 꿇고 빌었다는 소리를 듣고 열이 뻗혀 죽는 줄 알았다. 당연히 그녀는 대대적인 반대를 하고 나섰고 기막히게도 아들놈은 끝까지 예영과 재결합을 추진하겠다며 대들고 나섰다. 절대 안 된다고 맞서는 미자를 두고 민우는 집을 나가는 강수를 띄웠다. 회사도 안 나가고 어딘가로 잠적해 버리는 거였다. 필시 그 앙큼한 것이 순진한 민우를 꼬여낸 게 틀림없다는 생각으로 미자는 정신이 없었다. 그러지 않고서야 미자의 말이라면 단 한 번도 거역한 적이 없던 착한 아들이 이렇게 잠적까지 해가며 반항을 할

리는 없지 않는가.

"남편 우습게 알고 바가지를 긁어요? 은예영이? 당신 은예영이 어떤 여자인지 몰라? 하! 그래, 우리 언니가 그랬다고 치자고요. 마누라가 그러면 남자들 다 바람피우나? 여기 지나가는 사람들한테 죄다 물어볼까?"

"이 무식한 게 어디서 대들고 지랄이야?"

"그래. 나 무식해. 그렇지만 바람피우는 게 잘못이라는 건 알아. 몸을 잘못 굴려? 몸 잘못 굴린 게 누군데 어디서 난리브루스야? 우리 언니는 지금 싱글이야! 세상 어느 여자가 이혼한 남자한테 정절 지키고 살아?"

"누, 누가 정절 지키고 살라고 했나? 왜 우리 아들은 다시 꼬여내서 애 마음 못 잡게 하고 그러냔 말이야? 왜?"

그래도 할 말이 있는지 현미자는 말도 안 되는 소리를 지껄이고 있었다. 예소는 훅— 앞머리를 입바람으로 불어 위로 넘기며 엄지로 콧구멍을 쓸었다.

"무슨 같잖은 소리예요? 우리 언니가 당신 아들을 왜 꼬여? 지금 당신 아들보다 백배천배는 더 잘난 남자 만나서 잘돼가고 있는데."

"우리 아들이 지금 예영이랑 재혼하겠다고……!"

"아하! 그러시구나? 아줌마는 반대하는데 장민우, 그 인간은 재혼하겠다고 난리를 치고 있구나? 미안한데요. 그거, 장민우 혼자 그러는 거거든요? 우리 언니는 재혼할 사람 따로 있어요."

"뭐, 뭐?"

"말이 나와서 말인데, 장민우 그 인간, 얼마 전에 우리 언니 가게까지 찾아와서 행패를 부렸거든요? 그래서 경찰서까지 잡혀간 거 아세요?"

"경찰서?"

그 사실은 전혀 모르고 있었던 듯 현미자는 멍하게 예소의 말을 되풀이했다. 예소는 픽 웃어버렸다. 장민우, 마마보이로 늙어죽을 줄 알았는데 그새 많이 컸네. 엄마한테 비밀로 하는 일도 있고. 하지만 그래 봤자 은예영은 절대 받아주지 않는다는 거, 알지?

"다신 근처에 얼씬거리지 않겠다고 각서까지 썼어요."

"뭐? 우리 애가 각서를 썼다고? 아니, 무슨 죄가 있어서?!"

"그거야 싫다는 사람 계속 쫓아다니니까 그렇죠. 우리 언니도 지금 피곤해요. 각서까지 쓴 주제에 그 난리를 피웠대. 웃기는 자장이지, 정말. 우리 언니, 그 인간이 가게까지 엉망으로 만들어놓은 바람에 영업도 못하고 있다고요. 지금."

"그럴 리가 없어. 우리 애가 뭐가 아쉬워서 그런단 말이야? 우리 민우, 싫다는 여자 쫓아다닐 만큼 이상한 놈 아니야!"

"착각은 자유죠. 자기 아들을 그렇게 모를까? 아! 아무튼, 한 번만 더 얼쩡거리면 경찰에 확 신고해 버릴까 생각 중이거든요? 어때요? 그래도 우리 집 들어와서 수색할 거예요?"

현미자는 분해 죽겠는지 씩씩거리며 예소를 노려봤다. 통쾌함이 온몸을 꿰뚫고 와 예소는 지금 당장 아싸바리를 외치고 싶을 지경이었다.

"거짓말하는 거란 거 다 알아. 우리 애가 그럴 리가 없다고. 분명히 예영이 그것이 우리 애 마음을 흔들어놓아서 그런 거라고."

"각서를 보여줘야 믿겠어요?"

그렇다는 듯 현미자는 씩씩거리며 예소를 째려볼 뿐이었다. 예소는 콧방귀를 풍~ 뀌었다. 아들에 대한 믿음이 저렇게나 위대하실까? 나중에 얼마나 놀라고 창피하려고 저렇게 배짱질인지 그녀는 현미자가 한심할 따름이었다.

"좋아요. 따라오세요."

예소는 꺼릴 게 전혀 없었다. 오히려 이 염치없고 뻔뻔스러운 아줌마의 코앞에 아들이 쓴 각서를 들이밀어서 팍 기를 죽여줘야지 속이 후련할 것 같았다. 흥! 리버스도 있으니, 똑똑히 보라지. 자기 아들보다 훨씬 더 번듯한 총각과 예영이 잘돼가고 있다는 걸 보면 완전히 야코가 죽어 나갈 것이 분명했다. 예소는 자신감 넘치는 걸음으로 위풍당당 아파트 안으로 들어갔다.

502호. 집 앞까지 도달은 예소는 잠기지 않은 문을 확 열고 들어갔다. 거실은 텅 빈 듯 아무도 없었다. 언뜻 봐선 그렇다는 거다. 하지만 집 안으로 들어선 지 단 이 초 만에 예소는 쿡, 웃음을 터뜨리고 말았다.

'아니, 이 사람들이!'

정말 리얼하구만.

"언니야……?"

그들은 넓은 탁자 건너편 바닥에 누워 있었다. 리버스가 바닥에 깔려 있는 걸로 보아 아무래도 예영이 덮친 모양이었다. 그녀는 리버스의 배 위에 두 다리를 쭉 뻗고 누워 리버스의 입술에 키스를 하고 있었다. 역시 남녀는 단둘이 있어야 진도가 나간다니까. 흐뭇한 웃음이 예소의 입가에 드리워졌다. 마음 같아선 못 본 척 사라져 주고 싶었지만 상황이 상황인만큼 그럴 수가 없으니 그것이 안타까울 따름이었다.

"언니야, 잠깐만."

예소는 어색하게 말을 걸었다. 누가 들어온지도 모르고 키스에 열을 올리고 있던 커플 중 먼저 정신을 차린 사람은 리버스였다. 참을성 없는 현미자가 고개를 기웃거리며 한 발 안으로 들어설 무렵, 그가 눈을 반짝 떴다. 그리고 벌떡 몸을 일으켰다. 그의 어깨에 찰싹 달라붙어 있던 그녀 역시 딸려 일으켜졌다. 그의 입술을 머금고, 그의 목에 팔을 감고, 그의 허리에 앉은 초닭털 왕민망 자세였다.

"아이고!"

현미자의 비명 소리가 들렸다. 은근히 행동이 빠른 듯 현미자는 예소가 뒤를 돌아봤을 때 이미 사라지고 없었다.

'**한** 시간 있다 올게' 하며 예소가 사라지자 예영은 정신을 번쩍 차렸다. 그에게 키스하느라 누가 들어오는지도 몰랐다는 사실이 예영은 스스로도 감당 못할 정도로 충격적이었다.

벌떡 자리에서 일어난 그녀는 리버스의 몸에서 후다닥 떨어졌다. 얼굴이 새빨갛게 달아올라 그의 얼굴도 똑바로 바라보기 힘들었다.

"아줌마라고 떵떵거릴 땐 언제고 그렇게 부끄러워해?"

눈이 반쯤 풀린 리버스가 나른한 미소를 띠며 말했다. 용광로처럼 달아오른 그의 시선은 예영의 얼굴을 빤히 바라보고 있었다. 당황한 예영은 냉큼 두 손으로 얼굴을 가렸다. 리버스는 그녀를 향해 발작하고 있는 자신의 몸을 느끼며 깊은 숨을 들이쉬었다. 당장 그녀의 뇌수까지 다 빨아 마셔 버리고 싶을 만큼 그는 격하게 흥분한 상태였다.

"총각보다 아줌마가 더 부끄러워하면 안 되지. 키스 한두 번 해본 사이도 아니고."

"예소한테 들켰잖아요."

그녀가 웅얼거리듯 말했다.

"예소가 무슨 앤가? 우린 그냥 키스를 한 거야."

"키스만 한 게 아니잖아요."

"키스뿐이었잖아."

"누웠잖아요! 아우, 창피해……."

예전에도 이런 문제로 의견 불일치를 보았던 걸 떠올리며 리버스는 쿡쿡, 웃었다. 그녀에게 함께 눕는 행위는 엄청 큰 의미인 게 분명했다. 키스하며 서로의 몸을 어루만지는 건, 그저 키스일 뿐이라고 생각하는 리버스에겐 참으로 '참신한' 의견이 아닐 수 없었다. 귀여워 미치겠다, 은예영.

"뭘 그렇게 봐요?"

은예영은 눈 위에 펼친 손가락 사이로 그를 훔쳐보고 있었나 보다. 피식거리며 웃는 그를 향해 발끈거렸다. 민망하고 부끄러워 죽을 지경인 그녀를 보며 실실 웃기나 하니, 리버스가 엄청 얄미운 거였다.

"은예영."

“…….”

“은방울 자매라고 했던가? 첫날 말이야. 이 집에 초대되어 왔을 때. 그땐 그냥 이름에 ‘은’ 자가 들어가서 그런가 보다 했는데. 가만 보니 당신 정말 방울 같아. 귀엽게 딸랑거리는 방울. 맑고 영롱하고 은은하고…….”

“그만 해요!”

예영은 너무나 민망해 소리를 쳤다. 어디서 저런 단어들을 다 배웠는지 아주 한국 사람 뺨치는 어휘력이었다. 외국인 골격을 가진 사람 입에서 저런 소리가 나올지 누가 예상이나 했을까? 정말 어매이징 원더풀이다, 진짜.

“앞으로 난 당신의 벨보이가 될래. 당신이 벨을 흔들면 언제든지 달려가는 벨보이. 멋지지 않아?”

“누가 당신 벨보이 시켜준대요?”

“그게 무슨 소리야?”

리버스의 표정이 굳어졌다. 설마 이 여자 또? 불안감이 다시 엄습했다. 그런 리버스를 향해 뾰족 발그레한 혓바닥을 내밀더니 예영은 달아나기 위해 자리에서 일어나려고 했다. 흥! 하지만 리버스가 그녀를 그냥 놔둘 리 없다.

“어딜 내빼시려고. 대답도 안 해주고.”

“엄마야!”

엉거주춤 일어서려는 그녀의 팔을 붙잡고 잡아당기니 그녀는 균형을 잃고 그의 품으로 쓰러졌다. 허리 근처에 코를 박고 엎어진 예영은 커헙! 기겁을 하며 몸을 일으켜 세웠다. 홍당무 같았던 얼굴은 밤색으로 물들여졌다. 덕분에 이미 발딱 일어서 있었던 그의 분신은 순식간에 터질 듯 팽창되어 버렸다. 리버스는 한쪽 눈을 찔끔 감으며 입을 벌렸다. '아야!' 라는 소리가 절로 나왔다.

"다, 다쳤어요? 내가 허벅지를 건드린 거예요?"

허벅지가 아니고 그 위쪽이거든? 리버스는 차마 제 입으로 말할 수 없는 진실을 꾹 혀끝으로 눌러 참으며 예영을 향해 고통스러운 미소를 지어 보였다.

"아예 날 죽이려고 작정한 거 아니야?"

"미안해요. 많이 아파요?"

"죽을 것 같다니까 그러네."

"그러게 왜 갑자기 잡아채고 그래요."

"내 약을 빡빡 올린 사람이 누군데 그래? 그리고 내 청혼에 대한 대답도 없었잖아."

"그걸 꼭 말로 해야 해요?"

"예스야, 노우야? 빨리 말해."

"무슨 청문회도 아니고, 왜 꼭 둘 중 하나로만 대답해야 하는데요?"

"그거 외에 무슨 답변이 더 필요한데? 미안하지만 난 조건부는 필요없어. 무조건 예스를 들어야겠으니까 알아서 하라고."

"예스라고 말하면 당장 결혼해야 해요?"

"당연하지."

"난요, 그런데……."

"잔말 말고 대답해."

그녀의 말을 자르며 그는 입술을 비틀었다. 기필코 그녀의 입에서 예스라는 대답을 듣고 말리라, 그는 단단히 마음먹고 있었다. 그동안 그 대답을 듣기 위해 그가 얼마나 공을 들였는지 생각하면 그녀를 이 달콤한 입술로 백일 밤을 고문해도 시원찮았다. 하지만 상황은 벌써 그에게 불리하게 돌아가는 듯하니, 안타까울 뿐이로군. 그는 곧 터질 것 같은 분신을 조심하며 그녀를 끌어당겨 안았다.

"나 지금 괴롭거든. 장난치지 말고 빨리 대답해."

예영은 리버스의 협박 아닌 협박을 듣고도 쿡쿡 웃고 있었다. 어깨를 들썩이기까지 하며 그녀는 리버스의 허리를 두 팔로 살며시 감았다. 그녀의 작고 하얀 발이 그의 다리 사이에 포개지고 그녀의 몸은 자궁 속 아기처럼 동그랗게 말렸다. 리버스의 얼굴이 시뻘겋게 달아오르기 시작했다.

"이봐, 참깨……."

"있죠. 나는 잘 때 옆 사람이 내 몸에 다리를 얹으면 못 자요. 음식은 잘하는 편이지만 설거지는 되게 싫어하고요. 보기보다는 깔끔하게 치우고 사는 편도 못 돼요. 은근히 좀 게으른 편이죠. 지금이야 아줌마니까 어쩔 수 없이 귀찮아도 참고 하는 거고."

오, 하느님! 그는 폭발하기 일보 직전이었다.

"미안한데 좀 빨리 말하면 안 돼?"

"잠이 많은 편이라 피곤하면 시도 때도 없이 자려고 들어요. 몸이 힘들면 짜증이 늘고 신경질적이 되어서 옆 사람한테 잔소리도 마구 퍼붓고 신경 긁는 소리도 많이 해요."

"참깨, 본론만 말해. 그래서 싫다는 거야, 좋다는 거야? 참고로 난 당신 단점도 다 사랑할 자신 있어."

최대한 참아보려고 했지만, 알다시피 남자의 본능은 참는다고 참아지는 게 아니었다. 설상가상으로 그녀의 손이 부드럽게 그의 허리를 쓰다듬었다. 순간 온몸의 피가 허리 쪽으로 몰리기 시작했다.

"으흑……."

억눌린 신음을 흘리며 리버스는 예영의 어깨를 꽉 쥐고 끌어당겼다. 그녀의 몸이 리버스의 품으로 순순히 빨려 들어왔다. 그의 넓은 가슴에 한쪽 볼을 댄 채 그녀는 그의 등을 쓸었다. 그녀의 손바닥이 그의 몸통을 훑고 겨드랑이 쪽으로 올라가자 리버스는 숨을 쉴 수 없을 만큼 강렬한 통증을 느꼈다. 통증은 통증인데 너무 달콤해서 계속 공격 받고 싶어지는 즐거운 통증이었다. 그는 입을 벌리고 단전에 힘을 주어 박제된 듯 꼼짝도 하지 못했다.

"내 말은……."

하던 말을 멈춘 예영은 약간은 도발적인 입술을 쭉 내밀어 그의 한쪽 볼에 쪽, 키스를 했다.

"예스란 뜻이에요."

오, 이런. 이렇게 평화로울 수가. 리버스는 지금껏 걱정하고 초조했던 마음을 모조리 놓을 수 있었다. 그녀가 그를 드디어 받아들여 준 것이었다. 나른한 행복감이 온몸을 휘감고 마치 큰 소용돌이 속에 파묻힌 듯 격한 감격에 사로잡혔다.

리버스는 예영의 입술을 거세게 뒤덮고 입 안으로 빨아들였다. 순식간에 그녀는 그의 다리 사이에 갇혀 눕혀졌다. 기나긴 키스가 이어질 것 같은 예감에 예영은 두 눈을 감았다. 그리고 그의 목덜미를 세차게 끌어당겼다.

"일어나요, 버스!"

예영은 신발장에 걸린 거울을 들여다보며 머리를 빗고 있었다. 하늘로 쭉쭉 뻗어 올라간 머리는 감지 않고는 제자리로 돌아갈 기미가 없어 뵈었다. 다시 머리를 감아야 한다는 소리인데, 그렇게 되면 결혼식장에 도착할 시간이 더욱 늦어지게 된다. 안 그래도 늦잠을 자서 시간이 빠듯한데 머리까지 이 모양이니, 예영은 답답하고 짜증도 났다. 그럼에도 늦잠을 자게 만든 그녀의 버스 씨는 침대 위에 쓰러져 일어날 생각도 하지 않고 있었다. 예영은 침실로 들어가 그의 근육질 엉덩이를 손바닥으로 찰싹 때렸다.

"일어나라니까! 시간 없어요."

"아~ 나 죽어!"

엄살은.

"그러게 왜 날짜를 이렇게 맞춰요? 이렇게 시간에 쫓기게 만든 건 다 당신이잖아."

"내가 뭘~"

리버스는 얼굴을 베개에 박고 웅얼거렸다. 애처럼 칭얼거리는 건 아침에 일어날 때 꼭 그가 하는 버릇 중 하나였다. 어찌나 웃긴지. 그동안 항상 무게 잡고 멋있는 척하는 것만 봐와서 그런지 일어나기 싫어서 짜증내는 모습을 보면 예영은 우습기가 한량없었다. 와앙, 깨물어 버릴까 보다. 예영은 탱탱한 리버스의 엉덩이를 톡톡 치며 그를 깨웠다.

"러브데이 말이에요. 며칠 뒤로 미루자니까 기어이 우기더니만. 결국 이렇게 늦잠을 자버렸잖아요."

러브데이란 말 그대로 사랑을 나누는 날이다. 그의 청혼을 받아들인 그날 이후, 석 달 동안 그녀와 리버스는 줄곧 일주일에 한 번씩 러브데이를 보내고 있었다. 물론 이 웃기지도 않는 날을 정한 건 모두 예영이었다. 시도 때도 없이 하자고 졸라대는 리버스를 규제하는 길은 그 길밖에 없었기 때문이다. 비록 리버스는 그 일주일 분을 하룻밤에 모조리 다 해치우는 기염을 토하고 있었지만 그 덕분에 러브데이를 보낸 다음날은 이렇게 매번 늦잠이었다.

"그게 어째서 내 탓이야? 일주일에 한 번밖에 허락해 주지 않는 당신 탓이지."

베개에 좀 더 편안하게 안착하기 위해 고개를 좌우로 뒤척이며 그가 중얼거렸다. 눈은 여전히 감겨 있었다. 하긴, 밤새도록 힘을 쏟아냈으니 피곤할 밖에.

"결혼도 하지 않은 남녀가 일주일에 한 번도 많은 거지."

"웃기지 마. 그런 게 어딨어……."

"시간이 없어요. 빨리 일어나서 준비해야지. 세 시간 후면 리나 씨 결혼식이잖아요."

"나 없어도 결혼식은 차질 없이 진행될 텐데 뭘."

"베스트 프렌드라며. 당신이 안 가면 어떻게 해요?"

"걘 썬만 있으면 돼. 난 아웃 오브 안중이라고."

'썬'은 봉리나의 남편 김선욱을 지칭하는 애칭이었다. 리버스의 절친한 친구라는 봉리나는 오늘 결혼식을 올리기로 되어 있었다. 김선욱을 잊겠다며 여행을 떠난 지 한 달 만에 집으로 돌아온 그녀는, 다시 돌아온 지 두 달 만에 김선욱과 결혼을 하는 거였다. 어떻게 된 일인지 의문이 한두 가지가 아니었지만 어찌 됐든 잘된 거니 예영도 그들을 마음속으로 한껏 축하해 주고 있었다.

"사람들 눈이 있잖아요. 어서 일어나세요, 버스 베이비~"

그의 검은 머리를 쓰다듬고 엉덩이를 토닥이며 예영은 그의 귓가에 입술을 대고 속삭였다. 베이비란 말은 그가 굉장히 좋아하는 말이다. 사실 악동기질 심하게 많은 그에게 '애 같다'고 부르기 시작하는 말이었는데 그는 이 말만 들으면 미치도록 좋다고 했다. 그래서 그를 조종하고 싶은 일이 생기면 예영은 늘 '베이비'를 속삭인다.

"으흠~ 미치겠군."

리버스는 온몸에 힘을 쭉 빼고 항복을 선언했다. 예영은 쭈뼛쭈뼛 곤두선 채 잔뜩 헝클어진 그의 짧은 머리를 매만지며 말했다.

"오늘은 정말 할 일이 너무나 많다고요. 빨리 씻고 이 머리도 좀 어떻게 해봐요."

"이렇게 만들어놓은 사람이 누군데."

잔뜩 볼멘소리로 그가 불평했다. 잘 떠지지 않는 눈을 들어 그녀를 돌아보고 있었다.

"내가 이렇게 했다고요?"

"그럼 내가 이랬겠나? 머리가 통째로 뽑히는 줄 알았구만."

"뭐예요? 내가 언제?"

"거기……."

그가 턱을 움직여 예영의 가슴 근처를 가리켰다. 예영은 자동으로 고개를 내려 자기 몸을 내려다보았다. 너무 낡아 목 근처가 축 늘어진 박스형 티셔츠 너머로 맨가슴이 조금 들여다보였다. 야릇한 표정으로 그는 씩 웃었다.

“거기에 키스할 때.”

“아휴! 이 변태.”

예영은 그의 베개를 끌어다 그의 얼굴에 문지르며 고문했다. 그녀를 놀려먹는 건 언제나 그의 기쁨. 리버스는 예영을 잡아당겨 침대로 끌어들였다. 침대 위로 그녀의 구불거리는 파머머리가 부챗살처럼 쫙 펴졌고 그녀는 그의 몸 아래에 누워 깔려졌다. 그는 예영의 가슴에 당당히 얼굴을 묻고 웅얼거렸다.

“나 움직이기 싫은데, 안 가면 안 될까?”

“안 돼요. 리나 씨가 뭐라고 생각하겠어요? 미국 친구 중엔 당신밖에 올 사람이 없잖아요. 같은 한국에 있으면서 친구의 결혼식도 빠진다는 건 말이 안 된다고요.”

“가기 싫어 죽겠어.”

“그래 봤자 러브데이는 끝났으니까 그만 일어나세요~”

그녀는 골난 아이 어르듯 선생님 같은 말투로 타일렀다. 그때 갑자기 휙, 리버스의 얼굴이 들렸다. 심술궂은 얼굴로 그는 예영을 째려보았다.

“이건 전적으로 당신 탓이야. 인간적으로 러브데이 주기가 너무 길어.”

“일주일이면 충분해요.”

“삼 일.”

“안 돼요. 결혼하기 전까지는 일주일 한 번으로 만족하세요.”

“좋아. 그럼 사 일.”

"안 된다니까."

"왜 안 돼? 난 혈기왕성한 남자라고. 어떤 남자가 섹스하기 위해 일주일을 기다려?"

"아우, 섹스가 뭐예요? 사랑!"

"그래, 사랑. 하여튼 난 자격이 충분하다고 생각해. 난 당신을 기다리며 스물일곱 해를 꼬박 총각으로 살아왔잖아. 보상이 필요하다고, 난!"

"그래서 결혼도 하기 전에 사랑해 줬잖아요."

"일주일에 한 번?"

"한 번은 아니죠. 엄밀히 말하면."

"한 번이야. 하룻밤이니까 한 번."

"그런 게 어딨어요?"

"여기. 일주일에 하룻밤밖에 못하는 남자라면 누구든 내 말에 동의할 거야. 거기다 지난주엔 당신 공산당이 쳐들어와서 못했잖아."

그가 말한 공산당이란 '여성의 날'을 의미하는 거였다. 배란 주기도 정확하고 늘 일주일을 꽉 채우고 끝내는 그녀의 생리적 주기 때문에 그는 아주 죽을 맛이었다. 그놈의 빨갱이 때문에 그와 예영은 한 달에 딱 세 번밖에 못하는 지경이 되었다. 리버스도 공산당이 싫었다…….

"당신도 그건 합의한 거잖아요. 처음엔 그렇게 하겠다고 해놓고선."

"일주일이 그렇게 길 줄 몰랐지! 내가 얼마나 고통스러운 줄 알아? 그래서 그렇게 미친 듯이 일을 한 거라고."

처음 한 달 동안 리버스는 그녀의 가게를 혼자 도맡아 처리했다. 인부들을 불러 가게 안을 치우고 정리한 후 인테리어를 바꾸는 것들까지 죄다, 그의 손을 거쳐 갔다. 그녀는 꼼짝 않고 앉아 손가락만 까딱하면 되었다. 덕분에 산더미처럼 그녀를 짓눌렀던 가게 일은 한 달이 지난 사이 깔끔하게 정리가 되고 재단장 되었다. 장난감 박물관처럼 환하고 화려한 색상이 가미된 내부 밑그림과 장식들은 모두 훌륭한 디자이너 리버스 페리의 머리에서 나온 아이디어들로 채워졌다.

"그건 당신이 하겠다고 자처한 거잖아요. 남들이 들으면 내가 억지로 시킨 줄 알겠네."

짐짓 삐친 듯 그녀가 퉁명스럽게 말하자 그는 심술궂은 미소를 띠더니 그녀의 커다란 박스티 안으로 손을 밀어 넣었다. 그녀가 겨드랑이 부분에 심하게 간지럼을 타는 편이라는 걸 아는 그의 공격이 시작된 거였다. 그는 장난스런 눈을 빛내며 속삭였다.

"그거라도 안 하면 내가 하루 종일 뭘 하겠어? 일주일에 한 번밖에 못하는데."

"하루 종일 그 생각밖에 할 게 없어요?"

"당신은 몰라. 남자들의 괴로움을."

"으이구, 이 색골. 이십팔 년을 어떻게 참았대?"

그의 손은 아직 저만치 아래인데 그녀는 벌써 키득거리며 옆구리를 찰싹 붙여 그의 불량스러운 손가락들을 곧장 체포했다. 그녀의 웃음을 이끌어내는 데 성공한 그는 허리춤이 들썩이며 속옷 한 장 달랑 입은 맨다리를 그녀의 다리 사이로 밀어 넣었다.

"원래 늦게 배운 도둑질이 날새는 줄 모르는 거야."

"아이고~ 그러셔요? 한국 속담도 잘 알고, 모르는 게 없네~ 우리 버스 씨!"

예영은 리버스의 양 볼을 두 손으로 토닥거리며 그를 얼렀다. 하지만 리버스는 고개를 숙여 배꼽을 드러내며 살짝 올라가 있는 그녀의 티셔츠 자락을 이로 잡아 위로 끌어올렸다.

"뭐 하는 거예요? 지금 시간이 없다니까. 리나 씨 결혼식 말고도 당신이 벌여놓은 일이 얼마나 많은데."

예영은 그의 가슴팍을 밀어냈지만 큰 저항감은 없었다.

"개 결혼식은 빼먹어도 된다니까."

"말이 되는 소릴 해요."

그녀는 애써 눈썹을 찌푸리며 면박을 줬지만 그의 허리가 다시 움직이자 곧 입을 벌리며 숨을 멈추어야 했다. 짜릿한 감각이 어느 한 곳으로 몰려들어 흥분지수가 급격히 올라가기 시작한 거였다. 아! 지금은 이럴 때가 아닌데…….

결혼식에 참석한 후에는 오후 세 시에 미국 방송인터뷰 약속이 잡혀 있었다. 얼마 전, 자기네 나라의 유명인사가 한국에서 새삼스레 이슈가 되고 있다는 소식을 접한 미국 언론은 대대적으로 리버스의 사연을 보도하기 시작했다. 그가 휴가 목적으로 간 한국에서 운명의 여인을 만나 몇 달 동안 구애를 펼치고 있다는 소식이었다. 그 뒤로 그들은 자기네 기자들까지 내보내어 리버스와 그의 '여인'의 인터뷰를 따내려고 안달을 했다. 수많은 언론의 러브콜에 못 이겨 리버스는 단 한 곳, 그와 친분이 있는 디렉터의 프로그램 인터뷰에만 응하기로 결정을 내렸다. 그리고 그 인터뷰가 바로 오늘 있을 것이고.

인터뷰가 끝나면 그들은 곧바로 일곱 시 비행기로 도착할 예비 시부모님을 마중 나가야 했다. 다음 달에 있을 결혼식에 대해 의논도 할 겸, 한국에도 잠깐 다녀갈 겸해서 이 주일간의 일정으로 들어오는 건데, 그사이 그들은 예영과 예영의 부모님과도 만날 계획이었다.

무슨 스타도 아니고 이런 구타유발 스케줄이라니. 다시 생각해도 머리가 아찔했다. 이렇게 일정을 잡아놓은 장본인인 주제에 어떻게 하루 종일 침대에서 뒹굴고 싶다는 투정을 할 수 있는지. 정말 못 말리는 남자다. 그럼에도 불구하고 점점 하루가 멀다 하고 그에 대한 사랑이 깊어지고 있는 게 문제의 포인트지만.

"왜 안 돼? 나한텐 지금 이게 더 중요한데."

버릇없는 그의 손이 예영의 면 트레이닝복 바지 안으로 들어왔다. 속옷 위로 쫙 편 그의 손바닥이 부드러운 원을 그리며 움

직였다. 그는 예영의 귓가에 뜨거운 입김을 불어넣으며 속삭였
다.

"당신도 그렇지?"

"한 달만 기다리면 결혼할 거잖아요. 그때까지 못 참아요?"

"어떻게 참아요~ 바로 이렇게 내 앞에 있는데~"

고개를 숙여 그녀의 쇄골에 입을 맞추며 리버스는 애교스럽
게 말한다. 앙탈은. 미워할 수 없는 고집불통을 향해 곱게 눈을
흘기며 예영은 그를 저지하려고 했다. 하지만 그의 손은 거침없
이 순식간에 속옷 안으로 들어와 그녀의 몸을 점령해 버렸다.
그녀는 다급하게 그의 손목을 붙잡으며 격하게 숨을 내쉬었다.

"우리 이러다가 축구단 만들겠어요."

예영은 숨을 헐떡이며 그의 넓고 단단한 등판을 붙들었다. 몸
한가운데서부터 시작된 짜릿한 기운이 온몸으로 퍼져 가고 있
었다. 두 다리에 힘이 풀리고 정신이 몽롱해져 그를 제지하는
게 쉽지 않을 것 같았다. 그녀가 허벅지 하나를 그의 엉덩이에
찰싹 붙이며 감싸자 쇄골 깊숙한 곳에 혀를 파묻고 있던 그가
싱긋 웃었다.

"못할 것도 없지."

그는 그녀의 바지를 허리 아래로 내리며 중얼거렸다.

"당신 닮은 아들."

다른 손으로 그녀의 박스티를 벗겨 버렸다.

"당신 닮은 딸."

그는 얼굴을 내리고 그녀의 가슴을 입 안으로 빨아들였다. 예영의 허리가 저절로 휘어지며 신음 소리가 깊어졌다.

"당신 닮은 둘째 아들."

그의 단단한 허리에 다리를 걸며 그녀는 간신히 정신을 차리고 물었다.

"뭐 하는 거예요, 지금?"

그는 고개를 들어 섹시한 미소를 흘렸다.

"가족계획 세우는 중."

리버스의 고개가 금세 아래로 꺾였다. 그는 다시 예영의 가슴을 탐닉하기 시작했고 예영은 새된 비명을 지르며 리버스의 머리채를 부드럽게 거머쥐었다.

결국, 그들은 봉리나의 결혼식에 제시간에 도착하길 거의 포기하고 말았다. 서둘러 가더라도 결혼식이 거의 끝나갈 무렵에 도착하게 될 터라 여러모로 면목이 없게 되어버린 거였다. 그냥 가지 말자는 리버스의 대책 없는 제안에도 아랑곳 않고 예영은 결혼식에 참석해야 한다는 고집을 꺾지 않았다. 리버스와 공식으로 참석하는 첫 번째 자리였기 때문에 그녀는 내심 리나의 결혼식을 기다리고 있었던 것이다. 그녀의 마음을 알 길 없는 리버스는 바보처럼 계속 구시렁대기만 했다. 그녀가 머리를 감겨줄 때도, 넥타이를 매줄 때도, 집밖을 나올 때도.

"기념사진이라도 찍어야죠."

열쇠로 현관문을 잠그고 있는 그는 하품을 늘어지게 하고 있

었다. 예영은 그의 어깨에 붙은 실밥을 뜯어내며 타이르듯 부드
럽게 말했다.

"그게 뭐야. 결혼식 끝에 가서 사진만 찍는 건 아무 의미가 없
다고."

"끝에 가더라도 참석했다는 건 증명되잖아요. 남는 건 사진밖
에 없어요."

"난 사진보다 침대가 좋아."

얼굴을 찡그리며 그가 말했다. 예영은 기가 막혀 입을 딱 벌
릴 수밖에 없었다. 이렇게 여자 마음을 몰라줘서야 원. 그녀는
특기인 잔소리를 한바가지 퍼부어줄 요량으로 허리에 손을 얹
었다. 그리고 막 숨을 들이쉬며 속사포 잔소리를 쏟아내기 직
전, 502호 현관문이 벌컥 열렸다.

"언니야!"

예소가 두 눈을 반짝반짝 빛내며 고개를 내밀었다. 요새 소설
하나를 탈고했다며 날아갈 듯 행복해하는 그녀의 얼굴엔 광택
이 저절로 났다. 뭐, 세수를 게을리 해서 기름이 쥘쥘 흐르는 것
도 있지만 여기서 광택이란 '빛'을 의미했다. 삼 년 만에 드디어
한 권의 소설을 완성한 그녀는 얼마 전 친구의 도움을 받아 국
문학 전공의 문학비평가에게 자식 같은 원고를 맡겼다는데, 그
래서 그런지 요새 그 좋아하던 컴퓨터도 끄고 문학소설 탐독에
여념이 없었다.

"어, 일어났네?"

"물론이지. 시간이 몇 신데. 형부, 하이~"

손바닥을 들어 올려 인사를 건네는 예소의 눈엔 느끼함이 넘쳐흐르고 있었다. '난 지난밤 당신들이 한 짓을 모두 알고 있다'는 눈빛으로 그녀는 눈썹을 씰룩거렸다.

"안녕히 주무셨어요?"

"뭐, 그럭저럭. 사실 잠은 별로 썩 잘 자진 못했어."

"리버스!"

예영의 팔꿈치가 리버스의 복부를 가격했다. 헉, 과장된 신음 소리를 내지르며 리버스는 아픈 시늉을 해댔다. 예영은 예소의 눈을 피해 달아오른 얼굴을 휙 돌리며 엘리베이터 버튼을 콕 손가락으로 찔렀다.

"우리 오늘 늦어. 저녁 먼저 먹어라."

"알았어. 잘 다녀와~ 형부도 조심하고요~"

뭘 조심하라는 건지, 예영은 도끼눈으로 예소를 찔러봤다. 예소는 킥킥거리며 문을 철커덩 닫아버렸다.

"쟨 왜 저렇게 당신을 좋아하는 거예요?"

"왜? 질투나?"

"동생을 질투하는 언니도 있어요?"

"왜 없어? 많지."

"난 아니에요."

"그거야 내가 오매불망 온리 은예영이라는 걸 아니까 그렇지."

리버스는 그녀의 어깨에 팔을 감으며 씩 웃었다. 엘리베이터 문이 열리자 그는 예영을 데리고 안으로 들어갔다.

"우리 결혼하면 예소랑 같이 살아야 하는데 괜찮겠어요?"

"나? 나야 상관없지. 근데 너무 좁지 않을까?"

"그렇긴 해요."

"방음도 되어야 할 텐데."

"왜요?"

"몰라서 물어? 당연히 밤에……."

"리버스!"

으, 이 저질! 예영은 리버스를 째려보며 인상을 찌푸렸다.

"왜에? 그게 얼마나 중요한 문제인데. 나야 상관없지만 처제가 밤마다 괴로울걸? 그래서 말인데 처제는 계속 이 집에서 살게 하고, 우리가 가까운 곳에 따로 나가서 사는 건 어떨까?"

"그럴 바에야 그냥 502호, 501호로 사는 게 낫죠."

"이 집은 할아버지의 개인 재산이라서 신혼살림을 차리기엔 문제가 많아. 뭐, 나한테 팔아달라고 부탁할 수도 있겠지만 할아버지께서 오랫동안 가지고 계시던 집인데 그걸 내가 산다는 게 좀 그래. 또 내가 이 집 말고 좀 더 넓은 곳에서 지내고 싶기도 하고."

"당신 뜻이 정 그렇다면 할 수 없죠."

"요 바로 앞으로 이사하면 되지. 그럼 예소도 왔다 갔다 할 수 있을 거야."

"알았어요."

시무룩하게 그녀가 대답했다. 삼 년을 품에 끼고 돌보아왔던 동생을 혼자 살게 해야 한다는 생각에 예영은 마음이 무거웠다. 물론 예소도 적은 나이 아니고 씩씩한 성격이니 걱정할 것이 없지만 그래도 어디 언니 마음이 그런가. 새끼 품은 어미닭마냥 전전긍긍이 되는 건 당연한 이치였다.

"오케이, 오케이! 같이 가자고. 함께 살면 되지, 뭐가 그렇게 걱정이야?"

과장되게 큰 소리로 말하며 그가 두 눈을 크게 떴다. 예영은 늘 그렇듯 그의 마음을 흔들기 위한 필살기를 작렬시켰다. 동정심이 확 피어오르게 하는 물기 머금은 눈망울로 그를 빤히 바라보며 순진함 그득 묻어나는 목소리로 묻는 거다.

"정말요?"

크게 떠졌던 그의 눈이 부드럽게 풀어졌다. 예영의 이 표정에는 아무리 떼쟁이 리버스라도 어찌할 도리가 없었다. 절대 넘어가지 않으리라 마음먹다가도 이 얼굴만 보면 홀딱 넘어가 버리니 귀신이 곡할 노릇이었다. 하여튼 예소의 거처 문제도 결국은 예영의 뜻대로 해줘야 할 것 같았다. 리버스는 그녀의 이마에 입술을 대고 애정이 가득 묻어 있는 목소리로 물었다.

"그래 갖고 예소 결혼은 어떻게 시킬 참이야? 언젠가 예소도 결혼해야 하는데."

"그땐 맡길 사람이 있잖아요."

"글쎄. 내가 보기엔 예소 성격에 순순히 맡겨질 것 같진 않은
데."

숫자 '1'을 향해 내려가는 엘리베이터 숫자판을 바라보며 리
버스는 히죽거렸다.

"무슨 말이에요?"

"당신이 노파심퀸이라는 소리지."

리버스는 예영의 코를 손가락으로 슥 어루만졌다. 다음 순간,
엘리베이터 문이 활짝 열렸다. 리버스는 예영을 꽉 끌어안고는
빠르게 걸어나갔다. 처음 만난 날, 그녀가 멈춰 서서 '열려라,
참깨'를 속삭이던 자동문이 그들을 감지하고 훌쩍 열렸다. 들어
올 때는 비밀번호를 눌러야 하지만, 나갈 땐 마음대로 나갈 수
있는 센서가 있는 문이었다. 리버스는 자신만의 참깨를 내려다
보았다.

"근데 나랑 결혼하는 거 후회하지 않을 자신 있어, 참깨?"

"뜬금없이 무슨 소리예요?"

"전에, 내가 결혼하자니까 결혼해서 행복할 수 있을지 자신없
다고 했잖아."

"그거야 그땐 그랬으니까요."

예영은 고개를 끄덕이며 웃었다. 자신이 그런 말을 했다는 게
쑥스럽고 민망했다. 그땐 정말 마음이 어둠으로 꽉 차 아무것도
생각하고 싶지 않았었는데……. 지금은 그저 웃기기만 했다. 왜
그렇게 답답하게 굴었을까? 왜 그땐 자신감 없이 모든 걸 두렵

게만 생각했을까?

"지금은 어때?"

리버스는 길가에서 손을 흔들어 택시를 잡으며 물었다. 심판 판정을 기다리는 스포츠선수처럼 그는 긴장하고 있었다. 그는 석 달 동안 그녀를 행복하게 해주기 위해, 자신을 선택한 걸 그녀가 후회하지 않게 하기 위해 최선의 노력을 다했었다. 그녀의 입에서 '남편이 아니라 아들'이 생긴 것 같다고 말할 정도로 애교도 부렸고, 멋진 데이트 코스를 샅샅이 알아내 그녀에게 즐거운 추억을 만들어주기도 했다. 그녀의 부모님께 찾아가 인사하자는 말도 그가 먼저 꺼냈고 결혼 문제며 가게 문제며 그녀가 신경 쓰지 않게 모든 일을 척척 해내었다. 덕분에 그는 필러스 그룹의 일을 좀 더 뒤로 미뤄야 했지만 그는 행복했다. 그녀를 위해서 무엇인가를 할 수 있다는 게 그는 기껍고 뿌듯했다.

그녀는 그의 행복을 손에 쥔 행운의 열쇠였다.

"어쩌긴요."

잉? 겨우 그게 대답이야? 택시 한 대가 멈춰 섰지만 리버스는 예영을 돌아보았다.

"그리고?"

예영이 대답은 않고 두 눈만 훌쩍 키웠다. 어쩐다는 거야?

"이 여자, 또 대답 없네."

빵빵, 택시가 경적 소리를 냈다. 탈 거면 빨리 타라는 거다. 그러나 리버스는 택시 쪽으론 눈길 한 번 안 주고는 예영을 뚫어져라 바라보았다. 설마 아직도……?

"아직도 자신없어?"

"꼭 그런 건 아니에요."

"꼭 그런 건 아니지만 그 비슷한 거란 말이야, 뭐야?"

실망감이 리버스를 감쌌다. 이혼의 아픔으로 냉랭해진 그녀의 마음을 따뜻하게 덥혀주기에 그가 많이 부족하다는 건 잘 알았다. 부족함을 채우기 위해 끊임없이 노력할 것이고, 일평생 그녀의 행복만을 위해 살 것이다. 그렇지만 실망스러운 건 어쩔 수 없었다. 그의 노력에도 불구하고 그녀의 마음은 여전히 시베리아라는 게 서글펐다.

"자신이 없는 건 아니고……."

"자신있으면 있는 거고 없으면 없는 거지. 그건 아니고, 그런 건 아니고. 그게 도대체 무슨 말이야?"

빵-빵-빵—

경적 소리가 다시 한 번 났다. '탈 겁니까, 말 겁니까?' 라고 소리치는 운전수의 고함 소리가 길가에 쩌렁쩌렁 울렸다. 신경질적으로 머리카락을 긁어 올리며 리버스는 팩 고개를 돌려 운전수에게 짜증을 부렸다.

"잠깐만 있어봐요, 좀!"

아이고! 애 좀 태워줄까 싶어 답변을 미뤘더니 사람들이랑 싸움을 하네. 예영은 손으로 입을 막고 쿡 웃었다. 그리곤 리버스의 팔을 붙잡아 끌어 택시 문을 열었다. 이러다가 애써 잡은 택시 놓치겠다 싶어서였다.

"어서 타세요, 버스 씨."

"대답, 계속 안 할 거야?"

그는 퉁명스럽게 말했다. 어쩔 수 없이 예영은 휴— 한숨을 내쉬고는 빙긋 웃었다.

"자신감 같은 거 이제 필요없어졌어요. 그래서 그렇게 말한 거예요."

"자신감이 왜 필요없는 건데?"

"이미 행복한데 행복해지기 위해서 자신감이 필요할 리가 없잖아요."

예영은 순진한 눈으로 그를 빤히 바라보며 방실거렸다. 리버스는 생각지도 못한 대답을 들은 듯 놀라 벙진 표정을 지었다. 그의 눈앞에 손가락을 흔들어도 몇 개인지 못 알아맞힐 것 같았다. 예영은 얼이 빠져도 한참 빠진 예비남편을 택시 안으로 밀어 넣으며 속삭였다.

"사랑해요, 마이 스페셜 미스터 버스."

그의 영원한 짝꿍 예영이 옆자리에 앉자 택시가 출발했다. 은예영과 그녀의 행복한 버스는 택시를 타고 친구의 결혼식장으로 향했다.

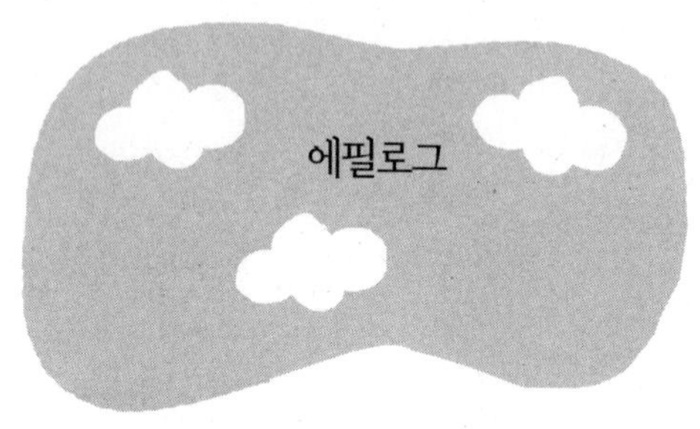

"**아**직도 다 안 됐어요?"

예영은 소파에 앉아 숨을 헐떡이며 소리를 쳤다. 결혼 삼 주
년 축하파티공연을 기다리고 있는 그녀는 남산만한 배에 손을
올렸다. 첫째인 지나 때와는 달리 배가 옆으로 두루뭉술해져서
마치 대형 애드벌룬을 집어 삼킨 것처럼 거대해져 있었다. 그나
마 출산 예정일이 삼 일이나 지나도 꿈쩍도 않는 아이 때문에
그녀는 매일 빌라 계단을 서른 번씩 오르락내리락하고 있었다.

"다 대쪄요!"

귀염둥이 첫째 딸, 지나가 특유의 혀 짧은 발음으로 안방에서
소리쳤다. 이제 세 살이 되는 지나는 그들의 허니문베이비로 총

명하고 귀엽고 순수한 꼬마천사였다. 거의 한국인에 가까운 외모의 아이는 아버지의 말간 갈색 눈동자를 쏙 빼닮은 눈으로 만나는 모든 사람들의 혼을 쏙 빼놓는다. 별명이 '큐티 지나' 인 지나는 가장 친한 친구가 리버스라고 말하곤 한다. 어찌나 둘이 잘 노는지 가끔은 리버스의 정신연령이 의심스러울 정도였다.

"짜잔!"

안방 문이 열리면서 리버스와 지나가 두 팔을 벌리며 나왔다. 예영은 킥 웃을 수밖에 없었다. 머리에 귀여운 꿀벌의 얼굴을 모자처럼 뒤집어쓴 두 사람은 커다란 흰색 티셔츠를 쌍둥이처럼 입고 있었다. 이번에 리버스가 새로 맡아 기획한 브릭(Brick) 시리즈의 샘플 티셔츠였다. 필러스에서 그가 두 번째로 단독 기획하여 디자인한 제품으로 시중에 나오기 전 미리 예영 앞에서 패션쇼를 벌이는 거였다.

벽돌 모양의 진한 박스그림 안에 연한 글자를 집어넣는 식의 타이포그래피가 포인트인 셔츠는 색깔별로 여러 개가 한 세트였고 특이하게 뒷면 맨 끝자락에 화려한 문양이 프린트되어 있다. 그의 첫 번째 기획이 빅히트되어 작년쯤 가족끼리 포상휴가까지 갔던 걸 감안하면, 이번 작품도 히트될 전망이었다.

"너무 크다."

예영은 귀염둥이 지나를 바라보며 혼잣말을 중얼거렸다. 제일 작은 사이즈를 입혔어도 겨우 두 돌이 지난 꼬마 지나에겐 셔츠가 아니라 드레스가 되어 있었다. 하지만 지나는 신이 나서 아버지와 준비한 쇼를 하기 위해 정신이 없었다. 팔뚝 밑으로 흘러내리는 옷자락을 손으로 연신 끌어올리며 지나는 아버지를 올려다보았다. 185㎝의 거인—지나가 보기엔—리버스는 음악도 없이 엉덩이를 흔들며 리듬을 타는 딸아이에 매료되어 헤~ 입을 벌리고 있었다.

"헤이, 지나~ 아 유 레디?"

"예~스!"

꼬마가 소리를 지르며 주먹을 높이 쳐들었다. 리버스 역시 엉덩이를 옆으로 흔들며 손으로 기타 모양을 만들었다.

"We don't need no education~"

리버스가 노래를 부르니 지나는 깨는 가사에 아랑곳 않고 박자를 척척 맞추며 Yeah!를 외쳐 댔다. 요 근래 아버지가 자주 듣던 음악이라 귀에 익숙한 모양이었다. 리버스는 최근 브릭시리즈를 기획하고 디자인하며 집에서 늘 핑크플로이드의 'Another brick in the wall'을 크게 틀어놓았던 것이다. 자주 들으니 음감 뛰어난 지나 역시 무의식중에 그 리듬을 즐겨 버리게 된 건 당연한 거였다.

하지만 예영은 두 손을 모아 입을 막았다. 불쌍한 지나. 철없는 아버지가 하는 소리를 보라지. 우리는 같잖은 교육은 필요 없다니! 참 교육 잘 시킨다. 심지어 '헤이, 티쳐~' 부분은 지나가 따라 부르기까지 했다.

"Leave them kids alone!"

찰떡궁합 리버스와 지나는 펄쩍 공중으로 뛰어오르더니 뒤로 돌면서 착지하는 묘기를 선보였다. 그리곤 다시 흔들흔들 엉덩이를 흔들어대는 두 부녀를 보니 웃음이 절로 나왔다. 저걸 얼마나 연습을 했을까. 예영은 그걸 생각하며 감격스러운 미소를 지었다. 배가 이러니 멋진 곳에서 식사도 못하고 케이크 하나에 피자와 통닭이 전부인 조촐한 파티였지만 예영은 그 어느 때보다도 더 행복했다. 눈물이 삐질 흘러 손으로 닦아내며 예영은 헐떡거렸다. 아까부터 뱃속 아기가 돌기 시작했지만 도는 주기는 아직 삼십 분 간격이었다.

"All in all it's just another brick in the wall~"

두 부녀는 나란히 뒤를 돌아 두 손을 방긋 펼치며 얼굴 밑으로 꽃받침을 만들었다. 깜찍하고 귀여운 지나와 사랑스럽고 믿음직스러운 남편은 애교 가득한 미소로 예영에게 한 걸음씩 천천히 다가왔다. 여전히 그놈의 '교육 따윈 집어치워' 란 노래를 불러대고 있었다. 순간, 날카로운 통증이 느껴지자 예영은 환한 미소를 거두고 소리쳤다. 아앗!

"엄마!"

꿀벌 더듬이를 머리에 쓴 지나가 두 눈을 땡그랗게 뜨고 소리쳤다. 한국에서 산 지 삼 년, 이젠 토종 한국인이 다 된 리버스는 '자기야!' 하며 성큼 내달려왔다. 예영은 인상을 쓰며 배를 감싸 쥐었다. 아들인지 딸인지는 모르지만 뱃속의 태아는 탱크처럼 맹렬하고 저돌적인 놈인 듯했다. 예영은 헐떡거리며 자신의 옆으로 다가와 있는 두 부녀를 향해 속삭였다.

"난 괜찮아요. 하던 거 마저 끝내."

"그게 무슨 소리야? 진통이 시작된 것 같은데 당장 병원에 가야지."

새파랗게 질린 리버스는 고개를 이리저리로 휘둘렀다.

"뭐 필요하지? 옷? 담요?"

"아직 멀었어. 진통 간격이 삼십 분밖에 안 된다고요. 지금 병원에 가봤자 다시 돌아와야 할 거예요."

"아우, 미치겠다. 어떻게 이렇게 아픈 사람한테 집으로 가라 그러냐."

그의 손은 어느새 예영의 배 위에 있었다. 안쓰러워 죽겠다는 듯 그는 땀으로 범벅이 된 그녀의 얼굴을 자신의 어깨에 기대게 했다. 지나가 태어날 때도 그랬지만, 정말 예영이 이렇게 힘들어하는 걸 보면 자식욕심이 뚝 떨어지게 되는 것 같았다. 열 달을 힘들게 몸속에 품는 것도 모자라 목숨을 걸고 낳는 여자들이 존경스러울 따름이었다. 예영이 또다시 그들의 아기를 낳기 위해 목숨을 걸고 있다고 생각하니 가슴이 찡해졌다.

"아가예오?"

엄마의 차가워진 손을 두 손으로 붙잡고 지나가 속살거렸다. 어린 마음에도 무서운지 얼굴에 두려움이 가득했다. 예영은 희미하게 웃으며 지나를 안심시켰다.

"네 동생이야. 이제 몇 시간 뒤에 응애 하고 울면서 태어날 거야.”

“근데 엄마 아파오?”

어른에겐 무조건 말끝마다 ‘요’를 붙이도록 배운 기특한 세 살 지나 ‘요’ 발음도 제대로 안 돼 ‘오’라고 하는 지나는 근심 가득한 얼굴로 엄마의 힘겨워하는 얼굴을 바라보고 있었다.

“쭈줄(수술)해야 돼오?”

예영은 아픈 배를 붙들고 웃지 않을 수 없었다. 주사 싫어하는 지나에게 늘, 주사 안 맞으면 수술해야 한다고 겁박했던 자신이 부끄러워졌다. 이 어린 나이에 수술에 대한 두려움을 심어 주다니, 에휴.

“원래 그러는 거라고 말해줬잖아. 지나가 태어날 때도 엄마는 아야, 했다니까. 엄만 괜찮아.”

지나의 눈망울이 촉촉해졌다. 어른이 아무리 안심시켜 줘도 이렇게 힘들어하는 엄마를 보면서 웃기란 세 살 어린 나이에도 쉬운 일이 아닌 모양이었다. 예영은 남편을 향해 간략하게 지시했다.

“예소한테 전화해서 지나 좀 봐달라고 해요.”

“알았어.”

대통령의 명령을 받잡듯 리버스는 신속하게 예소에게 연락을 취했다. 예영의 집에서는 한 블록 정도 떨어진 곳에서 살고 있는 예소는 지금 신혼살림을 정리하느라 여념이 없을 테지만 어쩔 수 없었다. 아직 태어나지도 않은 아가에 대해 지나가 반감을 갖게 되는 걸 예영은 절대 바라지 않았다.

"지나도 갈래오."

"지나는 이모랑 같이 있어야 해."

"지나도 갈래오오~"

불안한 듯 지나는 자꾸만 졸라댔다. 예영은 딸아이의 두 볼을 손으로 쓰다듬었다. 뱃속에서 죽어갔던 그녀의 첫 아가를 대신해 예영의 마음을 환희와 행복으로 채워주었던 지나는 아빠를 닮은 맑은 눈동자로 예영을 바라보았다. 아빠를 닮아서 지나 역시 그녀의 마음을 통째로 흔드는 재주가 있었다.

"이모랑 갈래오."

"지나야."

어쩐다지?

"아빠 울면, 어, 지나가, 어…… 토닥토닥해 줄 거예오. 엄마 같이."

"큐티 지나, 엄마 귀찮게 하면 안 돼."

전화를 끊은 리버스가 지나를 안아 예영에게서 아이를 떼어냈다. 아빠의 품에 안긴 지나의 눈에선 닭똥 같은 눈물이 뚝 떨어졌다. 역시 지나. 마음 약한 엄마를 어떻게 해야 입맛대로 요리할 수 있는지 제대로 아는 꼬마 여우다. 예영은 미간을 가운데로 모으며 미소를 지었다.

"이모 옆에 딱 붙어 있어야 해. 알았지?"

또로로, 눈물을 흘리던 지나의 눈이 번쩍 크게 떠졌다.

“지나, 가오?”

“약속해. 이모 옆에 꼭 붙어 있기로.”

“응!”

언제 그랬냐는 듯 지나가 쾌활하게 웃었다. 리버스는 떨떠름한 표정으로 고개를 돌리며 혀를 찼다. 그리곤 잔뜩 가라앉은 목소리로 아내를 비꼬았다.

“나한테 애를 과잉보호에 응석받이로 키운다던 사람이 누구였더라?”

“이건 다른 경우예요.”

“다르긴 뭘. 가만 보니까 지나의 눈물작전에 속수무책이로구만.”

“지나가 당신 닮아 영악해서 그래요.”

“눈물작전은 내 유전자랑 전혀 관계없습니다만.”

“상대의 약점을 파악해서 요리하는 건 리버스 페리 판박이거든요. 어떻게 애나 아빠나 똑같이 그렇게 날…… 아앗!”

잠시 가라앉았던 통증이 다시 시작되었다. 끝났다고 생각했던 진통이 사실은 끝난 게 아닌 모양이었다. 예영은 배를 움켜쥐고 낮은 비명을 질렀다. 리버스는 깜짝 놀라 지나를 내려놓고 예영의 옆으로 바짝 다가갔다.

“괜찮아? 진통이 다시 시작된 거야?”

대답을 못하고 예영은 고개를 끄덕이기만 했다. 리버스는 부랴부랴 자리에서 일어나 옷이며 지갑 등을 챙겼다. 아무래도 지금 당장 병원으로 직행해야만 마음이 놓일 듯했다. 다시 집으로 쫓겨 와도 상관없으니 일단은 병원으로 고고싱해야 했다.

"어딜 가려고요? 예소도 아직 안 왔는데……."

예영은 숨을 헐떡이며 고통을 참아내고 있었다. 리버스는 부드럽고 조심스러운 손길로 예영의 머리카락을 쓸어 넘겨주었다. 그녀의 아담하고 동그란 이마에 쪽, 소리 나게 키스를 하고 그는 속삭였다.

"나만 믿어. 우리 아긴 무사할 거야."

리버스는 예영을 부축하는 동시에 지나의 손을 잡고 집에서 나왔다. 예소가 집으로 오고 있었지만 상관없었다. 나중에 전화를 하면 되고, 예소가 먼저 전화를 해오면 병원 위치를 가르쳐 줘 오게 하면 되었다. 지금 당장은 예영을 안전하게 병원으로 데리고 가는 게 급선무였다. 젠장, 다시는 애 갖지 말자고 지나 태어날 때 그리 말했건만. 뱃속에 품고 있던 아이를 지켜내지 못한 죄책감에 늘 괴로워하며 살아왔던 예영은 아이 욕심이 많았다. 평소에도 세 명은 꼭 낳아 키우고 싶다고 말할 정도였다. 리버스 닮은 아들, 리버스 닮은 딸, 그리고 죽은 핏덩이의 분신……. 그럴 때마다 리버스는 말한다. '그 분신을 나라고 생각해'라고.

다행히 바깥 공기는 따스한 편이었다. 살랑살랑 불어오는 부드러운 바람을 맞으며 예영은 이마의 땀을 닦아냈다. 주차장으로 향하는 발길에도 속도가 붙었다. 진통이 약간은 진정이 되어서 숨소리도 조금은 안정적이었다. 뒷좌석에 지나와 함께 앉은 예영은 운전석에 올라타는 리버스를 향해 희미한 미소를 지었다.

"리버스."

"왜? 다시 아파?"

깜짝 놀라 리버스가 고개를 돌렸다.

"아니요."

"그럼 왜? 불편해?"

"아니, 아니요. 꼭 하고 싶었던 말을 못해서 그래요."

"꼭 하고 싶었던 말? 뭔데? 지금 꼭 해야 해?"

"오늘은 우리 결혼 삼 주년이잖아요."

"베이비, 사랑한다는 말은 나중에 해도 돼."

안쓰럽다는 듯 리버스가 안타까운 표정을 지었다. 예영은 손을 뻗어 리버스의 목덜미를 잡아 끌어당기고는 그의 눈을 그윽하게 들여다보았다.

"내 인생에 들어와 줘서 고마워요."

이 말을 꼭 하고 싶었다. 그녀도 사랑할 수 있다는 것을, 행복해질 수 있다는 것을 알게 해준 리버스는 은예영의 축복이었다. 그가 없었다면 그녀는 아직도 어두운 터널 속에서 죄책감과 싸우며 괴로워하고 있었을 것이다. 아이에 대한 죄책감에 괴로워하는 그녀를 위해 리버스는 일 년에 한 번 바닷가로 여행을 떠나게 해줬다. 길게는 5박6일, 짧게는 2박3일로 떠나는 여행에서는 항상 인생설계와 더불어 아기에 대한 이야기를 나누곤 한다. 지금 세상 밖으로 나오려고 꿈틀대는 이 아이도 그 여행길에서 생겨난 거였으니, 정말 그의 말대로 죽은 아이의 환생이 아닐까 생각해 보기도 하는 예영이었다.

"진심이에요."

그녀는 속삭였다. 고백을 들은 리버스는 부드러운 미소를 지으며 조용히 대답했다.

"그건 내가 하고 싶은 말인데, 페리 여사."

예영은 존경과 감사, 그리고 사랑의 마음을 담아 남편에게 깊은 키스를 했다. 부모의 노골적인 애정 행각에 이미 면역이 되어버린 듯 그들을 지켜보는 지나의 또랑또랑한 눈을 옆에 달고. 설왕설래의 달뜬 키스는 미래의 페리축구단의 두 번째 선수, 유진 페리 군의 다음 진통이 시작되기 전까지 이어졌다. 달콤하게.

　〈미스터 버스〉는 인터넷에서 읽은 어느 분의 사연을 읽고 영감을 얻어 쓰게 된 이야기입니다. 집 앞에서 처음 보는 잘생긴 외국인의 대시를 받았다는 간략한 내용의 글이었는데, 읽으면서 꽤 흥미롭다고 느꼈었지요. 원래 어떤 흥미로운 얘길 들으면 머릿속으로 드라마처럼 영상화하여 상상하는 버릇이 있는데, 우연히 리버스의 얘기를 써봐야겠다는 생각과 함께 당시의 영상이 떠오르더군요.

　그래서 쓰게 된 이야기는 언니의 집 구조(고스트 스팟도 실존합니다)와 드라마폐인인 조카, 진정한 로맨스 글쓰기에 고민하는 동료 작가님, 예민하고 감성적이면서도 까칠한 친언니 등을 모델로 하고 있습니다. 조카의 수다쟁이 친구들도 엑스트라로 나오고, 고교 동창 이름도 집어넣고 하니 기분이 참 묘합니다. 지금까지 이렇게 친근감이 느껴지는 소설은 저도 처음 써보는 것 같네요. 앗, 그러고 보니 주인공 리버스의 이름도 저에겐 아주 의미가 깊은 인물의 이름이로군요. 여러 가지로 흐뭇한 웃음이 지어지는 글입니다.

글 작업 자체는 흥미진진했지만, 작업의 내용은 만만치 않았습니다. 완전한 외국인이라고 하기엔 뭣하지만 사고방식이 웨스턴인 남자 주인공, 결혼에 실패하고 아픈 기억을 가지고 있는 여자 주인공은 처음 써보는 것이니까요. 실제로 결혼해서 아기를 잃어보지도 못한 주제에 무슨 자격으로 여자의 아픔을 논하느냐고 묻는다면 할 말이 없어지는 대목이지요. 대신 가까운 가족 분의 아픔을 옆에서 보았던 저로서는 그때의 기억을 떠올릴 수밖에 없었습니다. 어찌 됐든 방어막을 둘러친, 사랑이 두려운 예영의 모습은 저의 마음속에서도 오랫동안 남아 있을 것 같습니다.

이 글은 〈리나가 돌아왔다〉와 시리즈가 아닙니다. 원래 시리즈는 별로 좋아하지 않는 데다가, 시리즈란 등장인물뿐만 아니라 주요 소재와 사건마저도 공유할 수 있어야 한다고 여기고 있기 때문에 단순히 등장인물만을 가지고 시리즈라고 여기시면 안될 듯합니다. 제 소설의 연결고리는 상상이 꼬리를 물고 이어지는 제 버릇에 기인한 것으로, 집필작 전반에 걸쳐 분포되어 있습니다. 제 머릿속에서만 존재하는 상상의 상류사회, 그 일원들에 대해 하나하나 글로 옮겨가는 것이므로 자연스럽게 서로 연결이 되어 있다고 봐야겠지요. 예를 들자면, 〈악당클리닉〉의 지상이 근무하는 '우상그룹'은 〈바람직한 그 녀석〉에도 나옵니다. 〈떴다, 그녀!〉의 휘리가 졸업한 상강고등학교는 〈유희의 덫〉의 성율이 재단이사장으로 있는 곳이죠. 저 혼자만 아는 연결고리들은 이보다도 훨씬 더 많습니다. 리나와 리버스는 그러한 연결고리쯤으로 여겨주셨으면 합니다. 아! 앞으로 사돈이 될 가능성도 높지요?

이렇게 글을 쓰고, 여러분 앞에 선보일 수 있고, 새로운 글에 도전할 수 있는 기회가 주어지는 모든 현실과 끝까지 이 글을 읽어주신 독자 여러분들께 감사인사를 드립니다. 홈페이지 동료 작가님들, 청어람 관계자 여러분, 가족에게도 사랑을 전하며 이만 줄이겠습니다. 감사합니다.

20080620

—홍윤정

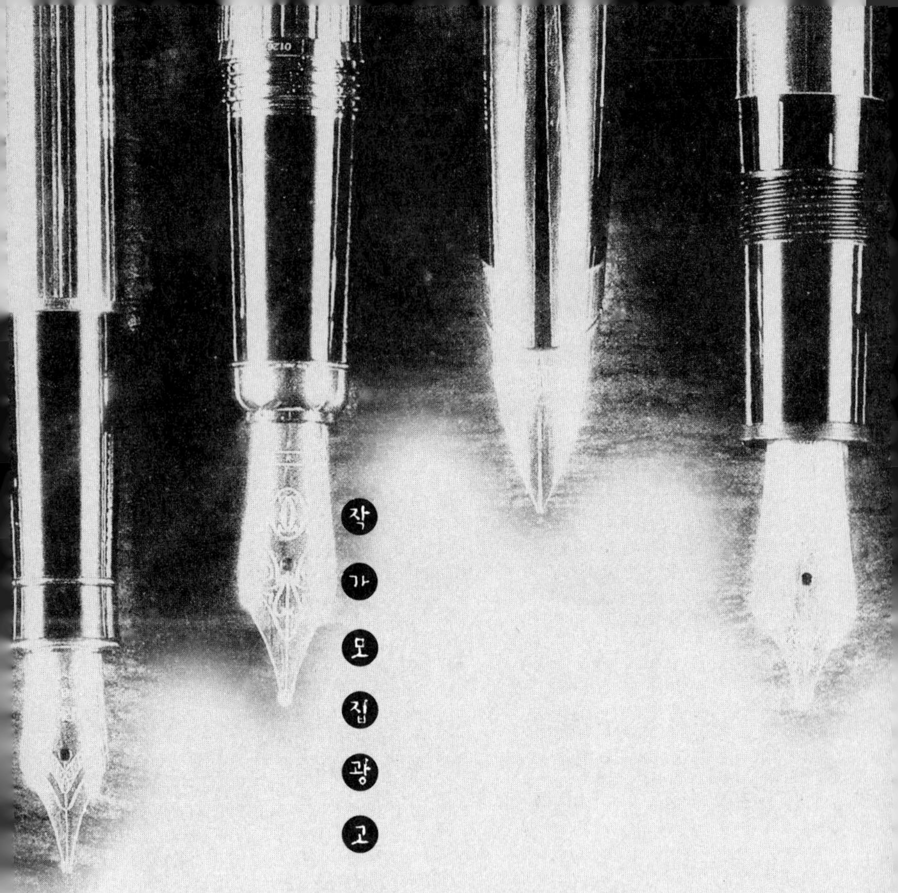

도서출판 청어람의 문은 항상 열려 있습니다.
실력있는 작가 분들의 많은 관심 부탁드립니다.

TEL:032-656-4452 • FAX:032-656-4453
http://www.chungeoram.com
http://chungeoram.egloos.com
e-mail:romance-eoram@hanmail.net